國家古籍整理出版專項經費資助項目

二〇一一年『十二五』國家重點出版規劃四百種精品項目

回文集

丁勝源　周漢芳　輯

國家圖書館出版社

回文集第五册　目錄

回文集卷四十四　目録

回文集卷四十四

盧繪雲

繪雲字素鏞，湖北黄安人。清道光十七年丁酉舉人，揀選知縣。屢主萃英書院講席，年七十餘卒。家貧嗜學，博洽淹貫，爲文縱横百變，尤工詩賦，著有迴文賦、香輪齋文稿。

赤鼻山賦（以江水左經赤鼻山南爲韻仿回文體）

嵐晚奪光，返照而峯迷六六；溆深鋪彩，回陰而影倒雙雙。藍蔚接天，霽餘烘岫；赤撐平地，聲遠枕江。南浦咏秋兮露滋琴響，北牕吟夏兮風弄笛腔。涵星硯而浸月屏，鳳樓嶄巧；錦織文而珠貫字，龍鼎愧扛。若乃山圍近郭，一一兮長亭短亭；鼻齧驚濤，溶溶兮淺水深水。殷紅飽雨，鴨緑添油；老碧肥春，魚頳駭燬。斒斕鬬巧，媚珠輝玉爭妍；紖縵呈奇，燃火冶冰競美。斑蘚剔而痕劃，歲歲披緋；素紋流以暈深，年年散綺。是則膩匀鷗浪，磷磷之石頳喧；虹落鴈橋，灩灩之波秋鎖。瑞靄迷前，瀏映左。翠點驚煊，紅黏欲嚲。鼻撲濃芳兮燦爛，巖溼雨花；眉修壓黛兮氤氲，嶺蒸雲朵。熾熾而光融粉堞，城赤起標；輝輝而豔燭烟村，屋丹流火。乃遂赫赫炎炎，山拱鼻兮波摇矗矗，形形色色，鼻聳山兮景燦熒熒。陌近蒸霞，如光被百千綾蚌；峯遥滃霧，如影摇三兩[illegible]螢。赤奮鲟鬐，如燒徧火雷添紫；朱施馬鬣，如染驚驄玉失青。翮紋排藻鳳騰輝，如鸞翔鶴翥；鱗錦織梭龍焕彩，如地緯天經。或又玲瓏借助，赤帶山兮黛罩峯回；遠近迷離，山映赤兮晶籠嶺隔。星微碎火漁燈夜，岸草凝紅；日射餘霞晚霽天，江楓染赤。靈炳曜而光絢，淺淡莓苔；采章融以艷飛，相交紫碧。經横小閣，緲縹樓高；韻檢幽亭，還迴徑窄。無不坐久而移雲枕，鞍馬拂塵；彎初而掛月鈎，鏡娥爭媚。左癖浮誇，騷歌壯志。墮幘飛觥，聯鑣疊轡。舸滿詩仙而興逸，囊錦壓肩；瓢盈酒子而情豪，甕香滋鼻。瑳笑微微兮答響，禽囀弄歌；酡顔渥渥兮酣光，酒醲新醉。或乃迤邐榮光，羅青似帶；縱寵繞瑞，玉碧如環。紫姹紅嫣，光豔徧開珠蕊；黄抽白配，琢磨來貢玉山。是或寒郊瘦島，何如豔宋香班。水倒兮成文，詞嗆衍曼；花生兮弄筆，和寡塵寰。是惟降盡酒詩，妙句而鐫坳壁；譜翻絃管，清音而逗遠潭。牕摇桂月，蘿烟素心交竹；座泛黄鸝，緑蟻香齒沁柑。缸殘兮焰焰，鼓晚兮鼕鼕。江澄靜練兮藍拖，渚深汀淺；岫遠堆螺兮赤閃，亭北榭南。

『瑞靄迷前，瀏映左』句，疑有脱文

光緒黄安縣志藝文卷九下

金其相

其相（？—一八七六）字小酣，江蘇震澤松陵人。咸豐五年入庠，附貢生，官浙江安吉、歸安知縣。著有求是齋拙存詩稿二卷詞稿四卷（上海圖書館藏何詠棠鈔本）。

重疊金 秋夜回文

晚涼乘興吟深院，院深吟興乘涼晚。秋是慣牽愁，愁牽慣是秋。　酒傾頻滴漏，漏滴頻傾酒。明月看多情，情多看月明。　求是齋拙存詞草卷三

郁運申

運申，原名士錕，字庚庵，浙江歸安潯溪人。就傅本鎮錢韻家，同治四年補行庚申科試，以第三名入庠。十年，食餼。光緒十四年，歲例入成均，以訓導候銓。

鳳仙花 迴文體

芳餘數畛菊斜攲，别有名稱好女兒。傍砌露紅花頂鶴，上階披緑葉頭螭。妝添曉徑三分艷，指染纖痕一點脂。涼雨宿霑微卉妙，牆東款蝶粉迷離。　周慶雲潯溪詩徵卷三十三（一九一六年周氏夢坡室刻本）

黄德珪

德珪（?—一八六九後）字白初，湘西人。『屢試不售，輸資入宦』。著有聽香室詩鈔（同治八年刻本）。

秋夜

西亭小立獨開樽，院落花稀客閉門。啼鳥野棲枝上月，萋萋草色夜迷村。

秋思

齋空掛月半如鉤，脉脉情深怨小樓。階溼露寒添永夜，院沉烟冷近高秋。懷人落葉和雲亂，醉客邀觴載水流。佳色菊開先插鬢，偕君此日竟忘憂。

秋日即事

烟凝草碧浸高樓，夜半啼鴉亂宿洲。泉映月光珠耀彩，壁懸雲影水生愁。年年客思多殘夢，處處吟情動遠眸。天暮欲歸人意適，翩翩舞蝶戲深秋。聽香室詩鈔

方憲修

憲修字滁山，廣西思恩人。增生。狀貌魁偉，豪俠倜儻。咸豐間，以軍功保升貴州古州同知。詩才超脱，吟咏殊富，惜多散失。

步和楊廣文穗田題拄笏山莊原韻（迴文）

朝來疊拱笏山名，望斷江亭夜月明。橋水碧浮朱檻曲，院燈紅映緑波清。迢迢夢客吟春曉，渺渺懷人寄晚晴。招友與遊探勝境，瀟瀟竹雨聽鶯鳴。

步楊廣文穗田題枕霞樓原韻（迴文）

朝山萬叠翠軒名，曲徑幽窗紙透明。橋小傍亭春草碧，閣高臨夜月風清。迢迢思處停雲暮，草草吟時落日晴。招手把觴流逸興，瀟瀟水鳥過簷鳴。

民國思恩縣志第七編文藝

李慶端

慶端字南園，甘肅高臺人。清同治三年歲貢。

春梅 迴文

春梅早朵一枝鮮，月上窗紗細裊煙。新意句吟花色豔，人詩與景妙成天。

除夕 迴文

喧爆竹時圍共爐，設粈盆坐酒來沽。言書吉字春宜帖，門換桃新洗舊符。民國新纂高臺縣志卷八藝文下

萬恩輔

恩輔字儀唐，江西南城人。孝廉。

題探鐶圖迴文體詩並用張燕公曹武惠故事爲世妹輪迴轉女成男之祝

靈虛性煉刼完灰，理妙循環認再來。形式悟時蟬去蛻，瑞祥□候燕成胎。經傳夢讀多聰穎，印取庭嬉愛雋才。冥渺測餘輪轉速，醒眸淚盼靜徘徊。黃之晉泣珠集卷上（道光三十年刻本）

朱作霖

作霖字雨蒼，一字雨窗，江蘇南匯周浦人。附貢生。幼孤，家貧幾廢學。工詩詞，尤長於碑版文字。光緒初，分修邑志。志成，歸棲純陽道院，已年踰六十。所著多散佚，有刻眉别集二卷、朱雨蒼先生遺稿輯存四卷。

春晴晚步用回文體

叢蘭散馥扇人愁，角半青山遠處浮。紅醮嫩霞桃煑粥，翠湔晴浪柳捎舟。風團絮影春描晚，面漬花香夢續幽。籠碧烟茵莎没地，弓弓玉印滿平疇。

孤懷怕酌酒除睒，緩步吟殘踏蕨芽。壺玉買春熏夢艸，粟金迷雨裹風花。鶯啼樹頂梳風晚，燕宿梁西話日斜。湖上碧波微起縐，扶人倩影豔窗紗。

春閨四律仍用前體

朝朝聽試鳥言蠻，唤醒愁人春夢還。簫玉暖吹晴晝永，帶金黄減病身閑。潮回臉暈花酣酒，翠簇眉痕黛染山。翹鳳拂雲埋碧檻，嬌生弱步玉連環。

眠慵抱嬾坐窗紗，弱病支餘數落花。蓮刻印痕香貼地，杏圓渦頰酒蒸霞。烟凝碧柳金抽綫，露沁紅蘭玉茁芽。天撲絮團風弄影，牽愁怕聽暮啼鴉。

眉山遠點黛痕輕，艸夢圓青鍊句成。池鳳鎖烟迷澗碧，鏡鸞窺月寫顏頳。絲飄雨墮仙花落，粉褪春消蝶影清。私語對鶯吟共密，遲遲去日愛人迎。啼鶯忽住小樓東，壁刻人誰試玉驄。泥涴春衫融淚雨，酒添寒暈怯花風。低眉寫翠添螺黛，好面窺奩墜粉紅。黎逗夢雲閒弄影，迷香有恨昨宵中。

偶成二律 同上

長堤趁緑柳垂枝，嚦嚦吟鶯惱日遲。芳徑草烟迷宿雨，隔簾春影嬝晴絲。香銷細篆雲蒸夢，茗助清談話當詩。光景愛看還靜守，墻東舞蝶笑情癡。初熏草夢録詩新，徑曲烟霏淡碧津。疎雨一旗山店酒，落花千片錦團春。魚吹細沫圓泡影，燕掠空粱涴麯塵。書寄去時雲合暮，居家想認細腰身。刻眉別集卷下（一九二七年排印本）

保其壽

其壽字穉存，號似仙，江蘇南通州人。廪貢生。咸豐間，嘗從戎與太平軍戰，任書記。性詼諧，好爲詩詞小品，喜天文曆筭，主張廢科舉，學習西方科學文化。年六十四卒，著有碧奈山房集（似僊詩鈔四卷、瑂玉詞、鑄金詞、增補筭法渾圓圖，光緒間刻本）。

瑞鷓鴣 豔情　回文

幃深掩處擁輕裯，並倚重衾翠睇流。飛倦蝶魂春栩栩，睡濃鴛夢夜悠悠。緋添玉頰嬌生暈，綠減蛾眉淡鎖愁。機上錦箋詩正就，微微笑語尚含羞。

瑞鷓鴣 崑山早行　回文

湖前指點數帆輕，白水連天遠望平。孤影月憐孤影客，半峰陰間半峰晴。烏啼曉樹濃烟亂，馬躍寒坡斷澗橫。枯葉帶泉流汩汩，菰蒲長處激湍鳴。

瑞鷓鴣 閨怨　回文

黃昏怨緒有誰知，小逕花殘月上枝。長恨惹時無語笑，薄情思處極酸悲。腸迴九曲頻敲枕，淚睫雙紅尚寄詩。涼夜忘吹風剪剪，傷心妾是最心癡。

傳言玉女

贈歌女鄭巧玉 巧玉本秦淮倡家女避亂居蘇蘇人呼爲巧巧因戲拈雙字賦詞贈之　回文

姣姣櫻唇，皎皎香肌俏俏。羅帬嫋嫋，蹻蹻弓鞋小。葱尖嫋嫋，草草琴箏了了。深情悄悄，芳名巧巧。

楊柳枝 擬唐人西樓曲　回文

淒淒月落院生涼，鼓罷琴時惹恨長。泥濕韈羅衣濕露，西樓小立怨昏黃。

瑞鷓鴣 花月聯珠　回文

花宜月伴月宜花，曲逕花明月莫遮。霞隱月容花護錦，霧含花影月籠紗。家家皓月輸花艶，處處香花遜月華。鴉鬢插花嬌映月，斜花礙月吐蕺葩。

虞美人 賦廢苑虞美人花　回文

千秋立節佳人罕，況又年華感。露零如淚舞猶嬌，朶朶暮春含血恨迢迢。

瑞鷓鴣 新婚　回文

纖纖翠鬢壓奇珍，拜罷同傾玉爵新。簾映燭光燈映户，貌如花艶月如神。尖頭鳳襯香衾軟，並翅鴛栖錦帳春。甜苦雜時難語笑，沾微汗處喘嬌唇。

南鄉子第三體　秋蛩　回文

秋夜一庭幽，碎語啾啾引亂愁。凬竹和聲流細韵，悠悠，况又樓前上月鈎。

瑞鷓鴣咏雪　回文和東坡尖叉韵

叉了樹抹粉痕纖，巷曲還聞夜柝嚴。家住遠敎誰送炭，路難平爲故堆鹽。花羣弄玉寒侵户，絮亂飛琼碎入檐。車是帶痕杯是馬，鴉塗滿地畫團尖。

其　二

尖峯玉立尚啼鴉，過此從無一輛車。檐缺帽難支冷絮，蕚舒梅悞認新花。鹽飛怯盡單衣客，盞舉頻來熟釀家。嚴氣雪兼嚴氣夜，纖銀糝遍徑叉叉。

前調哭吴海帆騎尉　回文

芒星落處斷雲寒，血戰餘生畢馬鞍。涼月夜悲鸞影隻，碧空秋咽雁聲酸。霜堆鬓髮頭全白，病染胸心血盡丹。良善不愁無論定，黄昏遍頌好軍官。

剔銀燈無題　回文

並倚重欄夜瑩，月上柳梢花影凝。巾角袖尖，鬓蟬釵燕，屏錦亂摇請認。休來偷笑，可肯心心同誓證。

瑞鷓鴣漁家樂　回文

前溪曲唱又黄昏，葦峅迷烟淡抹痕。川滿緑波秋下餌，艇當明月夜開樽。娟娟柳影青遮屋，渺渺湖光碧護門。眠醉帶水蓑脱未，連村舉火似星繁。

南鄉子閨夜　倒讀天淨沙

沉沉巷永，斜月影留窻竹静。栖鴉睡久夜砧催，冷香閨、蘭衾孤煞惱人懷。

天淨沙

懷人惱煞孤衾，蘭閨香冷催砧。夜久睡鴉栖静，竹窻留影，月斜永巷沉沉。

長相思本意　回文

魂梦縈，珠淚傾。暗暗傷心脉脉情，别離人醉醒。

南鄉子 話舊 回文

枝上月婆娑，對坐知誰感舊多。兼況少年時歲去，如何，淡冶眉顰小黛螺。 巵酒醉顔酡，勸却悲酸半夜過。清冷角樓遲滴漏，明河，淨露微風透袖羅。

小湖師云，回文詞難於詩，煞費經營。

題李璧人京鹺亦白樓詩集 回文

心心印合論歌詩，雪白吟懷雅愛癡。今古體兼才秀豔，短長篇稱句離奇。深情寄我酬箋素，險韻分人泥酒巵。音好和難真負愧，琴彈靜夜獨君知。 碧奈山房集·琱玉詞

李京鹺月湖綠卿簃詩稿目爲少作題詞

錢樹恩

樹恩字巽甫，江蘇元和人。太平天國東征，奉母避難南滙。有雪泥小草（王欣夫藏稿本）。

冬日顛林漫興六十首 并序（錄二）

客窗無事，愁緒縈衷，無可遣興，乃寄情吟咏，或茶餘、或酒後、或即事、或述衷、或寫此鄉風土、或念故國湖山、或調仿竹枝、或聲諧舉棹、或體效回文、或雅或俗，錯出臚陳，不

拘一例，要以興到筆隨，不自計其工拙也。嗟乎，烽火漫天，囊空李賀；文章憎命，碎錦邱遲。爲寒蛩之啼秋，似哀猿之叫旦。豈望壁間留句，籠美人紅袖之香；劇憐江上聞聲，濕名士青衫之淚而已。

空横雁陣一江寒，遠市郵烟晚日殘。紅奩着霜新透冷，風迴亂舞葉團團回文

瓏玲影吐月纖纖，彩煥雲窗客捲簾。紅燭餤深寒漏永，東丁響送夜風尖回文　雪泥小艸

李聯琇

聯琇（一八二一—一八七八）字季瑩，一字小湖，江西臨川人。清道光二十五年乙巳恩科進士，改庶吉士，散館，授編修。咸豐二年，大考第一，擢侍講學士，累官大理寺卿，調江蘇學政，告病歸。同治間，主講鍾山、惜陰二書院。著有好雲樓初集二十八卷（咸豐十一年家刻本）。

吟風弄月回文詩二十字環而書之逐字順逆讀之得四十首

烟吟風過露，浪弄月輝宵。天沈虹卧霧，嶂送雪飛朝。　好雲樓初集卷一

沈穆孫

穆孫（一八二一—一八六二）字彦和，一字小梅，江蘇寶山人。庠生。工詩古文詞，尤善書

法，兼精醫理，屢試未售。咸豐十年以後避難申江，著有碧梧秋館詞鈔（一九一六年錢氏聽邠館重刻本）。

菩薩蠻 迴文

緑絲鬢裊風前竹，竹前風裊鬢絲緑。鸞褭裹輕寒，寒輕裹褭鸞。鏡明如月冷，冷月如明鏡。蛾翠點香螺，螺香點翠蛾。

前調

涷泥香剔鞣頭鳳，鳳頭鞣剔香泥涷。癡夢逐花飛，飛花逐夢癡。輭風輕試翦，翦試輕風輭。鶯嫩學吹笙，笙吹學嫩鶯。碧梧秋館詞鈔·苕溪詞

程芙亭

芙亭（？—約一八四二），上虞副貢徐虔復室。余承普序稱『孺人道南舊系，燕北名媛』，『辛丑三月南下于歸』。婚後一載舉子不育，遂得疾，卒。著有緑雲館遺集（道光二十六年瀟湘吟館刻本）。

春草詩禁體其八限回文

斜陽夕落雨瀟瀟，莫捉空花閒上橋。沙滿翠微春恨洒，徑鋪茵錦剩魂消。花飛好借紅粧豔，苑靜剛迷黛畫描。車襯緑珠雙掩泣，紗窗隔處買餳簫。緑雲館吟草

陳嗣良

嗣良（一八二二—一八八一後）字頌萱，浙江秀水人。諸生。從僧格林沁鎮壓捻軍，叙功授招遠知縣，遷德州知州，在山東幾三十年。著有學稼草堂詩草十卷（光緒八年刻本）。

秋夜蟲鳴迴文

秋早識蟲鳴，夜深涼月明。愁驚夢裡客，葉落晚風輕。

秋夜獨坐迴文

漠漠夜燈殘，庭空墮葉乾。幕穿涼月白，坐久怯衣單。學稼草堂詩草卷二

少仙（查廷榮）云：『前首上五字倒讀好，此首順反讀均自然』

秋曉即景廻文

新色曙分朝影瘦，斷橋横架曲溪流。人隨遠雁霜村曉，木落啼鴉老樹秋。

秋江晚釣歸廻文

烟浮遠浦碧波微，漠漠秋舲晚釣歸。天暮薄雲籠月淡，露横江上水鷗飛。學稼草堂詩草卷三

新秋薄暮廻文

閣雲沉暮雨，亭草趁餘暉。落葉隨蟬墮，斜陽背鳥飛。薄烟寒靄靄，空翠晚霏霏。郭繞清流曲，幽居水近扉。學稼草堂詩草卷五

笏唐（黄維甲）云：『迴文本纖巧一派，詩卻落落大方，絶無勉强，自是君身有仙骨，世人那得知其故』。少仙云：『落葉隨蟬墮五字順反讀俱佳』

劉湝年

湝年（一八二二—一八九一）字樹君，號蜀生，又號約園，直隸大城人。清道光二十九年登拔萃科，咸豐十年庚申進士，改庶吉士，授編修，升侍讀，出爲廣東惠州知府。光緒九年移

潮州，繼遷廣州。罷官後卜居維揚。著有三十二蘭亭室詩存八卷（光緒元年廣州刻本）、約園詞四卷（光緒十二年揚州刻本）。

春閨迴文

情多惜病鎖中閨，片片飛花落院西。驚夢曉鶯春囀樹，惹愁新燕雨銜泥。晴烘緑柳長隄繞，淚漬紅箋短句題。清韻雅琴彈欲促，輕輕暮靄翠樓低。三十二蘭亭室詩存卷一

虞美人 春閨迴文

晴溪一雨紅深淺，恰恰鶯雛囀。捲簾春好燕雙歸，故故見人愁面背花飛。　飛花背面愁人見，故故歸雙燕。好春簾捲囀雛鶯，恰恰淺深紅雨一溪晴。約園詞卷一　林葆恒續詞綜補卷五十九

前　調

簫聲漫攧春紅小，聽久宵寒悄。記曾離別最魂銷，夜夜碎摇鐙影夢迢迢。　迢迢夢影鐙摇碎，夜夜銷魂最。別離曾記悄寒宵，久聽小紅春攧漫聲簫。約園詞卷一

潘鍾瑞

鍾瑞（一八二三—一八九〇）原名振生，字麐雲，又字麐生，號瘦羊，晚號香禪居士，江蘇吳縣人。曾瑋侄。諸生，官太常博士。擅詩詞，精篆刻，長于金石考證，熟悉掌故，著有香禪精舍集。

菩薩蠻 寒閨迴文

嫩腮紅拂青蟬鬢，鬢蟬青拂紅腮嫩。粧罷正添香，香添正罷粧。　凍脂調粉弄，弄粉調脂凍。寒曉怯衣單，單衣怯曉寒。

江人鏡

人鏡（一八二三—一九〇〇）字雲彥，號蓉舫，一作容方，安徽婺源人。清道光二十九年己酉順天舉人。咸豐初，主講遵化燕山書院。同治九年知蒲州，十年攝河東道，官至兩淮鹽運使。著有知白齋詩鈔五卷雙橋小築詞存六卷（光緒二十三年序刻本）。

擬王元長後園作迴文詩

烹茶得短銚，補石倩新花。鶯嫩防人喚，屋凹宜竹遮。　知白齋詩鈔卷二

王錫元

錫元（一八二四—一九〇一後）字蘭生，安徽盱眙人。清同治三年甲子舉人，四年乙丑進士，官裏河同知。著有夢影詞六卷（光緒二十七年自序刻本）。

菩薩蠻　迴文

早春芳樹啼鶯曉，曉鶯啼樹芳春早。樓小最如舟，舟如最小樓。繡苔迷砌釦，釦砌迷苔繡。樽酒舊消魂，魂消舊酒樽。

前　調

柳條長似纖腰瘦，瘦腰纖似長條柳。眉黛影清池，池清影黛眉。睡濃疑淺醉，醉淺疑濃睡。蟬鬢點妝殘，殘妝點鬢蟬。

前　調

碧紗窗妒遥山隔，隔山遥妒窗紗碧。流水逐輕舟，舟輕逐水流。別時愁向月，月向愁時別。腸斷泣寒蛩，蛩寒泣斷腸。

前　調

晚霞晴燦秋天遠，遠天秋燦晴霞晚。鴉噪夕陽斜，斜陽夕噪鴉。　冷楓迷曲徑，徑曲迷楓冷。邊雁渺長箋，箋長渺雁邊。

前　調

薄衾窺月穿羅幙，幙羅穿月窺衾薄。河隔悵深波，波深悵隔河。　鏡鸞留倩影，影倩留鸞鏡。時去憶君知，知君憶去時。

前　調

獸爐香爇頻温手，手温頻爇香爐獸。寒早怯衣單，單衣怯早寒。　雨淒如苦語，語苦如淒雨。天曉怨遲眠，眠遲怨曉天。

夢影詞卷一

姚焕章

焕章字子奎，號月鶴，陝西南鄭人。甫成童，喪父，家徒四壁，棄讀治生，撫弟妹六人。母殁，遂投筆遊英毅、律武各軍幕，提督蕭慶高、李輝武等後先倚任。同治初，以功保舉甘肅知縣。

贈廉泉老人回文

巧言徒説范，人愧此名川。槁壤蚯緣岸，澄波鷺下田。好山青白石，佳水碧藍天。老父惟耕釣，高風古樸賢。民國續修南鄭縣志卷七藝文志

徐道生

道生字伊樂，浙江杭州人。學士胡書農任婿。諸生，辛酉殉難。回文四首，見丁申、丁丙國朝杭郡詩三輯、潘衍桐兩浙輶軒續錄。

湖上初秋四詠回文

采蓮

弓弓步屧畫廊西，帶露芳心捧點犀。風曉度時開並蒂，月秋圓處采柔荑。紅潮鏡影花如面，碧縷煙痕水拍隄。東向柳條千樹玉，瓏瓓譜曲豔香迷。

采菱

波澄碧浦畫橈停，弱蔓絲搴帖帖青。多刺緑芒含鏡月，落花紅暈點池星。歌聲曼和低舷扣，水國香生豔曲聽。何若泛舟輕比葉，羅羅遠翠浥鷗汀。

『搴』：兩浙輶軒續録卷四十作『搴』

采蘋

纖纖手映玉娟娟，嬲比柔還鈿比圓。黏槳翠紋波溼濺，散錢鷺眼柳勻穿。匳晶晃影摇欄鴨，浪縠搴花插鬢蟬。添興逸尋秋浦曲，簾如水更藕如船。

采芡

綃輕裹似斛量珠，配酒生來俊味腴。嬌比麝囊紉錦帶，滑凝酥乳掩羅襦。宵涼孕采珠含蚌，水渌澄光月印湖。橋外隄沙隄外浦，蕭蕭冷影颭蔣菰。國朝杭郡詩三輯卷七十八

王玉驥

玉驥字雪潭，直隸大城人（祖籍上元）。清光緒十四年，官滄州鹽政。酷嗜吟詠，博覽群書，著有退一步草堂詩鈔（光緒十四年王璞序刻本）。

迴　文

香飄粉蝶舞衣輕，曲檻飛花落月明。芳草緑痕春意著，郎回妾夢共深更。

籬疎補欲用蘿牽，竹拂雲痕翠鎖烟。欹樹晴窗明近水，詩中畫意寄林泉。

消磨但憩小庭中，雅抱清懷暢曲衷。饒興春濃花外柳，飄飄絮舞乍迴風。

青空石轉水潺潺，岫出閒雲擁翠鬟。鈴語塔風晴樹古，泠泠細韻幻溪山。

夏日口占迴文一律

風臨藕榭水生香，片片花飛落荇塘。紅影錦鱗魚浪戲，碧痕晴窟月流光。叢蕉緑映紗窓靜，碎玉敲聲妙韻長。空色一天雲淡淡，中庭小憩晚風涼。

秋日即事迴文二律

烟痕暮散逐風流，爽氣清明月上樓。天碧幻容雲影淡，雁鳴驚夢客懷愁。鮮華墨染新箋玉，緑葉蕉浸冷夜秋。妍弄花光殘照晚，泉林寄興雅悠悠。

閒庭落月鎖烟殘，馥馥香風浴蕙蘭。環屋緑雲排箇箇，滿林秋露夜漫漫。山泉瀑下飛流急，古寺鐘鳴夜雨寒。還雁有情憐别久，關山企處振雲摶。退一步草堂詩鈔

董宗誠

宗誠(一八二六—一八七七後)字實菴，江蘇江寧人。著有董實庵彙集(光緒十五年排印本)。

中秋玩月迴文

瀼瀼露墜正清秋，玉女仙簪欲上頭。香滿室中輪滿桂，光輝望月映高樓。董實庵彙集·烽

岳淩雲

淩雲（一八二六—一八九〇）字小山，别號穆貽，四川南江人。侯選訓導，教授爲生，晚年寓巴州，以醫濟人。著有七星山人集二卷（光緒十九年志經堂刻本）。

寄前輩孫瘦石錤暨子宣府諭迴文體

薰蘭締誼古人風，别久懷情遠寄鴻。雲繞雜花岩下上，石分流水澗西東。文奇賞處多詩集，塊壘消時半酒中。聞見廣搜經史子，芬揚自愧不豪雄。

輓同窗綦江李生即贈黽甯李生自序

綦江李生工時文，屢躓童軍。丁卯秋，來成都，落魄錦江書院，仰給膏火。逾年後甫蒙山長童子牧賞識，而日薄崦嵫矣。黽甯秀才李琭，字玉泉，相呼爲宗兄弟，延醫裹藥，煦媮備至，卒以不起，乃持簿遍募同窗，葬之如禮。聞遺孤尚幼，並爲泐石表阡，猶冀成立而來，收父骨也。餘金二三兩，寄存某會館爲歲時紙錢麥飯之需，情何摯而周耶。予悲死李之遇而高生李之誼，爲迴文七律以誌之，時同治己巳歲十一月也。

貧病歷經況異鄉，誤人時節是槐黄。頻年兔守芸窗寂，永夜蛩吟石室凉。春有孤墳悲

宿草，遇無一飯飽翳桑。珉貞設祭愁魂餒，頻藻冷香薦北邙。七星山人集卷一

案：回文『寂窗芸守兔年頻』句下注云，『李生以丁卯年流寓』

石延像

延像（一八二六—一八九一）字斐然，號硯農，浙江浦江人。清末恩貢生，授修職郎、儒學教諭。設館授徒終生。有鴻爪留痕詩文集未刊稿，已佚。

初夏即景回文

炊晨婦早田登麥，學曠羣兒巧種瓜。池小映雲低樹緑，衣輕濕雨細風斜。徐元回文詩詞五百首

易佩紳

佩紳（一八二七—一九〇六）字子笏，號笏山，一號健齋，晚號壺天遁叟，人稱函樓先生，湖南龍陽人，清咸豐五年優貢，八年戊午舉人。從軍川陝間，參贊戎幕，攻太平軍及苗民起義。光緒二年擢貴東道，轉按察使、四川藩司。十年，移援臺灣。十三年，遷江蘇布政使，未幾引退。居杭，主龍池書院講席。甲午戰爭失敗，憂憤成疾，三十二年卒。著有函樓詩鈔十六卷（光緒間刻本）。

迴文閨詞二百韻有序

余老矣，萬緣俱淡，何至復作綺語。惟内子陳夫人今年多疾，此終不能淡之緣，頗形憂悒，初不過即景生趣，借爲排遣，繼乃憶及四十載之離合悲歡，加以禱祝，遂成二百韻。古無二百韻一首之迴文詩也，此作但逐句迴讀，則層次釐然，若逐段迴讀，則必分爲十數首，吾亦不屑屑分之也，以爲迴文中之别體可爾。

垂柳高高閣西，啼鳥雙雙鳥飛。隄邊水緑草萋萋，池滿萍浮羣鴨嬉。危樓畫檻曲廊迴，棲梁共語燕銜泥。微微風過雨霏霏，閨中静坐獨歔欷。隨倡新當初會時，姿媚韶華年冠笄。規矩合度循禮儀，圭璋比美著音徽。嫣陶訂約良緣奇，攜手妾與郎肩齊。施衿帨兮奉盤匜，篪合壎兮友兼師。詩書習罷理琴棋，溪山對酌酒盈卮。詞翰文章新增貽，推敲字句摘瑕疵。私恩顧盼難羈縻，恢宏志氣貫斗魁。伊周吕望相攀躋，畿甸騰聲揚省闈。氐羌傳檄羽書馳，鼙鼓震動摇旌旗。催客行程征馬嘶，希世古劍佩雄雌。貔虎馴行遵範圍，螭蛟潛伏懾武威。幾妙深窮難測窺，施展神化服蠻夷。帷房空寂人孤睽，遺蹤芳徑滿苔莓。扉掩簾懸虚望歸，悲歡異地兩心違。推窗小立夜凄凄，絲絲香逗花枝枝。移階花影斜月低，機和砧響聲悽悽。遲遲道遠寄裳衣，肥瘦今試郎腰肢。羇魂旅夢同依依，歧途徑裏夢魂迷。欹枕將曉聽鳴雞，疑耶信耶是耶非。

奇偶占卜詢龜蓍，稽首遥天重禱祈。饑溺援救遍蒼黎，積傾世局全撐支。題柱銘勳高勒碑，仔肩復照兩容輝。髭鬢較前殊盛衰，陂平看徹悟盈虧。知心惟我與君宜，卑高何論俗褒譏。嶷嶷迴絶謝磷淄，孜孜相警箴弦韋。瑰瓊珍重慎護持，芝蘭合氣同培滋。夔龍講道聖軒羲，怡怡心暢景睢麟詠德賢后妃。祠廟肅整潔盛粢，慈孝家範傳婦兒。差差層積善根基，披襟荷沼傍荃蘺。梔棠雍熙。梅繞屋兮松繞籬，菲菲菊徑竹猗猗。墀階森列紛萱蘼，蓷葚蒙蕪蒢蓄苡堆。萰桑女手盆筐橙橘李桃梨，葵瓜菘韭蓴蕨薇。畦町歷遍觀畬菑，犂鋤盈野緑蓑堆。荑桑女手盆筐賫，櫐縈葛蔓盈隴蹊。治蠶繭後治絺綌，爲農圃老夫偕妻。沂雩浴風高穎箕，磯石坐釣餌鯨鯢。藜杖閒會眾英耆，綦縞娱樂偕姜姬。嫛婗繁衍兆熊羆，飴含笑弄孳嬌癡。梯有雲兮裳有霓，騎鳳鸞兮駕鹿麋。期侶伴兮董許陪，頤齡千億萬春暉。（函樓詩鈔卷十一）

馮履和

履和（一八二七—一八九六前後）原名晨，字小艭，江蘇金壇人。煦堂兄，長居寶應。著有浪餘詞（一九二六年家刻本）。

菩薩蠻回文

暝風輕送歸帆轉，轉帆歸送輕風暝。花落戀窗紗，紗窗戀落花。緑波新翦縠，縠翦新波緑。門掩雨黄昏，昏黄雨掩門。

又回文

繡簾開處風來又，又來風處開簾繡。雙燕宿雕梁，梁雕宿燕雙。柳絲青履牖，牖履青絲柳。窗照月昏黄，黄昏月照窗。浪餘詞

陳昌廣

昌廣（一八二八—一八九七）字國華，别字文甫，湖南醴陵人。廪貢生。著有删餘詩草（一九二九年武漢印書館刊本）。

秋遣回文

天低遠水碧差差，晚景秋來畫舫移。煙雨帶歸魚釣罷，眠雲藉醉引新詩。宵滿月華霜擁門，細香爐起篆煙痕。嬌人玉枕初回夢，永夜寒砧響遠村。

夜雨回文

殘梧碧葉落中庭，瑟瑟聞時冷紙屏。寒陣雁來秋雨夜，舞風隨撲暗燈青。
枝枝一護回闌繞，瘦菊殘開小院空。時到雨聲秋樹樹，晚楓飄落半林紅。〔删餘詩草〕

張傳經

傳經，河南西華人。

四時郊行回文

郊外歷遊遍欲春，路逢難識問行人。茅編屋下花爭艷，水浸堤深柳吐匀。抛剪燕飛頻下上，弄簧鶯引漸柔馴。敲門向與隣朋約，嘲解擬無更苦貧。
林園寄興覓芬芳，遠近郊隨與日長。深淺點溪荷葉小，複重緣徑菜花香。襟懷闊際薰風爽，意語延時夜月望。斟酌自兼山與水，尋幽雅句好裁量。
秋深賞伴約遊行，景換芳郊極覺清。洲吐白花蘆放淺，岸飄紅蕙蓼垂盈。留賓雁字排天過，宿樹鴉群向暮迎。稠密減林楓落葉，由來寫畫與詩情。
雲烟到眼接時殊，淡雅吟詩入畫圖。聞雁唳天飛塞遠，化龍蟠嶺秀松孤。氛氳氣襲梅

香鶴，歷亂痕添雪影烏。紛緒萬無縈意念，芬含酒味醉提壺。民國西華縣續志卷十三文徵

韓漣

漣字石塘，浙江錢塘人，諸生。咸豐十一年，太平軍攻杭城，孑身避滬，授徒餬口。歿後僅存詩數十首。

游春回文

花柳生春錦盡收，客中閒作一吟嘔。紗窗映日情天景，奢興乘時樂冶游。丁申、丁丙國朝杭郡詩三輯卷八十四

潘玉棟

玉棟，浙江山陰人。太學生。咸豐固安縣志云『時寓邑署』。

西軒落成迴文

書奇插架滿新堂，氣爽迎人動豔光。疎影弄春看發柳，茂陰宜夏喜栽楊。虛窗夜照溶溶月，靜坐閒添細細香。餘力筆能誇雅麗，如何興切獨思鄉。咸豐固安縣志卷八藝文下

劉觀藻

觀藻（一八二九—一八六〇）字玉叔，浙江江山人。監生，捐得分巡道銜。嘉定知縣履芬弟。『庚申秋閒避亂硤石，抱病以没』。著有紫藤花館詩餘一卷（光緒六年蘇州刻本）。

菩薩蠻 寒閨迴文

嫩腮紅拂青蟬鬢，鬢蟬青拂紅腮嫩。粧罷正添香，香添正罷粧。　凍脂調粉弄，弄粉調脂凍。寒曉怯衣單，單衣怯曉寒。 紫藤花館詩餘·瓊簫詞

胡傳釗

傳釗字麓樵，湖南善化人。歷官新淦、新昌知縣。著有鹿蕉山館詩鈔八卷（清刻本）。

秋夜迴文

中天朗月皓盈眸，玩賞同誰共舉頭。空碧滿輝雲裏鏡，莽蒼高嘯海中樓。銅壺滴漏清宵永，玉管揮吟客思幽。工舞醉筵歡奏曲，瓏玲妙句寫涼秋。

樓上人隨好月留，友朋來座發吟謳。流雲逐水沙籠影，半夜驚霜露逼秋。愁惹鬢深情苦別，醉酣眠處樂忘憂。悠悠趣適閒中味，儔贈一枝花插頭。

四季別懷迴文

春

瓏玲奏曲雅誰賡，景淑當春一鳥鳴。紅雨落花黏粉蝶，緑波涵柳唱簧鶯。東西岸隔歸帆短，上下天連遠地平。同客有時吟遣興，中懷觸緒妙生情。

夏

黄昏倦舞蝶飛斜，遠塞迷魂怯返車。香草夢回風習習，熟梅吟徧雨家家。腸迴九折煙中柳，眼醉雙蒙霧裏花。鄉遠隔親思夜永，長更六數聽群蛙。

秋

頻吹笛韻和無儔，日落思留影上樓。人眠倦時閒立鶴，客驚寒夜冷吟鷗。真情最久交明月，遠恨深添味暮秋。濱水問誰傳素鯉，蒓鱸憶語共生愁。

冬

萋萋望草隔江湘，樹裏煙迷客道長。西塞憶曾開幕席，遠天愁忽送衣裳。淒風咽笛寒吹恨，白雪飄梅冷放香。啼鶴一聲聞夜靜，低頭苦恨獨空房。

鹿蕉山館詩鈔卷五

劉錫庚

萃錦吟題詞

敬依大箸自題歌唐集句圖玉照元韻迴文四律

蟲鳥詠題勞腕疲，檢編陳迹舊芟夷。中朝著績崇周虢，學道稱賢齊偃師。同綴補天經鍊石，好成裁錦集囊詩。空空手妙神思運，風雨疾吞筆力奇。

疲頓忘懷吟砌蟲，詠歌時愜素心中。夷猶態度丰姿異，徹悟精思慧業同。師得藉裘千腋積，解真殊象萬緣空。詩家大備全唐集，奇格新瞻典雅風。

風雄感世覺聾疲，濯赫聲威震夏夷。空手舉天扶重鼎，樂心從善主常師。同工曲體原依律，達孝忠腸別有詩。中國偏思謳衮繡，蟲沙格被遠功奇。

奇才妙技小雕蟲，叶律元音大吕中。詩句集成新樣好，錦文回織巧機同。師偏制敵無今古，解妙參禪悟色空。夷險忘情騷韻雅，疲吟澮詠暢流風。奕訢萃錦吟卷首

金式彦

式彦（？—約一八八一）字景文，號蝶園，安徽鳳臺人。歲貢生。清光緒七年選太平教諭，未任卒。著有蝶園詩草。

秋日晚眺絶句 迴文

樹遠栖烟暝，林疏落照斜。暮村孤吠犬，深柳亂藏鴉。
漫水雲遥渡，秋林半葉黄。烟微吐月明，枯樹晚凋霜。

重修鳳臺縣志卷二十五藝文

陶　然

然（一八三〇—一八八一）字藜青，號芑孫，江蘇長洲周莊人。清咸豐十一年辛酉科拔貢生。光緒六年十二月卒於蘇州旅舍，年五十一。著有味閒堂詞鈔（一九二七年排印本）。

菩薩蠻

兼伯歸後，索居無聊，鶯啼花落，渺渺兮余懷也，仿回文體。

樹飄花影紅霏雨，雨霏紅影花飄樹。清院一聲鶯，鶯聲一院清。　別離愁去客，客去愁離別。魂斷恰殘春，春殘恰斷魂。

味閒堂詞鈔

劉慧娟

慧娟（一八三〇—一八八〇後）字湘舲，晚號幻花女士，廣東香山谿角鄉人。順德舉人梁夔譜室。著有曇華閣詩鈔三集三卷（光緒十六年梁氏鏡古堂刻本）。

回文詩

簾侵月影竹横窗，院滿花香酒滿缸。恬夢鶴遊仙骨鍊，定心禪靜睡魔降。簷前送韻添鳴鐸，夜半喧聲有吠尨。縑素疊成書短句，嚴封密寄藉魚雙。

曇華閣詩鈔二集·繡餘小草

左錫嘉

錫嘉（一八三一——一八九四）字韻卿，一字小雲，號浣芬，晚號冰如，江蘇陽湖人。大理寺丞昂女，吉安知府華陽曾詠繼室。九歲失恃，育於嬸家。夫歿於曾酉軍中，氏携諸子女扶柩還川，遷居成都杜甫草堂之側，奉老撫孤，賣畫爲生。與姊錫蕙、錫璇，並以詩書丹青擅名，著有冷唫仙館詩稿八卷詩餘一卷（又名曾太僕左夫人合稿，光緒十七年曾光煦晉昌官署刻本）。

秋夜迴文

涼夜秋簾捲，冷夢雲情遠。香影花露霏，落月照空館。
長天共月明，瘦影花憐夢。廊虛落葉風，夜深轉愁重。

冷吟仙館詩稿卷二吟雲集上

王輝章

輝章字鈺相，福建永泰赤岸人。清咸豐五年乙卯副元，歷建寧教授，建安、浦城、崇安、甌寧、歸化、建溪、汀州等地教諭訓導。著有紺珠集、布帆無恙集、緣情集。

夏日迴文

前溪遠送晚風涼，笛弄閒吟愛日長。鮮雨着荷池吐緑，淡雲飛竹隖添黄。眠蟬見影隨花落，語燕驚雛掠草芳。天隔樹陰山隔水，煙生密檻繞虚堂。民國永泰縣志卷八藝文引緣情録

失名

原未署名，見烏程女史吳掌珠飲香樓小藁鈔本後（上海圖書館藏）。

秋江風景迴文詞

玲瓏畫景勝江湘，隱約清聲笛意涼。蘆雪撲烟看遠渚，竹竿撑艇過横塘。鷗飛落日斜留影，藕折秋風晚動香。羅袖笑迎花隔岸，小橋流水繞紅墻。

回文虞美人詞

譚玉

玉號芙蓉主人，自署龍溪麗仙，著有聊閒緣軒詩鈔（同治二年廣州梁學文堂刻本）。

髮誓烏絲五言廻文圖

誓髮結同心，黎青刺以針。美艷花顔色，咏爲銀玉吟。

四言廻文圖

銀玉情濃，别恨重重。人高菊逸，新竹老松。聊閒緣軒詩鈔

案：係幻緣四畫圖中之詩

如蘭女史

鳳帕迴文

歌聲幾度暗傷神，欵欵深情玉共銀。高點燭時低唱曲，多愁解處怨殘春。譚玉聊閒緣軒詩鈔

漣漪女兒

芙蓉圖三言迴文

人品英，蓮氣清。銀光潔，玉明瑩。聊閒緣軒詩鈔

畫屏

六言迴文

瑩瑩壁白珠明，皎皎雪亮冰清。聲聲憶銀思玉，黯黯離別傷情。聊閒緣軒詩鈔

小環校書

梨蒂華針四言迴文

玉如人可，水似情深。曲聲一唱，別離傷心。聊閒緣軒詩鈔

案：玉即譚玉，銀指玉所愛之銀姐。係如蘭女史、漣漪女兒、畫屏、小環校書贈予譚玉、銀姐之鳳帕迴文、芙蓉圖、梨蒂華針諸繡圖中詩。

王玉麒

玉麒字霞村，直隸大城人。清光緒二十三年丁酉冬，司鐸高邑。著有豆香齋吟草二卷（光緒二十八年刻本）。

豆香齋即景仿迴文體

東西岸柳緑叢叢，果菜分畦半種菘。紅影日移花遇雨，翠華露滴竹摇風。桐栖鳳見多符瑞，水戲魚游遡化工。融洽一心無爾我，中懷淡到忘窮通。豆香齋吟草卷上

迴　文

烟渚柳絲絲，月堦花馥馥。前窗夜讀書，響送風鳴竹。
霞彩如雲霽，緑陰槐蔭清。花牆過舞蝶，柳岸聚啼鶯。

迴　文

懸崖翠滴雨涓涓，岫遠横嵐似淡煙。圓葉初生荷點點，響泉流聽水潺潺。蟬聲一樹雲團緑，蝶立高枝花鬥妍。天晚欲晴新上月，前溪汲水取茶煎。豆香齋吟草卷下

程燮奎

燮奎字子鳳，湖北孝感人。候選知縣，懷安山長，主纂縣志。

甲戌重九陪縣幕諸君子登懷城文閣用迴文體

長垣塞上閣流丹，勝會高登共醉歡。黄葉落庭邊地迥，白雲浮嶺暮天寒。囊空媿我仍茱佩，盞酌邀人倩菊餐。良日九秋清極目，疆關入望一憑欄。

郊平落照對窗虚，倦倚樓時動感歔。匏繫一方殊困轍，菊看三度浪浮居。巢營燕幕危如客，帛寄鴻征遠盼書。膠漆等形忘泛梗，交深共集慶連茹。

年來盼約會看花，碌碌猶輸一著差。天外境寒俄白露，客中忙負却黄華。懸檐四面迎風急，瘦嶺千林映日斜。前殿綺輝騰列宿，仙飛入閣焕文霞。

紗窗啟瞰俯邊疆，望處高如不隔墻。沙白捲風催去雁，草黄鋪水渡歸羊。斜陽夕照遥開牖，緩步聯吟快舉觴。遮莫遠峯齊向對，車停且喜共翺翔。光緒懷安縣志卷八藝文

花溪漁隱

浙江海寧（海昌）人。

客中無聊戲作廻文一絶呈政

清風夜月透踈林，霽色天池曲院深。箏撫晚樓瓊女怨，征南雁陣過江潯。〜申報光緒元年十月廿一日

杜蔭階

蔭階，署珠江漁侶

擬隱居夏景迴文二首

萋萋草色翠涵烟，足雨新秧徧插田。迷徑野花盤疊嶂，繞江春樹映晴川。西東應瀑山傳谷，上下流雲水映天。啼鳥一聲風習習，棲雲闢壑遁真仙。

塵囂謝絶樂真修，水秀縈溪傍小樓。晨夕度來逃世俗，釣耕安處解煩憂。津通別浦孤舟泛，港曲穿橋築墅幽。濱海隱居高逸志，身閒比甚比閒鷗。〜申報光緒元年十一月十九日

徐文潞

文潞字嘯湖，江蘇蘇州（吳中）人。

廻文詩

櫺疏暖日映窗紗，淡淡雲籠煙柳斜。庭小來聽痴燕語，青苔潤雨一欄花。申報光緒元年十二月十日

徐 涵

涵，四川灌縣人。歲貢生。

崇福寺幽居詩倣張三丰廻文體

東堂草映竹亭西，獨許高人得穩棲。風向面欣多日暖，月當頭喜少煙迷。中林滿見繁花放，外院喧聞衆鳥啼。通一使心誠潑潑，空元妙道佛仙齊。光緒增修灌縣志卷十三 灌縣文徵卷十一

李銘鼎

銘鼎，雲南霑益人。州廩生。

白菊廻文

移花乘雨微浸根，老圃秋光玉吐温。披石寒霜清比潔，透窻疎月冷銷魂。詩吟醉裏香濃淡，露滴愁中夢曉昏。遲掩畫簾風捲半，籬東采蝶舞翻翻。光緒霑益州志卷六藝文下

秦　雲

雲（一八三三—一八九〇），字膚雨，一字小汀，號西脊山人、胥母山人，秦七詞孫，江蘇長洲人。諸生。時常往來蘇滬間，與黄燮清、姚燮、蔣敦復等交游。善書，喜詞曲，著有裁雲閣詞鈔六卷（同治七年刻本）。

菩薩蠻 閨怨迴文

裊風垂柳煙隄繞，繞隄煙柳垂風裊。愁獨倚高樓，樓高倚獨愁。　鳳衾閒遠夢，夢遠閒衾鳳。多淚溼裙羅，羅裙溼淚多。裁雲閣詞鈔卷五井華詞

居鳳詔

鳳詔（一八三三—一九一三）字廷宣，號逸園，晚號雲山樵叟，江蘇寶應人。諸生。著有緑埜草堂唫稿（一九一四年上海商務印書館排印本）。

甲午春眺回文

空庭小立春寒峭，岸柳啼鶯早燕歸。紅杏有花開觸月，蝶蜂環繞故飛飛。 緑埜草堂唫稿

千爲傑

爲傑（？—約一八八七）字立三，號樂齋，綏遠武川人。清道光二十九年拔貢，光緒十三年赴省候選教諭，卒於旅次。著有倚杵山房詩集。

冬夜不寐回文

殘漏覺風寒，坐吟獨辛酸。彈琴撫夜半，團團照月看。 何德潤武川詩鈔卷七國朝五（光緒十五年鈔本）

王貫三

貫三號笠天，甘肅定西人。清咸豐九年己未陜甘鄉試解元。著有冰鼎詩集、錐處齋焚後草。

題織錦圖迴文二首

菱鏡落花元夜半，血盟寒淚碧封紗。棱棱月影看幽閣，信問秋空斷雁斜。

梧擔半月窺人病，寸寸蓮絲苦割心。燕塞遠天黏草碧，斷魂知夜隔雲深。 陳子偉隴上玉音

卷五（虛受山房稿本，上海圖書館藏）

吴清俊

清俊字禾生、和笙，號章民，河南正陽汝南埠人。清同治元年壬戌舉人。絃歌書院山長。

即景 廻文詩

秋風晚樹滿飛鴉，倚杖藤墻半日斜。舟住近灣隨鶴棹，網移閒浦聚魚叉。樓邊水繞村林出，寺外峯連野岸遮。遊興乘時除草徑，幽籬淺碧露黄花。民國重修正陽縣志卷八藝文

王定安

定安（一八三四—一八九八）字鼎丞，號空舲，湖北東湖人。清同治元年壬戌舉人，入曾國藩幕，叙功授崑山知縣，移山西冀寧道，終安徽鳳潁六泗兵備道。著有塞垣集六卷（宣統三年京師書局排印本）。

戲作回文詞四首

春

風漾碧桃香泛水，日遮青柳嫩凝煙。中亭小立人游倦，靜院深棲鳥伴眠。

夏

青荷曉對山中月，綠竹涼生水畔樓。亭映碧鬟仙勸酒，座環紅袂客銷愁。

秋

天風晚拂青松老，夜雨新添綠菊香。邊塞客來南雁遠，滿山秋葉落寒霜。

冬

琴弄客愁添鶴舞，酒澆人醉伴梅寒。吟詩小閣金樽舉，倚枕高樓玉漏殘。塞垣集卷二

偶讀朱子菩薩蠻回文戲效其體

幕雲秋捲飛鳴鶴，鶴鳴飛捲秋雲幕。初月落窗虛，虛窗落月初。碧黏長城石，石城長黏碧。楓映晚霞紅，紅霞晚映楓。塞垣集卷三

任松珠

松珠字端卿，江蘇震澤人。蘇庵次女，涼州張起鵾繼室。著有瑶清仙館詩藁一卷詞藁一卷（上海圖書館藏鈔本）。

四時閨怨迴文

殘花恨泪著風寒，泪著風寒曉憑欄。欄憑曉寒風著泪，寒風著泪恨花殘。
香蘭浴試卸輕粧，試卸輕粧拂簟凉。凉簟拂粧輕卸試，粧輕卸試浴蘭香。
秋深照夜月明樓，夜月明樓倚遠愁。愁遠倚樓明月夜，樓明月夜照深秋。
看山遠映雪增寒，映雪增寒衣薄單。單薄衣寒增雪映，寒增雪映遠山看。

瑶清仙館詩藁

單玉騏

玉騏（一八三五—一八八二後）字瑞初，號伯鷚，廣東增城人。諸生。著有東南樵草堂詩鈔四卷（光緒二十年刻本）

答鄭琴石用廻文體

途程隔我懷朋友，白水秋來艇放遲。孤枕撫吟清夜永，筆花生動興敲詩。琴石欲買舟過訪以詩見寄 東南樵草堂詩鈔卷三

李東沅

東沅（一八三五—一八九九）字芷汀，號汀甫、酒坐琴言室，浙江慈谿人。著有天香唫館詩

稿四卷（上海圖書館藏鈔本）

詠梅 迴文

橫枝幾處愛昏黃，倚樹高唫醉客狂。明月射窗疎透影，翠煙凝閣暖浮香。清泉瀉澗寒衝石，瘦竹依籬短映牆。晴雪積山孤鶴放，平岡遠望獨思鄉。天香唫館詩稿卷一壬子申報（同治十二年三月廿三日）、王熙泰七十二芙蓉仙館詩選（又名優鉢羅花室詩選）題作梅花迴文詩。

春日即景 迴文

詩敲靜坐小窗西，倦鳥憐聲住不啼。絲雨織愁春漠漠，眉添黛色柳橫隄。天香唫館詩稿卷三己巳

張鎮濤

鎮濤字雪湖，浙江鎮海人。

菊花迴文詩

堂虛散錦春疑轉，景晚幽叢一味芳。霜曉掬英黃染袖，雨餘收艷紫盈筐。蛩啼亂影依

籬曲，蝶瘦憐香戀逕荒。觴罷泛時詩罷艱，蒼煙院落日茫茫。申報同治十二年三月廿五日

李東沅云：『張子雪湖，余髫年同硯友也。少年好學，才氣縱横，小試屢列冠軍，名噪一郡。後嬰瘵疾，年僅二十有四，即赴召玉樓，人皆惜之。詩文稿於彌留時囑家人焚之，蓋不欲以文采見也。余僅憶廻文詩一首，吉光片羽，彌足珍也。慈谿芷汀氏并跋』

周　贇

贇（一八三五—一九〇〇後）字子美，號山門、六聲堂主人、蓉裳居士，安徽甯國小桃源人。清咸豐十一年辛酉拔貢，同治三年甲子舉人。揀選知縣，大挑廬江教諭，未到任。置産興保赤堂，立約永禁溺女。復選青陽訓導兼理教諭。光緒十六年，主修青陽縣志，調署宿松訓導，徽州府學教授，花翎同知銜。喜鼓琴，致力六十五年，有詩曰『平生逸興在絲桐，琴操名傳有古風』。所著周氏琴律、山門新語行世。

東巖宴坐廻文

苔生翠壁石巖懸，坐繞雲峯九朵蓮。梅月夜浮香雪海，桂風秋散雨花天。灰飛有刼空成佛，累俗無心醉挾僊。盃酒酹神祈降嶽，才長出世應星躔。周贇九華山志卷一圖記（光緒二十六年刻本）

重構六聲堂落成迴文

喬松舊侶鶴巢新，遠慮千年幼悟神。調律六聲分韻母，建才三極合天人。瀟瀟竹翠籠窓月，燦燦花紅繡院春。瓢酒賞心清境妙，宵深講道見吾真。民國寧國縣志卷十二

陳作霖

作霖（一八三七—一九二〇）字雨生，號伯雨，江蘇江寧人。清光緒元年乙亥舉人，官教諭，歷任奎光書院山長、崇文經塾教習、上江兩縣學堂堂長、江南圖書館典籍、江蘇通志館總校分纂，辛亥革命後任江寧縣志局總纂。著述甚富，學者稱可園先生。有可園詩存二十八卷（宣統元年刻本）。

春望回文

深塢竹籠煙，滑階苔過雨。尋巢舊燕飛，鬧樹春鶯語。

夜坐回文連環格

滴壺蓮漏永，凝淚燭花雙。馝馞香留鼎，玲瓏月印窗。

窗印月瓏玲，鼎留香馞馝。雙花燭淚凝，永漏蓮壺滴。

永漏蓮壺滴，雙花燭淚凝。鼎留香馞馝，窗印月瓏玲。
玲瓏月印窗，馝馞香留鼎。凝淚燭花雙，滴壺蓮漏永。
馝馞香留鼎，玲瓏月印窗。滴壺蓮漏永，凝淚燭花雙。
雙花燭淚凝，永漏蓮壺滴。窗印月瓏玲，鼎留香馞馝。
凝淚燭花雙，滴壺蓮漏永。玲瓏月印窗，馝馞香留鼎。
鼎留香馞馝，窗印月瓏玲。永漏蓮壺滴，雙花燭淚凝。

春夜即景回文連環格

繁萼梅含胎，瘦形鶴聳脊。喧風户闔開，漏月簾疏密。
瘦形鶴聳脊，繁萼梅含胎。漏月簾疏密，喧風户闔開。
喧風户闔開，漏月簾疏密。繁萼梅含胎，瘦形鶴聳脊。
漏月簾疏密，喧風户闔開。瘦形鶴聳脊，繁萼梅含胎。
密疏簾月漏，開闔户風喧。脊聳鶴形瘦，胎含梅萼繁。
開闔户風喧，密疏簾月漏。胎含梅萼繁，脊聳鶴形瘦。
脊聳鶴形瘦，胎含梅萼繁。密疏簾月漏，開闔户風喧。
胎含梅萼繁，脊聳鶴形瘦。開闔户風喧，密疏簾月漏。

可園詩存卷二十六近遊草

蔡之綬

之綬（約一八三七—一八八〇後）更名世綬，浙江石門人。廪貢生。咸豐十一年，會太平天國經營杭嘉湖地區，嘗避居上海。有蔡之綬詩（上海圖書館藏鈔本）。

記夢迴文四首

妝鏡對披雲鬢緑，繡簾垂映玉顔紅。香添徑裏花霑雨，影繞庭中絮舞風。
鶯嘺樹裏夢驚初，燕語梁中閣繡餘。輕點衫痕添粉黛，明窗緑映曉鬟梳。
紗籠碧縷細凝煙，寂寂春閒倚榻眠。斜日紅窗幽恨鎖，花飛晚立小庭前。
簾珠捲起未停梭，錦織春愁斂翠娥。添袖紅黏芳蝶粉，纖纖步月踏輕羅。蔡之綬詩

葉翰仙

翰仙字墨君，浙江仁和人。著有適廬詞草（徐乃昌積學齋藍格鈔本）。

重疊金迴文擬幻墨戲編中之異布

柳亭離別人酣酒，酒酣人別離亭柳。眉黛蹙深悲，悲深蹙黛眉。
晚村煙樹遠，遠樹煙村晚。愁客獨登樓，樓登獨客愁。

下簾重倚晨妝罷，罷妝晨倚重簾下。鴻遠滯書封，封書滯遠鴻。管絃驚夢斷，斷夢驚絃管。離別話依依，依依話別離。

翠綃重揾雙痕淚，淚痕雙揾重綃翠。何奈喚情多，多情喚奈何。晝長慵倦繡，繡倦慵長晝。風笛遠驚鴻，鴻驚遠笛風。

夜寒初立閑階下，下階閑立初寒夜。涼月落空梁，梁空落月涼。極天青海碧，碧海青天極。圓影月娟娟，娟娟月影圓。

綠楊垂映花闌曲，曲闌花映垂楊綠。門掩乍黃昏，昏黃乍掩門。冷泉流石徑，徑石流泉冷。朝莫黯魂銷，銷魂黯莫朝。

遺愁閑炷香銷篆，篆銷香炷閑愁遺。苔翠印弓鞋，鞋弓印翠苔。思深緘錦字，字錦緘深思。長恨寄茫茫，茫茫寄恨長。適廬詞草

李韶九

韶九字簫卿，山東利津人，諸生。

醉漁翁迴文

籃傾醉去賣鱸鮮，豁眼青旗酒市前。酣飲對垂雙鬢雪，罷吟高臥一蓑烟。藍拖水色天

低岸，白漾波光月印川。三弄笛聲人寂寂，南隄柳繫晚歸船。

春遊迴文

聽鶯曉住小園林，嫩色煙絲柳吐金。靈雨賞來人載酒，美詩吟去客携琴。青山晚帶濃雲溼，綠樹春含野露深。汀遠落花飛碎錦，亭郵走馬策駸駸。

古離別迴文

妾住南山南，君戍北塞北。涉水還跋山，張弓復挾矢。月日閃旌旗，霜風磨劍戟。結幕毳毿毿，悲笳暮惻惻。逭哭鬼燐紅，煙騰狼烽黑。血戰半場寒，心關兩地隔。掟三奏鼓三，擒七兼縱七。節揚雙龍飛，書紙一雁寄。絶路悵三關，裁衣催刀尺。熱腸攬多愁，寒淚沾巾溼。別梦驚鳥啼，殘机断鴛織。妾思南山南，君懷北塞北。

秋眺迴文

沙平落雁秋江寒，樹繞山村水繞灘。賒望四郊空豁眼，斜陽夕照晚楓丹。

江村秋眺迴文

篷歸送客過南湘，遠眺人煙暮野涼。紅葉晚村千樹老，碧江秋色一天長。風濤怒捲蘆飛雪，水陣寒驚雁逼霜。東渡小舟漁弄笛，中流乱繞葭蒼蒼。

秋日四言迴文

荒村樹老，淡濃畫圖。蒼葭白露，闊岸平湖。黄金垂橘，白雪吐蘆。霜寒雁唳，月落烏啼。涼砧衣搗，遠市酒沽。觴咏得趣，徑掃童呼。

『月落烏啼』：原文

旅思迴文

笛聲一楼高，愁多心攪碎。唧唧蟲音凄，蘧蘧蝶夢記。剔燈彩蓮紅，横窗寒竹翠。擊柝催深宵，撞鐘聞遠寺。黑雲亱徑荒，黄葉秋林綴。客旅觸鄉思，如癡亦如醉。

秋日晚眺迴文登沙土嶺見霜葉繽紛風帆來往其畫景也

荒村古樹帶殘暉，晚唱漁舟繫石磯。黄葉落攙紅葉掃，白雲寒雜黑雲歸。長天水接遥飆去，澮露波衝宿鷺飛。涼味一林秋覓句，光風好入想非非。

初冬迴文

層層雪碎玉階空，澮影移窗射日紅。冰釋硯凹微聚墨，凝香古篆碧玲瓏。

晚次友人書舍即事迴文

攄懷倦客伴鳴蟲，久坐閒吟此宧中。虛室白開雙牖月，古燈青閃一簾風。渠盈水鏡波涵碧，鼎沸茶爐火熾紅。初唱曉雞聞起早，居人野屋繞西東。

水村晚霽迴文

東渡東吹風澮澮，曲江曲散霧濛濛。紅輪日隔高山晚，碧色天連遠水空。

晚春即景迴文

斜日隱遥村，晚春留勝地。花飛落雨紅，柳細含煙翠。衙午鬧蜂狂，国香尋蝶戲。家山隔樹雲，逸韵鐘敲寺。

由河泊鎮晚歸迴文

橈歸晚渡爭，亂影人散市。潮去復潮來，客行兼客止。遥村澹日黄，彩浪翻霞紫。寥寂伴鷗眠，碧空涵遠水。

春晴迴文

横塘柳鎖霧濛濛，眼豁青旗酒市東。鶯囀暗藏深樹雨，燕飛輕逐落花風。平隄一色春蕪碧，遠驛孤沉夕日紅。晴望四郊芳澤普，耕農課業樂年豐。

山行迴文

頑雲撥幽徑，倚松碧蘿捫。山深藏古寺，樹密隔遥村。武定詩補鈔（山東省圖書館藏稿本）

山居秋興迴文

悠悠路斷隔巒林，雨帶濃雲野澗深。樓外水光山外郭，畫中詩意曲中琴。秋天一雁寒歸塞，落月孤村遠聽碪。修竹翠含窗影淡，幽齋小坐獨高吟。齊燕聯唱卷十四

李貽雋

貽雋字偉卿，山東利津人，輯有齊燕聯唱二十四卷（青島市圖書館藏清稿本）。

顛倒和韻

悠悠晚鳥浴空林，滿隖斜陽夕徑深。樓繞花香侵瓦硯，檻摇松子落牀琴。秋横塞雁初催笛，月咽籬蛩寒報砧。修綆殘編長汲古，幽窗雅興寄清吟。齊燕聯唱卷十四

回文集卷四十五　目録

回文集卷四十五

孫宗武

宗武字竹坡，江蘇吴江笠澤人。道光七年入庠，著有一笑草（吴江柳氏紅格鈔本）。

和張子謙雨後巽峯閣晚眺汾湖用回文體原韵

東窓坐眺乍晴天，潤雨含郊遠態妍。紅染密枝新長柿（古詩熱蒸新長柿），緑垂陰柳舊啼蟬。風帆過客征輕浪，樹野歸鴉噪淡烟。空界眼臨憑閣小，融光月上露珠旋。（一笑草）

蔡季謨

季謨（一八四〇—一八九六）名承己，字君貽，更字季謨，以字行，江蘇武進人。國子監生，早年棄儒營商。咸豐十年，會太平天國東征，嘗奉母避居靖江。性喜吟詠，著有詠暉草堂遺稿二卷（一九三一年排印本）。

廻文菩薩蠻中秋夜偶作

月明邀客徵詩集，集詩徵客邀明月。秋色一天周，周天一色秋。逸興幽情適，適情幽興逸。盃酒戀高才，才高戀酒盃。夜深游賞吟懷雅，雅懷吟賞游深夜。明月一天清，清天一月明。遠近聞絃管，管絃聞近遠。豪興逞情騷，騷情逞興豪。詠暉草堂遺稿卷下

楊殿奎

殿奎（一八四〇—一九〇二）字叔賡，一字夙根，又稱髯叔，號可園居士，江蘇金匱人。清咸豐九年府學生，候選訓導。著有楞園類稿、月猗閣駢體文鈔。

箇儂有懷用廻文體

風動簾鉤捲幔帷，別離長感淚垂垂。紅霞爛處凝脂臉，碧月纖時畫黛眉。中夜盼鴻無信遞，上樓招鳳有簫吹。東西地隔渺雲樹，同夢香衾重與誰。申報光緒二年十月初三日

偶憶歌者用廻文體

前年幾度品絃歌，快樂原知事往過。蟬鬢掠雲開素鏡，鳳鞋移月踏紅羅。天晴語燕飛

花徑，日曉啼鶯藏柳坡。眠不夜成思贈芍，緜緜覺我繫情多。（申報光緒五年十二月十四日、又九年六月初五日、十二月初八日）

程麟此中人語卷一詩用迴文體：『迴文體詩，有巧奪天工，令人百讀不厭者，如前數年申報中，有偶憶歌者一律，心靈筆妙，惜忘其作者姓名，爰照録之。其詩曰，前年幾度品絃歌，快樂原知事往過，蟬髩掠雲開素鏡，鳳鞋移月踏紅羅，天晴語燕飛花徑，日曉啼鶯藏柳坡，眠不夜成思贈芍，緜緜覺我繫情多』。此則又載郭煦存詩詞趣話卷四。

顧曲主人伯瑜

戲仿循環體

秋江一色月沈浮，點點飛螢似火流。流火似螢飛點點，浮沈月色一江秋。（申報光緒六年八月廿三日）

沈韻梅

署玉峰漱霞客、玉峯庚元。

詠柳絮七絶廻文詩一首即希諸大吟壇郢政

驚心此候物遷新，暖晝清香襲可人。城滿落花飛朵朵，晴橋晝景麗江春。申報光緒十年三月二十六日

辛可人

可人，山東蓬萊人。

回 文

堂槐毓秀摘寒枝，曉署雲封雪榦垂。牆隔樹間花益壽，徑開煙裡夢探奇。荒祠古砌堆新葉，斷碣殘碑勒舊詩。觴詠一時陰鬱鬱，長條帶露晚含滋。吟林綴語（光緒二年序刻本）

濠梁戴文選少甫吟林綴語：『集前人句爲詩，佳者甚少，回文更不易作。蓬萊辛本檢茂才詠登萊道署古藤，乃集句二律。其弟可人茂才賦回文詩一律，皆不着痕迹，駘宕清奇，可謂難兄難弟矣。回文云，堂槐毓秀摘寒枝，曉署雲封雪榦垂，牆隔樹間花益壽，徑開煙裡夢探奇，荒祠古砌堆新葉，斷碣殘碑勒舊詩。觴詠一時陰鬱鬱，長條帶露晚含滋』。

郭鍾岳

鍾岳字叔高，號外峯，別署天倪子、訥道人，江蘇江都人。歷玉環、定海同知等縣事。工畫善奕，著有擊缶詞二卷懊儂詞一卷（光緒十二、三年刻本）。

菩薩蠻 回文

屋邊山靜風搖竹，竹搖風靜山邊屋。花落襯明霞，霞明襯落花。路深迷綠樹，樹綠迷深路。啼鳥倦飛歸，歸飛倦鳥啼。擊缶詞卷二

菩薩蠻 回文

薄寒春困人垂幙，幙垂人困春寒薄。烟篆裊晴天，天晴裊篆烟。病容花對鏡，鏡對花容病。深意兩知心，心知兩意深。

又

別離常重愁明月，月明愁重常離別。眉畫晚妝遲，遲妝晚畫眉。送春將笛弄，弄笛將春送。流水怨鳴鳩，鳩鳴怨水流。懊儂詞

謝家蘭

家蘭字愼齋，一字曰蓉，號竟芳，浙江餘姚人。廪生。著有餘蔭居存稿。

即事回文

微雲暮色一林霜，好景秋深淺草荒。扉掩竹枝寒弄影，屐沾苔徑晚生涼。飛飛鷺起驚波白，點點鴉翻亂葉黃。歸路遠山看落日，霏煙淡蕩水天長。姚寶書姚江詩録卷五（永思居校本）寧波耆舊詩（團結出版社）

梁喬嶽

喬嶽（一八四二—一八八五）字祝年，廣東順德人。著有袛園積逋齋詩集八卷（光緒十二年西湖街藏珍閣刻本）。

鐙下閨課請示璇璣圖格即景爲演廻文一章

玲瓏彩餤碧浮光，小院秋深夜透涼。丁玉戛風因欲雪，戍金摇月却疑霜。螢流暗壁荒苔綠，雁度前階落葉黃。聽笛遠空樓徧倚，凝愁一望一思鄉。袛園積逋齋詩集卷四

朱爲檝

爲檝（一八四五—？）字十洲，一字石舟，號九梧子，浙江括州西溪人。父有章，道光時宦蜀，生於平都縣署，八歲回浙，老年雙目失明。著九梧子詩稿（水窗餘事一卷、西溪樵唱一卷，復旦大學藏稿本）。

冬夜回文

青燈一點雨斜窓，火撥紅爐寒夜長。庭滿花枝梅盡放，玲瓏積雪白茫茫。水窗餘事乙丑

鄧嘉縝

嘉縝（一八四五—一九一五）字季垂，江蘇江寧人。清光緒元年舉人，官襄陽、武昌、黄州知府、奉天巡警道。著有晴花暖玉詞二卷（一九一九年江寧鄧氏家刻本）。

菩薩鬘迴文二首

瘦山青露煙痕皺，皺痕煙露青山瘦。紅淡落花風，風花落淡紅。蜨蜂閒盡撇，撇盡閒蜂蜨。春好待誰人，人誰待好春。

璅窗臨鏡妝釵朶，朶釵妝鏡臨窗璅。陰綠對横琴，琴横對綠陰。馥芬花睡熟，熟睡

花芬馥。風翦一闌紅，紅闌一翦風。　晴花暖玉詞卷下　仇埰金陵詞鈔續編卷二（南京文獻第七號）

郭福衡

福衡字友松，江蘇婁縣人。歲貢，清同治十二年癸酉舉人。晚晴簃詩匯稱其『才氣横溢，下筆數千言立就，書畫並入逸品』。

香亭公祖大人勸學養士諸友咸備文詞爲頌各體悉具衡既不工文又思勉力赴北然教養之德於心難恝填回文菩薩蠻即政

好山青映花廳小，小廳花映青山好。南浦頌棠甘，甘棠頌浦南。　士慙偏暮齒，齒暮偏慙士。裝束待言揚，揚言待束裝。　黄振均感發集卷一（光緒元年刻本）

樊增祥

增祥（一八四六—一九三一）原名嘉、增，字嘉父，號雲門，别號樊山，湖北恩施人。清同治六年丁卯舉人，光緒三年丁丑進士，改庶吉士，出補渭南知縣，累官陝西、江寧布政使，護理兩江總督。辛亥革命後，寓居北京，曾任參政院參政，又兼清史館事。工于詩，好爲豔體，多至三萬餘首，與易順鼎並稱兩雄。有樊山集二十八卷（光緒十九年渭南縣署刻本）、樊山續集二十八卷、二家詞鈔五卷（光緒二十八年西安臬署刻本）、樊山集外八卷（一九一四年廣益書局刊本）、《樊山詩詞文稿》十二卷（一九二六年廣益書局刊本）等行世。

東園即事回文

廊筠倚石瘦松扶，曲沼芳荷玉卷舒。香荔綠來風扇拂，晚棠紅後雨簾疏。黃鶯借樹巡杯酒，紫燕驚花落架書。牀墮葉聲琴戛玉，雁天斜映綺窗虛。

寄伯熙

同人世事兩悠悠，酒病和愁遣白頭。公武笑人無學問，仲文偕客愛風流。松臺月挂明珠夜，雁路霜迴碧樹秋。鴻斷問誰知念此，東溪傍鶴引輕舟。

無　題

欄曲繞花千種思，箋頭雁與寄清詞。水飄葉葉紅如錦，煙鎖山山翠似眉。藕白同心將我許，蓮紅蓄意有誰知。鏡菱如月佳人照，圓夢綺窗秋詠詩。

思種千花繞曲欄，詞清寄與雁頭箋。錦如紅葉葉飄水，眉似翠山山鎖煙。許我將心同白藕，知誰有意蓄紅蓮。照人佳月如菱鏡，詩詠秋窗綺夢圓。

茶乳泛杯香瀲瀲，竹斑裁簟綠娟娟。斜釵玉髩飄花雨，淺暈羅衣染柳煙。華片一衾霞妒夢，繭紋雙扇月同圓。鴉啼曉樹芳情動，塔寺春游記少年。

秋夜

愁人玉水送年華，影弄風燈照髩鴉。秋雁白翎霜挂樹，夜鵑紅淚雨明花。鉤簾畫出初黄月，碾葉香分淺碧茶。樓上懶雲嬌抱夢，修修翠竹映檽紗。

遣興

晴日十分花事好，念誰知覺夢春遊。清談夜客思中酒，擾睡春人怕上樓。鶯囀百花飄笛鈿，鳳銜雙帶惹香篝。卿髯似戟須憐愛，碧樹芳雲莫說愁夜客見盧思道文

綺懷

蘭芳結佩楚江濱，近日何人慰翠顰。鸞扇寫文雙寄淚，燕釵敲玉小傷春。寒消雪樹新移鳥，暖送花香故著人。安枕繡牀虚好夢，斑斑晚雨溼簾筠。

紗窗碧似淡羅雲，佳茗香於綠甕春。繡枕雙棲雙瑣玉，花簾一曲一鉤銀近人吴蘋香有花簾詞小鸞窺鏡粉勻淚，斜燕賽襟紅映人。錦製詩箋新試筆，霞添臉暈墨添唇。

雲羅淡似碧窗紗，春甕綠於香茗佳。玉瑣雙棲雙枕繡，銀鉤一曲一簾花。淚勻粉鏡窺

鸞小，人映紅襟賽燕斜。筆試新箋詩製錦，唇添墨暈臉添霞。

鴻姪作東園即事回文八韻小有意致更用原韻廣之凡十二叶

舟横問渡遠如何，畫雪開堂有老坡。雔校細書侵碧蟫，酌斟新酒泛紅螺。秋琴夜合松聲慢，雪盞香浮菊瓣多。柔緑夏涼風榭柳，靚紅春裊雨牆蘿。幽叢綺桂搴芳佩，小萼緗梅繞豔歌。愁蝶粉沾霜後蕙，暗螢青點露中荷。鷗邊竹引閒亭水，鶴外花通曲徑莎。篝暖聚煙霏碧麝，鏡圓窺月晝檀蛾。樓西賭韻敲釵玉，檻曲縈香熨袖羅。甌白沸茶聽水調，板紅翻拍按雲和。悠雲晚去書銜雁，綺日晴來字換鵞。留燕賀巢香護萼，游魚玩沼月添波。

將入都門書懷示客

桑株萬樹關懷最，好去東園小袂分。黄菊壓霜如傲吏，綺琴迴雪似文君。光明戀燭紅蓮朵，正麗呈書寶笈雲。香圃晚來由此别，翔回一鶴引鸞羣。

夜話齋題壁

層層緑樹桂堂東，舊話閒温酒琖同。燈暈竹涼花簟雨，澗鳴松韻玉琴風。綾花墨染秋屏畫，帶草香摇夜燭紅。藤挂月鉤簾挹翠，冰壺碧沁影玲瓏。

秋夕書感

南江落葉一輕舟，住處何人識旅愁。藍面恨人傷世亂，白頭憐我誤身謀。含花燭影雙枝玉，墜雨簷聲數點秋。堪笑一鷗閒似客，菴西出月度鐘樓。知誰瘦減帶圍腰，起詠新寒夜燭高。悲老杜鵑聞北蜀，返仙丁鶴語東遼。啼鸚隴月秋吹笛，過雁胡天雪洗刀。思夢有人懷北闕，池荒墮葉雨瀟瀟。

駕幸晉陽恭紀

山翠入秋清御輦，捲旗黄蓋紫雲連。天門北控飛鸞馭，雪海西巡促馬鞭。環佩别宫行駐蹕，詔書頒澤草求賢。邊城月印霜蹄駿，苑内傳烽起夕煙。

秋夕示内

移巢舊燕似臣羈，倦馬東華夢醒遲。離亂避人逢塞雁，病愁憐汝畫山眉。詞人舊怨秋蘭減，月榭新涼夜笛吹。池照影娥青髩薄，衰容鏡北水楊垂。

秋夜過彦孫

詩人瘦似竹枝斜，好句題牆護碧紗。飢忍鶴田秋盼雨，影收鸞鏡晚明霞。詞家兩寫箋頭雁，樂部三催笛裏花。遲過月寮虚掩箔，宜斟淺淡越甌茶。

疊韻柬仲綱弟

詩窗玉色一川斜，影動簾波月浸紗。飢雁憶鄉蘆漫雨，瘦螯宜酒菊爭霞。詞箋玉海人傳藁，畫境禪牀女散花。遲久願君過晚飯，宜相愛處淡湯茶。

『藁』：樊榭山詩集（上海古籍出版社）改作『稿』

午橋中丞出關迎駕旋拜使豫之命再疊前韻奉寄

詩中汴水一橋斜，曉驛霜風透帽紗。飢宦薄分金掌露扈從諸臣日有賜金，侍臣名耀玉關霞。詞人馬遞飛書檄，院女龍游近輦花。遲謁上方西駐蹕，宜春小貢御團茶時以茶點進御。

回文『花輦』句注云『傳聞駕幸玉泉』，『檄書』句注云『各國頻有書疏』

繡漪極愛余迴文詩三四疊前韻

詩錦織文迴繡枕，字珠真滿畫屏紗。飢人楚菊餐寒雨，静女秦簫閣晚霞。詞和舊題雙管翠，髻梳新様一釵花。遲來月色猩簾暖，細蕊秋香送井茶。詩箋玉葉幾行斜，貼上蠻紅小格紗。飢鳳一餐香徑竹，斂蛾雙暈酒邊霞。詞填夜雨輕敲玉，錦曬秋畦滿種花。遲日綺雲香閣暖，宜看細筆畫山茶。

遣　懷

燕游倦後馬歸秦，貴甚儒林學道人。妍菊淡然頹欲老，小梅紅矣奈何春。天隨也樂尋瓢笠，月上妾樊榭虛言侍櫛巾。圓式玉罏添炷麝，煙紗碧送晚香新。

竹延尤愛余迴文詩疊韻爲贈

燕如不築金臺峻，大國秦誇最有人。妍色女同書本善，老年人笑柳衣春竹延新製翠茸裘。天寒薄酒賒頭甕，夜坐枯棋對角巾。圓顆數珠經轉罷，煙籠淡月晚來新。

遣懷詩頷聯亦作妍菊晚香無奈老滿梅寒意有何春繡漪以爲佳因足成之

燕秦隔斷書空雁，柳畔池臺北望人。妍菊晚香無奈老，滿梅寒意有何春。天於遠道紆鸞錦，雨作啼痕漬麝巾。圓玉琢槽檀鳳紫，轉喉車子曲翻新。

四叠韻示竹延

燕薊别來西望秦，散花知否是天人。妍詞宋杏紅情綺，古畫唐梅粉朵春。天醉已回難止酒，月弦初上怕沾巾。圓甌白定香茸紫，翠滴簷花賞雨新。

夜話有贈

篁粉墮風秋院靜，芰荷無影照清池。霜欺葉醉不無酒，月似人佳更有詩。囊製縮砂香暖胃，簟收斜竹玉涼肌。長更數盡香盤篆，笑上樓時有夢思。

叠前韻遣興

篁疏戛佩風窗暝，掩幔燈明玉水池。霜變橘酸微帶酒，雨如花意可無詩。囊書上奏休緘口，麈柄長攜冷熨肌。長恨别時青色柳，淚衫秋有舊京思。

憶北臺

京西勝處山當户，面北亭欄曲徑斜。聲驟雨荷香院麴，影飄風絮落棚瓜。鶯捎戲蝶縈絲柳，鷺看閒魚唼片花。清夢午窗槐蔭緑，亭薇過半酒人家。

憶歌者崔靈芝

高臺舞袖繞花飛，幾串珠歌豔雪霏。桃葉百環輕綰髻（毛西河妾梳百環髻）柳枝雙帶秀飄衣。嬌鶯借重名兼姓，小燕猜量瘦與肥。簫鳳引人仙夢遠，紫房芝憶甚時歸。

畢希卓芳菲菲堂詩話（宣統元年海上鄉嬛社印）：『文心雕龍云，回文所興，道原爲始。傅咸有回文反覆詩，温太真亦有回文詩，俱在竇滔之前，則回文詩非始自蘇蕙可知。近今此體不多觀，蓋亦疋不易工也。恩施樊山方伯增祥有憶歌者崔靈芝詩，即用此體。詩云高台舞袖繞花飛，幾串珠歌豔雪霏，桃葉百環輕綰髻（自注，毛西河妾梳百環髻），柳枝雙帶秀飄衣，嬌鶯借重名兼姓，小燕猜量瘦與肥，簫鳳引人仙夢遠，紫房芝憶甚時歸。倒讀之則爲歸時甚憶芝房紫，遠夢仙人引鳳簫，肥與瘦量猜燕小，姓兼名重借鶯嬌，衣飄秀帶雙枝柳，髻綰輕鬟百葉桃，霏雪豔歌珠串幾，飛花繞袖舞台高』。

再贈竹延

秦甿共酌小螺杯，病酒蘇仙散值纔。真意可須詩筆代，錦秋還望報書來。人生馬耳飄風聽，士有燕然卓筆才。塵軟隔花何日近，春城鳳盼曉雲開。

回文『來書』句注云『李秋錦有尺牘行世』，『代筆』句注云『劉光世嘗命侍兒意真代筆』。

雜興

薇紅盥露香盈袖，荇翠牽風軟結條。霏雪白研茶磑乳，滴珠紅壓酒牀糟。歸當寄信安慈竹，起喚啼妝倩小桃。誰贈碧珊瑚筆架，那無青錦製書弢。

回文『喚起』下注云『鳥名』

次竹延遣懷韻

新録夢華京信遠，念誰花踏軟紅塵。真傳鶴態梅妻豔，佩結珠雲楚女神。人贈好詩閒臥雨，病緣多酒罷游春。茵如碧草香縈座，畫入春桃訪李因李今生女史名因工畫花卉

叠韻示竹延

新月半窗斜映柳，好詩評點一無塵。真仙寫稿留禪畫暗用張三丰冷謙事異瑞占花示夢神暗用芙蓉鏡事人醉也薰香鴨睡，客留爭豔碧螺春。茵紋玉皺還深坐，笐火香林道宿因。

讀松陵集有曉起回文二首詞多未愜固知此事如麻算棋奕後勝於前也因次其韻

平簷竹翠浮煙煐，曉幌燈紗薄映人。清肺渴教花露浥，篆心香學茗煙新。城春落月啼烏早，院靜來雲引鶴馴。晴日綺錢窗鏤玉，膩箋詩寫墨香勻（右和魯望）

東圃曳筇方竹短，盞霞朝飲一愁無。紅簾繡捲催鸎語，粉翅金描補蝶圖。風幌曉山真北苑，月窗春景畫西湖。中庭小鵲鳴時起，夢裏花醒一鶴孤（右和襲美）

府主將入關竹延有詩亦賦一首

心幡錦繡衮衣公，曉驛霜高詠渚鴻。金落肘符雙繳上（武衛全權俱罷），蠟封書奏幾留中。侵霜晚髩潘詞苦（公時有黄門之戚），覆局殘棋謝墅空。深眷舊臣樞望重，鬉鬉馬首隴雲紅。（樊山續集卷十二西京酬唱集）

曉起坐緑勝盦呈少保師（回文）

煙帶露華清氣曉，碧垂垂柳畫窗綾。傳公是學真星日，讀子由詩冷雪冰。天信有情魚水在，地閒無草蕙風蒸。前從記室宣高論，罷舞雩游臥曲肱。

登吉士樓呈弢夫（浙館爲趙天羽寄園故址屋後有樓五楹抱冰師題曰吉士樓）

臺池好處在深幽，水抱斜街一玉鈎。開畫古藤舒靜院，振衣天羽借高樓。苔皴舊井茶煙緑，燕掠寒塘柳色秋。來看晚山西疊翠，才人楚越入歌謳。（樊山續集卷十九近光集）

回文『謳歌』句注云『余不日赴浙』

秋景回文

牆花度影蝶藏深，鵲動風枝橘綴金。香篆裊雲籠壁畫，竹簾通月曬牀琴。良鄉酒過無佳味，復社詩多幾苦吟。涼夢鶴邊秋喚起，黄花許我獨知心。

回文『吟苦』句注云『自余戊戌入都萍社遂散邇來酬唱復盛』

秋景再賦

㸑秋一柳著煙輕，水畔西樓翠色晴。人泥緑筩郫酒淡，客貽香餅建茶清。新霜鬢怯初來雁，晚樹花留欲去鶯。塵榻掃餘公膳罷，茵紋玉皺賭棋枰。

秋日雨中讌客次何方伯回文韻索同人和

予招一叟漫行杯，坐榻安花倚北臺。虚與昴推同緑酒（西法每於星期會飲）露兼霜落欲黄槐。書家舊本千毫秃，畫手名縑幾卷開。疏雨墊巾烏角軟，初寒嫩菊早看來。

無　題

看人寄涙濕封綾，小字書箋素指冰。寒辟玉罏温炷麝，穗垂珠蕊細飄燈。鸞釵小映斜枝竹，鳳屧纖於軟角菱。安得可人春後别，欄花繞月待郎憑。

夜雨次受軒韻

階平水滿積莎青，客送秋堂畫燭停。懷古有吟風弄雨，句新無對影酬形。排擠一樹爭寒鵲，爍閃重簾入暗螢。佳語語君逢酒暖，齋西竹笛擘誰聽。

夜　霽

霞顔駐酒得閒身，遠漏宫壺玉滴頻。花意快然天愛好，燭心紅甚暖如春。紗窗緑淨松過雨，月夜清佳茗似人。華有菊黄金綻蕊，斜枝數朶晚香新。

高等學堂新葺小園秋日與懋臣觀察洓之大令飲卷阿館即席有作

斑斑錦石細垂蘿，爽氣秋高雲雁過。山斷不平天與翠，水多無定雨鳴荷池水常竭待雨而滿。顔開酒進將誰勸，講輟亭中可若何。閒院午陰桐井緑，鸞驚欲起緩聲歌。

登臺疊予來韻酬仁甫

來雁霜林出月初，桂叢叢亞菊疏疏。開花好待新醅甕，啖果佳如有味書。槐秀獨憐蟬殼退，鳳饑長笑竹心虚。臺登數級梯雲碧，杯引一詩君贈予。

初寒

風琴玉動警棲鴉，日出東窗紙換紗。豐要氄裘勝弱體，軟宜蒸餅試殘牙。紅蟫蝕卷詩呈草，緑螘浮巵酒起花。重幔翠罏薰熟麝，濃香午茗酌些些。

秋窗

華清曉氣月窗斜，屜倒迎來此客佳。花露染藍柔性紙，柳風吹淡淺紅紗。叉丫玉挂長條畫，馚馞香煎幾串茶。衙吏散時芳菊晚，鰕簾翠捲一鈎霞。

秋樹

鴉來莫喜鵲來長，氣得秋多態老蒼。花發偶然嫣愈醜，葉多何者緑非黄。瓜爲棗認新成實，菊映松憐晚送香。佳月夜來人境寂，蛇龍動地掃風霜。

雨中夜宴次懋翁來韻

人中數鶴嵇生一，夜笛邀仙醉上樓。新舊黨知誰得志，下中才愧我吟秋。顰螺翠解山眉恨，淚燭紅銷雨裏愁。伸指將壇詩伯五兼謂何吳徐文四君賓來雁住强君留君屢欲歸余强留之

回文『恨眉』句注云『恨眉淚眼秦少游詞』

再叠前韻贈懋翁

人兩三觴引水流，曲池芳影照高樓。新花百態詩人老，秃柳雙行雁信秋。顰笑各如山就畫，醉醒無過酒銷愁。伸兼屈問誰龍蠖，賓主忘情任去留。

無題叠前韻

看誰贈句織新綾，字是花紋繭是冰。寒峭倚樓晴待月，影嬌横榻别移燈。鸞迴枕繡雙榴桂，燕琢釵頭並荔菱閩中花樣多桂榴菱荔一取多子一寓伶俐也安問懶雲梨夢薄，欄東寄信一無憑。

無題三叠韻

看花作樣織花綾，影寫梅枝一片冰。寒暖適中香在被，喜愁分半夜羞燈。鸞紅倚扇遮

桃靨，麝碧成塵掃鏡菱。安否是儂詢竹報，欄迴玉曲幾依憑。

無題四疊韻

看詩近與寫袍綾，好句清如玉井冰。寒酒怕斟郎借盞，解襦羞睡自藏燈衣桁藏燈見宋詞。鸞鷩兩帶長條柳，蝶繡雙鞵小樣菱。安息一枝香裊裊，欄紅小立玉人憑。

白菊次韻

幽愛花枝花愛貧愛貧見唐詩，粉匳妝就畫真真。秋宮桂濕剛寒露，雪嶺梅逢又小春。愁送酒錢無冷宦，淡求詩味有閒人。勾弦月照空階玉，收帔風中洛女神。樊山續集卷二十三紫薇二集

長夏遣興寄藍洲杭州子封京邸

雞窗勸學老夫潛，疥壁詩多舊韻拈。西子有山湖色潤負薪山以西子得名，朔方看月歲籌添。啼鶯一聽常中酒，語燕雙歸始下簾。藜杖倚人懷遠道，低花晚映玉鈎蟾。

回文『子西』下注云『謂唐子西』

晚步池上

斜暉綺樹晚涼初，倚竹新安半榻書。茶炒嫩青煙避鶴，沼涵虛影月驚魚。花三兩朵紅

無那，柳萬千條緑有餘。沙白漫池前夜雨，霞融澹粉滴荷蕖。

納涼

吟秋望雨卷雲烏，妙墨遺詩寫大蘇。深樹楚雲生壁畫，蹙花湘水蕩簾珠。金絲萬柳如年少，玉版雙魚得意無。沈李緑甆冰浸手，琴牀佇月夢西湖。

無題

關關學語偶來禽，院靜飄煙炙水沈。山翠鎖愁無酒暈，葉紅鐫字有花簪。斑痕玉佩雙離合，别意詩家各淺深。鬟緑似雲香擾擾，箋詩寫我惜花心。

得南中書

藍雲叠浪蹙紋茵，散帙書牀墮粉筠。含吐一櫻珠顆細，卷舒雙軸玉籖新。三三董徑香苔嫩，小小蘇隄柳色春。堪笑一行斜字雁，南江寄信有來人。

閱報紙戲書

徒然計利取譏嘲，反覆心情任貶褒。無可盡言空縱誕，有何知識特矜驕。朱同白辯誰非是，燕與鷗爭幾暮朝。狐有野禪談自妄，蕪荒學舍草蕭蕭。

寄懋翁東湖

不勝可意畫湖湘，白與蘇隄兩綫長。秋到緑荷煙景好，髩飄絲柳水風涼。鷗閒對話詩成集，鯽美留人醉有鄉。頭白笑花逢夏閏，舟如屋小小蓮香。樊山續集卷二十四紫薇三集

秋夕回文

鉤兒月白桂堂東，起挂簾衣落翠桐。甌滿不寒金掌露，袖拖斜倚玉屏風。秋横雁字書空碧，夜照花房燭暈紅。愁自我愁卿爲底，樓西别燕語惺忪。

秋夕回文再賦

安巢燕語對花釭，響樑閒時有吠尨。寒淺任温香被半，醉深宜倒玉瓶雙。蘭枝折戴鬆雲髩，竹影交涵待月窗。竿綫縈心歸不得，看來畫得釣魚篗。樊山詩詞文稿卷五

虞美人回文

雙成佩玉雕蘭翠，似得香中意。錦緘雲碧雁飛斜，遠寄淡泥金畫並頭花。羅紋碧色

秋窗曉，斷夢蘿煙裊。拂花驚燕見相思，別久扇紈齊寫定情詩。　眉山遠黛

花叢一色深春晚，戀蝶斜枝軟。玉敲風竹不勝寒，翠袖酒醒初凭小紅欄。　愁多莫弄

愁中畫，楚楚衣羅砑。柳如腰細水如煙，小院紫微花映月西偏。　屏風障玉

娟娟月似織羅襪，浥露蓮香發。夜涼池玉起微波，臉障紫鸞輕扇倚清歌。

秋牀簟，靜夜流螢碧。裏衣羅薄玉肌明，露透綠綃煙樣藕絲裙。

腸迴九曲欄花亞，黯黯香生夜。雪肌紗繫有誰知，恨此柳絲金蹙燕來時。

雕花碧，倚笑雲鬟溼。露霏叢桂碧綃輕，扇畫月中花是故人情。

重疊金

下樓珠絡金鞌馬，馬鞌金絡珠樓下。鴛袖紫絲鞭，鞭絲紫袖鴛。　白蘋香水隔，隔水

香蘋白。歸意綠楊垂，垂楊綠意歸。

雪衣羅繡花斑蝶，蝶斑花繡羅衣雪。單袖小紅欄，欄紅小袖單。　醉心香鴨睡，睡鴨

香心醉。人樣玉瓏玲，玲瓏玉樣人。

手纖春試香冰酒泰西酒名，酒冰香試春纖手。紅斷臉波溶，溶波臉斷紅。　箔珠彈粉落，落

粉彈珠箔。茶是那人佳，佳人那是茶元遺山詩註小女之美者曰茶。

綠荷風動雙鴛浴，浴鴛雙動風荷綠。歸燕翠簾垂，垂簾翠燕歸。　品棋知玉冷，冷玉

知棋品。涼榭水沈香，香沈水榭涼。紅袜覆薰籠，籠薰覆袜紅。緑綃煙隱玉，玉隱
漾風花縠冰紋帳，帳紋冰縠花風漾。
煙綃緑。秋色柳西樓，樓西柳色秋。蟬玉墮鬆鬟，鬟鬆墮玉蟬。小奩秋月皎，皎月
緑波簾影摇風竹，竹風摇影簾波緑。
秋奩小。金鏤蝶衣輕，輕衣蝶鏤金。斜髩玉簪花，花簪玉髩斜。瘦腰裙様舊，舊様
小窗紅桂秋香裊，裊香秋桂紅窗小。
裙腰瘦。迴雁錦書催，催書錦雁迴。愁黛遠山秋，秋山遠黛愁。影娥窺緑井，井緑
翠桐疏雨抛珠淚，淚珠抛雨疏桐翠。
窺娥影。紅蕙晚庭中，中庭晚蕙紅。飛鳳紫茸衣，衣茸紫鳳飛。靨花桃賽雪，雪賽
緑煙如夢茶香熟，熟香茶夢如煙緑。
桃花靨。無睡引薰罏，罏薰引睡無。刀翦玉奴抛，抛奴玉翦刀。畫屏秋雨夜，夜雨
染香絨袖金泥淺，淺泥金袖絨香染。
秋屏畫。苔徑幾時來，來時幾徑苔。釵燕玉人來，來人玉燕釵。苦心鵑夜語，語夜
膩箋紅淚思相寄，寄相思淚紅箋膩。
鵑心苦。誰共合歡杯，杯借作悲歡合共誰。
靠窗紗索蕭郎笑，笑郎蕭索紗窗靠。香屧繡成雙，雙成繡屧香。渡河秋信誤，誤信

秋河渡。紅淚冷憐儂，儂憐冷淚紅。（樊山集卷二十二東溪草堂詞下）

虞美人

花枝一束妝臺鏡，曉月紗窗映。柳疏蘿密曲欄東，屧響玉階秋暈小棠紅。　煙沈水榭花紗舊，悄悄牽羅袖。許卿燈背作家書，字密錯看郎綴一簾珠。（二家詞鈔卷三十五麝齋詞賡上）

虞美人

螺紋碧旋香杯暖，注酒歌聲緩。面前屏小繡簾疏，淡月柳邊西墜露零珠。　啼烏夜上亭西竹，夜夜犀簾觸。勁風牆北雨絲絲，燭映綺窗秋冷玉枰棋。

重疊金

女牀鸞睡春宵雨，雨宵春睡鸞牀女。花朵一衾霞，霞衾一朵花。　起來朝夢美，美夢朝來起。鈿翠得儂憐，憐儂得翠鈿。
茜窗雲鎖深深院，院深深鎖雲窗茜。佳樹一禽來，來禽一樹佳。　竹兼花繞屋，屋繞花兼竹。蘇小住西湖，湖西住小蘇。
粉荷篩月娟娟冷，冷娟娟月篩荷粉。儂似草心紅，紅心草似儂。　翠寒凝竹淚，淚竹凝寒翠。羅袖近如何，何如近袖羅。月黄昏照花時別，別時花照昏黄月。君送一溪雲，雲溪一送君。柳黄如濁酒，酒濁如黄柳。知我有深思，思深有我知。

虞美人

針娘玉引紅酥手，蘸雪金絲柳。繡茸簾軟月鉤斜，夢罨疊雲芳錦瑞香花。明匳一水秋船藕，采采情勝否。柳風池北雨纖纖，曲徑絮泥香涴小鞋鴛。

『否』：回文作『不』

香眠夜苦辛家酒，但可黄花友。蝶仙隨夢過牆東，美醞護泥香印越罏紅。秋花菊是同心客，與鶴疎籬隔。月眉黄淡晚庭中，袖拂瘵琴鳴玉戛松風江漢間疎讀如搜

回文詞末注云『俗謂睡美曰香』

重疊金詠菊

近來重九黄花詠，詠花黄九重來近。三徑晚芳探，探芳晚徑三。酒杯行處有，有處行杯酒。涼味一籬香，香籬一味涼。

虞美人 憶東華早朝

紅牆短短紅蓮小，麗日宫花繞。水流煙翠起鴛池，雨細美鶯雙坐緑楊絲。雷輕轉轂丹墀曉，玉佩來朝早。鼓鐘中禁隔雲紅，鵠立百花香殿紫垣中。

玉樓春

蝶衣金瘦花房粉，雪燕雙雕釵玉冷。霜情薄怨素心蘭，月恨無如圓靨杏。疊箋秋雁傳書錦，葉墮疏桐金蝕井。人中畫字寫罏灰，白露秋期歸信準。錦書傳雁粉房花瘦金衣蝶，冷玉釵雕雙燕雪。蘭心素怨薄情霜，杏靨圓如無恨月。秋箋疊，井蝕金桐疏墮葉。灰罏寫字畫中人，準信歸期秋露白。二家詞鈔卷四五十麝齋詞賡中

虞美人 立秋日書感

秋桐緑井金風晚，落葉愁深淺。酌斟杯酒駐顔霞，可許玉如人賞過時花。香來夜雨疏簾翠，略領涼秋味。扇紈翻覆笛鈿收，月映一行斜雁過西樓。

前　調

詞人可是花中雨，灑淚思金縷。繫衣黃柳未成絲，錦織蕙孃秋寄遠人詩。鶯和燕説都人誤唐稱宮人曰都人九十青春去。舊依絲鬢落花風，晚傍薄情郎處盡情紅。

『十』：回文作『什』；『柳黃衣』下注云『柳黃衣見白石詞』；『雨中花』下注云『詞名』

前　調

墳兒可似饅頭並，搦手情無盡。得何佳夢臉霞生，暈酒淺紅衫色一城傾。天情灑落飄花雨，上座鸞牀女。鏤金羅帶麝香飄，扇畫亞枝梅雪卷心蕉。

回文詞末注云『相傳夢冢墓者遠人歸也』

前調七夕

針樓巧絍雙梭錦，織女星看準。夜涼天好鵲填橋，畫篚薄衣羅拜女兒嬌。牛牽別浦銀雲斷，到曉愁蛾斂。露花霏雨溼香篝，淚滴碧盈盈水一河秋。

紅蛛小盒金花鏤，注目忪惺久。日來樓上月娟娟，喚姊隔花雙笑賭針穿。流螢翠撲輕羅扇，溼露秋窗茜。鵲靈來報雨天晴，淚灑女牛逢處滿河星。

前調 雨夜

頭更五打寒鼉鼓，慣聽秋㵘雨。繡檀迴枕笛樓西，警夢白紗窗報一聲雞。書檠夜照
飛螢冷，暗月黗荷粉。曲屏香炷燼麩金，偏熨錦花團鳳小紅衾。

前　調

詩家小樣新花草，寫慣癡人藁。似爭心錦織紅蠶，字字石州新黛染雲藍。蓮心篆露
珠盤翠，尺一憐相寄。札緘瑲玉見人羞，淚滴怨棠紅寫一分秋。

流風轉雪瑩肌暖，玉燕鉤釵颭。鳳仙花小染纖纖，甲蘸滿螺紅酒薄寒天。柑紅海樹
雙憐愛，也可三秋佩。杜蘭香惜世間人，醒夢繫情芳柳軟枝春。

前　調

鶯嬌哺子瓜瓤嫩，斂笑櫻脣粲。雹迴窗玉卸慵妝，醉倚畫屏燈影俏成雙。嬌雲楚潤
香綃翠，細雨飄花淚。莫遮梨頰抱紅檀，撚攏繞絲冰柱玉生寒。

前調

迴文錦織雙鸞紫，遠寄梅窗綺。惹香紅袖爇鑪薰，可意靨如花朶髩如雲。裙霞九色緋羅帔，楚楚文君似。繡儂擎帨燕雙來，翠裊粲花仙子鳳頭釵。二家詞鈔卷五五十麝齋詞賡下

回文『意可』下注云『香名』

虞美人 回文

窗紅倚睡春人美，見夢雙珠喜。鏡菱來照皺羅衣，久坐繡簾風颭小花飛。飛花小颭風簾繡，坐久衣羅皺。照來菱鏡喜珠雙，夢見美人春睡倚紅窗。

又

龍團小瀹香甌白，喚起鬆鬟碧。彈雲垂露一枝蓮，贈我七玲瓏眼藕絲連。連絲藕眼瓏玲七，我贈蓮枝一。露垂雲彈碧鬟鬆，起喚白甌香瀹小團龍。

虞美人 題余秋室美人臨鏡圖

愁春一柳宮顰淺，笑轉秋波眼。鏡菱如月綠鬟鬆，粉撲玉如嬌面暈霞紅。紅霞暈面

嬌如玉，撲粉鬆鬟緑。月如菱鏡眼波秋，轉笑淺顰宫柳一春愁。

虞美人 回文詠溪上人家

紅蓮渚畔鷗沙白，我愛東偏宅。百千竿竹尺三魚，就買窄龕如艇釣人居。居人釣艇如龕窄，買就魚三尺。竹竿千百宅偏東，愛我白沙鷗畔渚蓮紅。樊山集外卷六

虞美人 夏夜回文

青紈扇子蓮衣褪，繪粉屏紗潤。雨涼窗竹碧螢流，點點隔籬花濺淚棠秋。秋棠淚濺花籬隔，點點流螢碧。竹窗涼雨潤紗屏，粉繪褪衣蓮子扇紈青偶見畫扇寫蓮蓬二枚。花釵一色深紅蕊，髩薄鴉雛似。嚲鬟鬆髻染顰青，淡淡晚粧新月拜深深。深深拜月新粧晚，淡淡青顰染。髻鬆鬟嚲似雛鴉，薄髩蕊紅深色一釵花。樊山詩詞文稿卷十

虞美人 回文

鑲金紫眼貓兒墜，繫扇雙魚佩。雪琱冰碾玉簪花。穩插緑雲鬟上一枝斜。斜枝一上鬟雲緑，插穩花簪玉。碾冰琱雪佩魚雙，扇繫墜兒貓眼紫金鑲。鈴條軟顫花心動，動撼青毛鳳。箒叉横地掃階花，喚起曉妝春女玉窗紗。紗窗玉女

春妝曉，起喚花階掃。地橫叉箒鳳毛青，撼動動心花顫軟條鈴。

虞美人 回文戲贈畹華

芳蘭媚女讀作汝仙芝玉，是汝娘家福芝芳母就養婿家鳳顛鸞倒並頭花，夜夜鏡臨嬌靨粉紅霞。

霞紅粉靨嬌臨鏡，夜夜花頭並。倒鸞顛鳳福家娘，汝是玉芝仙女媚蘭芳。

前調 回文友人爲雪芳索詞因贈

花枝一似嬌兒女，鏡照霞衣舞。鳳釵鸞扇眼波林，媚絕轉身隨月過西樓。

樓西過月隨身轉，絕媚林波眼。扇鸞釵鳳舞衣霞，照鏡女兒嬌似一枝花。

『林』：原文，疑誤

前調 回文贈桂芬

樓東水柳煙蛾綠，影倒流波玉。雨香雲淡醉春和，舞倦翠鬟瓊琖勸兒歌。

歌兒勸琖瓊鬟翠，倦舞和春醉。淡雲香雨玉波流，倒影綠蛾煙柳水東樓。

前調 回文贈鳳雲

香爐玉換三雲鳳（周娥皇香爐名）與說皇娥夢（周璇宮夜織事）舞休歌罷晚妝紅，夜靜展羅衾後退鞋弓。　弓鞋退後衾羅展，靜夜紅妝晚。罷歌休舞夢娥皇，說與鳳雲三換玉爐香。

前調 回文贈昭容

青腰女繫裙花百，一尺玲瓏月。玉交金鎖隔紗窗，不奈雪肌消瘦剔蘭釭。　釭蘭剔瘦消肌雪，奈不窗紗隔。鎖金交玉月瓏玲，尺一百花裙繫女腰青。

菩薩蠻 回文五首

彈釵斜綴紅蘭朵，朵蘭紅綴斜釵彈。梳罷髻雲烏，烏雲髻罷梳。　鳳團香餅貢，貢餅香團鳳。無意得雙珠，珠雙得意無。

鳥啼驚夢秋窗曉，曉窗秋夢驚啼鳥。梧井落花疏，疏花落井梧。　軟羅藍色淺，淺色藍羅軟。寒女玉衣單，單衣玉女寒。

枕檀雙合迴鴛錦，錦鴛迴合雙檀枕。綃淚溼花朝，朝花溼淚綃。　鳳銜釵影動，動影釵銜鳳。蓮子把心煎，煎心把子蓮（大周后香爐身把子蓮）。

睡中香可意，意可鎖愁春黛卿憐我，我憐卿黛春愁鎖。絲藕玉蓮枝，枝蓮玉藕絲。香中睡。同夢好雲紅，紅雲好夢同（筠卿極賞杜雲紅）。

白羅秋雪叠，叠雪葉連根愛香桃碧，碧桃香愛根連葉。雙槳畫春江，江春畫槳雙。秋羅白。團扇小紅鸞，鸞紅小扇團。（樊山詩詞文稿卷十一）

吴繼志三養齋輯迴文賦詩詞對合編，選入秋夜過彦孫、疊韻柬仲綱弟、午橋中丞出關迎駕旋拜使豫之命再疊前韻奉寄、繡漪極愛余迴文詩三四疊前韻、遣懷、竹延尤愛余迴文詩疊韻爲贈、遣懷詩頷聯亦作妍菊晚香無奈老滿梅寒意有何春繡漪稱佳足成之、四疊韻示竹延、夜話有贈、疊前韻遣興、憶北臺、憶歌者崔靈芝、再贈竹延、雜興、次竹延遣懷韻、疊韻示竹延、讀松陵集有晚起回文未愜固知此事如麻算棋奕後勝於前因次前韻、府主將入關竹延有詩亦賦一首、曉起坐緑勝盦呈少保師、登吉士樓呈弢夫、秋景、秋景再賦、秋日雨中讌客次何方伯回文韻索同人和、無題、夜雨次受軒韻、夜霽、高等學堂新葺小園秋日與懋臣觀察涞之大令飲卷阿館即席有作、登臺疊予來韻酬仁甫、初寒、秋窗、秋樹、雨中夜宴次懋翁來韻、再疊前韻贈懋翁、無題叠前韻、無題三疊韻、無題四疊韻、白菊次韻、虞美人回文（『窗紅倚睡春人美』、『龍團小瀹香甌白』，引民國元年黄報）。

史汝箴

汝箴（一八四六—一九三二後）字右銘，直隸獻縣人。清同治十二年癸酉舉人，大挑以教職用，秉鐸保陽衡水等處垂數十年。著有退思閣詩二卷（一九三三年排印本）。

楊花迴文

飄飄惜別此長亭，過客征衣着色形。橋撲飛花晴遠近，箔黏淡質影瓏玲。嬌鶯織素棉生樹，巧燕銜泥絮滿汀。描寫任人詩句覓，銷魂竟化一池萍。退思閣詩集卷上

褚成烈

成烈（一八四七—一八八六）字蘧生，浙江餘杭人。貢生，游幕皖江，卒於宿州。金石篆刻，書畫音律，靡不精美。著有玩花軒吟草二卷詩餘一卷（一九二一年刻本）。

題鏡箔回文詩

紗窗映玉碧玲瓏，寂寂眠琴綺閣東。斜篆繡絨香褪緑，嬾妝新黛粉消紅。花開晚樹含餘雨，燕入輕簾半挹風。衙柳囀鶯春晝永，茶烹靜院溼煙濃。玩花軒吟草卷二

扈斯哈里

長白人，袁州知府惠式堂室。著有繡餘小草六卷（光緒二十二年刻本）。

春日即景回文咸豐十一年辛酉作時年十四歲

津迷草色一天遥，浪捲風波緑印橋。新院杏開花徑滿，春樓小雨夜瀟瀟。

秋日即景回文

秋天一色碧雲殘，竹引風來夜雨寒。幽徑菊開花燦燦，浮波緑泛水漫漫。繡餘小草卷二

雅韻欲流，回讀亦牟尼一串，巧不可階

張仁黼

仁黼（一八四八—一九〇八）榜名世恩，字少玉、劭予，號簡盦，河南固始人。清光緒二年丙子進士，以翰林院編修，入直上書房，洊升卿貳。學問淵博，迭掌文衡，歷官中外數十年，嗣在吏部右侍郎任内，丁母憂，哀毁卒。

液池即景

黄金鑄滿履堤沙，水漾風迴映彩霞。桑柘護雲環繡岸，芳渠緑沼鳳池華。王仲厚回文文學

奇觀

張柱

柱（一八四八—一九二二後）字邸塵，又署底澂、亦顛、亦鎮、鐵赤、鏡雪子，江西上饒南屏人。清同治十二年癸酉拔貢，供職京師，歷官内閣中書、觀察浙江。著有醸春閣詩艸八卷續編六卷（宣統二年排印本）

回文

晴日曉風輕捲絮，蝶迷芳草緑煙濃。鶯聲幾樹幽篁弄，碧柳垂絲繞苑東。
蘿煙暗影畫欄西，破蘂花香寒蝶迷。波軟生風微送冷，何如夜月映清溪。

春日雜興回文

紅窗射日曉含光，小院春歸客恨長。風暖拂波微綯緑，霧輕籠柳嫩添黄。中庭舞絮飄殘雪，曲檻垂花晚豔妝。東野緑迷煙草淺，瓏玲影亂蝶尋香。
小山遥望卻凝青，簾捲風來客騎停。早起春情閒脈脈，遲眠夜雨細冥冥。鳥啼亂樹新音好，花落空園幽夢醒。道遠採芳尋約久，繞隄長柳拂沙汀。醸春閣詩艸卷一覆瓿草

陸泰封

泰封字岳申，江蘇震澤人。著有鶴村公遺稿一卷（上海圖書館藏鈔本）。

雨窓獨坐 廻文體

疎雨來遥岫，細風飄暮雲。初聞獨雁過，鼎篆繞香芸。 鶴村公遺稿

趙寶晉

寶晉字硯山，浙江諸暨人。諸生。著有養拙窩詩鈔七卷（光緒三十二年刻本）。

春興 廻文

沈沈晝掩雙扉竹，趣領閒階小倚欄。陰合暮雲團樹碧，冷添春雨苦花殘。 養拙窩詩鈔卷三

繆珠孫

珠孫字霞珍，一字穉青，江蘇江陰人。玉藻女，編修荃孫堂妹，金匱鄧乃溥室。少孤，鞠於伯父，暇輒吟詠，以娩難卒。殁後，其壻終生不再娶。著有霞珍詞一卷。

南鄉子 雙拍迴文

英落舞紅輕，惜我吟香酒病身。煙殢柳眉春好弄，啼鶯，裏院笙調乍晝晴。　晴晝乍調笙，院裏鶯啼弄好春。眉柳殢煙身病酒，香吟，我惜輕紅舞落英。吴灝歷代名媛詞選卷八

徐乃昌彙刻閨秀詞題作雙拍迴文戲消長日（一九二七年石印本）

菩薩蠻迴文

陌南樓影波摇碧，碧摇波影樓南陌。羅薄颭風和，和風颭薄羅。　奈何愁翠黛，黛翠愁何奈。雲鬢貼花新，新花貼鬢雲。吴灝閨秀百家詞選引霞珍詞

『貼』：徐乃昌彙刻閨秀詞作『帖』

許時中

時中字午樓，江蘇宜興人。清同治九年庚午，江南鄉試第一。光緒六年補四川納溪知縣，調德陽，官至眉州知州。著有自怡齋古文稿，又輯與李寶元唱和之作，編爲琴鐸唱和集二卷（光緒二十四年刻本）。

奉和詠榴花迴文體五絶

鶯燕啼枝上，遠花照眼明。晴天一樹火，英落比瑶瓊。

奉和清明節遊冠山小飲迴文體

春曉山青踏軟塵，畫圖詩稿好翻新。真修道士有誰是，人在清明月在辰。

迴文賦詩詞對合编　吴繼志三養齋輯

李寶元

詠榴花用迴文體五言

紅榴看吐火，日暖迎薰風。烘處開新蘂，詠詩雅調同。

清明日許午樓明府約遊冠山小飲作迴文體詩奉寄

春遊幾處撲紅塵，柳岸迷烟帶翠新。真趣樂時來古觀，人同酌酒醉良辰。

迴文賦詩詞對合编　吴繼志三養齋輯

百不能齋主

日暮偶成效回文體

遠夢隨流水，新愁攬落花。晚林投倦鶴，斜日趁飛鴉。佚名花團錦簇樓詩輯卷一（光緒十三年上海字林滬報館校刊本）

吳榮森

榮森字葮生，浙江歸安人。

紅蓮七律回文

娟娟秀影弄荷叢，日映齊開香夢通。圓鏡盪花擎蓋翠，冷房涵露濕衣紅。田田曲唱人停槳，采采歌來客放篷。妍鬭晚霞晴入畫，暮凉招得載香風。佚名花團錦簇樓詩輯卷四

鄭常

常字同梅，號東閣隱士，浙江歸安人。

秋夜偶成回文一絶

風隨落葉桐江暮，白月殘燈小閣空。蟲響雜聲愁唧唧，夜凉秋露冷庭中。佚名花團錦簇樓詩輯卷四

謝企石

企石號味古軒主

秋夜即景效回文

樓高倚望遠悠悠，夜半時吟詩興幽。稠影竹凉風瑟瑟，浮沉月色一江秋。佚名花團錦簇樓詩輯卷四

邵香聽

香聽號百花村里灌花人。著有灌花詞（光緒二十七年刻本）。

菩薩蠻春暮湖上迴文

老楊垂長新荷小，小荷新長垂楊老。橋斷過船摇，摇船過斷橋。樂遊方日落，落日

方遊樂。春水緑行人，人行緑水春。

又 秋閨迴文

斷腸人起驚嘑雁，雁嘑驚起人腸斷。斜月半窗紗，紗窗半月斜。　爇香龍鼎熱，熱鼎龍香爇。長夜怯空房，房空怯夜長。灌花詞

邵起元

湖上迴文詩

平湖一水接天清，斷岸斜橋曲浦横。鳴鳥野田春寂寂，落花簷砌露盈盈。晴空遠岫凝烟碧，晚徑松林帶月明。輕霧似雲籠水澗，小庄深樹亂啼鶯。佚名刻翠裁紅詩詞（上海圖書館藏清末鈔本）

回文集卷四十六　目錄

回文集卷四十六

王錫蕃

錫蕃（一八五三—？）字思劬、稚蘭、季樵，號康侯，山東黄縣人。清光緒二年丙子恩科進士，授編修。五年，充順天鄉試同考官。十七年，主湖南鄉試，官詹事府少詹事，署禮部左侍郎。十九年督學福建，二十四年以事革職。有康侯遺詩（上海圖書館藏鈔本，題『吴江王錫蕃康侯著』）。吴江藝文志云：清末吴江人，曾客山東巡撫張曜幕，病殁，年僅二十八。細檢其集，似覺後者爲是。

子夜廻文歌

春

春江滿緑水長流，别浦南來春送愁。新燕入簾風恰動，人愁望久未春遊。

夏

紅妝粉艶鬥池荷，瘦比花容妾恨多。風動竹窗閒倚倦，東樓待月夜如何。

秋

宵深耐坐獨燈挑，月伴明花鏡共描。蜩噪樹涼秋信早，蕭聲一路去迢迢。

冬

針寒刺急早催衣，眼着空中雲雁飛。音斷爲添愁種種，沈沈夜漏滴微稀。康侯遺詩

□楚薌

楚薌，姓名不詳，有舫齋殘藁（上海圖書館藏光緒間稿本）。

送春詞 回文體　朱硯生太史命題

垂楊絲偏路東西，暖氣迎來拂拂風。詩句好將春餞去，時問幾立小庭中。

回闌曲處暗垂簾，賸有殘花紅覆簷。杯酒淺斟宜遣興，埃塵洗淨雨纖纖。

櫻桃小摘試開筵，雨散風來晚霽天。鶯燕送殘春莫莫，情多太覺話勻圓。

秋千架裏亂飛花，蝶夢醉來晚照斜。酬唱一時春晝易，謳吟幾處使窓紗。舫齋殘藁

朱光熾

光熾（?—一八八九）字昌甫，浙江嘉興人。著有清芬館詞草一卷（楊伯潤輯入三朱遺編，

光緒十五年刻本）。

重疊金 回文二闋

春閨

繡窗閒坐愁長晝，晝長愁坐閒窗繡。花柳絢晴霞，霞晴絢柳花。燕鶯嚦静院，院静嚦鶯燕。魂斷欲殘春，春殘欲斷魂。

秋閏

夜涼淒雨秋窗灑，灑窗秋雨淒涼夜。衾冷怕宵深，深宵怕冷衾。遠書傳塞雁，雁塞傳書遠。蛾緑鑠愁多，多愁鑠緑蛾。清芬館詞草

『閏』：原文，似爲『閨』字之誤

慶鳳暉

鳳暉（一八五三—一九一三後）字筠仙，號環峰女史，安徽含山人。錫綸次女，胡某室。侍父母，隨宦燕晉。與姊鳳亭同善詩詞，著有桐華閣詩草三卷詩餘一卷（一九一三年排印本）。

迴文絶句

長離別恨斂眉山，野望春雲隔遠關。腸斷聽鶯啼恰恰，香痕一徑落花閑。

微微雨意新蘇草，淡淡風枝故戀花。歸燕怪人簾捲未，飛紅似客逐年華。桐華閣詩草卷一

菩薩蠻舟景回文

暮天江影花含霧，霧含花影江天暮。斜日映窗紗，紗窗映日斜。隔簾疏柳碧，碧柳疏簾隔。明月蕩舟輕，輕舟蕩月明。冷烟疏雨清明近，近明清雨疏烟冷。花落怨啼鴉，鴉啼怨落花。遣愁閒望遠，遠望閒愁遣。城繞緑蕪平，平蕪緑繞城。桐華閣詩餘

金爾音

爾音字道從，號夢莊小隱，江蘇常州(晉陵)人。著有鷓枝書屋鳴鴉二卷(光緒二十三年刻本)。

初夏新晴迴文

楊飄野渡晚初晴，雨洗新田一色清。芳草拂郊看犢叱，緑荷浮沼聽蛙鳴。秧分碧水映蓑短，麥老黄雲襯笠明。長語鳥聲泥滑滑，忙忽此處幾人耕。

太湖即景迴文

雲飛嶺上鳥馳風，白浪送舟人碧空。羣出巖泉流皎日，半環煙樹貫長虹。文山疊繞波摇緑，怪石驚奇霞鬭紅。分望四邊龍戲水，澐澐湖影映天中。鷦枝書屋鳴鴉卷上

劉鑑

鑑字惠叔，湖南長沙人。湘鄉曾國荃次子紀官室，廣鈞之嬸。著有分緑窗詩鈔三卷詞鈔一卷賦鈔一卷（一九一五年長沙刻本）

銷夏回文

差參燕剪濯輕波，岫遠皴痕歛黛螺。絲藕雪盤珠辟暑，火螢流素扇裁羅。棋敲静苑幽懷遣，曲譜閒窗綺韻多。時步小亭空挹爽，枝横竹影翠婆娑。

詠雪回文

殘霜釀雪霰遥天，亂舞飛龍玉萬千。丹橘孕青懸幹曲，老松虬碧蔭峯巔。團冰積水池開鏡，弱絮飄衣地襲氈。寒夜集賓徵席右，鷫鵊門潔素儀鮮。

春閨回文

闌春送雨小樓西，卦卜閒窗晝燭携。姗步屧輕羅襪軟，晚妝梳掠玉鬟低。寒驚弱羽鶯藏樹，粉墜空梁燕啄泥。難託遠鴻書繫帛，彈珠疊翠掩紅啼。

四時回文

華年惜別憶清絃，蝶幻春遊夢擬仙。花壓半欄回暖日，鳥啼深樹鎖霏煙。紗屏馥麝香籠袖，鏡匣翔鸞玉琢鈿。遮莫影簾重絮語，遐程客緒意纏綿春

遲飛燕影隔簾波，刻漏增長晝夢多。絲雨縷青垂線柳，片風凝碧點珠荷。棊敲冷玉調冰碗，扇倚新凉襲袖羅。時坐小牕書味得，奇搜靜旨意如何夏

重關暮度鴈書傳，永夜秋聲和管絃。松繞白雲留半嶺，蓼涵紅露滴前川。慵歸客話長途雨，急響鐘敲遠寺烟。蛩砌泣寒催剪尺，縫衣未到草霜嚴秋

寒銷夜漏刻添籌，剪燭紅窗小唱酬。殘菊傲霜留勁節，瘦梅妝雪艷明眸。瀾翻淺碧茶爐煖，螘泛濃醇酒甕浮。彈瑟錦屏圍雀翠，檀沉爇篆馥衣篝冬

和重伯姪回文

霏霧晴煙輕靄樓，緑波湘水剪明眸。飛飛燕影梁添壘，恰恰鶯聲玉振鈎。微夢舊遊春拾翠，緩歌清夜客紉愁。薇庭綻蕊花含露，絲柳垂青摇碧甌。

和俞明詩女史回文

霞餌清詞春唱酬，絮庭風致雅低頭。華鬘挹露芬蘭砌，鳳采呈文蔭竹洲。花啄燕泥香散綺，柳藏鶯囀巧鬬愁。釵斜玉彈雙聲叶，幼婦才宜仙侣儔。

冬夜書懷回文

斜欹鈿影避燈圍，刻漏遲敲夜雨微。茶鼎雪温初葉落，墨池冰泮未花飛。華年感悟人中景，幻夢詳參物外機。家近夢歸懷遠道，車塵碾路曉煙霏。分緑窗詩鈔卷二

菩薩蠻四時倒句

曉閨春夢驚啼鳥，鳥啼驚夢春閨曉。螺黛染修蛾，蛾修染黛螺。　户庭飛柳絮，絮柳飛庭户。芳草碧生香，香生碧草芳春閨

粉融脂暈香留枕，枕留香暈脂融粉。紈素馥芳蘭，蘭芳馥素紈。晝長初倦繡，繡倦初長晝。陰柳靜蟬吟，吟蟬靜柳陰夏閨

緑雲香彈雙釵玉，玉釵雙彈香雲緑。鈎月對人愁，愁人對月鈎。葉紅題恨結，結恨題紅葉。碪暮急高城，城高急暮碪秋閨

雪欹梅影窗横月，月横窗影梅欹雪。銀甲冷調箏，箏調冷甲銀。絡珠垂錦幕，幕錦垂珠絡。寒漏滴更殘，殘更滴漏寒冬閨

菩薩蠻倒句 題田妃試馬圖

柳煙摇影鞭垂手，手垂鞭影摇煙柳。腰細結珠縧，縧珠結細腰。寸蓮金踏鐙，鐙踏金蓮寸。鞍玉怯衣單，單衣怯玉鞍。

又 題楊妃出浴圖

水亭荷馥芬羅綺，綺羅芬馥荷亭水。花露濯清華，華清濯露花。媚生人薄醉，醉薄人生媚。涼簟玉凝香，香凝玉簟涼。

又 題班妃擣素圖

路生苔處經鑾輅，輅鑾經處苔生路。衣擣夜霜淒，淒霜夜擣衣。　燕飛嗔影倩，倩影嗔飛燕。紈扇掩妝殘，殘妝掩扇紈。

又 題江妃詠梅圖

曲屏圍座輝華燭，燭華輝座圍屏曲。梅詠紀闈才，才闈紀詠梅。　晚妝慵櫛盥，盥櫛慵妝晚。紅淚泣樓東，東樓泣淚紅。

菩薩蠻 題美人雙燕圖回文

差參燕剪雙棲穩，護花鈴畔窗紗影。人倦倚疏簾，春新思綺年。　如茵苔簇徑，瑤砌紅鋪杏。芳桃穠膩妝，鸞鏡曉生香。

又 春閨回文

絲裙褪褶宮衣減，客途長滯郵書遠。春思曉添愁，閨人倦倚樓。　瓊箏調靜苑，深怨眉梢斂。翠屏窺囀鶯，新柳綴風輕。

虞美人回讀七律一首

送重伯姪北上應禮部試

行行重叙離筵酒，戰茗支殘漏。詠歌清影竹林閒，目極遠程鵬翮奮霄摶。名聞早捷誇衣錦，級拾重陔近。炬蓮盈案御香芬，指顧玉鞍横駿馬蹄輕。分緑窗詞

露香女史

迴　文

風光展處妙神傳，緑葉舒花浥露鮮。空谷暖滋香馥馥，小園晴弄影娟娟。叢生玉蘂含心素，墨試金壺醮筆妍。紅雨亂時題句麗，重簾卷月映窗前。賞奇軒合編（光緒十二年上海同文書局石印本）

龍　璋

璋（一八五四—一九一八）字研仙，别號甓勤，晚號潛叟，湖南攸縣人。清光緒二年丙子舉人，歷沐陽、如皋、上元、泰興、江寧知縣，江南鄉試同考官。三十三年去職回湘。一九一一年河口之役、鎮南關之役、黄花崗之役，均出巨資接濟。南京臨時政府成立，黄興電邀赴

寧任職，辭未就，專心從事社會事業。一九一五年袁世凱稱帝時，又返湖南，被推爲民政長，亦未就。一九一八年直系軍隊入湘，避居白泉舖鄒家壩山莊，舊疾復作，病逝。著有甓勤齋詩存一卷文存一卷（民國間排印本）。

悼亡迴文七律

天遥怨永更長宵，滴淚餘痕汙薄綃。煙散鴨爐金篆裊，影分鸞鏡玉顔凋。鵑啼破夢春陰澹，雁過衝寒夜雨飄。娟麗渺然淒瑟苦，絃聲一觸恨迢迢。

寬圍帶減覺神傷，永別離時幾斷腸。丹返詎歸魂杳杳，碧空澄漾海茫茫。寒窗暮鎖裯衾冷，掩閣妝殘粉膩香。團露玉堦間夜悄，酸風冷月過空房。

遲遲日影透窗紗，枕伴欹眠獨歎嗟。綦履改時驚幻夢，綺羅緘却换年華。慈姑有感增哀鬢，弱女徒憐自誨髽。垂袖薄寒新竹倚，墀前濺淚點飛花。

芳菲委絶慘傷心，綆斷傾瓶墜井深。黄土塚埋香鬱鬱，碧天雲杳信沉沉。房帷冷到春遲煖，燭淚澆殘夜苦吟。長恨奈何無過夢，狂歡憶昔自思尋。甓勤齋詩存

朱家驊

家驊（一八五四—一九二七）字雲逵，號粥叟，别號心岫詞人，江蘇奉賢人。著有天香簃詩存（一九二八年排印本）。

夏日晚眺用迴文體次和某女士韻同安素漱石作

陰陰樹綠鎖窗前，緩緩敲詩清似蟬。吟苦祇憐儂室遠，沈沈徧眺晚村煙。

安素：陸安素號漱石

夏夜用前體

涼味宵深窗護紗，對燈青眼媚橫斜。蒼蒼髩髮搔吟趣，香點珠蘭新放花。天香簃詩存

宋伯魯

伯魯（一八五四—一九三二）字子純，晚年號芝田，又號芝棟、瓶園主人，陝西醴泉中山西街人。清光緒十一年乙酉舉人，十二年丙戌進士。戊戌變法前，曾充翰林院編修、順天鄉試同考官、山東鄉試副考官、山東御史、掌印御史。二十一年，加入康梁公車上書。二十四年，組織『關學會』，積極參與『百日維新』，慈禧政變，被『即行革職，永不敘用』，并降旨通緝，遂流亡日本。辛亥後，爲北洋政府參政使。一九二二年再度回陝，任通志局總纂、館長。工詩文、書法和繪畫，著有海棠仙館詩集、焚餘草。

題辭

南池小集愛遨遊，酒美消寒夜倚樓。三友共情松落落，老年娱意竹修修。參詳妙諦真蘭若，滌蕩煩情有茗甌。甘苦問君尋妙句，探楳早約好詩投。三園回文詩

徐恕

恕（一八五五—一八八九）原名嘉樂，號鏡莊，自求道德清計籌山，更今名，字如心，江蘇無錫人。本世家子，居常州玄妙觀紅梅閣西偏樂隱山房。工詩畫，著有樂隱山房詩鈔二卷（上海圖書館藏鈔本）。

悟玄迴文

香飄桂窟月生涼，劍似秋風夜氣長。黄石老仙游古洞，赤松奇叟隱高岡。翔龍戲鳳飛空碧，嘯虎驚人來野荒。剛志立身修妙道，光騰寶器有丹藏。樂隱山房詩鈔初集

楊嘉煥

嘉煥（約一八五五—一八九六後）字步雲，一字補篔、補雲，號笛夫，江蘇南匯人。諸生。著有晚香齋詩存（光緒二十二年茸城陳槿源刻本）。

春曉即景迴文

鶯啼攪夢殘，早起春寒薄。晴日曉窗紅，小桃香破萼。

黃協塤海曲詩鈔三集卷八選此

暮春即景迴文

簾抽芳徑竹，蕉映緑窗紗。漠漠烟籠柳，濛濛霧隱花。

晚香齋詩存

陳得善

得善（一八五五—一九〇八）字薏齋、一齋，又字三蕉，別號南鄉子，浙江象山人。少爲制舉業，下筆千言，弱冠入府學，肆力治詩古文詞。著有石壇山房全集（一九三四年排印本）。

虞美人 春閨迴文

紅桃涇雨香脂裛，粉膩融酥頰。醉霞微暈酒醒初，夢淺溜殘鶯語小闌扶。　衣黏蝭翅雙搖緑，影媚飛花逐。絮輕風輭曉樓空，恨寄裊烟屏隔望重重。

又 夏閨迴文

羅衫汗沁香肌玉，愛生荷池曲。淡烟微露墮飛螢，暗竹彈枝風撲扇紈輕。紅窗半夜蘭燈翦，語細重簾卷。月明清暑睡分床，兩兩翠衾支枕夢生涼。

又 秋閨迴文

淒淒語蟀涼莎淺，露溼衣羅輭。怯寒驚瘦病愁添，葉落暝桐疏影月眉纖。明河望斷音沈鵲，別怨盟星約。夜深回夢碧天寥，渺渺隔樓瓊笛和鸞簫。

又 冬閨迴文

清香暗沁梅花雪，冒冷横枝折。錦文添繡小窗紅，溼點悄含珠唾帶飛絨。寒妝倦卸窺鸞鏡，夜靜殘燈映。枕傍釵墮撥灰罏，恨抱鐵衾孤怯料眠無。石壇山房全集·變雅堂詞

『裛』、『鐵』：北平圖書館重鈔清史館舊藏原稿本三蕉詞作『裹』、『鍼』，誤。

任方珩

方珩（一八五五——一九一一後）字佩之，又字叔田，浙江海鹽人。諸生。光緒十八年尚『秉

鐸清溪』。著有愛吾廬詩草十卷詞鈔二卷（上海圖書館藏稿本）。

有憶 迴文

過眼轉憐空翠蛾，麗同花好貌娥娥。波生盼處柔添柳，酒帶酡時艷比荷。螺黛點成妝閣綺，鳳簫吹出畫樓歌。何如竟隔相思夢，多恨春寒倚袖羅。 愛吾廬詩草卷六

菩薩蠻 落花效迴文體

懊儂歌也殘春早，早春殘也歌儂懊。紅舞碎飄風，風飄碎舞紅。落花嗟命薄，薄命嗟花落。腸斷蝶無香，香無蝶斷腸。

驟風狂妬嬌花瘦，瘦花嬌妬狂風驟。英墜颺煙輕，輕煙颺墜英。美人憐易悴，悴易憐人美。伊却葽香泥，泥香葽却伊。

落紅和雨斜穿幕，幕穿斜雨和紅落。時洗一痕脂，脂痕一洗時。亂撩春夢短，短夢春撩亂。何奈客愁多，多愁客奈何。

雨絲經處陰成樹，樹成陰處經絲雨。時洗一痕脂，脂痕一洗時。影飛花滿徑，徑滿花飛影。春暮又銷魂，魂銷又暮春。 愛吾廬詞草卷一

王以敏

以敏（一八五五—一九二一）原名以慜，字子捷，一字文悔，號夢湘、古傷、湖南武陵人。清同治十二年癸酉舉人，光緒十六年庚寅進士，改庶吉士，授編修。二十年，充甘肅鄉試副主考，遷江西瑞州知府。著有檗隖詞存十二卷別集五卷（光緒九年殳恩煦序刻本）。

菩薩蠻 迴文

碧潭寒雨吹苔石，石苔吹雨寒潭碧。螢過似飛星，星飛似過螢。　鏡中愁短鬢，鬢短愁中鏡。休夢一春遊，遊春一夢休。檗隖詞存別集卷一霜天雁唳上

西江月 迴文題畫

兩兩飛鷗近客，蒼蒼冷岫橫塘。柳香浮出月昏黃，醉倚高樓遠望。　網集齊排港曲，榔鳴暗動波長。水梁虹落夢湖湘，去雁催人槳盪。

虞美人 迴文秋閨

秋窗夜雨催梧井，斷夢羞鴛錦。卧愁肌玉瘦同煙，早又柳銷煙盡誤芳年。　薰鑪試焙新香煖，絶恨分釵燕。卻抛菱鏡懶描蛾，怪底雁飛孤唤愛情多。

長相思 迴文本意

絲柳垂，三兩枝。一笛霜清月冷時，夜長知不知。　詩寄誰，歸雁遲。悔夢遊春卻誤期，死生悲別離。

南鄉子 迴文感舊

休夢錦箏擱，罷酒鉤簾照女牛。深夜記曾留滯苦，悠悠，睡醒流雲晚盡不。　儔寡獨尋幽，葉落溝荒暮歲愁。人似燕飛游倦未，颼颼，髮短秋高怯上樓。

菩薩蠻 迴文

霜林半醉秋窗曉，坐愁人剔燈華悄。悄憶獨成癡，心猜雁過遲。　書來空夢遠，江似迴腸斷。香鑪鵲尾焦，彈淚蘸紅綃。（檗隖詞存別集卷二霜天雁唳下）

吳慶燾

慶燾（一八五五—一九二七後）字寬中，榜名慶恩，號文鹿，又署金粟菴頭陀、金粟庵病脚僧友翠和尚、孤清炯然，湖北襄陽人。清光緒十一年乙酉舉人，援例授內閣中書，官至江西贛南道。宣統元年，充湖北諮議局議長。入民國，出任襄樊紅十字會會長。著有榦珠仙館詩存七卷陶陶集一卷附詞（一九二七年自序排印本）。

四時閨情詞菩薩蠻回文

春

雨牕聽罷啼鶯語，語鶯啼罷聽牕雨。風攬落花紅，紅花落攬風。綠陰苔徑曲，曲徑苔陰綠。難見再來歡，歡來再見難。

夏

綠槐高處蟬鳴促，促鳴蟬處高槐綠。長晝困空床，床空困晝長。晚荷香水遠，遠水香荷晚。單影對飛鴛，鴛飛對影單。

『徑』：原文『經』，疑手民誤植

秋

雨過涼月隨雲吐，吐雲隨月涼過雨。秋早訝螢流，流螢訝早秋。見郎羞障面，面障羞郎見。明鏡忒多情，情多忒鏡明。

冬

屑雲搓絮飄茵疊，疊茵飄絮搓雲屑。開處幾枝梅，梅枝幾處開。　凍花瓶墮重，重墮瓶花凍。寒夜怯孤眠，眠孤怯夜寒。幹珠仙館詩存附詞

施士洁

士洁（一八五六—一九二二）名應嘉，字澐舫，號芸況，又號喆園、楞香行者、鯤瀞棄甿，晚號耐公，亦署定慧老人，原籍福建晉江西岑村，先祖移徙臺南米市街。未冠，即補弟子員，縣、府、院三試均第一。光緒二年丙子鄉薦，三年丁丑進士，授内閣中書。甲午戰爭失敗，清廷割臺。正當英年，突遭巨變，耻爲異族之民，遂含憤挈眷内渡，從此浪迹無定，時居晉江，時寓厦門。三十年，受薦襄理厦門商政局，主辦貢燕業務。宣統三年，出任同安馬巷廳通判，未幾閩省光復，掛冠離去，最後棲隱鼓浪嶼。一九一三年，與林爾嘉、許南英等創立菽莊吟社，推爲祭酒。著有施芸況詩鈔三卷（一九八六年臺灣商務印書館刊本）。

閏七夕乞巧戲仿回文（三首）

針穿兩度暗絲抽，巧乞痴人笑女牛。深院繡幃香夢冷，心機費盡夜燈秋。

蓂添葉子蟢添絲，鵲駕重逢巧節時。曾未乞靈針譜祕，登樓繡伴笑儂痴。

聯珠巧值閏秋清，影照雙絲兩種情。穿孔細針神汝助，填橋鵲渡夜星明。施芸況詩鈔卷下

于齊慶

齊慶（一八五六—一九二〇）字安甫，號海帆，又號穗平，江蘇江都人。清同治十二年癸酉舉人，光緒十二年丙戌進士，改庶吉士，授編修。十七年，充順天鄉試同考官，調廣東提學使，遷提法使，至布政使。長於駢文，又喜爲小品，辭藻華麗，清新活潑。晚年以母喪歸里，與田夫野老雜處。著有小尋暢樓詩鈔五卷文鈔四卷。

恭擬聖駕詣太學行釋奠禮賦謹序

詩之有回文舊已，於賦無傳焉。嘉慶初，仁宗睿皇帝臨雍講學，詞臣趙文楷取辟雍回旋之義，撰爲回文賦。百年來，無踵而作者。今上親政之始，躬詣太學釋奠於先師，特詔所司於常儀外，增飲福受胙禮，揚祖烈，振儒風，甚盛典也。謹效前體爲之賦曰：

崇門兮將將，吉士兮藹藹。鴻儀兮軒軒，鳳文兮翽翽。紅日曉兮鳴鼓鐘，白露零兮動旌旆。東西朔南兮衢壤歌謳，内外小大兮衣裳蔚薈。功有宗而德有祖，典禮昭明；遠者至亦邇者安，山河礪帶。蓋聖以繼聖則運泰，新又日新則時昌。政始親兮極紫，詔特宣兮麻黃。敬以受胙，而胙之頒兮秩秩；恭以飲福，而福之降兮穰穰。慶錫林壬，繩繩繼繼；猷宣令甲，穆穆皇皇。柄轉杓回，單厥心者敬止；河先海後，遠乃源者流長。夫惟日吉辰嘉，禮展樂具。律和聲，玉節步。七校驅，六龍駐。悉主臣，戒厭歎。靄卿雲，平蕩路。溢祉福，同量度。秩几筵，明位阼。苾芬薦，籩豆布。佚史召，屬僚諭。筆珥彤，簡削素。述盛美，修典故。術序周環，人民煦嫗。昔自乾嘉繼體，後有裕而前有光；益稷陳謨，歌者喜而賡者起。翩翩者集泮之鴞，泄泄者竄囿之雉。筵有秩、豆有楚，桂醑椒馨；笏之搢、紳之垂，矜青佩紫。虔誠以奉蘋蘩，網羅以儲梗梓。偏無黨無，則是儆是。方今成平天地，整肅藩維。聲金振玉，重道尊師。精羹之調而梅鹽作，衮之繡而藻斧垂。明經修行者魚魚雅雅，慕義懷仁者勉勉孜孜。精惟一、一惟精，乃鍛乃厲；上生下、下生上，如壎如篪。是以文經武緯，察物明倫。聞見廣而旌木設，邇遐格而干羽陳。殷陶周冶，俗美風純。斤斧施而材飭，鑪錘具而化均。雲鶱之鳥，川游之鱗。蝹蝹之龍，振振之麟。動華之后，皞熙之民。紛紛兮應圖籙，愉愉兮和神人。君之作兮德大，帝之命兮重申。中重兮命之帝，大德兮作之君。人神和兮愉愉，籙圖應兮紛紛。民之熙皞，后之華動。麟之振振，龍之蝹蝹。鱗之游川，鳥之鶱雲。均化而具錘鑪，飭材而施斧斤。純風美俗，冶周陶殷。陳羽干而格遐邇，設木旌而廣見聞。倫明物察，緯武經文。以是篪如壎如，上生下、下生上；厲乃鍛乃，精惟一、一惟精。孜孜勉勉者仁懷義慕，雅雅魚魚者行修經明。垂斧藻而繡之衮，作鹽梅而調之羹。師尊道重，玉振金聲。維藩肅整，地天平成。今方是儆是則，無黨無偏。梓梗儲以羅網，蘩蘋奉以誠虔。紫佩青矜，垂之紳、搢之笏；馨椒酭桂，楚有豆、秩有筵。雉之囿竄者泄泄，鴞之泮集者翩翩。起者賡而喜者歌，謨陳稷益；光有前而裕有後，體繼嘉乾。自昔嫗煦民人，環周序術。故典修，美盛述。素削簡，彤珥筆。諭僚屬，召史佚。布豆籩，薦芬苾。阼位明，筵几秩。度量同，福祉溢。路蕩平，雲卿靄。斁厭戒，臣主悉。駐龍六，驅校七。步節玉，聲和律。具樂展禮，嘉辰吉日。惟夫長流者源乃遠，後海先河；止敬者心厥單，回杓轉柄。皇皇穆穆，甲令宣猷；繼繼繩繩，壬林錫慶。穰穰兮降之福，而福飲以恭；秩秩兮頒之胙，而胙受以敬。黄麻兮宣特詔，紫極兮親始政。昌時則新日又新，泰運則聖繼以聖。蓋帶礪河山，安者邇亦至者遠；明昭禮典，祖有德而宗有功。薈蔚裳衣兮大小外内，謳歌壤衢兮南朔西東。旆旌動兮零露白，鐘鼓鳴兮曉日紅。翩翩兮文鳳，軒軒兮儀鴻。藹藹兮士吉，將將兮門崇。謝崧岱回文賦彙

祏生國籍，毌穿經史，網羅遺佚，手鈔之册，無慮數十百本，余初未之識也。丁酉春仲，祏生以補刊監志，得嘉慶三年趙介山前輩應制進册賦，亟付剞劂，博徵和作，罕有應者。不揣固陋，勉强效顰，謬爲祏生許可，因得備覩其箸述之富，從容談讌，過從益智，踰月其所補刊監志告成，借讀一過，卬見顯謨承烈，鉅典煌煌，規制之崇，超越犇古，因思義主，專陳詞必切近，余賦但取回環成誦而已，於列聖之貽謀，太學之掌故，槩未及也，尚儗發憤再作一篇，迫迫少暇，然此志固未懈也。用誌數言，以富息壤。自識。

都京大筆，趙子勝遠，興饒往來，三六尤妙，雕刻又竟，服佩培加。岱敬注。

陳　衍

衍（一八五六—一九三七）小名尹昌，字叔伊，號石遺，福建侯官人。光緒八年壬午舉人，官學部主事，京師大學堂教習。壯歲旅食四方，居張之洞幕尤久，熟悉清廷掌故。辛亥後，任厦門大學、無錫國專教授。著有石遺室詩集十卷朱絲詞二卷（武昌刻本）。

菩薩蠻回文

落花風景春衫薄，薄衫春景風花落。池水碧些些，些些碧水池。　偶躭佳句有，有句佳躭偶。難道不看看，看看不道難。朱絲詞卷下

劉奮熙

奮熙（一八五七—一八九九）字振翼，一字汝賢，號筱巖，山西祁縣人。清光緒十一年乙酉舉人，十六年庚寅進士，出宰黔中貴陽。十九年轉知天柱，越六載告歸旋里，己亥卒。著有愛薇堂遺集四卷（一九一五年排印本）。

夜泊吟秋回文

晴宵入畫雅葱蘢，岸蓼添肥影蔭濃。明處觸懷詩滐月，清華露下一聲鐘。愛薇堂遺集卷三

易順鼎

順鼎（一八五八—一九二〇）字實甫，一字中碩，號眉伽，湖南龍陽人。佩紳子。清光緒元年乙亥舉人。中日戰爭時，兩赴臺灣，助劉永福軍，抗擊日寇侵佔。事敗歸，自署哭盦，後官至廣東廉欽道。袁世凱竊國稱帝，命代理印鑄局長。幼有神童之目，與寧鄉程頌萬、湘鄉曾廣鈞，稱湖南三詩人，著丁戊之間行卷（光緒五年貴陽刊本）。

春人賦回文

碧水紅牆，青谿白石。葉葉花花，朝朝夕夕。月占衾寬，春藏襪窄。隔夢偏逢，憑香尚立。翼想飛雙，腰憐抱一。鏡蟾分二，屏鸞尺六。稱髻安花，齊身料縠。襯日娟紅，凝煙媚緑。聽久香真，看頻態足。凭怯危樓，眼愁暗屋。贈珥將奩，量珠定斛。歡住東廧，妾住西廊。彈箏續雁，倚瑟偕凰。鬟移坐並，花怯愁當。煙柔複壁，水愛横塘。殘春戀絮，靜夜啼篁。乃至鬥鴨空闌，調鶯曲院。晝睡沈沈，春懷黯黯。繡罷先慵，妝成亦怨。瘦管描顰，柔箋砑慣。逗指低絃，回眸去扇。步轉霞廊，眠遮霧

幔。覆錦將貍，窺簾忽燕。若乃玩翠南浦，踏青東園。半頰羞桃，雙趺想蓮。練湖寫淨，蘭圃呈暄。衣熏似花，錦障如霞。漪藍影散，岫碧光斜。微波凝棹，香塵引車。鸝爭語逗，蝶聚身遮。歸先響珮，隔似籠紗。迷春有客，卜夜仍娃。聚月瑠圓，歃雲髩薄。鼓羯停撾，篦鸞借掠。廡靜鸚籠，扃嚴獸鑰。佇久知誰，歸遲怨莫。語偶生疑，嗔多轉諕。譜按紅么，圖摹翠削。苦味嫌茶，佳名選藥。紵換驚寒，鍼穿諱錯。舞約春留，歌催月落。或又共倚香篝，雙擎玉甌。鳳簫吹罷，螺鈿整不。湅雨花壓，涼雲竹兜。重敲釵斷，輕翦鐙幽。送新歡，迎舊愁。夢中夢，樓上樓。翠蛾啼暗，青驪唱早。肺病香多，眉愁黛少。膩衾眠午，閒樽醉卯。泪添常涴脂，簾捲春入惱。意如開半花，多恐啼鶯曉。丁戊之間行卷卷一

海澄邱煒萲菽園揮麈拾遺卷二：『易君行卷中，曾用迴文體，成春人賦一篇，今爲分其順讀、倒讀之文如左。倒讀文云曉鶯啼恐多，花半開如意。惱人春捲簾，脂涴常添淚。卯醉尊閒，午眠衾膩。少黛愁眉，多香病肺。早唱驪青，暗啼蛾翠。樓上樓，夢中夢。愁舊迎，歡新送。幽燈剪輕，斷釵敲重。兜竹雲涼，壓花雨湅。不整鈿螺，罷吹簫鳳。甌玉擎雙，篝香倚共。又或落月催歌，留春約舞。錯緯穿針，寒驚換紵。藥選名佳，茶嫌味苦。削翠摹圖，么紅按譜。諕轉多嗔，疑生偶語。莫怨遲歸，誰知久佇。鑰獸嚴扃，籠鸚靜廡。掠借鸞篦，撾停羯鼓。薄髩雲歃，圓瑠月聚。娃仍夜卜，客有春迷。紗籠似隔，珮響先歸。遮身似蝶，逗語爭鸝。

車引塵香，櫂凝波微。斜光碧岫，散影藍漪。霞如障錦，花似薰衣。喧呈圃蘭，淨寫湖練。蓮想趺雙，桃羞頰半。園東青踏，浦南翠玩。乃若燕忽簾窺，貍將錦覆。幔霧遮眠，廊霞轉步。扇去眸回，絃低指逗。慣砑箋柔，頻描管瘦。怨亦成妝，慵先罷繡。黯黯懷春，沈沈睡晝。院曲鶯調，欄空鴨鬬。至乃篁啼夜靜，絮戀春殘。塘横愛水，壁複柔烟。當愁怯花，并坐移鬟。鳳偕瑟倚，雁續箏彈。廊西住妾，墻東住歡。斛定珠量，奩將珥贈。屋暗愁眠，樓危怯凭。足態頻看，真香久聽。緑媚烟凝，紅娟日襯。縠料身齊，花安髻稱。六尺鸞屏，二分蟾鏡。一抱憐腰，雙飛想翼。立尚香憑，逢偏夢隔。窄襪藏春，寬衾占月。夕夕朝朝，花花葉葉，石白谿清，牆紅水碧。（順讀文云）碧水紅牆，青谿白石。葉葉花花，朝朝夕夕。月占衾寬，春藏襪窄。隔夢偏逢，憑香尚立。翼想飛雙，腰憐抱一。鏡蟾分二，屏鸞尺六。稱髻安花，齊身料縠。襯日娟紅，凝烟媚緑。聽久香真，看頻態足。凭怯危樓，眠愁暗屋。贈珥將奩，量珠定斛。歡住東牆，妾住西廊。彈箏續雁，倚瑟偕鳳。鬟移坐并，花怯愁當。烟柔複壁，水愛横塘。殘春戀絮，靜夜啼篁。乃至鬬鴨空欄，調鶯曲院。晝睡沈沈，春懷黯黯。繡罷先慵，妝成亦怨。瘦管描頻，柔箋砑慣。逗指低絃，回眸去扇。步轉霞廊，眠遮霧幔。覆錦將貍，窺簾忽燕。若乃玩翠南浦，踏青東園。半頰羞桃，雙趺想蓮。練湖寫淨，蘭圃呈喧。衣薰似花，錦障如霞。漪藍影散，岫碧光斜。微波凝櫂，香塵引車，鸝爭語逗，蝶聚身遮。歸先響佩，隔似籠紗。迷春有客，卜夜仍娃。聚月璫圓，攲雲鬟薄。皷羯停撾，篦鸞借掠。廡靜鸚籠，扃嚴獸鑰。佇久知誰，歸遲怨莫。語偶生疑，嗔多轉謔。譜按紅么，圖摹翠削。苦雙擎玉甌。或又共倚香篝，歌催月落。舞約春留，針穿緯錯。紵換驚寒，佳名選蘗。味嫌茶，夢中迎舊愁。送新歡，輕剪燈幽。重敲釵斷，涼雲竹兜。凍雨花壓，螺鈿整不。鳳簫吹罷，涙添常涴醉卯。閒尊眠午，膩衾黛少。眉愁香多，肺病唱早。青驪啼暗，翠蛾樓上樓。夢，園按回文一體，篇續句飾，務取風雲月露，意如開半花，多恐啼鶯曉。菽園桉回文一體，篇績句飾，務取風雲月露，

春人賦一卷，亦見雷瑨所輯之娛萱室小品（一九一七年上海掃葉山房石印本）

蔡爾康

爾康（一八五八—一九二三）字支佛、紫黻、芷祓、子弗，别署鑄鐵庵主、縷馨仙史、海濱野史等，辛亥革命後，自號采芝翁，江蘇上海人。先充申報主筆，光緒八年起，爲字林滬報第一任總主筆。十八年受聘萬國公報，佐李提摩太譯書。次年，任新聞報主筆。二十年，主萬國公報華文筆政。『馬克思』之中文譯名，即出其手。在滬病逝，終年六十五歲。

愁思斅回文體

痴情驀地兩眉攢，白月明窗一色寒。誰與訴愁春黯黯，詩腸斷盡看燈殘。　王文濡香艷雜誌第三期（一九一四年上海中華圖書館刊行）

花團錦簇樓詩輯卷一署名古滬縷馨仙史，題作癡情效回文體

包榮翰

榮翰字素人，江蘇丹徒人，著有醉眠芳草詩餘。

菩薩蠻回紋體

夕陽斜捲簾鉤碧，碧鉤簾捲斜陽夕。楼上又深秋，秋深又上楼。綠窗疑映竹，竹映疑窗綠。門掩獨挑燈，燈挑獨掩門。

又回紋體

綠陰秋鎖深林竹，竹林深鎖秋陰綠。簾下莫開奩，奩開莫下簾。雨涼催夜五，五夜催涼雨。殘夢憶窗南，南窗憶夢殘。醉眠芳草詩餘（天津市人民圖書館藏清鈔本）

濮九孃

送春和鷃塵主人呈廻文一絶

奩鏡依窗紗影斜，月痕微印倒枝椏。簾鈎欲下飛歸燕，黏得香泥護落花。（謝錫勳謝鷃塵先生詩集卷四鮀江春餞集（一九二四年華洋印書館排印本））

魯俾侯

俾侯（一八六〇—？）字東臣，浙江會稽人，著有耐園詩餘。

菩薩鬘春日客中戲效回文體

落雲如恨春寒薄，薄寒春恨如雲落。鸝夢客窗西，西窗客夢鸝。隔簾花逕窄，窄逕花簾隔。窺偏鳥唫詩，詩唫鳥偏窺。

菩薩鬘秋日客中亦仿回文體

墜葉飛山秋南霽，霽南秋山飛葉墜。梨上月闌西，西闌月上梨。暑消風啟户，户啟風消暑。流水瀉孤樓，樓孤瀉水流。（耐園詩餘（浙江省立圖書館藏稿本））

林韻芳

韻芳（？—一九三〇後），福建侯官人。清道光二年壬午進士振棨女，隨父赴四川綦江、壁山之任。著有小荔灣偶作（一九三〇年小荔灣排印本，庚午自識）。

閏七夕迴紋詩 菽莊吟社徵詩題

閏到看星雙弄影，穿針巧對新妝靚。潤香餘賸曝衣樓，印月明河秋耿耿。小荔灣偶作

案：一九一九年（夏歷己未）九月，厦門菽莊吟社以閏七夕乞巧爲題，開展徵詩活動，專詠七絶回文。今菽莊吟社七夕四詠閏七夕回文合選載錄取四百名單中，亦有林韻芳者，此或是其應徵之作。

張元昭

元昭字倬卿，浙江紹興人。著有率爾吟草（一九一二年排印本，民國元年自識）。

閒居雜興 用迴文體

英豪友偏傲王侯，曙色天空長此留。名利心煩誰役役，曠閒身寄自悠悠。平潮帶月舒懷憤，捲霧連雲揮翰柔。清入詩魂倚册籍，晴煙淡繞半齋幽。

閩嶠曉晴懷遠用迴文體

鶯聲幾囀喜晴霓，越冀分馳異趵蹏。征雁一程迷別夢，老猿數峽起長啼。情深只示披肝膽，恨抱徒存印爪泥。亨塞自然天啟運，行行且道瘴雲谿。

贈校友用迴文體

光國有爲勉學强，域西通路得槎航。茫茫悵望無奇遇，蹙蹙何之難束裝。僵仆惟憂淪夏甸，謹嚴尤凛曝秋陽。匡時一道愧才薄，廊廟庸期敢激昂。

枯坐漫題用脱卸迴文體

何如靜坐漫長歌，靜坐長歌寄恨多。多恨寄歌長坐靜，歌長漫坐靜如何。

照海電燈機臺用迴文體

遏絶令師嚴，來船迅遠瞻。末光辟蝄蜮，闊海澈洪纖。率爾吟草

李春元

春元，字復齋，直隸完縣人。清光緒間貢生。

春臺郊望用尤灰二韻

遊來遠望極高臺，緑水環山幾面排。樓倚多時聽鳥語，酒酣此處對花開。流觴任我邀朋友，滿座驚人出俊才。幽景勝探春事樂，悠悠寄信遞芳梅。

夏日江村用庚真二韻

清江一曲岸消塵，水繞村居野景新。鶯囀巧來邀燕語，鴨浮遠去漾魚鱗。晴開霧散微煙淡，暖透風生徧草春。迎送傍花楊柳緑，行舟樂處盪前津。

秋雁南征用豪齊二韻

高天一氣冷凄凄，陣雁排來南向齊。橋板帶寒江上下，字書垂印路東西。遥程此度飛霜樹，遠夢前驚踏雪泥。交締主賓嘉趣樂，朝晴晚日永依依。

冬嶺松秀用先冬二韻

天寒暮歲此山空，落木群鶯望遠峰。仙入淡雲圍峻嶺，秀含清鶴傍孤松。巖巖石照輝明月，稷稷梅分競晚風。全性古姿丰致雅，堅多節概氣嘘龍。民國完縣新志文徵志卷下

覺羅合特亨額

覺羅合特亨額，著有遵時齋詩存（一九三四年排印本，辛丑自記）。

冬夜即事迴文

迢迢寄遠意，脈脈總思鄉。宵碧鳴寒析，隱窗秋月涼。遵時齋詩存

彭若梅

若梅字鶴儔，號翥山女子，江西樂平人。著有歲寒吟三卷（光緒二十七年刻本）、妙香閣一卷（光緒三十三年江右同文堂刻本）。

春歸迴文體

紗窗漾影日涵波，冉冉行雲化綺羅。花落捲簾春雨碎，草香迷檻午風和。斜門竹徑山

分翠，淨几琴聲鳥遞歌。茶鼎半煎清夢短，霞杯一引醉顔酡。妙香閣

師表

表字闇齋，四川灌縣人。著有闇齋遺稿六卷（一九二一年成都刻本）。

菩薩蠻春暮倒句

竹籬疏映垂楊緑，緑楊垂映疏籬竹。烟縷幾絲牽，牽絲幾縷烟。曲池春水活，活水春池曲。花落洗紅紗，紗紅洗落花。

菩薩蠻春閨倒句

卷簾疏雨殘紅亂，亂紅殘雨疏簾卷。啼鳥伴花飛，飛花伴鳥啼。綉慵人愛酒，酒愛人慵綉。樓倚暮天愁，愁天暮倚樓。李誼歷代蜀詞全輯（一九九二年重慶出版社）

曹璧

題别墅

東西岸柳迷烟淡，遠近汀花逐水流。虹跨短橋横曲徑，石嶙嶙砌路悠悠。

其二

牆短築軒當緑野，樹高連屋近青山。香清散處殘紅落，酒興詩懷道日間。

其　三

西屋繞村流水碧，小橋斜傍竹林青。啼烏月落霜天晚，岸泊閒舟兩葉輕。

其　四

歧路曲盤蛇裊裊，亂山羣舞鳳層層。枝封雪蕊梅低屋，獨坐閒窗夜伴燈。三養齋輯迴文賦詩詞對合編

吉　梁

飛　花

飛花落遍撲羅幃，嘒嘒鳴蟬向夕暉。微雨過時斜倚竹，淨庭閒處盡忘機。歸樵一路雲迷樹，舞蝶雙林霧鎖扉。衣映水蓮紅極目，揮毫獨坐對青闈。三養齋輯迴文賦詩詞對合編

張　賓

春　游

天連遠水養花時，勝景芳情自寫詩。煙鎖露桃紅片片，霧籠隄柳緑絲絲。泉飛亂石寒拖練，酒賣春風暖颭旗。年少樂游佳日永，芊綿草長路旁池。三養齋輯迴文賦詩詞對合編

方子箴

閨情回文學東坡體用原韻

春腰舞蹙柔絲柳，媚眼低捎細乳桐。人醉倚欄瓊鈿墜，落花催醒酒杯空。

紅葉霜天遥寫怨，白雲秋塞絶牽腸。風兼雨和寒砧搗，月夜淒然忽夢郎。

羞含翠黛眉峯亂，灑淚湘簾小院深。頭上訝垂新様錦，斷魂香閣夜彈琴。三養齋輯迴文賦

詩詞對合編

畢熙廷

僑居詠花朝七律

消春晝景樂居僑，慕羨羣花豔態嬌。簫弄競歌鶯愛日，屋高爭語燕來朝。韶光漾緑蕉窗碧，紫氣鋪紅杏岸遥。敲筆一詩驕遠興，描情雅趣景迢迢。三養齋輯迴文賦詩詞對合編

鄧翔珊

七夕七絶

秋簾半挂影含波，月照雙江此渡河。牛女一離長會少，流風尚在只情多。

詩詞對合編

生來結下兩情歡，會一年兮别一年。行渡天河銀岸隔，成雙湊巧鵲橋填。三養齋輯迴文賦

古狂

望月

詩詞對合編

眸凝素影桂窗西，未許相邀醉眼迷。秋夜月光清皎皎，樓高倚笛玉樽攜。三養齋輯迴文賦

無懷

秋月

詩詞對合編

東窗夜月淡瓏玲，閃閃飛星緑似鶯。叢草經霜秋色白，空庭玉漏滴丁零。三養齋輯迴文賦

問漁

暮秋

詩詞對合編

萋萋秋草緑凝霜，密霧山林楓葉黄。畦菊冷香浮夜静，籬東邀月醉飛觴。三養齋輯迴文賦

方鶴叟

重九讌昌氏倚香樓戲作回文詩

昌家卜鳳起高樓，放眼青霄月上頭。堂北壽人詩作頌，蜀西名侶酒消愁。黄花圃映疎煙晚，白鷺汀連遠水秋。長嘯引風吹帽落，囊茱記與解人游。（三養齋輯迴文賦詩詞對合編）

孫雪漁

送行郫縣李知事卸任

天青見日曉啼鵑，去轍還雲白水穿。箋涴有香留墨韻，酒斟餘味美廉泉。年年繡像供生佛，處處謌聲頌謫仙。賢宰愛民安亂世，翩騰驥足捷揚鞭。（三養齋輯迴文賦詩詞對合編）

幹瓊蓉

女，不詳。

季夏十六月夜

紗窗徹夜月娟娟，噪鳥無聲漏轉偏。花樹幾枝横院後，華光減影映堂前。

新　月

紗窗照影緑楊垂，淡淡清光映内帷。鴉噪數聲人寂寞，花枝弄色月來移。三養齋輯迴文賦

詩詞對合編

失　名

〔善書大願船（乩盤）〕

青山 張三丰降

青山萬樹碧籠烟，郤聽遥岩亂滴泉。亭草湧波翻水遠，閣梅封雪壓巔前。庭空坐榻閒吹管，院裏乘軒獨寫箋。鈴響客齋僧洩韻，醒驚忽夢醉翁眠。

春江 仙茅初成

横縱駭浪響潺湲，水緑春江泛客船。輕壓白霜寒北地，暖鋪紅日曜東天。鳴鶯獨舞晨檐外，語燕雙飛曙闥前。驚夢曉鷄鄰唱亂，晴峯幾處散雲煙。

閒坐 仙竇子明

遊天普踏遍西東，樂聽鳴簫透殿宫。洲渚白蘋春水淺，岫岩青草亂山崇。樓前嶺鎖寒烟緑，閣外城鋪暖日紅。愁話滿軒閒坐久，幽窗舞竹引輕風。

堤柳 蔡仙少霞降

溪流蔭影竹横斜，縷縷輕煙碧渚遮。淒慘笛音通徑曲，喨嘹琴韻透窗紗。低高噪語沙鷗亂，下上啼聲瓦雀麻。堤柳小蜂黄蕊戀，雞鳴野塢杏開花。

春山 陶仙安公降

窩雲白映午光暉，好色春山萬紫圍。波緑滿江翻浩浩，霧黄彌嶺鎖霏霏。梭穿柳岸雙鶯舞，剪破芳林一燕飛。歌放客舟孤聽遠，何如樂跨碧鸞歸。

天晴 善才大帝降

空半彩雲襲日紅，午天晴鳥衆翻風。中林杏樹花光燦，同坐勝筵滿醉翁。前溪野柳緑消煙，笛弄漁磯遠泛船。天地共晴春色霽，川山萬象景新鮮。

春日 鐵拐道人降

鶯燕幾飛眼恨看，影遥芳逕古梅殘。輕翻落葉彌桃渡，亂放閒花遍杏壇。清水淡風吹隔岸，笑山春日照層巒。笙簧弄閣仙邀伴，横氣碧空午嘯鸞。

村鄉 南海龍女降

胸洒淚流泣斷腸，奈何低首叩穹蒼。淞坵哭望離兄弟，剥落家空賸屋房。烽火起時稀燕雀，馬兵號處幾村鄉。縱横露骨人皆恨，籠蔓碧煙野蕪荒。

迴文 李仙適之降

横航野水流溪繞，屋漏輝光晴皎皎。輕露濕花發上林，鳴聲幾樹棲禽鳥。

詩 賀仙知章降

廳西臥榻間吹管，罷戀花前春蝶嬾。亭外野摇亂繞風，青青草色華山遠。

迴文崔仙宗之降

寒春噪鳥巢高樹，遠近迷林空歛霧。殘葉落花野拂颸，竿垂客一舟横渡。

詩李仙諱璡降

荒徑古松乘鶴唳，午橋溪泛孤舟繫。長江映影日輪紅，蒼翠遍林春雨霽。

迴文焦仙諱遂降

睬岸曲穿聲唧唧，亂蛩鳴草瑶台北。斜風惠日滿空庭，鴉鳥衆飛林外洫。

詩李仙青蓮降

飛鳶浴浪翻川後，笛弄孤亭棲釣叟。旗挂一村野望遐，霏霏碧霧籠溪柳。

迴文蘇仙諱晉降

斜鎖碧煙輕暗旭，小台春色鋪紅緑。紗窗睡醒客魂驚，譁語亂鶯啼逕曲。

詩張仙日旦降

東岸鬧蜂黄蕊啄，久聽閒鳥喧空谷。風吹野樹小橋西、同泛客槎輕水逐。

春殘宋儒歐陽修降

春殘怨鳥亂山空，燦燦飛花染淚紅。蘋鎖遍岩深湧水，柳拖横岸野旋風。賓吟倚檻長江遠，客醉眠亭古樹叢。鄰隔鬧聲飛蝶紫，新簾入色草堂東。

迴文吕仙純陽降

紅燈壁照影蕭條，罷讀書齋晚寂寥。中寺暮聲啼亂鳥，内江清夜泊輕橈。蒙蒙慘霧横樓閣，冪冪愁雲聚漢霄。風雨打門攢韻苦，蓬瀛醉後臥深宵。三養齋輯迴文賦詩詞對合編

失名

虞美人回文

釵金插處鬆雲鬢，妥貼開鸞鏡。坐移廊曲試妝新，巧樣翠蛾雙畫學輕顰。生憐可意

人知曲，側侍箏調玉。扇裁圓月掩微渦，淺笑臉霞生暈醉顔酡。徐元回文詩詞五百首引奇譜妙趣集

黄礪生

礪生字金鑄，别字兜紅，江蘇婁縣人。

小春九日檠右漫作連環文體七律以抒所感

銷寃總怨别重重，錯自深情有負儂。遥夢巳多愁臥枕，苦心終厭聽殘鐘。描難字字排寒雁，急漸聲聲咽冷蛩。寥寂去人憐夜獨，挑燈把想意疏慵。文藝雜誌第二期（一九一四年）

『婁縣黄礪生先生金鑄，爲硯北先生仁之文孫，兜紅其别字也。家貧又不善治生，故終身常在窘鄉，然品詣高峻，非分之財，誓不苟取，性好吟詠，有所作輒棄去，没後稿無存者。此詩係偶然遊戲之作，搜檢篋得之，亟録於此。讀法從銷字起，右旋至慵字止，復從慵字左旋至銷字止』。

附錄

附　錄

回文集卷四十七　目錄

附　録

回文集卷四十七

饒芝祥

芝祥（一八六一—一九二二）字九芝，一作符九，號占齋，江西南城人。清光緒二十年甲午進士，改庶吉士，授編修。二十九年，充湖北鄉試正考官。遷遼瀋道監察御史，嘗疏李蓮英。宣統元年，知銅仁府事。著有占齋詩文集八卷（一九三二年南昌排印本）。

晚眺迴文

洲中伫笠蓑，望處何情逸。幽徑暮鳴風，遠山秋落日。占齋詩文集卷四

胡　延

延（一八六二—一九〇四）字長木，號研蓀，四川成都人。年二十，從湘潭王壬秋游，專力治經。清光緒十一年乙酉優貢，次年朝考得官，入晉司撫幕奏牘，兼司三局事。二十二年春，自絳縣調撫幕，仍兼領局事。庚子之變，任西安行在内廷支應局督辦。二十七年，授江蘇江安糧儲道。二十八年，轉督理安徽寧池太廬鳳淮揚十府糧儲道。三十年秋，病歿於蘇州。著

有蘭福堂詩集（光緒二十七年自序本）、苾芻館詞集六卷（光緒二十九年金陵糧儲道廨校刊本）。

和樊山秋夜見過迴文元均

詩箋幾字雁行斜，輭浪吹烟透槅紗。飢雀怨倉空歎米，錦鴛繰采似流霞。詞成美調雙吹笛，宅過蘇樓一看花。遲客夜深燈挂壁，宜城碧酒淡如茶。

午橋中丞使豫樊山寄詩乃疊前均

詩圖畫水上河斜，遠路征車輞縠紗。飢告朔方殊貴米，醉思伶唱淺斟霞。詞臣使遞星書檄，隱士居深雨院花。遲貢御園秋月閏，宜重九日到山茶。蘭福堂詩集

虞美人 迴文

羸紅浸酒添香篆，倚色歌聲曼。夜深風碎蝶眠花，碧樹隔簾疏影月橫斜。　年來候雁無書寄，塞遠天寒未。秀蘭芳菊斷腸多，歷歷亂愁新曲渡汾河。

重疊金

雁門關冷秋歸燕，燕歸秋冷關門雁。紅葉落乾風，風乾落葉紅。　淚珠凝錦帔，帔錦凝珠淚。樓上月多愁，愁多月上樓。

又

鳳頭釵褭珠花凍，凍花珠褭釵頭鳳。呵手托紅渦，渦紅托手呵。蕊香梅沁齒，齒沁梅香蕊。雙影月臨窗，窗臨月影雙。

又

水乾桑落秋霞紫，紫霞秋落桑乾水。辛苦訴行人，人行訴苦辛。袂紅揩粉淚，淚粉揩紅袂。來雁要霜催，催霜要雁來。

又

麗人愁見長門閉，閉門長見愁人麗。紅樹隔樓東，東樓隔樹紅。譜琴參調苦，苦調參琴譜。殘月向花寒，寒花向月殘。

又

小花春院香簾繞，繞簾香院春花小。容比玉兒紅，紅兒玉比容。酒邊花掩柳，柳掩花邊酒。貂玉襯輕綃，綃輕襯玉貂。

苾芻館詞集·恒河鬢影詞第四

吴繼志

繼志（一八六二—一九三六後）字紹庭，四川成都人。有三養齋輯迴文賦詩詞對合編行世。

祝紀正三兄六十壽詩

宗支遠續嗣高陽，學紹家風集慶長。逢夢好傳青縷管，古香留發異書牀。龍孫舞綵催歌樂，鶴子呈桃喜捧觴。笻杖增齡週一甲，蓉城祝壽菊芬芳。芸編教久行羣才化導幾經秋，壽考作人勉進修。雲母屏風傳隔坐，極星輝照樂添籌。多校，桂苑名成記益州。欣祝長生逢耳順，分排五福享從頭。眉齊遠媲梁耆賢指使樂林泉，斗宿光騰不老仙。師似春風陶淑女，益如化雨育青年。偕孟，友愛曾同李與田。詩酒稱觴羣祝嘏，移情合誦九如篇。行方正好補榮登科第祿天申，試得賢良是雅人。名媲淵雲如相見，誼同管鮑久相親。方誌，厚福生同增福神。毓兕歡騰鄉進杖，情交三十幾年春。

春遊偶成

寒春怯步歷河矼，友約貽書尺鯉雙。彈鋏舊情聯麗澤，贈詩新意采蘭茳。漫漫路遠時扶杖，泛泛舟停已渡江。餐罷早歸同坐歇，安心秉燭剪西窗。

菊花

菊花詩，唐人如李杜韓白諸大家，皆罕有專詠者。惟駱賓王、李義山各公，略有專詠。菊詩至於宋人，亦僅見蘇陸各詩。明人則唐伯虎所詠菊花可觀。前清以來詠者多矣，常見有菊花百詠，惜詩本遺失，探訪書坊無有售者。約計二百餘年，各省詩家刻稿不止數百部，其中如張船山、李香雪、郭鑑庚、黃本驥、李炳奎諸家之詩均好，而以樊雲門所詠孩兒菊閨房僧鞋菊詩七律四十餘首，尤爲新穎典雅，格老神清。上年成都通俗教育館菊花會徵詩，曾見貼出諸公各詩數十篇均雅。不佞亦有七律四首詩鍾各件附驥其中。今年開會又徵詩，貼出佳作如林，咸稱觀止。不佞情殷就正，仿樊山白菊回文之體，略作七律二首。

香留晚節挺深秋，久值東籬綻蕊稠。霜益淡神存傲骨，露添濃色化新愁。黃金甲似衣袍皺，白水晶如繡錦毬。芳冷耐寒宜益壽，長延歲月玩清幽。

人如淡性本清高，裛露栽時久契陶。伸得虎鬚翁握手，展開蟹爪客持螯。塵容洗淨不嫌冷，傲骨生成自足豪。春卉百花看盡謝，神全任拂雪風饕。

同和二首有人來回文詩

忘情俗日理桐絲，萬象觀來又作詞。庠序楷模今見少，長生孰得效安期。

波澄水鏡寫明皭，典雅詩才有謫仙。多累虛名無繫念，磨消障物解三緣。

代和二絶

情長久繫藕中絲，唱採蓮歌是麗詞。盟結范張爲信友，迎來遠道正如期。

墳典閱來外慮皭，妹偕坡穎效蘇仙。裙釵貴有英雄志，文字觀摩遠結緣。

和友人

樓到春風香有梅，友朋歡飲好懷開。幽芳賞玩增吟咏，遊杖扶行歸去來。

祝元理兄壽詩

遊泮池因慰老親，隱居求道樂天倫。修途本貴壎篪叶，睦室常調琴瑟均。籌策精明稱士智，桂蘭聯續作儒珍。愁消合奏長生曲，鳩杖扶持自在身。

東俊儒謝宴

傳經古有漢康成，友愛真誠本性生。天道大探原至理，地輿堪習素多情。緣增菊釀觴飛羽，放早梅餘坐落英。賢達聚遊春醉樂，田文悦士衆心傾。

和友人除夕詩原韻

明哲性原善保身，隱居重德進圖新。清時任大才能歛，亂世消災貴克貧。爭戰悔心皈老佛，往來緘口法高人。賡歌昔事難回首，已止宦遊不遠巡。

柬蝶仙兄

龐眉壽相德純良，望重名山在梓鄉。扛得大椽如筆力，雁行齊駕并王楊。佳詩吟詠積多篇，會列耆英是大年。懷抱清高人慕仰，主盟文社繼坡仙。

柬仲翔兄

文章麗逸似飛花，著述繁多信足誇。羣伴鶴鸞如品格，枌榆在道大方家。無聞欲免杞人憂，坦蕩胸懷善應酬。儒宿從來多樂事，須時閉耳洗巢由。

柬保成兄

尖筆吟詩覓硯田，滿懷書典有耆賢。髯髭雪白知康健，晝錦堂開擁壽連。叉路行來共訪春，萬千紅紫色翻新。花開錦繡真堪賞，永久延年仰壽椿。

富貴白頭題畫扇

花開富貴喜春長，佔得高枝暗染香。誇畫新添雙好景，白頭全日玩芬芳。

柳　燕

絲絲細柳擺風流，眼有青垂盼客留。時遇雙來飛紫燕，撥分別絮剪春愁。

贈雲舫舊友

家傳孝友篤仁親，課讀勤勞善作人。嘉德進增才譽美，華年度量碩儒珍。
書法工腴本學王，牘文今體兩兼長。居閒樂育親賢子，如意得時快顯揚。

贈馬履安先生首嵌履安老人四字尾嵌清真耆賢四字

履危覓骨遇榛荊，憂解親心小讀聲。仕久戎勳傳赫赫，水澄潔比宦廉清。
安吟詩好樣翻新，字法高超筆有神。丹染青描工繪事，官營昔說君才真。
老遵教典雅探奇，輪走重洋訪禮儀。道識天方朝祖國，早歸傳士會英耆。
人交善士結文緣，室備琴書樂性天。津問我來隨驥尾，春和布化仰仁賢。

壬申上巳俊儒兄招飲特草迴文謝之

三三宴會聚羣英，白髮衰顔樂趣生。南府花多春色麗，耽吟風雅訂詩盟。門稱通德在公鄉，友契聯歌歲月長。樽俎陳來咸醉飽，温風好度久留香。

祝馮母張太夫人六秩壽詩

西王母棗熟深春，講讀延和氣候新。雞曉鳴時前戒旦，燕承歡處慶良辰。齊稱節孝如松秀，獨樹風標似竹筠。攜杖梓鄉花甲度，躋堂介壽祝慈仁（明道集元祐二年三月二十八日奉命於延和殿講讀）。操持家事記當年，淑女佳兒福澤全。遭遇苦辛歐柳繼，課嚴教子郝鍾賢。褒揚史筆傳巾幗，頌禱仙桃奉綺筵。豪壻長官同舞綵，高歌壽曲大羅天。

蜀堯兄招飲亦草迴文謝之

清白家聲德有隣，宅心仁厚度深春。精殽美酒歡賓客，情感多余何與陳。詩村菱堰傍多年，酌酒欣吟互設筵。奇字談心同獲益，芝蘭臭味意情聯。

祝劉湘嵐封翁八秩壽詩

天霞雲鶴似詩翁，宴設常珍福德隆。千日稱觴宜晉酒，九如祝壽慶呼嵩。仙逢太乙朝元久，彩耀長庚造化同。前列桂蘭層舞綵，賢才萃集樂融融（道書六月十三太乙真人朝元）

祝馮鑑平顧問六秩壽詩

千秋令節喜稱觴，道德清高獨杖鄉。賢識民歌傳蔀屋，算添賓頌上琴堂。年生瑞錦爲端品，斗列文星燦異光。天雨陀羅花色好，延綿鶴壽日舒長（唐馮定爲太常少卿品格端方御呼禁中瑞錦）

蘇鳳岡道尹招飲作此謝之

循良歸蜀樹冬青，聚慶團圞歲易星。珍席延賓談竹戰，藕池攜友話棋經。塵飛不到雲卿隱，厦大生涼日焰停。新舊耆賢同宴樂，事傳錦里立儀型（宋蘇雲卿廣漢人隱士也）

贈鳳岡令郎

雙圖太極列龍頭，弱歲風標白鶴儔。杠筆吟詩知學厚，百科分習裕才優。

眉山緒衍紹書香，教本趨庭在義方。爲有修途常努力，時來異彩放星光。

十三琴齋主人漁村別墅新詠題詞

天開勝景顯詩人，好詠題分色象新。緣結漁村來玩賞，絃揮足樂四時春。

壬申十月彭縣紳耆就縣城通俗教育館創辦菊花比賽會徵詩一三百首儒楷太史託余評定甲乙閲畢奉還跋辭

菊花比賽盛會，雖未躬逢；椽筆紛紜佳詩，幸皆拜讀。陶彭澤東籬遍種，足媲芬芳；盧運使西社聯吟，儼同彬雅。香都留晚節，能耐久故傲青霜；詞好寄深情，是曲高真如白雲。僕原病叟，游歷九溪；幸遇名賢，許談六義。面付珠璣一串，足徵吟士之多；謹題蕪草一篇，望賜騷人之誨。

名花著節晚留香，秉性堅貞久傲霜。清淡人如心守白，雅高品貴種推黄。英多排列宜分類，賞共吟稱異衆芳。生色知因賢會萃，成詩贊美集佳章。

和賀季梁君原韻

名賢善詠筆生花，議論驚人服白沙。明達才多添雅事，成章本讀五書車。

雞羣異立常如鶴，兎筆摹書戲效鴻。西蜀多才君拔萃，齊名可比四明公。

九溪淵渟子

彭縣菊花會徵詩

芳姿吐處迷幽徑，大會開時值暮秋。香異放多金蕊綻，色佳增見玉波浮。瀼瀼露浥形清淡，肅肅霜經傲勁遒。堂滿客來欣賞菊，觴稱我與衆猜籌。吴繼志三養齋詩集（迴文）

賀季梁

呈詠梅五律回文一首並希郢削

霜雪滿高枝，竹松同晚節。茫茫感景幽，皎皎知塵絶。香暗度寒雲，夢清映明月。黄昏愛影疏，雅淡因心悦。

賀季梁步和來詩

神傳跋上錦添花，揀得金時略土沙。真有别才憐老眼，妙能詩熟駕輕車。高年已慨同巢燕，後日留痕有雪鴻。搔首仰天重問刼，豪吟詠世感來公。吴繼志三養齋詩集（迴文）

方少梧

方少梧兄來詩疊韻

天秋好事紀幽花，檢校精明眼別沙。椽筆巨靈通妙理，旋迴幾日巷停車。

今年彭縣菊花會徵詩，投稿頗衆，賀儒楷太史曾請先生點定。

名世一編嘉織錦，影留蹤跡辨泥鴻。情文茂更修潛德，明月孤懷雅擅公。吴繼志《三養齋詩集》（迴文）

先生以避亂來彭，余曾走訪，暢談詩詞。

馮地青

秋日即事回文

長江映帶曉霞丹，水激空亭撼急灘。篁密密垂新碧檻，蓼枝枝綴小紅欄。觴稱客聚幽堂靜，菊比人清爽籟寒。霜降晚林長落葉，涼風度柳墮絲殘。

敬和家父消夏迴文

萋萋芳草緑窗前，退暑林風晚唱蟬。西嶺鑿冰堅出窖，北池籠日暗生煙。低枝數竹橫

垂澗，禿影雙松倒掛泉。泥路山行難上頂，齊天列壁石鉤連。三養齋輯迴文賦詩詞對合編

德　方

菩薩蠻秋日浣花溪上回文

浣花秋共寒江晚，晚江寒共秋花浣。楓岸夾愁紅，紅愁夾岸楓。三養齋輯迴文賦詩詞對合編引川報

誰珠鬢。聲妙發幽情，情幽發妙聲。鬢珠誰解佩，佩解

失　名

西江有感

涓涓綠水一江清，細雨斜風草木生。絃弄悽聲人憶久，年多故事聽鶯鳴。三養齋輯迴文賦詩詞對合編引國民公報

失　名

落葉六言

驚夢風飄落葉，急流水逐華年。明月秋深夜靜，薄衾擁對燈然。三養齋輯迴文賦詩詞對合編引

浣花濯錦

李德安

冬夜偶成五律

深宵夜夢清，郁馥寒梅小。林晚臥幽人，樹晴偎凍鳥。砧疏擣月明，木落驚霜早。吟苦耐殘更，永懷愁渺渺按此詩續庚韻可回作三首 三養齋輯迴文賦詩詞對合編引佳秋詩社

朱國源

閨　思

遥望登高閣，雁飛看自還。簫吹冷夜月，木落響秋山。寥寂愁痕淚，短疏虧鬢鬟。銷魂想塞北，黛翠減眉彎。三養齋輯迴文賦詩詞對合編引佳秋詩社

馮良金

西江夜月

一色天連水，虚舟盪月明。密雲歸古渡，清夜望西城。出照雙江遠，奔流兩岸平。七

賢高隱退，林竹感心驚。三養齋輯迴文賦詩詞對合編引佳秋詩社

謝家駒

家駒字龍文，號俠生，四川南川人。民國初年，入北洋軍官大學。著有遊子吟正續稿（民國間重慶中西書局排印本）。

寄内迴文

空懷别恨悵山河，遍倚欄前醉後歌。同夢遠思愁阻隔，聚時閒話夜如何。風生卉苑紅飄雨，月映蕉窗緑泛波。蓬轉半生平淡志，東西客宦世情多。三養齋輯迴文賦詩詞對合編

周璧卿

三言詩

兵戈弭，劍易牛。平和望，熱淚收。硜硜見，視同仇。行無道，倒懸憂。生不幸，鬢白頭。
彭老比，杖扶鳩。傾城市，沐冠猴。迎兵禍，亂益州。誠無信，衆口咻。兄弟泣，豆萁投。
耕棄業，曠田疇。黨恃滿，積金甌。並吞力，掩衆眸。盈衽席，蟣蝨留。營三窟，下野愁。
明失夜，暗中秋。輕紙幣，市衣裘。氓庶怨，視寇讎。荆棘地，斷速郵。聲惡播，命革休。

盟約背，義名偷。阮父老，轉壑溝。横凶性，類共兜。成罪孽，重山邱。城郭聚，賊如流。
旌旗滿，令擊游。羹食奪，飽膳羞。鯨鯢戮，隰原哀。衡優劣，判薰蕕。轟轟烈，愧封侯。
贏輸較，盾攻矛。鉦鼓震，德無修。爭鷸蚌，歲一周。精鋭喪，已自求。牼遇宋，乏人謀。
纓繫請，用自由。猩鞭血，弱丁抽。裎裸係，鋌鹿呦。瞪道路，盡枯髏。煢獨立，適遠陬。

對聯回文

舍繞飛雲南望白，山銜落日下沉紅。
明月夜圓蟾影動，薄雲秋度雁聲高。
絲如雨細偏來晚，蓋覆天寒不似春。
院滿花飛紛夜雨，林平筍出吐煙雲。
耿耿星圓雙眼井，溶溶月印半邊橋。
第宅新成當道闢，河山舊覽一樓登。
桂繞風生香積寺，梅探月致羅浮山。
洗墨池邊亭問字，清江浦上閣吟詩。

白紙窗開人坐靜，紅燈夜宴客來遲。
鶯燕引風春入座，兎蟾窺月夜登樓。
過客題名大有巷，行人讓路成平街。
遲遲馬上聯雲棧，一一鳩呼喜雨亭。
大族方聞多子女，良師以正養童蒙。
水合江亭閒坐客，山嘲峽石怪驚人。
團團月照光明殿，靄靄雲生寶現溪。

詹言

言原名鴻章，字劭逵，四川榮縣人。著有詹言詩鈔。

六春回文丁亥

春城

飛文雉堞繞柔桑，小小山城一帶香。薇紫映街天雨細，柳青迷路客途長。歸來鶴夢芳塵地，遠去鴻翻碎錦坊。緋淺著人看不了，輝光近日舞霓裳。

春閨

秋悲不了了春愁，面面垂楊緑影浮。留住暗香花解語，往來新種草忘憂。羞容自我憐開鏡，麗色驚人怕上樓。休去踏青尋女伴，柔腸寸斷望封侯。

春山

栖幽卜處避塵囂，麗色春風小隱招。西野緑雲耕隴麥，北溪青嶂畫烟條。迷人故徑尋難到，宿鳥孤村入望遥。低黛翠翻新嶺繡，泥香踏去馬蕭蕭。

春水

濱江問渡晚籠烟，柳蔭花溪小泊船。新漲緑翻風細細，遠帆青滴雨綿綿。津迷莫認紅桃岸，水止應分碧稻田。春暖浪痕拖翠軟，鱗珠泛處瀉飛泉。

春草

春山一帶草萋萋，郭滿青雲緑滿堤。新勝故時生窄徑，有還無處茁香泥。神傷過客歸南浦，眼刺愁人向北溪。蕁紫憶來秋色晚，茵鋪好襯碧塘西。

春柳

迢迢客路貼黄鸝，嫩葉新裁翦緑波。腰細舞時眠起慣，眼顰開處往來多。條輕弄水臨風好，絮濕沾泥潤雨過。橋上怕看分別苦，朝朝折取記烟螺。

四秋回文詩

秋夜

殘更報唱一聲雞，雨漬廊明月影低。寒骨透時醒蝶夢，遠心清處聽蛩啼。團團露滴閒齋冷，颯颯風飄夜徑迷。乾葉掃雲紅滿紙，蘭階剪燭刻詩題。

秋懷

秋天一度一魂消，別有情懷寄想遥。樓上月催人弄笛，屋團霜憶客吹簫。浮沈嘆我如萍梗，景物看君借畫描。洲滿白蘋花采采，頭回乍記露珠跳。

秋菊

東籬卧雨傲霜侵，老圃寒光菊綻金。風冷愛看秋景好，露零常採暮天陰。同芳晚節爭濃淡，出色新英落淺深。翁醉唤人來送酒，叢花宿蝶衆香尋。

秋閨

深宵苦織錦紋回，遠戍征袍舊剪裁。林滿月光燈結伴，夢醒霜夜淚盈腮。衾鴛擁處偎孤影，塞雁歸時撥冷灰。襟袖薄寒天色暮，砧敲乍聽好音來。三養齋輯迴文賦詩詞對合編

梅鼎和

鼎和字靜濤，浙江鎮海人。諸生。

題眠雲山人秋江紅樹圖回文

斜日秋高霜葉紅，暮雲孤雁落江空。花飛荻浦西風晚，霞彩涵汀漁轉篷。范柳堂蛟川詩繫

續編卷八（一九一三年排印本）

周炳城

炳城（一八六四—一九〇〇後）號朗圃秋士，浙江烏程（苕溪）人。早歲風流，中年落拓，業醫濟世。著有朗圃吟草四卷（復旦大學藏稿本，光緒戊戌自識）、湖海詩萃十二卷。

詠菊效廻文體

茫茫日落院烟蒼，煆罷詩時泛罷觴。荒徑戀香憐瘦蝭，曲籬依影亂啼螿。筐盈紫實收餘雨，袖染黄英掬曉霜。芳味一叢幽晚景，轉疑春錦散虛堂。朗圃吟草卷三

初秋即事效廻文體

明月寒窗虛閣小，夜凉低樹碧縈烟。楹前倚久聽殘漏，酒醉閒愁寄管絃。西樓竹撼碎聲秋，落葉疏殘警夢幽。低月凉風寒夜永，雞啼聽處晚烟浮。朗圃吟草卷四

陳際盛

際盛（一八六四—?）字闓唐，四川成都人。著有蚓園詩鈔三卷（民國四年成都蚓園家塾刻本）。

春江曉泛

平橋小雨過溪前，路淨塵開曉色天。橫棹去催舟似葉，倒樽清酌酒如泉。聲聲燕掠輕浮水，片片鷗飛遠破煙。明眼照波江濯錦，鶯啼伴客泛迴川。

夏日村居

田平緑映午分秧，雨過新塍秀吐芒。鶻咽樹高聲叫苦，蝶穿籬去翅捎忙。涓涓水聽人扶杖，乙乙絲抽繭沸湯。煙抹晚晴天色暮，年豐慶洽話軒皇。

秋　晚

豐年樂話遍郊陬，好景清添值晚秋。楓落葉多紅映水，荻飛花徧白迷洲。空梁舊壘留歸燕，遠岸晴波泛浴鷗。笻倚偶臨平野望，弓如月隱霧光浮。

冬　晴

晴窗曉色映輪紅，鵲噪簷浮瑞雪融。衡指驗春回陸北，筴推迎日出嵎東。烹茶鼎沸爐添火，掃葉林開牖透風。聲轉鳥催梅共柳，行行重愛樂人同。

春閨

懨懨病起倦欹牀，靜院清陰午日長。添水漏聞遥報刻，裊煙爐爇乍焚香。簾開待燕輕拋剪，繡倦驚鶯俏囀簧。纖手素房閒撫瑟，柱絃調罷繞迴廊。

花市即事

叢深發豔鬬春陽，早市來游勝日長。紅紫放嬌姿裊裊，柏松饒秀色蒼蒼。空階窣錦翻飛蝶，古殿蹲銅鑄臥羊。東去水浮歸艇客，穠花愛買競傾囊。

春曉

鴉啼噪曉怯衾寒，早换棉衣試袷單。花落有人愁聽雨，紗窗射彩日輝槃。

春宵

重衾繡疊晚香熏，刻值金催箭漏聞。濃思睡添閒恨減，逢君夢裏峽行雲。

春游

春陽好值又開晴，樂意人攜伴遠行。塵浥雨清風送樹，新聲愛聽乍啼鶯。

春思

心驚鳥語報回春，久宿人孤睡起頻。琴寫怨懷傷遠別，深情寄淚泣沾巾。

題織錦回文旋璣圖倣東坡陌上花體

千絲買織錦回文，字裏圖描線上紋。連綴若珠明耀色，旋璣妙筆落煙雲。
璣旋織擅女才多，巧慧知能過悔波。微思寓詩含思婉，錦文回轉眴雲羅。
回文錦字字懸金，巧合旋璣運慧心。才美擅能無往古，裁圖妙抒怨情深。

三養齋輯迴文賦

喬尚謙

詩詞對合編

尚謙（一八六五—一九二七）字筱山，山西祁縣人。光緒二十三年丁酉舉人，自清末至民國間，歷任陸軍部主事，祁縣政府科長，中學教師，山西省銀行董事等職。著有息影園詩存二卷（一九三〇年排印本）。

夜觴即景迴文

東橋竹醉慣觴霞，子燕歸梁落月斜。紅芰荷香摇檻水，碧梧桐影映窗紗。籠煙著樹千

聲鴃，霽雨緣溪兩部蛙。空氣夜寒驚座客，風回撲曲一欄花。息影園詩存卷下研吗軒吟草

毛昌傑

昌傑（一八六五—一九三二）字俊臣，陝西長安人。清末民初西安之有名學者，于右任、趙守鈺、胡景翼皆出其門下，曾官關中道尹。撰君子館類稿十四卷（一九三八年上海排印本）。

題三園迴文詩册和石園餘園韻

三益友來欣笑言，集成詩句白酬元。醰醰厚味餘醑醋，宛宛深情洽夢魂。含咀異聲新律呂，蘚苔斑暈古罍尊。南山霽雪臨軒檻，甘酒杯傾獨樂園。君子館詩鈔

三園回文詩卷首題辭，『醑醋』作『醇醴』、『新』作『諧』、『獨樂園』作『樂隱園』

于廷琛

廷琛（一八六五—一九三三後）字獻之，號石園、適園，正紅旗漢軍籍，廣東南海人。光緒二十四年戊戌進士。姚文蔚更生集云『獻芝粤中進士，前清筮仕來陝，辛亥後杜門高隱』。

秋夜獨酌

涼秋對月酌新醅，夜靜當空興往來。香篆裊餘消塊壘，露華凝處少塵埃。忘情近事無

爭競，入夢清思費剪裁。藏拙且看閒遣悶，狂憨似我媿通才。

步和逸人蓮湖秋望原韻

中天寫景暮雲紅，小小園亭隱緑叢。風起浪紋輕浴鷺，草生石罅暗鳴蟲。虹垂露影橋陰護，雁過排行陣勢雄。空望一時同解甲，穹蒼運轉氣調鴻。

八月十六夜望月

團團月影伴閒人，昨夜同看一樣新。寒到更深衣溼露，朗真玉潔鏡清塵。盤留果品供饞吻，酒送花香潤渴唇。肝胆照來頻舞劍，丹飄桂落碾氷輪。

棠園夫人以石榴老糟見惠并挈其如夫人來候賤内代爲答謝

紅榴豔映酒胚新，厚貺蒙貽雅誼真。同候老荊關問訊，苦勞仙駕降凡塵。空樽正愧情文略，盛饌叨陪笑語親。風信占來秋意冷，匆匆寫此祝清神。

和逸人賞菊

黄金作色正深秋，景晚宜人與目謀。霜重壓枝添兀傲，月明有影寫清幽。香奇散處花迎檻，味雋餐時酒滿甌。妝靚看來閒愛淡，狂疏似我笑開眸。

題裸體美人出浴圖

池方水暖傍欄紅，竟體呈芳洩秘中。時散幽香花瀉露，慣披細縷葛含風。癡情自潔愛誰待，對影佯羞似妾同。肌理透明分出現，離迷映襯一雙弓。

餘園以艷體詩見示和此

篇新製巧鬥奇誇，艷絶驚人同歎嗟。千萬絮言傳隱約，兩三梅影對横斜。連宵舞劍看添酒，永日薰香好護花。仙夢乍醒時倚枕，憐他愛我樂增加。

題山水幛簷

支床此地得棲儂，外護峯巒烟疊重。奇恣筆情同顧虎，絶佳齋號是蟠龍。披圖夜玩遊方倦，擁被春眠夢正濃。詩句一成初寫意，髭拈又斷漏丁冬。

再咏山水幛簷答餘園即以餘園二字爲韻

餘情寫出氣雄渾，别有人家傍柳村。居此臥遊閒得趣，共誰依戀夢留痕。漁樵侶隱愛逃跡，咏歎詩新翻煉魂。舒卷自如無障碍，袪煩漸靜樂林園。

贈棠園仍用前格

棠甘愛種樹陰繁，藉此身藏自道尊。良將大功成退隱，異人佳句每高渾。狂非醉酒得真率，妙入迴文有本原。長樂樂天由性厚，望兄夢憶此名園。

用前格自題于園

于于守約自探源，駟馬容難且閉門。吾愛吟廬歸隱逸，世名大冶鍊精魂餘園齋名大冶山房棠園齋名歸吟廬娛情任笑同書簏，養性閒宜借酒尊。鬢斷有時還覓句，迂儒老我困詞園。

題餘園百花詩

評香摘艷句翻新，解得花拈妙諦真。名士奇情多入譜，美人幽態别傳神。清芬聚處無遺漏，幻夢醒時證果因。賡和罕能才似錦，傾心一讀快閒身。

又見姚文蔚百花詩題辭

和餘園聞雁

長行雁唳一聲聲，苦怨流離別有情。粱稻無多空寫恨，羽毛賴健穩兼程。香衾妾警夢方覺，古字人排斜又横。霜雪避時當息影，藏踪恰好訂鷗盟。

三園回文詩積久漸多可另成一集以備剞劂作此以爲喤引可乎即用三園字爲韻

三友益親時笑言，咏詩新趣妙玄元。醰醰味翫精詞藻，細細敲成煉魄魂。含意若蘭幽共賞，淡心如菊傲宜尊。南天與北地同聚，甘苦歷經賦小園。

和餘園安想

天中雨粟濟凶荒，海宇消兵化善良。賢士在朝公賞罰，衆民安業樂農桑。千錢酒賤沽盈斗，萬卷書多讀數行。燕趙美人娱晚景，延年益壽日聰强。

和餘園綺懷

秋波眼逗默含情，貌是如花蓮步輕。求運蹇修真似夢，偶歸傖父憶吞聲。憂罹鴻網羈寒餓，苦受鸞鞭觸暴横。愁恨添思追影事，抽毫疾寫一傾觥。

餘園以嗜酒日行沽春大作見示謹答

沽春得得酒稱豪，看劍雄心引興高。無事閒遊常挈榼，有時忘醉更餔糟。娱情味外眈清聖，溺志杯中媿老饕。吾笑嗜茶同癖好，須何苦茗勝醇醪。

讀邱韻笙女士題餘園所藏蓮花畫幅詩歌工妙絶倫謹書其後

思組繡餘妙畫評，得簪花格有人驚。詩成咏絜情如繪，貌比看蓮品列清。私語祝來添鶴壽，福緣結定永鴛盟。持家保慎獨閒事，詞史長留芳姓名。

琴感（餘園丙寅失琴二爲匪類所刼有回文詩紀其事謹和）

横行任奪歎絲桐，鄙伐驚聲一曲終。清吏有裝輕剩鶴，遠思何處想飛鴻。評來重價憑誰問，斷絶知音感我窮。成與敗時當定數，情同失馬塞之翁。

時粧剪髮

心狂喜得炫奇妝，截去輕雲如願償。金戒指光仍美麗，玉搔頭插費思量。尋將義髻高低合，割却青絲情恨長。深歎可人矜外貌，臨風出現半裝洋。

讀餘園虞美人回文詞敬答一律

詩餘有味正情閒，麗句嵌來往復還。詞韻秀聯珠貫串，錦文通澈玉連環。思遲媿我難酬和，調古知君自熟嫻。持誦夜深深玩索，追摹切願阻躋攀。

三園回文詩合稿題詞

時隨遣興漫咨嗟，賦有閒情感歲華。詩訂一編同付梓，筆揮雙管燦生花。追摹得句聯文錦，遠致清塵護碧紗。癡老蝨名漸濫厠，知難混處見瑜瑕。

敬步宋芝田先生題詞元韻

南金品學擬從遊，企仰高清挹海樓。三絶技長兼菊淡，幾生人健比梅修。參天有術微窺管，避地何方遠脱甌。甘拜下風真慰望，探元媿報謝桃投。

步毛俊老題詞元韻

三兩友人可與言，媿無真義抉精元。醰知味永芳餘舌，巧鬥思奇句煉魂。含意有時伸

直筆，賞心隨處對清尊。南牕倚罷吟餘興，甘節還來問綺園。三園回文詩

曾廣鈞

廣鈞（一八六六—一九二九）字重伯，號觙盦，一作伋安，別署中國之舊民，湖南湘鄉人。國藩孫、紀鴻長子。欽賜舉人，光緒十五年己丑進士，朝考改庶常，授編修。甲午、乙未間，曾隨吴大澂出關抗日。旋任廣西桂林知府。同情戊戌康梁維新變法及辛亥革命。清亡，寓公滬上。對袁世凱稱帝、張勛復辟，亦多譏諷，後於回湘途中病故。著有環天室詩集五卷後集一卷（宣統元年刻本），又有外集一卷支集一卷。

蘆林潭對月憶家偶成迴文戊子九月

流年逐日盡飛蓬，水國南來又向東。秋岸蓼花旋急浪，暮潭蘆絮颺輕風。愁生碧月初欹枕，望入青天漫啟篷。修竹野廬吾別暫，眸凝久處遠江空。

留別十六叔母及瑜遠雲韶從妹詩一首反讀即變爲虞美人

邊城柳色行人遠，目極天南隔路歧。腸斷久棲羈客怨，首回重別一家詩。流年換舊如花落，永晝愁新寫楚詞。歌按玉簫瓊譜慢，綠窗紗外蓼塘池。環天室詩集卷四

即事口占迴文并寄徽遠三妹君蓉七弟

昏黄月色柳堤長，濕翠遥天水意涼。魂斷祇容秋入畫，猿聲一轉九迴腸。
癡雲綯浪静涼颸，艷筆詞成寫别離。知妹寄書傳絶妙，月明愁照鮑家詩。
池塘夢尒許詩工，小樹連枝一萼紅。辭費枉教憎别賦，離將畫檻玉扶容。

重到東館余舊題桃符如新縵僊所種梅衝寒欲發惟碧桃爲晴雪所封枝柯摧迸述以回文

斜雲碧院冷明蟾，緑萼寒香暗隔簾。霞散綺橑霜暎鏡，月侵芳樹粉開奩。紗紅霽景烘氷硯，笛紫流塵繞玳檐。誇勝綵幡春貼舊，花簪試凍玉豪纖。

郭園公讌迴文

二月八日，與周六大烈招王湘綺、廖珠泉、譚組安、梁辟園和甫兄弟、胡少泉、龍研仙、胡子静、黄誠齋、謝重齋、楊仲子兄弟、孫静山，惟静山以病不赴。郭園者，武壯公之宅，今爲自治籌辦局，頗有泉石池館。酒闌，照像二幀，一倚巖樹，一橋上。珠泉爲讚，湘綺爲記，余爲詩。

支筇短徑小塘東，地勝清機息轉蓬。羲燧紀年窮滄莽，惠莊同意得玄通。移樽促影花

窺鏡，坐席容床石卧松。絲柳拂橋長共記，遲歸每詠舞雩風。環天室詩後集

回文詞二闋調寄菩薩蠻

寒衣雪夜深殘漏，銀燈挑盡芳蘭透。香影篆紅紗，窗池落細花。楊絲輕蘸緑，寒悄啼鶯撲。亂雲凝曉風，微雨小樓紅。

梅窗碧雪深苔徑，一痕雲影留香定。風信鴈歸遥，天邊水拍橋。霜烟浮遠樹，湘客孤愁誤。啼鶯催急聲，弦管玉人情。申報（光緒十二年五月二十四日）

龐北海

北海（一八六七—一九一四後）字君華，號鹿門居士，江蘇常熟人。常熟佛教會執行委員，著有廻文詩一卷（常熟圖書館藏鈔本）。

畫蘭硯銘

傳神振筆先春潤色

寒夜偶成

户牖斜圓月，宵深聽漏停。苦吟孤坐久，寒夜一燈青。

月夜懷人

前窗射影月明空，夜靜聞聲漏滴銅。憐我動情閒坐久，傳書遠地兩心同。迴文詩

郭寶珩

寶珩（一八六七—？）字百遲，一字楚珍，號藷庵、百痴生，江蘇江都人。清光緒十七年辛卯舉人，大挑教職，捐貲任知縣，擢直隸州知州，歷入湖北總督張之洞幕。民國初年，爲湘鄂鐵路局文書，著有五十絃錦瑟樓詞五卷（光緒二十四年自序本）。

虞美人回文

青山萬樹梅深淺，處處旌簾卷。暗窗春早悄寒衾，倦聽小紅香柱七絃琴。琴絃七柱香紅小，聽倦衾寒悄。早春窗暗卷簾旌，處處淺深梅樹萬山青。

巫山一片雲回文

小庭閒處紅梅早，早梅紅處閒庭小。烟篆裊疏簾，簾疏裊篆烟。袖羅香暈酒，酒暈香羅袖。人遠夢愁春，春愁夢遠人。五十絃錦瑟樓詞·畫綠詞

侯學愈

學愈（一八六七—一九三四）原名士倫，字伯文，别署戢盦，江蘇無錫人。清光緒十九年補博士弟子員，授徒爲生。辛亥後，杜門課讀，致力於收集鄉賢文化。著有環溪草堂詩稿八卷補遺一卷（一九二七年排印本）。

回文二首

紗窗掩落日，捲簟愁涼風。斜倚空欄曲，薄衫輕褪紅。

鈎月上疏桐，靜夜憐孤影。秋聲一雁飛，淚蠟消煙冷。

環溪草堂詩稿卷三

汪海如

海如（一八六七—一九三七後）字錫康，自號汪洋海中如粟老人，四川合江人。一生以授課爲業。著有嘯海迴文詩鈔二卷（一九三七年排印本）、嘯海十六卷。

【自序】詩以道性情、記事實，原不取鬬角鈎心，過於纖巧。廻文無一句一字不出以捶煉，拘拘以是見長，未免束縛心思，徒取苦惱，然興到神來，偶爾入妙，亦未始不墨舞筆飛，沾沾自喜。方正如朱子，亦嘗以此自賞，曾著菩薩蠻詞廻文，甚妙文如下晚紅飛盡春寒淺淺寒春盡飛紅晚尊酒綠陰繁繁陰綠酒尊老仙詩句好好句詩仙老長恨送年芳芳年送恨長又次圭父云暮江寒碧縈長路路長縈碧寒江暮花塢夕陽斜斜陽夕塢花客愁無勝集集勝無愁客醒似醉多情情多醉似醒兩首俱載朱子全書中鄙人幼時讀書村塾，一般先生祇教作試帖，便於應試而已，見案頭擱其他雜藝，輒呵責之。鄙性嗜古，且喜吟哦，常從古書肆得薛校書迴文數首，心竊好之。每對花晨月夕，輒仿作數聯，偶有心得，即捲而藏諸篋，人不知也。弱冠後，夢入一村，檐低碍冒，花木殷窗，主人出迓客，則半老秋娘也，衫裙純白，團面微麗，自表爲薛洪度。竊念洪度當日雅善迴文，乃請示津梁，曰熟讀天外山光樓外樓句，自了了矣。惶然而覺，惡其不詳，由是息心斂氣，不敢步塵者三十年。近老矣，始於暇時重事推敲，先後集古律二百餘首，有慫余貢獻新社會作沁脾散者，從之。

題廣安花園七律八首

舊爲明朝王希泉故址，民十八年楊子惠購作公園

新闢路榛莽盡刪，曲巖轉折幾迴環。塵飛不到初開洞，霧起常遮半鑿山。春樹萬株連葉緑，翠圍四壁長苔斑。身沾亂點花如雨，珍重且來坐磴閑。

河渠送緑遠含烟，疊疊山雲起暮天。波瞰近江清見石，樹遮高嶺隱聞泉。蘿藤引路迷行客，柰果登秋當種田。過雨小晴春妙極，多情似繡錦成團。

磷磷紫石舊翻新，瑰異成行萬樹春。橫翠野添初種竹，疊芳時長久鋪茵。輕身送影飛鷗鷺，偉氣鍾靈誕鳳麟。清且爽然天破洞，塵埃掃得好題名。

林園舊刻石斕斑，足繞江光碧滿山。深洞出雲濃潑翠，遠峰橫黛重傾鬟。沉浮兩岸沙空捲，莽蕩全塲草盡刪。今古變遷推浪急，披襟且坐此身閑。

扉石掃塵絶藻華，洞岩隱處幾人家。飛飛亂葉緑天矮，莽莽奔雲落日斜。衣惹香濃花壓路，石翻水急浪淘沙。園屏錦帶拖金紫，好對雙行萬朶霞。

園花古木峭崔嵬，妙境新瞻别徑開。翻白連江横匹練，破紅雜樹長莓苔。喧聲鳥子呼先後，罕跡人蹤辨去來。源索慢尋深口入，繁英積聚大栽培。

芳蹟舊翻重嶂懸，曲徑新開别様天。香霏雨細花遮洞，翠潑峯低谷瀉泉。長短路分横渡水，矮高屋坐遠村烟。黄雲戰罷吹風暖，良會好逢喜變遷。

叢錦成林盛養花，破壁重開石磴斜。工人極力羣揮斧，穴地生泉細帶沙。空野墜雲眠虎兕，老籐牽影走龍蛇。東流已見遠波闊，紅日隱微入望賒。

送吴玉帥之成都

東山望氣正嵬崔，久仰羣賢聚上台。風順待逢天景好，紅雲透日大光開。

高山景仰久心歸，一貫精通微復微（因公曾傳授精一道，鄗人亦往拜門焉）。曹部成行多雋傑，豪賢聚處放光輝。

中國人民大學藏本，用墨筆改『鄗』爲『都』、改『亦』爲『多』

和風飲受久拳拳，古道斯人見性天。多難國家思孔孟，歌絃想見再登壇。

行旌遠望西川西，莽莽風雲過眼迷。縈碎無心隨意去，輕車駕着不沾泥。

賀壽十二首

春陽趁節令辰嘉，慶壽稱觥酒泛霞。新換舊聲傳語鳥，紫翻紅袖舞羣花。

麟鸞集會高歌起，鹿鶴延年永福加。賓樂主懽聯將士，人天聚合妙齡遐。

和氣一團民愛兵，華呼三祝喜功成。多多益算鶴增壽，矯矯高飛鵬起程。

磨盾競書拼墨藻，打球尋樂聚賢英。摩天向許通雲嶺，歌獻南山綠滿城。

光日霽懸爽氣和，儁賢稱世葢情多。莊嚴肅坐客開宴，踴躍懽呼軍唱歌。

祥兆家聲環拾寶，蔭垂春樹玉依柯。蒼葭被野全增潤，長晝春風生綺羅。

殊特性生天質强，偉雄局度大而剛。舒懷壯志比鵬舉，永壽修年引鶴翔。

初日曉增朝氣旺，暖風新晉茂齡昌。儲金喜得添科學，圖滿軸兮書滿箱。

樽開式燕集來賓，鼎鼎列名有價珍。深德載民巴逮蜀，永年增壽舊兼新。

心雄具量盡中外，眼慧睜開闢果因。吟嘯自然純本性，陰濃匝樹種恆春。

春浮滿罣綠侵坡，壽獻崧山遠碧拖。仁以安邊無量福，樂爲和節有聲歌。

茵鋪草露沾葭葦，蔭布松筠庇蔦蘿。新歲況聞聲浪息，塵囂靖處望渠河。

泥透草生大地同，屆年新爽扇和風。西川西照南星朗，北轍北瞻東道通。

溪宕水文成酒碧，客迎花影照旗紅。躋堂壽祝懽聲普，齊整列行三鞠躬。

謀能果决義兼仁，改革時汙舊刷新。籌獻海中羣建屋，壽增天上地迴春。修途喜便安
行旅，起衆呼迷醒世人。收效速參功力大，優優本性至情真。
寬濟猛行善政優，壽徵添處大名留。歡騰衆樂軍歌雅，晦養頻年屢戰休。鞍解馬閑同
長髀，算增鶴健更添籌。安民合衆兵千萬，肝胆煦人許唱酬。
齊聲萬口舉呼崧，壽介長春新運逢。嘶帶水流新飲馬，瑞鍾天府舊盤龍。旗飄柳靜轅
排甲，錦簇花香酒滿鐘。西北遍歌歡老穉，黎羣競祝喜重重。
陽春入奏樂聲高，款款筵開宴部曹。裝武成行分拜起，錦文鏤句集賢豪。觴飛喜笑羣
呼華，竹爆喧歌慢飲醪。昌會際逢相踏舞，長衫改式更新袍。
觴流涪水淺含醺，祝效三呼喜樂羣。觥滿稱歡聯絳灌，句佳掞麗賽淵雲。堂知四戒尊
家世，體耦雙行起對文。蒼蒼兩鬢華封雪，光寵借觀廣見聞。

夢薛洪度 八首

才女重名艷古今，校書何職供詩吟。來人故是同京住，杯酒共誰感慕深。
牽魂舊地草紛紛，月落空樑屋變墳。年老漸傷悲歲暮，翩翩尚着古衫裙。
迷路久封草地秋，夢魂新遇西悠悠。悽愴萬代唐風雅，西蜀埋香怨水流。
趨步竭誠表慕思，少年喜學古填詞。無路探奇神惝恍，輸情久憶迴文詩。

沙虫鬧世幾茫茫，杜老來時變海桑。斜日照墳秋草長，花開亂逐野禽翔。
年復年多傷往來，曲江錦水賸流杯。憐誰共訴相思苦，箋樣十分慢剪裁。
消魂兩地兩談詩，蜀客悲傷共亂離。條柳上青空弄色，蕭蕭雨隔草堂祠。
頹欄井水繞牆斜，舊巷門前樹落花。歸路無由終葬玉，非非故局亂如麻。

閑居

玄虛悟道了平生，去去歸閑且怡情。元宋分流窮畫學，漢唐别體判詩評。繁花種别紅兼紫，茂草看來雨復晴。翻轉風頭雲捲影，昏昏且醉小窗横。

憂世

災禍感深苦國民，命逃十處九興兵。雷成驟地遍蚊聚，木扑將來由蟻生。才借外人猶不學，禍滋内室私鬭爭。財貲括盡竭膏血，催逼尚多加預征。

自遣

窮途愈奮愈窮途，鬢滿霜生老教書。通算不才詩尚雅，風涼飽受樂貧居。

題鄉居

機先識得樂居鄉，酒送鄰家人過牆。非是脱身終隱老，歸來好對野死黄。

譏某將官

非非亂居人吞人，水火相看厭世塵。飛鳥絶聲弓斷折，機心耗盡徒戕身。

雨　晴

晴又雨來雨又晴，婦尋鳩鳥喚聲聲。明天待轉星期日，城外出看新草生。

秋日病中二首寓江津時作

身纏病久變羸尩，菊笑客軀同瘦黄。旬過仍綿連夜雨，人愁偏遇早秋涼。
支骨况餘病後身，感秋愁恨最愁人。時時聽雨挾風起，思復思家别恨新。

久　雨

連夜五更迭雨時，感懷增我動秋思。年年怨葉哀殘謝，處處號虫恨别離。肩聳奇形原抱病，手叉苦坐兀敲詩。天風晚起怕衣薄，眠失冷衾單骨支。

雨後曉望

連地接空緑野沉，霽初指點幾園林。煙雲化盡消餘濕，天上日輪半面金。

渠城秋曉

陰陰雨意故延綿，墮葉驚人愁破眠。沉沉客夢醒長夜，唧唧虫聲鬧曙天。侵骨透涼生短榻，遣懷思句覓新箋。林園幾樹看天曉，深樹啼鳩隱篆煙。

登樓望渠河

平江大浪起波翻，活水新添夜雨繁。晴後午風吹霧散，横山野緑上墻垣。舟去望空遠接江，滿山雲影矮幢幢。流東盡量無今古，愁惹幾多人倚窗。

郊外即景

乘興喜遊郊外溪，緑田平接草萋萋。能勤本業農家樂，慣集多人商市齊。登穀欣聞聲打稻，到秋驚見柳生稊。層層擁翠山横面，騰上日光晴照隄。

閑　居

分次三餐厚味濃，久閑居懶學庸庸。羣鷄報刻辰開飯，衆犬嗥聲午打鐘。聞信遠鄉家徙宅，到秋新黛翠繞峰。文談恥代時新語，紛亂虫聲舊滅蹤。

登　高

登高喜望四郊平，莽蕩天開氣爽清。鷹掠遠江晴照影，鴿歸原地驟來聲。乘風欲破浪中浪，闢路新開程外程。增感萬方雙搆戰，騰騰尚未罷戈兵。

夜坐聽雨

寥寥夜坐對燈昏，老樹秋聲葉打門。消盡興頭當月落，飄風驟雨大傾盆。

夜見秋虫入帳有感

思歸動我惹風涼，雨聽十回九斷腸。支枕一燈昏闇闇，奇哉怪影虫飛牀。

遊崆峒岩在渠縣城外

山後山開古洞幽，久聞傳説有人遊。閑雲白引遥風轉，亂草青封舊路留。斑痕故漬苔生壁，僻徑荒深穴壓樓。還去好尋來迹朗，姗姗鶴影對昂頭。晴天趁出東城東，渡過雙溪一路通。横黛遠牽雲出谷，斷峯低引樹翻空。清沉澗水泉流碧，暗破林光日上紅。明性見心誠入静，行牽細蔓野岩中。

登樓遠眺

愁生一度一憑欄，朶朶雲飛野遍看。秋樹高遮山影碧，頭昂只望遠峯巒。

覆女生

揮毫任可兩函通，學韻談方兩地同。歸路無期相悵悵，唏嘘徒念隨園公。

看岳池競爽團賽球二首

爭球爲假暑天閑，傑俊鍾靈降岳山。程度算來誰上下，明分兩綫界中間。

球擲兩場操術精，勝優各得喜均平。赳赳尚武稱年少，歐亞比能可競爭。

病後野行

行步勉來怕病加，望空自覺未生花。鷺飛遠渡低啣水，鴨放晴江暖宿沙。民困久憐傷國本，路開新聽走輪車。情遥觸動思鄉念，輕影過空蔽彩霞。

秋　感

催逼太忙去影過，火如炎景暑來何。雷成驟起蚊聲亂，日蔽鶩飛蟻翅多。杯酒餘生虚玩世，鬼詩學步退興歌。摧來半盡丹林樹，開後誰能不折磨。

六十四歲賤辰有感

開顔笑望啓茅檐，朗朗星光耀極南。推卦恰排爻八八，入冬初過月三三。杯啣樂坐賓同主，祝獻忻呼女並男。來客喜歡兒舞綵，栽培早錫天恩覃。

貧　居

寒士處居久慣貧，有向愁境遍生春。看忻髮好蒼而黑，剗盡心愁舊與新。歡處閑遊魚得水，樂中靜坐鳥依人。殘篇幾本詩留稿，安養純然自在身。

贈江昇平

江稱舊學文通家，酒癖不深癖飲茶。雙眉畫尖尖且細，窗開慣設筆生花。

贈徐敬修

人麗稱來由肉豐，北城居生居城東。脣沾美酒多懽極，春日白翻滿面紅。

園中閑趣

秋蔓細生緑上階，矮高横翠掩閑齋。遊行早蟻巧裝化，頭戴花鬚小樣釵。

客中苦雨

途長阻雨久濘泥，夜夜飛魂夢蜀西。書貯空箱衣典盡，餘涼小忍晚風凄。

登　樓

懷愴一次一登樓，目縱横江望去舟。排字雁行分影過，挨天碧浪挾雲流。

果州車中作

鐘點三聲車快行，順渠駕遠幾途程。重重路綫如飛電，峯壓峯低日墜城。

將歸寄家人

中秋待望月團團，指屈前途路一千。通信早都成空約，怱怱急去趁晴天。

詠半開牡丹

痴欲笑人媚眼斜，紫紅上臉薄敷霞。知郎待語羞開口，時隱葉邊半面遮。

閑　坐

缸盈碧酒濁如茶，久坐閑人感歲華。窗半紅雲生刻頃，雙雙燕子杏開花。

亂中送友

紛紛亂草野風搓，破碎成都大亂多。分手兩行雙灑淚，雲天各地遍兵戈。

詠蝴蝶

裙沾露點萬枝花，醉帶痴嬌弄影斜。分路各尋相伴去，聞香竊覷小窗紗。

詠古

真趣天然陶老思，臥遊隨地滿懷詩。新菊淡黄初綻蕊，老松蒼翠晚生枝。人歸已學鳥栖早，岫起當思雲出遲。珍重幾回收轍跡，屐沾且去步東籬。

病起

牀臥多時少步趨，病消方起試趦趄。長年似夜秋來覺，老樹如人客轉癯。涼雨入窗連壁冷，急風吹葉落階枯。黄昏照影燈光黑，墻上叫聲鬼鳥呼。

金蟾寺避暑

新雨入泥濺草深，暑消長夏避幽林。人留樹脚雲篩翠，佛斷山頭石化金。因果證來同了了，爽涼添得漸陰陰。塵沾不到修仙地，珍重幾時暫養心。

雨後閑步

家人幾處濕烟沾，水接天開鏡啓函。瓜架半支黄葉落，柳橋雙漲緑痕添。沙沉岸脚虹消影，筆插山頭翠擁尖。鴉過數來三四五，霞絲一縷小紅篏。

作客渠河

西轉北來寄跡蹤，緑窗横翠野雲封。泥沾水洗思衣换，箸合杯添喜客逢。鷄叫午聲傳近院，鳥歸暮影下遥峯。淒風引盡荒園草，迷路亂生重復重。

自　遣

忙復忙行船過灘，晚年今得幸平安。黄塵蔽日逐車過，白髮忘懷引鏡看。荒草秋滋生長易，語虫夜絶盡除難。茫茫大局殘棋似，莊老純然斷物觀。

詠新月

初展月眉纖巧極，妙含風趣别情多。如人美好端臨鏡，舒影半開畫細娥。

冬寒志感

寒霜門冷雨霏霏，勝負莫分何解圍。難道天心甘破裂，殘紅亂地滿空飛。

志慨

飛高烏借常豐羽，極樂魚憑水滿池。枝連葉長同生死，非此由來外侮欺。

中國人民大學藏本，用墨筆改『烏』爲『鳥』、改『枝』爲『肥』、改『葉』爲『瘦』

思歸

東道東來得報書，路都成辟大行車。怱怱遽切歸家念，風順吹時快上車。

久客

重重緑影罩窗迷，晚樹呼羣亂鳥啼。蹤跡滯來行客倦，封階忽長草萋萋。

詠馬

鞭聲一舉四蹄飛，罷戰初當秋草肥。邊塞望塵紅帶血，烟銷火息暫來歸。

看水鳥

樓繞矮城近接江，日涵空緑照虛窻。鷗飛忽見遠煙破，秋草野田落影雙。

題愛菊圖

紅紫半開花滿缸，菊如人影瘦成雙。風霜勵節高擊骨，空壁仰吟臥北窻。

秋日客中

東接南城一綫連，靜院秋聲驚客眠。風吹老葉沉高樹，月落號虫怨曙天。通夢遠山遥引路，惹愁長夜永如年。空空指點幾飛影，鴻雁引羣過塞邊。

園中即景

斜角一墻上日徐，早遊閑院近齋居。花尋細瓣香拖蟻，藻長新痕水啞魚。紗啓窻心闢雨過，絹收扇面識風餘。遮陰緑影蕉盈路，叉手當天性展舒。

閑　居

居閑賦久阨衰時，俗世無求但靜思。餘硯注香存宿墨，末編留稿檢新詩。書堆架滿塵生紙，草長階封路近籬。虛室生光晴景好，徐徐日影上窗遲。

即景

紅日上窗玻着痕，味中茶啖半瓶温。鴻飛得到家傳信，鵲噪頻來客叩門。空悟道心銘竹子，早知秋節報桐孫。胸襟滌盡消塵障，風雅興懷古趣存。

題畫

過雨山村幾樹煙，彩雲減色黛沾天。娑娑兩岸夾陰緑，螺翠環溪好放船。

夜宿山村

深雲黑瑣四山荒，兩三星點暗生光。林下岩虛空犬吠，尋探且去問村莊。

賓城雨後

晴初況上日遲遲，絶妙山情入好詩。城市變青峰過雨，清光罩樹緑參差。

秋夜不眠

嗚虫夜起晚風涼，夏轉秋深草徑荒。更打聽來聲點點，横窗半上月昏黄。

題涵虛洞二首

花擁上方六角亭，緑生石壁陡成形。斜坡入樹新開路，遮盡日頭雲轉青。

舒捲自然森樹林，罅開山洞石陰陰。虛涵古趣天生翠，書上明明鏤壁深洞外石壁上鎸有山林叢穴四字爲王希泉尚書筆迹

秋興八首

青天問遍幾搔頭，蹐踢偏生祖國憂。亭外花陰半夜月，樹中霜葉萬林秋。螢飛有跡草同腐，雁唳無聲更轉籌。星垂野闊寥空碧，停杯爲看遠雲浮。

『唳』：原文『淚』，據三養齋輯迴文賦詩詞對合編改

酣夢餘生寄筆刀，烈風晚節墮蓬蒿。三三月過初開菊，兩兩樽停慢飲醪。南郭隱居家世變，北山絶路蜀天高。藍衫半透黄花酒，談笑自歌自解嘲。

『墮』、『笑』：三養齋輯迴文賦詩詞對合編作『遯』、『詠』

途中生棘亂枝連，上下飛蓬顛倒顛。枯骨萬行成白草，走燐千樹擁青煙。汙泥染面人如鬼，黑漆同形地覆天。粗石怪沙風瑟瑟，巫夔減色碧空懸。

『蓬』、『染』：三養齋輯迴文賦詩詞對合編作『篷』、『沾』。

羅張四野草連茵，色減秋光日掩輪。磨鏡隱名同牧豎，着鞭遲我誤居貧。河山幾刼微生物，土木餘形避世人。過雁一聲風繞鐸，娑娑老髮染霜新。

遮天碧樹野雲浮，落葉驚寒變暮秋。撾鼓三聲新報紙，濫竽千輩舊徒囚。花花鬧市鬼中鬼，草草勞人愁復愁。嘉釀初嘗同胆苦，沙淘浪迹故西州。

『州』：三養齋輯迴文賦詩詞對合編作『洲』

浮雲白日蔽空虛，冷臉因人羡熱餘。劉阮棄才長隱酒，馬班失計暫傭書。樓中雨夜一聲雁，夢外音函幾尾魚。秋晚又來悲落葉，愁天滿地降霜初。

涼秋九月夜黃昏，晚署公然寂閉門。粮刼鼠羣凶性惡，草埋虫語怨聲繁。長風透紙吹窗破，短榻熬寒耐被温。腸斷獨愁生世亂，滄桑同是總銷魂。

『署』：原文『暑』，據三養齋輯迴文賦詩詞對合編改

飄蓬作絮亂蒼蒼，久立閑階伴落黃。遥路客愁添夜雨，老林楓樹斷天霜。摇鈴罷會國空破，滅火歸家人半亡。號遍虫聲秋月黑，宵深坐嘆暗心傷。

過張侯營有感

滇黔戰士死西川，血汗殷紅染地鮮。天陰變雨吹風急，煙生野冢緑年年。緑火飛燐飛近遠，昏天黑地接岩險。哭聲大叫夜鬼啼，骨成白石荒郊滿。荒山荒草白連雲，鬼魔

鬧局亂紛紛。狼逐狼奔虎逐虎，戕殺自古今成墳。漢蜀舊營經戰苦，懸岩峭壁石連土。斷嶺横空降鬼神，萬千兵聚哭險阻。非非亂局舊成形，絶險危峰萬馬停。飛彈挾風秋岩倒，歸魂有路半山青。

詠菊十二首

荒園一路晚風斜，碎錦成團結散霞。黄紫半分秋色好，涼天九月菊開花。

三秋三夜三逢雨，九月九家九釀醪。酣半復來看妙種，南窗小句妙留陶。

『南窗小句妙留陶』：三養齋輯廻文賦詩詞對合編作『南窗南望悵洶洶』

團團結綵繡成球，節勁標芳挺暮秋。憐爾不知新世俗，堅根獨立慢昂頭。

抽絲細瓣累黄金，燦燦花開别淺深。頭點似逢相好至，秋深到處幾知心。

『燦燦』：三養齋輯廻文賦詩詞對合編作『燦爛』

逢人故意作欣欣，紫色花枝幾樣分。風信遲來秋圃老，東籬問訊舊芳芬。

開盡帶圍半解金，老蘇思想妙同心。來如識面花成佛，培養早關禪理深。

低鬟小照喜花拈，雨帶新痕翠袖沾。攜手玉人何處去，泥香染爪膩孅孅。

『膩』：原文『膩』，據三養齋輯廻文賦詩詞對合編改

亭香沉寂幽思深，眼醉倦開未放心。醒後酒痕微帶醉，娉婷絶代古猶今。

留名艷色紫兼黄，晚徑歸來賸采香。憂國思君心慢捧，愁生梧樹惹風霜。

『慢』：三養齋輯迴文賦詩詞對合編作『慣』

姗姗特異小生香，色變金袍着體黄。難道天心甘破碎，殘秋賸此耐風霜。

『生』、『殘秋賸此耐風霜』：三養齋輯迴文賦詩詞對合編作『時』、『殘棋半局戰雲黄』。

黄花看遍幾昂頭，老杜悲來又暮秋。霜後風聲風後雨，滄桑話舊喜君留。

『昂頭』：三養齋輯迴文賦詩詞對合編作『搔頭』

牌上題詩妙語精，愛君陶令最多情。柴如瘦影人來早，鞋染泥深秋雨晴。

三養齋輯迴文賦詩詞對合編題作少城公園賞菊花會十二首

遊花市

南關南外西門西，路上人聲馬亂嘶。三月三朝花滿市，酣風吹落旗亭旗。

年年賽會門棚花，緑比雲英紫比霞。千萬春光流水去，船頭半照夕陽斜。

東西各别一溪横，冉冉飛花逐絮輕。紅倚緑隈相錯雜，匆匆共坐小舟行。

『冉冉』：原文『再再』，疑手民誤植

生花暗地曳裙波，脉脉春風起愛河。晴雨半分天景好，聲聲鳥語雜行歌。

悼亡四首

鐘聲一夜入宵寒，淚血成行雙袖單。儂悞卿卿卿悞母，重重恨事兩心酸。

凶遘天災禍起家，折雙燕影怨落花。封棺一別分今古，蹤跡無人照月斜。

珠折柱傾琴斷絃，有何人跡月横天。孤影學生書福淺，無緣好受我卿賢。

啾啾語鳥怨宵寒，黑竹窗前燈影單。不得招魂香盡滅，愁天滿地落花殘。

嘯海迴文詩抄卷上

回文集卷四十八　目録

回文集卷四十八

汪海如

城門閉

傷心兩月兩關城，老幼呼羣破胆驚。狼虎遍街横吮血，火烟絶影暗吞聲。殃生蜀道爭鑾觸，亂遇春時廢耨耕。亡覆將憂同卵墜，荒荒避禍懼巢傾。

『呼』：三養齋輯迴文賦詩詞對合編作『攜』

傷國運

傖老起家國運終，鬼魔搗亂搧潮風。黄沙染骨尸抛白，黑雨連腥血噴紅。堂上將軍將腹負，野居尚父尚心雄。長天澈夜舉聲哭，荒歲迸逃西復東。

感世

斜日墜山半掩雲，晚林楓葉落紛紛。沙如團體國家破，水似流民荒野分。霞散城樓横雁字，草低山嶺下羊羣。茄聲幾遍吹風急，花落亂開雙眼醺。

三養齋輯迴文賦詩詞對合編入選斜日、霜天兩首，題作秋日感懷；『墜』作『墮』。『羊』，誤植爲『半』，據合編改。

霜天滿地亂紅飛，屋破草村午掩扉。長短竹枝横拂面，淺深草色暗沾衣。墻東處士佳如玉，舍北驕兒貴着緋。陽戰陰兮秋反夏，黄花挺節晚爭輝。

苔岑異味世炎涼，幻極風雲入地荒。來雁無聲秋寂寂，過駒同晷日茫茫。才智並雄爭楚漢，死生齊道悟聃莊。災禍起來由法變，埃塵染血碧成行。

秋夜感懷

哉生月魄皓如霜，緑水秋天澈夜長。開盡菊花憐客瘦，亂同絲草逐風狂。回紆夢繞山高矮。曲折心隨影抑揚。哀極變啼悲往事，灰殘餘刼浩茫茫。

『狂』：原文『枉』，疑手民誤植

怨　亂

霜風怨草亂生愁，落落人家幾破舟。商界各行千顆淚，客齋孤夜一聲秋。忘情世道馮公誤，變谷山陵杜老憂。攙槍照盡西流火，光滅文星失斗牛。

灰餘賸水及殘山，晚樹秋雲逐鳥閑。杯滿淚痕新入口，手牽親友故開顔。忘情世味苦中苦，減數人家還未還。摧斷草根紅濺血，堆成戰骨白斑斑。

『水』：原文『氺』，疑手民誤植

『攙槍』：原文。攙、咸韻，回讀不叶。攙搶、欃槍，彗星也

聽北軍吹笛

三更三弄一聲秋，朗月朗懸樓上樓。酣夢入空驚石破，裊音餘指逐風流。南峯落雁飛如葉，北峯奔雲駛似舟。含玉和珠隨口轉，潭湘躍舞起蛟虬。

『北峯』：原文，疑爲『北嶺』誤植

北城公園落成四首

開新正路接園墻，翠莽交叉三徑芳。來去自然幽鳥逐，苑枝隨趣野花香。才人結社同歌嘯，令節當春轉會昌。栽遍樹林成薈蔚，台池幾處看珖瑯。

花外花通樓外樓，闢開生面四圍週。家人幾院隔煙火，吉月三春當唱酧。斜正影連山曲直，短長樹照水沉浮。沙虫了刼前災遠，華國有文好遍搜。

金如馬似碧如鷄，爽氣靈光增蜀西。深淺墨池方映斗，矮高亭影遠連奎。吟歌愧我累

名勝，曲折看花入路迷。林竹過風春好極，襟披合坐品詩題。風生曲水芹香遠，日照横碑蘚跡稀。融洽大羣人盡樂，東西化雨早霏霏。中城接軌互增輝，北斗居然聳翠微。通道輦聲侍轆轆，隔墻宫樹望依依。

雨夜感懷

昏燈一夜伴人愁，颯颯風號亂樹秋。魂夢短驚長滴漏，國家新改舊潮流。孫龐競利同狼虎，晉楚爭鋒逐馬牛。門上緑陰松滴翠，盆傾雨過正颼颼。

戰禍

年年戰禍起風謡，遠近無形降孽妖。天問一篇長感亂，雨聲千樹陡生潮。煙成幻影燈初滅，雪比紛絲髪徧搔。憐我不知新世變，邊城望斷路迢迢。

汽車行

私家供用盡汗血，税收能吏良心黑。脂膏竭罄燃汽油，奇巧真能萬惡極。建修大廠工煌煌，車連車脚墻逗墻。萬纍千筒電增價，願滿心得意揚揚。妖狐聚坐離懽笑，後先爭勢多年少。朝連夜澈鳴汽機，貂紫烜赫顯津要。市民萬口張聲呼，生虎市行人雜車。視目側旁兩迸避，似仙神女美且都。都成積習風化惡，苦者苦兮樂者樂。枯草野田生灰塵，輸征逼迫苦追索。家家索命奉文催，避逃難免跪求哀。沙泥盡數收入册，加倍工程馬路開。遍城瀝血紅染輪，人踐車路車觸人。雷逐雷奔山壓卵，弁兵環視怪目嗔。

『離懽笑』：三養齋輯迴文賦詩詞對合編作『雜懽笑』

過酒家

紅紫成行萬樹春，酒家酒好最香醇。東村東接北城北，中道行來多醉人。

戲題時髦美人

新翻式樣髮高擎，顧盼雙方大步行。人愛花枝花愛客，塵香撲面兩含情。

花會後感言

斜陽斜掛半紅墻，縷縷煙消剪剪風。花市花殘春日盡，沙淘浪去大江空。
風潮變轉幾年華，水逐月光鏡逐花。中外新裝新樣巧，空空色相雙虫沙。

金河橋邊即景

居安喜近西城西，柳樹雙擎緑半堤。疎竹餘聲無犬吠，初晴雨過亂鳩啼。
厖吠息聲無鳥喧，隔橋高樹緑陰繁。江臨半面人來往，雙影留光月照門。

懷人

黄葉秋山遠接天，夢魂隔斷望東川。蒼蒼暮色野雲黑，長夜五更聽雨眠。

亂後

行人幾處斷村莊，亂骨抛山過虎狼。生草野田荒接路，驚魂鬼火緑行行。

夜坐

喃喃獨坐夜心凝，火滅香爐冷似冰。龕佛半遮緑影黑，三更三點雨中燈。

燕子

天明清爽氣宜人，柳映高樓過雨新。顛倒顛飛飛燕舞，千萬情絲纒滿身。

夜　歸

飛花柳樹兩行排，水似清光月半街。歸客無聲秋夜静，微微露滴小苔階。

春江即景

春江錦水碧泫泫，好景天開半雨晴。人美如花羣捲幔，新翻樣子髻高擎。

雨後即景

煙凝午鼎寶香濃，語鳥無聲兩點鐘。前階過雨花空落，漩吐新蕾蝸去蹤。

南城閑步

春溪一色水拖藍，過客多行南郭南。新闢大街全種樹，塵飛四面路叉三。

浴佛節遊江

江花浣出競紛紛，畫入人家萬樹雲。窗面對開門長草，雙雙舞燕逐香裙。
花外花迎船外船，淺深粉面人如仙。霞拖水湧雙橈紫，華幔迎風逐復先。
南北分條兩岸通，曲江曲抱東城東。三三月盡飛花落，藍蔚天飄柳絮風。

紅粉愛人萬首回，去來各憾兩舟催。風逐水流花逐浪，東墻面佛拜如來。

憫農

倉虛噪雀落墻陰，影斷炊痕煙捲林。瘡巨痛深疽附骨，歲豐呼苦肉挖心。荒荒地土空懸罄，渺渺仙方失點金。長日化光紅似火，黄沙入海大寃沉。

城中兵燹

生民痛苦極天呼，子彈飛空濺血珠。兵過夜廛街起火，瓦堆新地校成墟。聲聲哭泣哀羸老，處處逃亡失幼孤。城外失防嚴進出，行人避道讓羣狐。

喜休兵

英雄聚會大兵休，險道行人愁復愁。征預十年九縣瘠，戰停雙面兩年週。庚呼野外郊陳殍，甲解軍中士擊球。城外城開天黯黯，横草白鋪血水流。

酒後不眠偶成

糟糟啜盡酒瓶空，渴極翻身起夜中。挑罷燈光來好月，高睁眼孔面迎風。

詠新生竹

消遣長天炎暑殘，爽風吹竹小生寒。苗新出土分滕薛，韻雅成聲叶鳳鸞。條細抽絲穿石瘦，葉纖散翠落庭寬。朝來看日紅遮盡，宵半緑陰午作團。

對　酒

涼雨過窗夜掩扉，月如團扇手時揮。黄花早透滿缸酒，香啖新鰲雙蟹肥。

訪友不遇

重重緑樹罨窗櫺，日射銅環雙户扃。鐘點三聲無處覓，蜂羣飛上插花瓶。

江上閑眺

殘破鄉村遠吠厖，急風逐浪去淙淙。寒沙白色一張紙，落日黄昏半面江。乾樹逼霜飛歲暮，潰隄連石入波撞。灘前下影雲如葉，看遍好山入眼雙。風浪破天碧影雙，路横雲足水翻江。窮廬草藥尋仙葛，晚市山居隱老龎。空野四荒人絶迹，下帆千舫夜推窗。中渡掀波生石怪，紅爐澆酒對殘缸。

暮登江津城

號遍江聲浪濺花，草茅黃處幾人家。高山一面三叉路，磊石千層兩疊沙。篙放暮翻波影直，客行遠照夕陽斜。濤生陡地平灘惡，潮打晚城空嘆嗟。

津城閑居

開顔笑對遠山斜，日日飛霜壓鬢華。衰後看花黃似臉，晚來沽酒白如茶。灰心萬事世情薄，苦歲連年老運差。台上誰人能定亂，回春待轉九光霞。

江上看山

山沉日影晚韜光，色變天空碧轉黃。斑石成行千點淚，曲江轉折九迴腸。閑閑自樂羣賢隱，浩浩真嗟大刼當。鬢翠瑣雲濃似墨，删除難盡緑籐荒。羣鴉落處幾園林，暮色天光日下沉。雲繞樹端千化變，水環山面半晴陰。醺風晚路行人醉，淺草荒江過客吟。分道西流清混濁，文波滅影亂灘深。

渝城感懷

開帆一望下江巴，嶺半紅雲掩日斜。來往客舟漂似葉，戰爭時局亂如麻。苔長碧磚城濺血，草連青冢野飛花。哀聲轉怒奮濤去，災禍悔逢龍遇蛇。

遊佛耳岩

平沙一路石斑斑，斷嶺高隨峰轉環。城邊水湧浪中浪，屋上岩懸山外山。輕鳥飛同黄葉落，遠峯迴繞白雲閑。清籟天然蕭寺古，聲聲罄響出烟鬟。

渡江感懷

疎影人歸客上船，路臨江面水生煙。餘霞散采紅終日，遠嶺遮雲緑半天。舒捲長旗官渡晚，倒顛亂樹野籐纏。初冬已過寒風急，書簡勞形累吃穿。

雨後看山偶成

微雨早收霧化煙，往來帆影逐江懸。歸船小坐人三兩，闊岸平鋪石萬千。飛鳥北趨南鳥厲，近城新接舊城堅。崔巍競起峯巒挺，揮手妙哉來米顛。

登江津城

荒山四面一城堅，濟濟人家萬火煙。霜醉樹紅殘壓路，水連天碧遠來船。長江大抵愁行客，亂世同然慨暮年。黄髮半頭搔遠望，蒼蒼野翠擁東川。

登上城來好遠望，莽蒼天外水雲鄉。藤花野長自紅紫，草徑幽然判緑黄。興浪如山横壓路，起樓連石矮堆墻。層層翠色野中影，騰上日華晚光放。

歸　途

岐中岐路去紛紛，感歎同林鳥失羣。遲抵客亭江落日，晚栖山店草生雲。馳驅苦走老行旅，拙腐虚生學賣文。思復思家鄉咫尺，時還夢醒醉醺醺。

盤盤石磴碧苔荒，罕跡人家幾樹蒼。寒轉日頭雲出岫，早行山脚鬢沾霜。單衣耐歲安貧久，厚禄驕人故舊忘。看遍好山長寄慨，殘光晚接又昏黄。

道中即景

殷血濺泥合石奔，黑雲掩日白天昏。斕斑碧草生墳淺，散漫黄沙臥骨蹲。山面四圍包虎兕，雨聲連夜入莊村。艱步天心何夢夢，删除未絶亂枝繁。

元日看山有感

寒天舊歲早逢春，鬱鬱蒼松瘦似人。看遍好山連草白，殘霜壓鬢兩添新。

東　行

東道東行復駕肩，日斜催起曉風天。空村十處九殘破，紅變青泥血染田。
能軍將領首先登，絶險山巖層上層。憑弔往年經血戰，騰騰殺氣望嶒峻。
縈隆過道遠來歸，疊疊山雲化黛飛。横面當天磐古木，行人歲嘆坐欷歔。
高山隔斷路横溪，澗下飛鳴亂烏啼。搔首欲看遥峯碧，蒿蓬掩草緑萋萋。
『亂烏』：原文，疑爲『亂鳥』誤植
山外山低雲外雲，緑天蒼樹亂紛紛。關門石色血痕舊，變復變迴萬壘墳。
乾泥帶草野田荒，險道東行客路長。難道蜀天終破碎，殘棋半局戰玄黄。

嘆微生

微命生逢龍與蛇，觸蠻同逐角爭蝸。歸家無計失羣鳥，去水隨波落蒂花。圍減腰間秋抱病，磴迴山半路分叉。非非大局時蒼莽，飛絮萬行兩鬢華。

川亂

年年罹禍兵兼匪，處處加收稅與粮。天覆地翻波浪巨，川西東路遍豺狼。歡容笑面人狼虎，短笛橫吹風馬牛。覩外美情真好絶，貪心却早結冤仇。

看美人下車

人比花枝花比人，錦江錦色春城春。唇染脂痕香染袖，新衣攬得下車輪。

垂柳

東墻舞影碧牽絲，北舍垂條緑挂枝。風散薄綿新壓帽，雨牽長絮淺沾眉。通家大步雙鈎細，語鳥嬌音異樣癡。紅倚翠樓妝化晚，芃芃亂緒惹情思。

春望

春樹錦城滿翠華，曲江長抱幾人家。新開舊謝花流水，北覆南傾浪捲沙。銀擬白絲沾冒亂，玉成碧草長溪斜。塵香撲面人來往，身世幾番馬破車。

春晴偶成

風牽雨起曉天晴，處處飛花落地横。紅倚紗窗閑坐久，匆匆燕影過簾輕。

過雙柳村

香甕半開喜客過，雨村一樹緑婆娑。長枝柳色春天好，狂絮似人中酒多。晴雪白飛遍路遮，晚春芳樹亂開花。城東臥唱南江曲，行客醉時半日斜。

遊杜公祠

紅墻落影水沉霞，竹翠包圍四面遮。工部一詩成血淚，晚唐全局變虫沙。東西各散魚驚客，上下爭飛鳥逐花。風捲浪翻塵世變，窮途感歎共嗟嗟。

題某隱士壁

窮屋矮門掩草蕪，壁生亂翠野藤枯。紅塵隔斷路封石，白練飛騰水濺珠。空谷息聲棲雙鶴，亂時乘勢起羣狐。風平浪靜清齋晚，蓬島有人高結廬。

題臥雪圖

攢絮萬頭分眼過，雪飛天晚歲如何。殘冬已盡將終歲，寒骨傲然自嘯歌。

醉歸

三月三中原草青，落花柳岸兩亭亭。酣餘帶醉薄歸晚，籃半牘來乾兩腥。

對酒偶成

空空妙手比高低，酒賭面紅耳熱時。風逐花飛飛滿座，東西窗上日遲遲。

送別

知君喜極熱中腸，客送客行傷復傷。遲早會逢相手握，離情兩叙再傾觴。

樓邊水次且停舟，月夜看來又暮秋。頭上白絲如落絮，颼颼怕對柳風柔。

青山愛客旅江巴，面面生雲混碧霞。停却去舟輕下岸，伶仃獨望遠峯斜。

停步雙呼各手招，酒杯三舉已魂消。醒即早行東道去，青山送客蜀天遥。

同友人會飲

團成翠影柳絲狂，坐久難消白晝長。殘棋半局終抛却，彈吹競起復飛觴。

即　景

籬繞花光水繞門，碧溪雙面兩消魂。絲絲緑絮遊人惱，癡鳥喚春入酒村。

登高家塞

風吹石動激流泉，隱隱飛橋隔裊烟。通道一梯雲磴窄，空山四面翠沾天。

看墻上杏花

通衢小照夕陽斜，瓦照波光波照霞。風信報人迎面笑，紅墻出杏早開花。

笑某公

車如水去馬如龍，顯赫全家自顧雄。儲蓄大都成萬億，如何見面假空空。

災　民

凶秏遠傳報紙報，北川北路大災造。中道横尸死重重，空腸飢殍童隨髦。老幼無辜何慘悽，沙塵蒙面掩泣啼。禱祈失靈無神鬼，媪哭翁兮夫哭妻。生死分別各流轉，遠去家山空息喘。庚呼遍野斷草青，兵亂怕逢前後燹。亂兵由來召歲荒，神聖出言至彰彰。嘆息長號哀淚竭，半死飢民餘羸尪。

『前後燹』：三養齋輯迴文賦詩詞對合編作『燹後燹』

遊渝城公園

東江大勢得山靈，麗景天開遽眼青。風起驟時來舳艦，樹栽高處起園亭。空連水影雙輪月，電試燈光萬點星。紅粉照花香襲路，怱怱別去笑漂萍。

李家花園納涼

墻上緑蕉緑半樓，兩三人坐小窗幽。涼風引處開簾早，香透半枝花點頭。

仙女洞聽羽士彈琴

仙羣接坐雜彈歌，石劈山門擁翠蘿。天半行雲停裊裊，翻翩鶴影下高柯。

酒　後

芳庭滿照緑陰稠，日透疎簾半上鈎。長晝白消閑客醉，涼風帶雨晚來秋。

看温泉

舟停且駐對峯高，破石驚看但首搔。流斷山雲烟噴紫，球星落地蕩添潮。

題聖泉寺琴洞

前身記取聽簫韶，絶妙元音古帝堯。先後判然鏗韻戞，年年滴水隔塵囂。

客　夜

吟虫亂叫對燈殘，寂寂空階月上寒。心地兩懸遥忐忑，深宵起坐擁衾單。

志　亂

年荒又遇迭關城，浩刼成都大難横。烟火絶迹人空遁，川禍誰憐死迸生。
低聲哭望四鄰空，火彈飛騰烈焰凶。西竄東逃人胆落，泥沾遍地倒途中。

山路夜行

層層黑影樹横天，路混雲根雨混烟。燈掛竿頭山寺晚，騰空碧影一星懸。

夜宿佛寺

寒增石榻翠層層，雨照長宵一盞燈。盤脚且來參佛學，團團影似白頭僧。

題聖泉寺石壁

斑石磨崕大字嵌，蘚苔封盡脱塵凡。彎曲幾層三面削，山靈獻句借雲劖。

遊四面山

銛鋒碧立競高低，黛遠横天插樹迷。尖角四圍包列嶂，檐上飛雲驟化霓。

初秋客中聞雁

雲逐亂蓬飛上樓，雁傳書信遠驚秋。聞聲早起都中客，醺後覺然嘅白頭。

題某隱士廬

深岫入雲倦鳥歸，隱居早得悟非非。陰成竹翠橫階滿，林掛月光虛掩扉。
飛鳥倦時亂草黃，極思秋後買山荒。歸來早取栽松竹，扉掩屋深夜月涼。

遊花市

棚高搭架起初春，酒壓花香花壓塵。風捲帘飛翻上下，中西異式舊添新各酒館
花壓花棚笆接笆，活生新水好啜茶。斜陽斜照人歸晚，遮路滿橫車逐車各茶社
姑姑喚飲招牌長，口味同人笑老黃。廚近花陰花近路，壺添美酒透風香姑姑筵酒館
花近樓台高壓墻，北兼南味好來嘗。紗鋪滿壁帖紅紫，霞擁雲蒸酒氣香花近樓酒館
高架雙登顛倒顛，妙中妙術技通仙。刀尖繫滿圓圈小，毛髮一絲生命懸飛舞團
書唱女台高賣聲，細柔音轉燕翻鶯。初晴過雨人心爽，蘇代川腔輭動情台喝書
欄擁花香酒透春，内堂客到少飛塵。盤盈小菜新生活，酸醋比人詩味真新生活飯館
來客趨風成侈奢，萬千金額定增加。開市花塲全改變，財生兩業酒兼茶。
男同女湧太洶洶，進出分行兩路通。三二尺高階纍石，龕設小羊雙鑄銅。
沙虫變局幾戈兵，井市看來又蕩平。花擁會塲開市早，車輪盡去出西城。

人笑花枝花笑人，粉香滿面兩當春。新裝時樣同趨步，塵映高跟鞋細匀。
名著大家各派分，國强當用武兼文。精益精妙神拳老，嬴輸品論各紛紛。
東鄰出貨日紛紛，紫照霞光緑照雲。中國遍成扈漏水，洶洶大事誤商羣。
香烟紙捲細成條，急急成都大暢消。黄口滿生牙變色，忙中忙恐大衣燒。
奇中奇様小人多，孔面虚裝做笑歌。絲線一牽頻跳舞，嗤嗤遍世現么魔。

寄新生活餐館主人

花生老眼兩蒙塵，欵欵交情叙主賓。嗟我爲衰先斷飲，華年問切語諄諄。

花市即景

長衫變式改裙釵，步步生香花影挨。旁徑小通斜路闊，香塵細印高跟鞋。

『塵』：原文『塵』，疑手民誤植

祝壽二首

春陽小駐願期長，嘏祝三聲合舉觴。新圃菊花羣獻瑞，舊城桐蔭遠垂芳。巡巡奉進酒樽淺，九九添增天數昌。身老不污難染俗，嶙嶙合影電增光。

三呼華祝獻年高，豈樂賡歌集部曹。南極比徵仁者壽，北窗横臥儼然陶。嵌珠判格資評定，舉爵開談喜放豪。甘味少陳雜果柰，蟠桃代奉借珍肴。

寄滬上小女書

安平幸接遠音來，上級高升已課開。寒暑異時冬返夏，單夾棉衣早剪裁。

營山刼後

去年今憶尚茫茫，初夏炎天照日黄。計日看親探路走，市廛空虚人離鄉。渺渺空途行見血，營山營壘尚疊疊。稿骨擎天積腐腥，老幼無分尸滿穴。千壘萬磑成淺深，浩浩成刼大寃沉。烟火斷盡燒屋倒，田生亂草吹風陰。賸餘得命苦弱老，歸軍將到傳信早。令傳急刻立衝鋒，命戕全匪大除掃。開城舊路闢條條，事後善籌急撫招。來歸幸得尋家室，哀鴻野聽尚嗷嗷。

哀難民

急急逃亡人破家，城連失陷通南巴。賊千萬人殺復殺，血流赤地染黄沙。黄沙染骨白横路，肘連襟斷腿連褲。腸肝斷别各生逃，娘爺失散各行步。步行難近賊區場，驚魂暗走迫忙忙。父挈兒號夫尋婦，霧生眼花飛天霜。餐斷兩日今至昨，汗虛發慌飢且渴。官長出示懸賑災，單開已定分老弱。

哭老友吴紹庭

愴復愴懷感亂時，恨餘空憶廻文詩。荒村梅落花同萎，舊稿草存墨僅遺（鄙作迴文多爲先生選刻），長憾别兮思渺渺，晚歸悞我悔遲遲（今年歸家承公枉顧方擬謝步而公逝矣），行行淚洒雙目竭，傷内泣君惟我知。

感亂

先發難人誰首倡，骨連皮肉血行行。川治川中穴鬭鼠，毒攻毒類羣驅狼。天翻地覆舟同破，鬼雜人行尸走殭。烟火息聲悲處處，穿墻破屋大心傷。（嘯海迴文詩抄卷下）

吴繼志三養齋輯迴文賦詩詞對合編，選入汽車行、災民、秋興、城門閉、傷國運、秋日感懷、少城公園賞菊花會，反映當時軍閥混戰、哀鴻遍野之社會現實生活詩作。近代巴蜀詩鈔選入憂世、譏某將官、雨晴、渠城秋曉、登高、病後野行、六十四歲賤辰有感、登樓、閑坐等九首。

周葆貽

葆貽（一八六八—一九三五後）字企言，江蘇武進人。著有企言詩存二卷詞存一卷企言隨筆（一九三五年排印本）。

菩薩蠻 迴文　別意

蝶飛輕影秋廊月，月廊秋影輕飛蝶。寒夜怯衣單，單衣怯夜寒。淚含雙眼媚，媚眼雙含淚。離別恨情癡，癡情恨別離。

減蘭 雙調迴文詞　順調減蘭　逆調卜算子

懶魂花底，酒醒夢殘斜日裏。望遠懷春，脉脉慵情蝶似人。暖風微起，睡過晝長花着雨。小囀鶯嬌，却隔深陰柳外橋。

卜詞銘、詞英昆季同作，二卜爲前清名進士嵩生先生令嗣。

卜算子 前調減蘭逆讀

卜氏昆季居余家六年，與余三人同補博士弟子員，暇日鬬巧，戲揀詞譜，惟此調可顛倒成兩詞，餘調不能也。金丈湝生見之曰，此千古未有之聰明文字也。

橋外柳陰深，隔却嬌鶯囀。小雨着花長晝過，睡起微風暖。人似蝶情慵，脉脉春懷遠。望裏日斜殘夢醒，酒底花魂懶。企言詞存

黄　敬

敬字景寅，臺灣淡北關渡人。貢生。

觀潮齋即景 廻文

迢迢緑水繞山崇，片片晴霞映日紅。橋落波光虹倒影，鏡磨秋色月生東。遥天暮靄遮高樹，遠浦漁舟泊晚風。邀客有時酣眺望，潮廻暗浪碧波中。　賴子清臺灣詩醇後編（一九三五年臺北刊本）

桂念祖

念祖（一八六九—一九一五）一名赤，字伯華，江西德化人。清光緒二十三年丁酉舉人。憤甲午戰爭之敗，遂追隨康梁維新變法，主滬萃報館。任公離湘，被舉爲代理時務學堂講席，未行而難作，匿於鄉，旋趣金陵，依楊文會學佛。嗣後東渡習梵文，通密宗，留日十餘年卒。臨終，自撰輓聯云『無限慚惶，試迴思曩日壯心，祇餘一慟。有何建白，惟收拾此番殘局，準備重來』。

菩薩蠻回文

月斜迷夢春城隔，隔城春夢迷斜月。殘燭畫樓寒，寒樓畫燭殘。許時同密語，語密同時許。才盡費疑猜，猜疑費盡才。梁啓超大中華雜志第二卷第二期（一九一六年）

涂同軌

同軌（一八六九—一九二九）字容九，江西義寧人。清宣統元年己酉優貢，簽發廣東知縣。著有孕雲盦詩（一九二四年校刻本）。

畫意迴文

株株柳緑覆長堤，岸接斜橋横水低。沽客酒錢懸策杖，老農村雨帶鋤犁。孤帆遠映山頭樹，細草春環廔外溪。圖畫看來如一一，蕪煙盡處到城西。

孤雲暮逐烏飛低，望遠來兮西復西。湖水碧連青草岸，板橋紅到緑楊堤。蕪煙斷隴高迷路，細雨春花落滿溪。扶杖一人閒立久，株株樹盡看鴉棲。孕雲盦詩

楊太虛

太虛，道號泉石散人，四川鹽亭人。清末道士，曾住射洪縣金華山觀。

蔚藍勝景

龍頭倒卧見高峰，洞古鋪雲緑樹籠。封郭滿天撑老柏，卷波烟水迎喬松。濃情尚吐飄香桂，覺夢驚聲聽曉鐘。淙夜徹泉流韵雅，茸紅剪處妙羅胸。今修射洪縣志引金華山龍蛇體回文詩碑

田鶴年

鶴年字壽安，諸生。

擬趙介山殿撰應制進册廻文賦

年豐兮物阜，澤布兮猷宣。天地合德而修懋，俊乂登朝而祚延。傳道兮名鼎鼎，重學兮念乾乾。賢興而化敷芹采，士進而爻筮茹連。夫惟聖德昭明，風移俗易；深恩布濩，壤擊衢歌。政出兮之紀之綱，心傾草偃；時順兮若暘若雨，世盛風和。性淑情陶，材多濟濟；仁懷義抱，士選峩峩。正雅兮笙和呦鹿，臨雍兮鼓擊鳴鼉。美才多兮學建，宏規啟兮恩覃。旎旖槐高，雲團古樹；澄清水曲，月印春潭。士得甄陶，則詩賡藹藹；人宜樂育，則道味醰醰。喜起歌而功惟叙九，環佩集而雅以肆三。齒尚推恩，情怡兮鼓鐘彝鼎；心單訪道，化播兮東西朔南。清時兮昭融，吉日兮和煦。鳴騶

以習禮儀，夙駕以嚴趨步。旌旗拂柳而飄風，劍佩迎花而浥露。明道正誼，翽鳳岡鳴；重德尊師，飛龍蹕駐。笙琴奏樂，敬恭以格明神；豆籩薦馨，揚拜以肅瞻顧。牲割而禮大成，爵執而恩宏布。洪基丕丕兮盛德彬彬，宫黌巍巍兮水璧粼粼。隆化而人文啟，正民而士庶甄。通牖户則千百室，集術序則億兆人。東膠偏仰温恭，父事兄事；北極同欽肅敬，民新德新。是由極錫臨軒，功齊鎬洛；賢崇學古，治媲軒羲。翼翼持心而端本，煌煌表德而修儀。國維學而黨維庠，輪美歟美；圖則左而史則右，詠斯陶斯。殖學而經陳筵几，齊政而俗革戎夷。億萬兮年永，同和兮時熙。

熙時兮和同，永年兮萬億。夷戎革俗而政齊，几筵陳經而學殖。斯陶斯詠，右則史而左則圖；美歟美輪，庠維黨而學維國。儀修而德表煌煌，本端而心持翼翼。羲軒媲治，古學崇賢；洛鎬齊功，軒臨錫極。由是新德新民，敬肅欽同極北；事兄事父，恭温仰偏膠東。人兆億則序術集，室百千則户牖通。甄庶士而民正，啟文人而化隆。粼粼璧水兮巍巍黌宫，彬彬德盛兮丕丕基洪。布宏恩而執爵，成大禮而割牲。顧瞻肅以拜揚，馨薦籩豆；神明格以恭敬，樂奏琴笙。駐蹕龍飛，師尊德重；鳴岡鳳翽，誼正道明。露浥而花迎佩劍，風飄而柳拂旗旌。步趨嚴以駕夙，儀禮習以騶鳴。煦和兮日吉，融昭兮時清。南朔西東兮播化，道訪單心；鼎彝鐘鼓兮怡情，恩推尚齒。三肆以雅而集佩環，九叙惟功而歌起喜。醰醰味道則育樂宜人，藹藹賡詩則陶甄得士。潭春印月，曲水清澄；樹古團雲，高槐旖旎。覃恩兮啟規宏，建學兮多才美。鼉鳴擊鼓兮雍臨，鹿呦和笙兮雅正。峩峩選士，抱義懷仁；濟濟多材，陶情淑性。和風盛世，雨若暘若兮順時；偃草傾心，綱之紀之兮出政。歌衢擊壤，濩布恩深。易俗移風，明昭德聖。惟夫連茹筮爻而進士，采芹敷化而興賢。乾乾念兮學重，鼎鼎名兮道傳。延祚而朝登乂俊，懋修而德合地天。宣猷兮布澤，阜物兮豐年。謝崧岱回文賦彙

回文『濩布恩深』，原作『濩布恩洪』，不叶，據順文改

楊鴻書

鴻書字志伊，直隸固安人。

恭擬聖駕詣太學釋奠禮成賦謹叙

國朝龢興燕京，聖聖相承。登極之後，臨廱講學。盛典煌煌，載在史册。皇上御宇之初，駕詣學宫，躬親釋奠禮也。肸仁宗睿皇帝詔有事于太學，珥筆諸臣，競相頌揚。修撰趙文楷目辟有回旋如璧之説，作回文賦一篇進呈御覽，目頌我聖清萬年有道之長，意至善也。臣聞梁武帝有回文硯銘云，音模悳寫假墨圖心，簡文帝又有回文紗扇銘云，霜照月空光曜發風，殆回文之最古者。又元劉文貞製回文鏡銘云，光輪承熙朖曜長迪湛明恒持廣照萬歷，謂回環讀之，可得四言三十二章，此又回文之最巧者。至如敷陳巨篇，古今罕覯，此賦實爲刱格。臣

讀書太學，熟聞熙朝盛事，欣忭舞蹈，不能自已，謹仿回文體譔賦十有二韵，其辭曰：

巍巍乎舜，蕩蕩乎堯。威揚恩普，義立仁昭。徽音式兮金玉，紱冕被兮瓊瑤。輝流映日兮校庠屹屹，彩吐飛雲兮旂旆摇摇。歸來民人兮懽且舞，啟迪士庶兮詠且陶。葢尊師而重道，建學以崇儒。門千而户萬，叜笵而虞模。奔羣殿兮曉侍，彙衆臣兮晨趨。敦俗風兮修禮樂，廣教導兮遠涵濡。恩垂羡錫兮紀萬歲，德蹈化詠兮達四衢。夫維克寬克柔，彰信彰義。悳同天，功同地。則商周，脩典制。飭兮躬，誠兮意。國置庠，朝命吏。闖迎祥，堂彙瑞。勒石碑，臧經笥。稷黍豐，籩俎備。特牲登，緐絃萃。愊悃㦟，忠信致。億萬季東西位職，効司分隆風盛事。鯢鯨兮滯埽，道路兮蕩平。西戎兮北翟，㠉舉兮頸延。梯懸山兮航踰海，醴出地兮露降天。旉文兮媲迷，法弛兮刑蠲。鼙鼓息兮安內外，磬鐘和兮定乾坤。圭瓚獻兮古而璞，石鼓迪兮規爲圓。夫且童者共樂，長幼臚歡。工農兮皡皡，賈商兮般般。中外兮晏晏，室家兮安安。風與雨兮氣協，士與女兮聲讙。隆厥邦兮是繼是述，固厥廟兮如桑如磬。史紀盛兮臣紀美，功大昭兮業大明。矢乃臧兮弓乃偃，琴乃鼓兮瑟乃横。几筵羅兮管絃列，匏革奏兮金石鳴。祉厥錫兮崇文黜迷，風厥純兮釋甲銷兵。跂跂蠕蠕兮飛飛躍躍，轉轉啟啟兮乙乙庚庚。

庚庚乙乙兮啟啟轉轉，躍躍飛飛兮蠕蠕跂跂。兵銷甲釋兮純厥風，迷黜文崇兮錫厥祉。鳴石金兮奏革匏，列絃管兮羅筵几。横乃瑟兮鼓乃琴，偃乃弓兮臧乃矢。明大業兮昭大功，美紀臣兮盛紀史。磐如桑如兮廟厥固，述是繼是兮邦厥隆。讙聲兮女與士，協氣兮雨與風。安安兮家室，晏晏兮外中。般般兮商賈，皡皡兮農工。歡臚幼長，樂共耆童。且夫圓爲規兮迪鼓石，璞而古兮獻瓚圭。坤乾定兮和鐘磬，外内安兮息鼓鼙。蠲刑兮弛法，耊媲兮文彛。天降露兮地出醴，海踰航兮山懸梯。延頸兮舉踵，翟北兮戎西。平蕩兮路道，埽瀞兮鯨鯢。事盛風隆分司効，職位西東秊萬億。致信忠，嗽悃愊。萃絃緐，登牲特。備俎籩，豐黍稷。笥經臧，碑石勒。瑞彙堂，祥迎閾。吏命朝，庠置國。意兮誠，躬兮飭。制典脩，周商則。地同功，天同悳。義彰信彰，柔克寬克。維夫衢四達兮詠化蹈德，歲萬紀兮錫羡垂恩。濡涵遠兮導教廣，樂禮修兮風俗敦。趨晨兮臣衆彙，侍曉兮殿羣奔。模虞而範夏，萬户而千門。儒崇以學建，道重而師尊。蓋陶且詠兮庶士迪啟，舞且懽兮人民來歸。摇摇旆旓兮雲飛吐彩，屹屹庠校兮日映流輝。瑶瓊兮被冕紱，玉金兮式音徽。昭仁立義，普恩揚威。堯乎蕩蕩，舜乎巍巍。

謝崧岱回文賦彙

馬元熙

元熙字詩畬，直隸東安人。

擬趙介山殿撰進册賦

風流兮遠被，雨化兮深沾。通溢洋之育教，協作止之莊嚴。中乎睿聖，理綜微纖。同心而黼黻，文明式其金玉；拜手而歌謳，喜起和是梅鹽。崇典學而蹌濟，肅容儀而仰瞻。惟夫體天而昭法象，端極而式寰瀛。禮議而龍飛協德，詩賡而鳳噦和聲。陛殿聯歡，橋圜履躡；膠庠普化，篋鼓經横。啟發輝光，三行修而三德備；甄陶邇遠，四教立而四術明。洗盡風俗之榛狉，文修武偃；參詳典章之沿革，治定功成。聖上乃奔駿士而執豆籩，鸞車而湓芹藻。尊至則典禮修明，問下而書圖稽考。恩湛乎浹髓，既齊既稷既匡既敕，既誥誡之中倫；教誨其非心，無反無側無黨無偏，無頑愚之外道。坤乾兮柄靈，福祉兮定保。言有謨陳，國惟善寶。楚楚衣裳者趨繩而步軌，鏘鏘珮玉者舞後而歌前。吕律調而珠璣按譜，笙管奏而雅頌排編。序西序東，將豆觴之肅穆；庠上庠下，集葆羽之聯翩。茹古涵今兮功崇業廣，徵文考獻兮主聖臣賢。非宫室之鄙卑，見棟宇之烜赫。圜周其象若環，轉旋其形如璧。歸其有極，法制備而崇巏；遠乃宏猷，陰陽順以闔闢。巍巍扇而翼翼顯，惠慶施行；肅肅止而雝雝來，威嚴咫尺。蓋方法地而圓法天，禮爲門而義爲路。唐歌虞詠，律協金鐘；矩折規周，輝騰玉輅。裳垂出治，士求絃誦之方；菜釋修儀，人作棟梁之傅。張一弛一兮中正操，小成大成兮綸絲布。光家邦爲憲章，節蘋蘩以趨步。廊廟兮雝和，俊髦兮隆遇。遇隆兮髦俊，和雝兮廟廊。步趨以蘩蘋節，章憲爲邦家光。布絲綸兮成大成小，操正中兮一弛一張。傅之梁棟作人，儀修釋菜；方之誦絃求士，治出垂裳。輅玉騰輝，周規折矩；鐘金協律，詠虞歌唐。路爲義而門爲禮，天法圓而地法方。蓋尺咫嚴威，來雝雝而止肅肅；行施慶惠，顒翼翼而扇巍巍。闢闔以順陽陰，猷宏乃遠；崚崇而備制法，極有其歸。璧如形其旋轉，環若象其周圍。赫烜之宇棟見，卑鄙之室宮非。賢臣聖主兮獻考文徵，廣業崇功兮今涵古茹。翩聯之羽葆集，下庠上庠；穆肅之觴豆將，東序西序。編排頌雅而奏管笙，譜按璣珠而調律吕。前歌而後舞者玉珮鏘鏘，軌步而繩趨者裳衣楚楚。寶善惟國，陳謨有言。保定兮祉福，靈炳兮乾坤。道外之愚頑，無偏無黨無側無反無心，非其誨教；倫中之誠誥，既敕既匡既稷既齊既髓，浹乎湛恩。考稽圖書而下問，明修禮典則至尊。藻芹泮而車鸞，籩豆執而士駿奔。乃上聖成功定治，革沿之章典詳參；偃武修文，狉榛之俗風盡洗。明術四而立教四，遠邇陶甄；備德三而修行三，光輝發啟。横經鼓篋，化普庠膠；躡屨圜橋，歡聯殿陛。聲和噦鳳而賡詩，德協飛龍而議禮。瀛寰式而極端，象法昭而天體。夫惟瞻仰而儀容肅，濟蹌而學典崇。鹽梅是和喜起，謳歌而手拜；玉金其式明文，黻黼而心同。纖微綜理，聖睿乎中。嚴莊之止作協，教育之洋溢通。沾深兮化雨，被遠兮流風。 謝崧岱回文賦彙

王祖績

祖績字叔雲，直隸文安人。

擬趙介山殿撰進册賦

寰瀛兮德洽，殿陛兮光榮。山河保固，典禮澄清。頒詔修儀，夏學絃而春學誦；樹德宣化，心惟一而道惟精。嫺嫺兮鳳蓋，肅肅兮蜺旌。艱克后而艱克臣，禮隆樂備；正乃位斯正乃事，功立德成。夫聖哲敷文，陳編而左圖右史；仁慈沛澤，洽化而天成地平。敬恭惟寅，容儀抑抑；沖虚在抱，典册庚庚。慶協垂裳，終圖敬而始圖慎；聲諧嘒管，海頌晏而河頌清。正直廉明兮宣猷布政，嘗烝禘礿兮鼓瑟吹笙。軺雲兮輦鳳，衛虎兮驂龍。堯爲步而舜爲趨，蹈先模範；睿則聖而明則哲，時惟敬恭。韶樂雍歌兮艾蕭香薦，左旋右轉兮芹藻波溶。朝廟雍雍，斝用瓘而瓚用玉；典章秩秩，詩教夏而書教冬。且夫文修而武偃，主聖兮臣賢。芬流兮國家，自北自南、自東自西，自美譽之洋溢；色生兮黼黻，有爲有守、有典有則，有隆禮之流傳。墳三典五兮崇功惟志，裕後光前兮峻極如天。焚香而歌振鷺，格化而詠飛鳶。崇敬師儒，中規中矩；拜獻籩豆，如圭如璋。隆居兮左个右个，普澤兮上庠下庠。鴻鈞煥乎蔚炳，鷟冕集乎輝煌。

通慶惠之教育，啟瑞符之緜長。蓋濬哲惟王，陶甄宇宙，黎民敏德，枕葄詩書。震出乾乘兮君惟民率，倫明法備兮谷若懷虛。峻烈煌煌，祥呈鷟鷟；修儀亹亹，響雜瓊琚。慎思兮物軌，歌詠兮仁居。

居仁兮詠歌，軌物兮思慎。琚瓊雜響，亹亹儀修；鷟鷟呈祥，煌煌烈峻。虛懷若谷兮備法明倫，率民惟君兮乘乾出震。書詩葄枕，德敏民黎；宙宇甄陶，王惟哲濬。蓋長緜之符瑞，啟育教之惠慶通。煌輝乎集冕鷟，炳蔚乎煥鈞鴻。庠下庠上兮澤普，个右个左兮居隆。璋如圭如，豆籩獻拜；矩中規中，儒師敬崇。鳶飛詠而化格，鷺振歌而香焚。天如極峻兮前光後裕，志惟功崇兮五典三墳。傳流之禮隆，有則有典、有守有爲，有黻黼兮生色；溢洋之譽美，自西自東、自南自北，自家國兮流芬。賢臣兮聖主，偃武而修文。夫且冬教書而夏教詩，秩秩章典；玉用瓚而瓘用斝，雍雍廟朝。溶波藻芹兮轉右旋左，薦香蕭艾兮歌雍樂韶。恭敬惟時，哲則明而聖則睿；範模先蹈，趨爲舜而步爲堯。龍驂兮虎衛，鳳輦兮雲軺。笙吹瑟鼓兮礿禘烝嘗，政布猷宣兮明廉直正。清頌河而晏頌海，管嘒諧聲；慎圖始而敬圖終，裳垂協慶。庚庚冊典，抱在虛沖，抑抑儀容，寅惟恭敬。平地成天而化洽，澤沛慈仁；史右圖左而編陳，文敷哲聖。夫成德立功，事乃正斯位乃正；備樂隆禮，臣克艱而后克艱。旌蜺兮肅肅，蓋鳳兮嫺嫺。精惟道而一惟心，化宣德樹；誦學春而絃學夏，儀修詔頌。清澄禮典，固保

河山。榮光兮陛殿，洽德兮瀛寰。謝崧岱回文賦彙

鄭　一

一字定芬，女，江蘇婁東人。

秋夜效迴文體

東窗小立起愁懷，冷露宵深沾鳳鞋。工繡針停初上月，銅壺滴漏聽秋階。陳蝶仙女子世界第六期（一九一五年）

楊　莘

莘字亦孫，江蘇高郵人。幼聰穎，年十六，補博士弟子員，旋食餼，年二十八卒。著有紅豆齋詞（上海圖書館藏鈔本）。

菩薩蠻秋感迴文

井梧橫月摇秋影，影秋摇月橫梧井。花抱蝶身斜，斜身蝶抱花。　雨宵攙蟀語，語蟀攙宵雨。愁舊寄高樓，樓高寄舊愁。紅豆齋詞

陳婉卿

婉卿，南通州保其壽女甥。其壽云『婉卿十歲知詩，十三從余學詞，和作甚多』。

瑞鷓鴣 詠雪 回文和東坡尖叉韻

叉竿舉幌壓纖纖，釣雪披裘有老嚴。家繞亂山群抹粉，户當輚樹碎裝鹽。花搖眼處光生壁，粟起肌時玉滿檐。車敝有薪無酒煗，鴉飢噪徹冷風尖。

『冷』：原文『泠』，疑誤

其 二

尖毫凍合怎塗鴉，吠犬猶聞不過車。檐掛亂冰寒結筋，白生虛室夜飛花。鹽無想是溪臨户，玉小多應竹繞家。嚴冷鬥風和霰雜，纖纖粉積路叉叉。保其壽碧柰山房集·琱玉詞

江維藩

維藩，四川蓬溪華豐人。

落花 廻文七律

蕭蕭雨夜半庭空，始信春深草閣東。桃破臉時花點露，柳舒眉候葉翻風。滔滔逝水連天碧，靄靄晴山映日紅。橋外岸横船五尺，簫聲一曲小玲瓏。民國蓬溪近志卷十三藝文篇

邱林芳

林芳字韻芳，福建閩縣人。著有紉蘭吟草。

菩薩蠻 月夜回文

月圓如鑑晶簾揭，揭簾晶鑑如圓月。吟影帶波紋，紋波帶影吟。　篆香薰茗琖，琖茗薰香篆。窗竹漾風涼，涼風漾竹窗。林葆恒閩詩徵卷六

『薰茗琖』：林葆恒續詞綜補卷五十八作『熏茗殘』

雪抱生

菩薩蠻 本意迴文二闋

翠奩春鎖花痕碎，碎痕花鎖春奩翠。眉黛畫教誰，誰教畫黛眉。　裛香寒處立，立處寒香裛。鴉鬢側身斜，斜身側鬢鴉。

媚人如意花時戲，戲時花意如人媚。歡笑共來看，看來共笑歡。鈿頭釵落徧，徧落釵頭鈿。衣綵化雲飛，飛雲化綵衣。江西（宣統元年第四號，日本）

洪劍青

劍青，安徽當塗人。

秋夜廻文

星疎盪水活，浪白逐舟輕。螢落火飛壁，柳飄風上城。青山遠滴翠，冷露濕空庭。醒酒漁吹笛，清溪一月明。申報（宣統三年九月十一日）

過隱者居廻文

西溪碧水映紅霞，矮屋茅籬半種花。啼鳥飛時驚客夢，凄凄影照夕陽斜。申報（宣統三年九月十四日）

鳳子韶

秋夜眺望廻文

横天一色月明明，曠夜鳴蟲秋夜清。更報樓頭城擊柝，情傷又見雁南征。申報（宣統三年

九月十四日）

鳳齊

時事感言七絶一首用回文體

塵烟掃盡攬霆雷，民國新成竟日來。應響全聞一起義，人家幾遍笑顔開順讀係十灰韵
雷霆攬盡掃烟塵，來日竟成新國民。義起一聞全響應，開顔笑遍幾家人倒讀係十一真韵　申報（宣統三年十月初三日）

阿麟

阿麟字子祥，清末滿洲人。

無題廻文體

籠紗碧障滿帷房，遠望終難達玉璫。風淡淡吹時序暖，月溶溶映夜痕涼。紅花早放叢枝艷，緑草春生繞塢香。通徑曲行環嶂翠，宮樓盡處是廻廊。
翔翶獨步小樓東，薄怨含愁倚桂叢。黄帶宿霜凝嫩柳，碧添新雨浣修桐。腸迴九轉圓螺紫，綢縷千抽小嬉紅。長恨惹人縈意緒，茫茫望斷盼鱗鴻。　天虛我生絡珠仙館詩鈔卷三（光

緒三十四年著作林第十九期）

火文燿

文燿字春園。清人。

迴　文

中秋正好月輪圓，目眩光浮自轉旋。空碧望擎盤玉白，瓏玲璓出洗塵煙。秋宵翫月圖續題辭

覺羅溥□

溥□（?—一九二○），清宗室。辛亥革命後，遯跡旅順。著有肅忠親王遺稿（一九二八年寫刻本）。

迴　文

小樓依遠樹，孤塔伴閒雲。曉徑三秋氣，鄉思忽雁聞。忠肅親王遺稿

趙鶴清

鶴清（約一八七○—一九三二後）字松泉，雲南姚安人。一九二五年任白井場知事，著有松

泉游草六卷（一九三二年女弟子王燦芝校印本）。

憶雲巢迴文

雲巢者，余所居樓名也。在滇省文廟東巷，樓西向與孔廟爲鄰。廟前古樹數百株掩映窗外，每當夕陽西下，百千宿鷺咸集樹巔，直一幅天然圖畫。辛未暮春客江南，偶憶及之，戲題迴文一絶。

虚窗透影樹槎枒，白鷺歸時落照斜。廬映彩雲春淡淡，初飛燕處是山家。

雨花台弔方正學墓迴文

如何細雨散天花，學正方凝血裏沙。疎影樹連雲漠漠，蕪平落日豔紅霞。

碧漪亭觀魚迴文

亭在雲南省城内，爲阮文達公所築。客江南時偶爾憶及，乘興作此，故附録游草中。

悠悠日影照虚櫺，滿路牽絲柳綴青。游戲任魚孵淺渚，浮煙翠繞水邊亭。（松泉游草卷三）

題畫迴文

春山一抹淡煙横，隔水江村遠滅明。人載半舟歸淺渚，新絲柳浸緑波平。

庾莊夜宴迴文

紗窗緑聳石光寒，月上新闌夜飲歡。花影倒涵秋水碧，斜行一字雁聲酸。松泉游草卷六

秋夜宿活佛寺迴文

樓高湧月上牕明，杳杳鐘聲一夜清。秋抹豔紅披樹滿，柔風晚露釀天晴。民國姚安縣志卷六十五附文徵五

韓紱

紱（一八七〇—？）字韻笙，安徽壽春人。清光緒二十年甲午舉人，二十一年乙未進士，以知府官浙江。著有錫香館詩鈔初集六卷詞一卷（光緒二十九年木活字本）。

春景回文叠字體

融融日影霧迷迷，習習風來時囀鸝。紅錦襯陰花苒苒，緑茸鋪地草萋萋。濛濛樹隔深深院，嚦嚦鶯聲恰恰啼。叢翠鎖烟春寂寂，小園芳豔景齊齊。

再賦回文五律一首

香暗襲階前，早春經占先。霜融最老幹，月映苦浮烟。傍水横枝瘦，半簾斜態妍。芳
梅喜豔麗，玩賞獨纏綿。　錫香館詩鈔初集卷一

再擬回文體四律前二首限七陽四支後二首限一東六麻

芳菲醉夢晝遲遲，碧嫩含清水滿池。簧囀巧聲鶯織柳，月翻新影蝶摇枝。香風逐動花
陰轉，暮日斜催鳥語時。忙亂絮飛紛曲徑，戀情春信卜誰知。
香含句豔賦新詞，院静宜晴喜晝遲。芳遠綴霞紅映樹，蕚華飛雪白凝枝。茫茫緑水春
堤漲，習習和風細柳垂。狂醉帶歡游興好，蝶蜂迷亂落花時。
紅新綻蕊嫩含葩，悄悄沈簾護碧紗。叢綺入春酣錦豔，徑香迷夜醉瓊華。風摇細縷千
條柳，雨潤柔枝幾朵花。通岫遠雲輕淡淡，晚山蒼影日西斜。
融融日色霧迷涯，曲澗横橋映晚霞。空院梨枝嬌淡素，小窗梅影豔奢華。風驚亂絮飛
疎柳，雨過新香吐嫩葩。叢翠鎖烟春徑暖，紅林半照夕陽斜。　錫香館詩鈔初集卷二

菩薩蠻回文格

碧煙籠處疏梅白，白梅疏處籠煙碧。移影瘦横枝，枝横瘦影移。繡簾香霧逗，逗霧香簾繡。妍態緑窗前，前窗緑態妍。錫香館詞鈔

吴　庚

庚（一八七一——一九一七）字少蘭，山西寧鄉人。清光緒二十九年癸卯進士，官臨潼知縣。著有空山人遺稿四卷（一九一八年鄂城刻本）。

迴　文

荒野四郊遊興狂，海東流水望洋洋。蒼山晚映青天遠，碧草春含曉露香。長路別時垂柳緑，短籬疏處綻花黄。芳菲寄語傳風信，牆倚一回一舞觴。空山人遺稿卷三

何葆仁

葆仁（一八七一——一九三四後）字靜齋，浙江武義人。著有水部居詩鈔二卷（一九三四年麗水排印本）。

元夜迴文詩

披書欲倦坐更殘，好節時逢覺倍歡。詩寫礙黄堆紙案，酒浮新緑暈花闌。離迷燭影籠窗静，瑟縮風聲透户寒。嬉笑縱情忘永夜，枝高漸上月團團。水部居詩鈔卷上

沈琇瑩

琇瑩（一八七一——一九四〇後）字琛笙，號南嶽傲樵，湖南清泉人。王闓運弟子，林爾嘉友。著有寄傲山館詞稿十四卷（一九四〇年菽莊叢書本）。

菩薩蠻迴文

空牀半倚還鄉夢，夢鄉還倚半牀空。衾薄怨秋深，深秋怨薄衾。　砌偎蟲語細，細語蟲偎砌。何若妾愁多，多愁妾若何。寄傲山館詞稿卷六後燕遊詞稿

楊　烈

烈（?——一九二一）字沛丞，江蘇崇明人。清季補博士弟子，從事教師工作，卒年未滿五十，著有秋蟲吟一卷（師山西麓周氏手寫本）。

菩薩蠻 回文

意中人遠深情繫，繫情深遠人中意。樓上怕生愁，愁生怕上樓。　卷簾空眺遠，遠眺空簾卷。春暮又黄昏，昏黄又暮春。秋蟲吟

陳菊貞

菊貞（一八七三—一八九五）字餐英，一字參英，浙江海寧人。祖德女，吴縣蔣肇基室。著有晚香館詩藁八卷詞藁二卷（吴中蔣氏藏稿本）。

春日早起學作廻文一律

新晴暖日映窗西，上下穿林一鳥啼。人愛花香留曲徑，柳隨風勢舞長堤。身閒最似癡心蜨，夢好驚來曉唱雞。真意此時芳景勝，春三長草緑萋萋。晚香館詩藁卷八癸巳

楊韻英

韻英（一八七三—一九〇五）字清芬，安徽皖江人。曹某室。清光緒三十年，其夫選授六安教職，隨侍任所卒。著有繡餘詩草（又名曹母楊太夫人詩稿，一九三五年排印本）。

秋夜用迴文

東窗小坐靜悠悠，體滿涼風秋滿樓。蛩咽夜深更漏永，瓏玲月影照花幽。

涼秋怯步小庭閑，薄薄羅紗衣袖單。墻滿月光清弄笛，徑摇竹影翠遮欄。（繡餘詩草）

許崇熙

崇熙（一八七三—一九三五）字季純，號滄江，湖南長沙人。著有滄江詩文鈔七卷（一九四八年排印本）。

菩薩蠻回文

鬢絲絲對愁中鏡，鏡中愁對絲絲鬢。卿誤悔多情，情多悔誤卿。　薄妝春綽約，約綽春妝薄。輕燕舞初晴，晴初舞燕輕。

木蘭花回文

眼波流送池波轉，魂斷一叢花碎翦。臉嬌匀粉着心無，遠山春色眉深淺。　暖風柔裊輕煙篆，殘香爇罷將春餞。輭繡金描怯晝長，點池春雨疎簾捲。（滄江詩餘卷一）

回文集卷四十九　目錄

石園用前格以三園爲韻步酬　　酬逸人賞菊回文兼候其病
聞鴻雁過製一回文
三園吟社擬以近製回文稿付印率成題辭仍用回文
妄想回文　　綺懷回文
棠園有偶成之作吾偶思山因成作和回文　　酬石園書次内題畫詩後回文原韻
舊蓄二琴皆上品也丙寅圍城中失於匪類昨與献芝逸人同携回文詩合稿至宋芝老處請其
題詞見架上置有囊琴慨成回文分柬　　酬宋瓶園爲三園回文合稿題詞元韻
宋芝老賜和琴感叠前韻作酬　　次逸人爲拙著百花詩題詞元韻回文
宋芝老世兄爲三園合稿題辭步酬原韻
拙著百花詩前已承棠園以回文石園以集古詩題詞乃兩君復互其體賜題敬用石園新作元
韻步酬　　時粧剪髮
昨譜回文小調石園不肯辱和別製回文詩見譽謹如約步酬
石園嗜酒從不多積每問出門何事必曰沽春因賦回文
歎病回文　　和棠園無題回文
更成回文　　喜雪回文
次毛俊丞惠題三園合稿拙著百花詩回文原韻
宋園牡丹頗盛園主人自撰廳事楹聯用清平調事賀少亮書跋謂其想望清平漫題回文長句

室懸萬壽山圖頗極耐觀畫圖若此不知真景當復何似丹青土木峻宇雕墻清亡原因未必不居其一前已與所懸西湖圖各題首尾限字詩閒居無俚復製回文

回文集卷四十九

來裕恂

裕恂（一八七三—一九二四後）字雨生，浙江蕭山人。俞樾學生。好吟咏，著有匏園詩集三十六卷（一九二四年排印本）。

秋閨迴文

風霜耐我獨凋形，積怨閨愁簾捲丁。紅落殘顔頽歲歲，白垂短髮炫星星。桐萎緑葉侵蛩砌，菊燦黄花映鶴亭。窮達命關何事好，中宵坐覽一燈青。匏園詩集卷十一己亥

冬日迴文

寒風暮樹滿山雲，凍鳥羣飛葉亂紛。殘日落時霜舞雁，難爲客況苦思君。匏園詩集卷三十四壬戌

邱煒萲

煒萲（一八七三—一九四一）原姓曾，字德馨，號椒園，別號星洲寓公，福建澄海人。清光緒二十年甲午舉人，以資爲道員，官至觀察。二十四年，在新加坡創辦天南新報，鼓吹維新變法。翌年，與沙勞越國君立約，允許黄乃裳率衆赴婆羅洲墾殖。後入同盟會，主政振南日報。著有嘯虹生詩鈔四卷續鈔三卷（一九一七年排印本）、揮麈拾遺六卷（光緒二十七年星洲觀天演齋叢書上海排印本）。

戲爲回文體贈蓮娘鳳娘兩詞史

凍月交枝柳，寒塘醮粉蓮。洞桃留跡偶，丹雪駐顏僊。鳳彩翩先後，鸞文逐倒顛。夢涼侵佩釦，蘭蒂並娟娟。嘯虹生詩鈔卷三丙午

右詩試將各句上下移易之，可得平仄均五言律多首，亦一消遣法云

思幽廻文

愁吹笛韵遠雲流，月出東華露氣秋。牛女對河明耿耿，樓邊鶴駕舊仙遊。嘯虹生詩續鈔卷一癸巳

星洲水心亭子即事迴文

雄辭酒罷劍寒芒，面面亭開夜送涼。風露秋光星月皎，東西葉亂碧荷香。（嘯虹生詩續鈔卷二丁巳）

章守和

守和字祥齋，浙江昌化人。清光緒十八年壬辰科歲貢。

迴文詩

芬含廣陌拂晴天，个个人遊集渡前。雲暖撥開初日麗，草芳濃瀉晚春妍。紛紛落蕊紅舖面，裊裊垂楊緑映川。羣伴笑歸吟句妙，興高頻覽一林烟。

其　二

芳樹落花紅撲面，杖攜頻步小溪西。黄鶯坐弄春音巧，紫燕歸飛晚影低。桑野曠籠烟漠漠，柳橋長鎖草萋萋。囊詩入妙誰情助，碧漲新添水滿隄。（民國昌化縣志卷十八）

失名

曲水園賞荷廻文體用東坡尖叉韻

叉將手指玉纖纖，險韻分題限格嚴。家泛夜舟環荇藻，客招晨飲品梅鹽。花生妙筆香中社，葉拂低窗水際檐。車駐小池園景好，鴉塗醉墨吮毫尖。失名數峰青我廬詩草（上海圖書館藏民初鈔本）

林廷玉

廷玉（約一八七四—？）號醉仙，廣東潮州人。諸生。清光緒八年壬午赴鄉試，未第。著有仙溪雜俎初集五卷（一九二八年排印本）。

金陵即景

我粵清初才女蔡平娘，鍾君鶴夢之妻，作閨思迴文，反覆成章，清新秀逸，讀之能令人意移神往。其句云，簫聲幾度暗傷情，岫出飛雲曉日晴。寥靜香閨窗弄影，妒嬌花圃竹敲箏。橋高泛水流聲急，夜寂寒蟬噪語輕。遥寄鄉書傳去雁，銷魂拂柳對啼鶯。按平娘年代失攷，此詩與建昌才女景三昧，字翩翩作極相同。景句云，簫吹靜閣曉含情，片片飛花映日晴。寥寂淚痕雙對枕，短長歌曲幾停箏。橋垂緑柳如眉淡，榻繞紅雲拂袖輕。遥望四山青極目，銷魂暗處亂啼鶯。按景詩第三韻雙對枕，原是相對枕，不知是否錯誤，余易作雙字，爲此往覆沉吟，不覺動我詩興，隨依兩才女原韻，作金陵即景七律一首，詩成不勝狂喜，兩才女有知，諒亦焚香打板爲我高歌歟。即録醉仙和兩才女原韻七律迴文一首，句云：

簫韶奏曲有深情，月浴蘆花愛晚晴。寥廓海天龍嘯劍，静幽樓閣鳳彈箏。橋邊雪艦千燈燦，柳外秋聲一雁輕。遥夜五更寒氣肅，銷魂我久聽鶯鶯。仙溪雜俎初集卷一

張龍雲

龍雲（一八七四—一九二三）字六士，别號匏廬、迂公、一逵，廣東大埔人。杞縣知縣薇子。性穎異，善詩詞。童試時，縣府院俱第一，以廪生援例選教諭。辛亥後，歷任揭陽、紫金知事，内政部秘書，援閩回粤兩役籌餉局文牘股長。一九二〇年，任廣州省河督配局長。熱心教育，清季時，創辦樂群中學，邑中革命鉅子，多出其門，嗣爲勸學所所長、惠潮嘉道省視學員，卒年五十。著有匏廬詩鈔二卷（一九三五登雲閣排印本）。

迴文體寄情

迴文錦句艷生花，感舊書緘密寄遐。杯淺共常春醉索，幕深常得夜明遮。開門小曆歡逢數，認巷遥蹤暗度斜。灰冷未應同篆鴨，偎香憶夢過年華。

『共常』：原文，疑爲『共嘗』之誤

又情答

文迴寫恨答箋傳，脉脉幽情兩邈綿。雲鬢改頻羞鏡匣，麝襟寒久歇篝燃。閒鶯柳閣春抛繡，淚蠟蓮幃夜背眠。紋舊剩憐釵燕斷，魂銷暗度幾蟾圓。匏廬詩鈔卷下

『燃』：原文『燈』，不叶。燃燈手書形似，疑係誤植

張嘉謀

嘉謀（一八七四—一九四一）字中孚，號梅溪，河南濮陽人，居南陽。清光緒二十三年丁酉舉人，主講陝西三門書院、淅川丹江書院，官内閣中書。一九一二年被推爲省議會副議長。一九一三年當選衆議院議員。一九一七年任護法國會衆議院議員。一九二二年，第二次恢復國會時，再任衆議院議員。河南省博物館館長。著有槑谿詩選（一九四七年陶然齋刻本）。

閏七月乞巧迴文體

歸槎一拜下風餘，爛石機前月到書。飛鵲繞枝梧葉彈，依依兩見會真如。槑谿詩選

高翊

翊（一八七五—一八九五）字仲安，江蘇無錫人。著有頌萐詩藁（一九一八年無錫圖書館校刊本）。

菩薩蠻 春閨

曲江春滿垂楊緑，緑楊垂滿春江曲。流水碧成愁，愁成碧水流。悄聲驚夢曉，曉夢驚聲悄。啼鳥小樓西，西樓小鳥啼。

又 秋閨

早秋清氣烟含草，草含烟氣清秋早。新月照黄昏，昏黄照月新。鏡鸞侵夢冷，冷夢侵鸞鏡。腸斷夜碪涼，涼碪夜斷腸。頌萐詩藁

徐舒

舒（一八七五—一九二八後）字嘯侯，浙江紹興人。著有嘯吟集四卷（一九二八年序印本）。

迴文詩兩首寄答范孔良

前村小隔遠囂塵，暖氣和融煦小春。箋寄遠懷君慰我，先宜雅事樂生人。
愁苦徒勞空算盤，計先無事做來看。悠悠自樂小窗客，游戲趁閒偷得難。嘯吟集卷二

李嘉芬

嘉芬字蘭軒，湖北孝感人。清光緒間拔貢生，官江西鉛山、宜春知縣。著有養梧軒集五卷、烏心花淚詞二卷、雲影詞一卷。

菩薩蠻秋閨迴文二闋

鴈飛遥塞寒雲斷，斷雲寒塞遥飛鴈。梁語燕歸雙，雙歸燕語梁。血書長憾別，別憾長書血。清夜一蟲鳴，鳴蟲一夜清。

袖羅雙掩長眉皺，皺眉長掩雙羅袖。生再莫多情，情多莫再生。舊容花影瘦，瘦影花容舊。牀上月昏黄，黄昏月上牀。烏心花淚詞卷一

潘亨穀

亨穀（一八七六—一九一八）字仲衢，號子嘉，又號耐庵，江蘇吳縣人。祖同嗣子。庠生。

著有耐庵詩存一卷（一九二八年吴縣潘氏家刻本）。

送春詞 四首回文體

萍浮泛緑新飛絮，地滿殘紅惜落花。醒醉晝眠春夢破，淺深陰樹夏陽斜。

鶯啼聽到撞鐘曉，燕語歸來舊屋涼。城滿花時隄滿柳，草深青色麥深黄。

深宫鎖院楊花落，檻曲圍塘樹蔭濃。林木夏涼庭寂寂，夜園春閉户重重。

遲遲日影照庭空，蝶瘦香殘灑雨紅。詩寄遠鄉思望切，別離人去送薰風。耐庵詩存

成本璞

本璞（一八七七—？）字櫂漁、琢如，號天民、淡庵，湖南湘鄉人。才思横溢，工于詞章，爲張燮鈞、江標學使所推獎。光緒中，兩舉經濟特科，皆報罷。乃發憤留學日本，歸國官浙江台州知府。南社社友。著有淚影詞一卷（光緒二十五年長沙刻本）。

菩薩蠻 回文

幕羅低峭寒花落，落花寒峭低羅幕。山遠又啼鵑，鵑啼又遠山。　草心紅偏裊，裊偏紅心草。腸斷枉春傷，傷春枉斷腸。

又 回文

峭寒春顫嬌桃小，小桃嬌顫春寒峭。尋夢臏孤心，心孤臏夢尋。雨深宵暗語，語暗宵深雨。垂淚祇君思，思君祇淚垂。淚影詞

張素

素（一八七七—一九四五後）原名誦清，字穆如，一字揮孫，別字慧僧，號嬰公，江蘇丹陽人。清光緒二十八年舉人，南社社友。著有悶尋鸚館詩鈔（上海圖書館藏鈔本）。

秋夜回文

夜殘驚月落，鄉夢戀薰鑪。榭曲飛螢暗，涼風怯燄孤。悶尋鸚館詩鈔庚申

汪榮寶

榮寶（一八七八—一九三三）字衮甫，一字衮父、太玄，江蘇吴縣人。清光緒二十三年拔貢生，以七品官入兵部任職。二十六年進南洋公學堂，後赴日本早稻田大學和慶應義塾。三十二年充京師譯學館教習。三十四年再轉民政部右參議。一九一三年爲國會衆議院議員。一九一四年駐比利時公使，一九一九年駐瑞士公使，一九二二年駐日本公使。一九三一年起，任

陸海空軍副司令部行營參議、外交委員會委員長等職。著有思玄堂詩集（一九三七年刻本）。

此夜迴文

灰寒重炷夕鑪香，掩瑟湘樓此夜長。苔徑濕螢侵水暗，竹庭陰鶴拱雲涼。雷車遠殷猶驚夢，淚燭孤煎更斷腸。哀雁一聲秋渚北，開簾曉色辨階霜。思玄堂詩集

任翰芳

翰芳（約一八七九—一九二八後），浙江紹興人。臺灣知縣幼笙女，同里勞雅言室。著有翰芳詩艸（一九二八年排印本）。

憶香雪女友迴文詩

飛箋錦幅一書迴，感訴深情寄鯉來。磯上日遲粧閣掩，樹閒風靜綉窗開。微微雨潤詩添韻，淡淡雲賒酒盡杯。違隔遠人愁寂寂，歸音盼遍倚樓臺。翰芳詩草

蔡守

守（一八七九—一九四二）又名有守，字哲夫，一字寒瓊，六十歲後自號寒翁，別號成城子，廣東順德人。南社社友，擅詩詞畫，兼長金石學。主編天荒雜志、國粹學報，參預國學保存

會、國學商兑會、蜜蜂畫社。著有寒瓊遺稿（一九四三年排印本）。

菩薩蠻迴文和李致美韻

斷橋籠柳秋隄半。歸櫂翠烟飛。小奩窺月曉。誰似遠山眉。

又迴文和王子端韻

客愁寒月明湖隔。行夜入西城。故稽遲我苦。斜彈嬌鶯鴉。

菩薩蠻迴文和孟友之韻

睡酣嬌醉花邊砌。蒼珮玉如霜。影摇釵蜨冷。長爪笑如狂。寒瓊遺稿

朱師轍

師轍（一八七九—一九六九）字充隱，號少濱，祖籍江蘇長洲，寓居安徽黟縣。民國初年任清史館纂修，先後執教于輔仁、中國、華西、中山等大學。晚年住杭州，與馬一浮、徐映璞齊名。著有清真詞、黄山樵唱。

戲和汪士杰回文花鳥吟雁原韵

黄昏怯冷暮雲稠，肅肅聲聞近綉樓。霜重避寒歸遠塞，葦深藏迹寄荒洲。湘湖吊影惊風苦，澤渚悲鳴急雨愁。長梦客途羈旅久，茫茫水隔路悠悠。

戲和桂時颺咏美人回文雙文目原韵

酡顔笑眺倚高樓，待月西廂正注眸。蛾舞撲燈看俏眼，燕飛穿樹見抬頭。傞傞舞妙傳衷素，脉脉情深感泪流。梭擲歲時傷逝水，波微轉瞬一天秋。徐元回文詩詞五百首

回文詩，古人名集中罕見，以其難工也。余祖豐芑（朱駿聲）博士，藏有清古吴汪士杰（維時）回文花鳥吟七律百餘首，附慈水桂時颺（紫誥）梅窗咏美人回文八首，共爲一册。錦心綉口，才高詞妙，信回文之專家矣。余戲和二家四首。和回文詩，余于古人未見，偶然戲和，蓋亦一創例也。

倪掄第

掄第字戟垣，生平里籍不詳。詩詞見靖江倪向榮寄廬投贈彙集（一九一五年排印本）。

題寄廬主人築近水園成 七絶廻文二首

漁樵混足托林泉，辱寵齊觀達性天。書映月光山映水，居廬寄静養衰年。

田荒聽慣不芸瓜，老坐空齋小啜茶。年少憶曾遊岱海，翩翩策馬走輕車。

近水園四時即景五言廻文句首尾同韻上下句可以互易一首可作四首讀

春

睡態花薦晝，諧聲鳥哢晴。媚光春水透，佳氣曉山横。

『態』：原文『熊』，疑譌，似手民誤植

蝶宿鶯零露，鶯啼顫驟風。葉新遮徑路，英落舞窗櫳。

夏

茗鬭誇濃緑，蓮開喜豔紅。景長貪對局，天晚勸浮筩。

露竹凝晨爽，風荷颭晚香。霧消紅日朗，虹隱碧天長。

秋

度響林喧雀，通光隙過螢。露抛珠落索，風戛玉瓏玲。

樹老纏篠古，花幽隱竹深。度窗紅日午，遮幔翠雲陰。

冬

月淡籠微雪，風清激響泉。崛奇梅影子，葱鬱桂陰圓。
漠漠簾光顫，沉沉漏點遲。薄冰期炙硯，深雪夜敲棋。寄廬投贈彙集卷四

清夜無事戲作迴文詞二首逐句首尾同押一韻自相迴環與通首倒讀者不同調用菩薩蠻

地幽深隱閒身寄，寄身閒隱深幽地。污耳洗清渠，渠清洗耳污。美名園近水，水近園名美。花乳發香茶，茶香發乳花。
鏡泉清把閒心定，定心閒把清泉鏡。甌茗滌煩愁，愁煩滌茗甌。早勞多覺老，老覺多勞早。肩息樂餘年，年餘樂息肩。寄廬投贈彙集卷五

竺鳳祥

鳳祥字澄波，浙江慈谿人，清末拔貢。

回文詩步童芹村先生原韵

非也是耶暮復朝，樹雲望去屢心焦。衣時贈憶深情友，曲罷彈慚窃聽樵。暉落半山歸

鳥倦，雨添新水卧平橋。扉前掇滿紅肥緑，飛燕驚巢幕動摇。寧波耆舊詩（一九九四年團結出版社）

童文熙

文熙字芹村，清末民初浙江慈谿人。晚年學醫。

回文詩

摇摇燭影蝶低飛，梦裏愁翁醉掩扉。橋曲過僧隨滿月，徑幽鋤菊愛餘暉。樵歸晚渡野沉日，客步閑亭蔦拂衣。焦尾琴横長短榻，朝來没得想非非。寧波耆舊詩（一九九四年團結出版社）

金　章

章字陶陶，浙江吴興人。自幼即嗜六法，花卉翎毛，無所不工，尤精魚藻，著有濠梁知樂集四卷（一九二二年石印本）

菩薩蠻 廻文

淨湖秋水縈青荇，荇青縈水秋湖淨。微露浥紅衣，衣紅浥露微。惠莊詮妙諦，諦妙

詮莊惠。斯樂我魚知，知魚我樂斯。濠梁知樂集卷四

周斌

斌（?—一九三三）字子頤，一字芷畦，號漁俠，浙江嘉善魏塘人。南社社友。早歲從事革命，響應武昌起義。一九一二年任衆議院議員，著有汾南漁俠遊草，并輯柳溪詩徵六卷。

菩薩蠻夏日驟雨迴文

半天飛鳥隨雲亂，亂雲隨鳥飛天半。涼氣引長塘，塘長引氣涼。碧翻荷葉葉，葉葉荷翻碧。時雨急催詩，詩催急雨時。南社十三集

匡紹儀

紹儀，湖南湘潭人。著有濕紅詞集（一九三三年排印本）。

菩薩蠻迴文

鳩啼時晚將離別，別離將晚時啼鳩。風動小簾櫳，櫳簾小動風。折花驚白月，月白驚花折。樓上客多愁，愁多客上樓。

南鄉子 迴文

行徑小池清，柳緑晴天急囀鶯。花落捲風驚蝶舞，空亭，脈脈情癡不自明。　　明自不癡情，脈脈亭空舞蝶驚。風捲落花鶯囀急，天晴，緑柳清池小徑行。

浣溪沙 迴文

眉上愁多愁上眉，歸來燕子燕來歸，飛花落水落花飛。　　柳暗樓高樓暗柳，輝光月出月光輝，誰憐我瘦我憐誰。

菩薩蠻 迴文

紗窻透影閒花落，晚晴春色蒼烟薄。雲白水流長，溪清舞蝶忙。　　鶯聲聲怨別，離恨知難説。重簾捲盡初，風歇緑楊疏。

南鄉子 迴文

儂惱伴花紅，日午中庭影弄松。山繞水流鐘嚮遠，迴風，隱隱籠烟裊碧空。　　空碧裊烟籠，隱隱風迴遠嚮鐘。流水繞山松弄影，庭中，午日紅花伴惱儂。

菩薩蠻 迴文

遠山摇翠妝樓晚，晚樓妝翠摇山遠。嬌態舞纖腰，腰纖舞態嬌。緑窻閒倚竹，竹倚閒窻緑。卿愛我多情，情多我愛卿。

菩薩蠻 迴文

碧雲山鳥歸飛急，急飛歸鳥山雲碧。春去送行人，人行送去春。落花愁寞寞，寞寞愁花落。明月怕多情，情多怕月明。

西江月 迴文

悄悄高樓細雨，摇摇竹嚮風飄。花嬌人瘦影條條，緑草芊綿遠道。道遠綿芊草緑，條條影瘦人嬌。花飄風嚮竹摇摇，雨細樓高悄悄。

虞美人 迴文

紛紛墮葉閒亭小，倚勸村烟繞。晚秋歸雁遠山青，落日捲簾疏影暗牕横。横牕暗影疏簾捲，日落青山遠。雁歸秋晚繞烟村，勸倚小亭閒葉墮紛紛。

菩薩蠻 迴文

院深春盡香簾捲，捲簾香盡春深院。花落數歸鴉，鴉歸數落花。　醉沉如夢睡，睡夢如沉醉。闌夜覺衣單，單衣覺夜闌。（灄紅詞集）

嚴巖

巖字伯巖，一九一八年在世。

登梟石仿迴文體

秋江滿望一輪冰，白露和煙夜氣蒸。流水遠涵颿隱隱，晚霞明見塔層層。浮雲澹漾星牛斗，落雁飛低字墨繩。幽興客遊梟石島，籌添更約小舟登。（唐鑑弋石泳游集（一九一八年排印本））

李器選

器選，廣西龍津人。

賦秋日田園迴文體

均霑喜雨得嘉禾，處處聞興樂歲歌。囷滿谷登丰報社，户甯胥擾息催科。襟披爽氣煩消淨，枕倚欣安骨節和。新有壺瓜菽有舊，賓來飲醉盡顔酡。民國龍津縣志第九編文化（一九六〇年排印本）

程獨清

獨清字蜀青。

菩薩蠻回文

晚山秋帶微雲斷，斷雲微帶秋山晚。涼月夜窺窗，窗窺夜月涼。瘦腰垂錦皺，皺錦垂腰瘦。疏柳曉嘑烏，烏嘑曉柳疏。敉叟牧盧所餘詞（北京圖書館藏稿本）

釋萬慧

萬慧通梵文，博佛藏，諳西歐及印緬藏語言，性好遊，旅居印緬將二十載。躭吟詠，著有慧業精舍吟草（一九三二年仰光排印本）。

題畫迴文一首

涼山靈洞古蕭蕭，遠看何如就近瞧。裝佛把人遊興助，長安路透見遥遥。慧業精舍吟草

霍潔塵

潔塵，居士，信佛。著有和飲水詞前集（芳心塵影齋叢刊本，一九三四年羅瓊宇序）。

菩薩蠻和韻　回文

客窗寒夢春愁夕，夕愁春夢寒窗客。門掩數鴉昏，昏鴉數掩門。　翠烟籠燕醉，醉燕籠烟翠。醒眠怯多情，情多怯眠醒。

其二和韻　回文

砑紅彈罷新眉畫，畫眉新罷彈紅砑。清水映蟾明，明蟾映水清。　片雲輕似燕，燕似輕雲片。親手握來人，人來握手親。

其三和韻　回文

霧烟籠柳殘春暮，暮春殘柳籠烟霧。花雨浴歸鴉，鴉歸浴雨花。　袖寒憐骨瘦，瘦骨

憐寒袖。風冷怨飄紅，紅飄怨冷風。（和飲水詞前集）

失　名

迴文詩

處處飛花飛處處，潺潺碧水碧潺潺。樹中雲鎖雲中樹，山外樓連樓外山。

胡寄塵游戲文章考源：『又見近人有爲迴文詩者，順誦倒誦，其文無二，是又比前人爲精矣。詩云，處處飛花飛處處，潺潺碧水碧潺潺，樹中雲鎖雲中樹，山外樓連樓外山』（遊戲世界第十期，一九二二年上海大東書局）。

愚公迴文妙詩：『迴文詩能倒誦，巧矣。近更見有作迴文詩者，順誦倒誦，其太無二，不更巧耶。詩如下，處處飛花飛處處，潺潺碧水碧潺潺，樹中雲接雲中樹，山外樓遮樓外山』（千笑集，一九四〇年上海廣益書局）。

熊鐵仙

題贈全家行樂圖迴文詩

春堂一若藹和風，樹影深籠碧井桐。人是菊花黄並淡，陳君此即驥群空。

紅苗藥長生中意，妙筆春回熱裏腸。風教母儀歐畫荻，古今遺澤蔚文郎。羞云斂淨時當暑，玉骨冰清靜趣深。頭白髮青年具肖，圖中樂與曲中琴。

曾章桂

章桂字金三，江西南昌人。詩見黄翰翹江西青雲譜志（一九二〇年徐雲岩重刻本）。

回文一章（來一律詠黍居煉汞，回一律詠梅子真釣磯）

修真子喬重嶺霞，隱身端到朔雞家。秋雲貼雁飛湖淥，瑞雨妝山横麗華。周德至人傳黍稷，漢衰方士進欄花。鈎魚礙月笑溪小，樓上橋邊澗日斜。（重字來仄回平聲）

曾章林

章林字鳳梧，江西南昌人。

白蓮同池

香蓮白色玉蓮紅，論品同梭水國中。房女素涵梅島北，澗溪匯繞蛇山東。塘花出艷新過雨，槳桂敲枝細鼓風。粧淡愛題間院落，狂生醉客酒船空。（青雲譜志）

石凌雲

凌雲字雨田，江西建始人。

鶴巢飛身回文

常道聞天沖夜寒，秘經看罷煉鉛丹。霜翎粉撲飛龍睡，露頂砂堆彩鳳盤。囊括芝崖銜月冷，竈生塵世厭風酸。坊雞羣立恨塒窄，香案玉皇斯授官聞字來仄回平聲

閒鋤芝圃回文

翎劍怒飛怒蛟騰，聚崖石桂叢香凝。停雲嘯露湛紅玉，曲水流觴印紫籐。靈草蔓田石擢潁，落蟠香嶺商耘塍。馨魂醉圃按人問，螢似火光夜有曾。青雲譜志

劉棠

棠字召伯，江西南昌人。

中秋後一日偕友人跨白顛攀丹桂同遊青雲譜見五桂合株奇之粲擬回文貽笑方家

宣教名花名世稀，小山叢桂院增輝。天香散處勻沾袖，露冷無言胡濕衣。鮮粟萬金唾

艷色，合株五德善藏機。泉平美麗嬌莊蝶，傳序剛陽純質緋（傳字來仄回平聲）（青雲譜志）

陳德龍

德龍字海卿，江蘇宿遷人。

白牡千樹回文

春院道侶結花囊，粉蝶攢來寄淡粧。昏霧雜烟風盡捲，白雲堆絮柳飛狂。根同判黑紅黃紫，色素參氷雪露霜。樽酒揚清風月白，門中竹繞一園香。（青雲譜志）

吳道明

道明字楚臣，江蘇吳縣人。

嶺雲來閣回文

蒸氣青青烟柳垂，浦南來去一心知。雲頭嶺鎖旋高閣，劍膽雄飛爲故基。耘桂月華清竹院，弄琴風韻聯松飀。羣仙列聖崇人道，濆水山垠無限詩。（青雲譜志）

毛祥佐

祥佐字撫辰，江西南昌人。

香月憑樓 攄懷回文

那得捲簾礙轉輪，月樓綺影證前津。波寒練潔喜傾酒，密樹高墻逼惱人。拖倒星河翻雨夜，掃齊雲霧削霜晨。多情惟月素憐我，摩撫頻酣醉倒身。（青雲譜志）

馮美周

署名韞石、野鴻、薄命女，江蘇邗江人。

夏日晚眺 廻文體

陰濃疊翠鎖村前，樹動風涼晚噪蟬。吟罷未歸樵徑遠，沈沈綠暗柳堤烟。

夏夜 廻文體

涼風夜入透窻紗，笛弄三更初月斜。蒼色野烟迷草綠，香添水渚藕開花。（申報（一九一二年七月十四日，又一九一四年六月十八日））

秋晚 廻文體　三韵可讀

霧鎖青山晚，烟凝緑水寒。鷲飛驚日落，蟬噪送秋殘。（申報一九一二年九月二十九日）

許仲瑚

署名瘦蝶

秋夜閨情 廻文體

東窗小立起愁懷，冷露宵深濕鳳鞋。工繡針停初上月，銅壺滴漏聽秋階。（申報一九一二年十一月四日）

程習鵬

廻　文

人如散梗飄萍斷，妾似狂花落絮飛。新草緑時歸雁去，滿庭春色柳依依。（申報一九一四年七月十七日）

賈情聖

情聖，河北甘陵人。

溪行 廻文

通村一徑遶清溪，緩步行來曳杖藜。風弄柳絲垂裊裊，紅桃映水壓枝低。法政學報第二卷第五號（一九一四年）

張鐵瓶

迴文閨詞

啼烏夜靜人停鍼，淚裛紅欄曲院前。齊捲幔時銷翠黛，急開簾處墜花鈿。雞催曙色春庭滿，雁掠寒光月榭連。西閣繡餘粧髻媚，溪摇緑柳早凝煙。蔣箸超民權素第十三集（一九一五年）

謝五寬

菩薩蠻 廻文

落花春去人情薄，薄情人去春花落。歸燕待簾開，開簾待燕歸。烏啼驚夢曉，曉夢

鶯啼鳥。飛蝶舞風微，微風舞蝶飛。（《叒社》第二期（一九一五年））

陳雨郇

幽齋閒興廻文

空水滴簷障木羣，晝晴新燕語紛紛。風生細竹垂珠露，月凝長松掛片雲。紅映薄紗春幔下，碧抽徐焰冷灰分。工吟短句思闌倚，東院一聲殘笛聞。（《叒社》第三期（一九一六年））

魏詩其

客夜回文

花飛盡處到西樓，影動簾懸月上鈎。斜倚衾寒知夜永，茄聲一度幾添愁。期歸數漏對廻欄，遠客愁來臥榻寒。時吐半輪明月夜，思鄉夢醒一燈殘。（《復旦》第七期（一九一八年））

泛月回文

潺潺水映夜悠悠，月帶涼風弄小舟。閒客釣竿垂似柳，山平隱望一湖秋。（《復旦》第八期（一九二〇年））

張錫佩

錫佩字聖瑜，江蘇吴江人。

回文體

風簾半捲曉窗西，柳外樓高空鳥栖。紅溜鶯光燕剪緑，融融藹色草萋萋。同南社第二集

（近代油印本）

劉大白

大白（一八八〇—一九三二）原姓金，名慶棪，字伯貞，浙江紹興人。清貢生，東渡扶桑，加入中國同盟會。辛亥革命後，自行改本姓劉，名靖裔，號大白，筆名漢胄、白屋詩人等。一九一二年任紹興報主筆。二次革命失敗，報館被封，出亡東瀛。一九一五年因反對袁世凱與日本簽訂二十一條條約，受日警視廳壓迫，又轉赴南洋。五四時期參加新文化運動，是白話詩倡導者之一。長期在上海各大學執教，一九二九年任教育部常務次長、政務次長。著有白屋遺詩（一九八四年書目文獻出版社）。

家山回文

家山是處斷林平，近舍村橋跨山横。華吐夜來初月朗，影留溪上晚霞明。花開半落飛

紅雨，瀑瀉長空劈翠晴。沙印緑多苔徑曲，斜枝竹碍路人行。

秋　興

吟閑愛立小籬東，曲徑幽香趁掃風。沉月夜侵寒露白，晚楓丹映落霞紅。參差日影疏窗護，淺淡秋花檻砌籠。砧暮急雲歸上岸，林烟釀葉亂山叢。

昏黄七絶二首

昏黄篆縷餘香亂，梦擁春衾暖麝熏。雲鬢軟温噴枕角，倦微微處够銷魂。

魂銷够處微微倦，角枕噴温軟鬢雲。熏麝暖衾春擁梦，亂香餘縷篆黄昏。

昏黄虞美人一首

昏黄篆縷餘香亂，梦擁春衾暖。麝熏雲鬢軟温噴，枕角倦微微處够銷魂。　魂銷够處微微倦，角枕噴温軟。鬢雲熏麝暖衾春，擁梦亂香餘縷篆黄昏。（白屋遺詩）

姚文蔚

文蔚（一八八一—一九三三年後）原名文運，字萊波、又字才波，號餘園，湖南湘鄉人。清光緒二十八年，赴汴梁應北闈鄉試，未第。三十一年，往日本考查學務，署孝義同知。宣統三年八月履醴泉任，會縣城革命起義。著有百花詩（一九二九年排印本）、餘園詩稿八卷（一九三三年排印本）。

石園不喜叠韻雙聲約製回文小病無俚成閨話秋宵二作

才費不知辭唱酬，手携閒稿背郎羞。回文錦樣偷紅袖，掣電車塵逐碧油。栽棘漫多情切慮，積薪前采病貽憂。梅環似妒儂非是，媒媼煩他代訪求。

三園回文詩題作閨話

中堂靜坐眼將矇，一盞燈光燄燼紅。同夢欲仙思悄悄，幾聲敲柝響東東。叢蘭逕影松篩月，老桂廊陰花舞風。工不尚人何苦爾，蟲蟲厭耳聒宵終。

三園回文詩題作秋宵

雙叠兩前韻仍用回文

才弱平生怯世酬，白髭黑面見人羞。回波着眼怕婆老，展畫當心寒具油。栽草宜男宜有相，蒔根益母益忘憂。梅枝結子看三七，媒妁應時不待求。

『黑』、『着』：三園回文詩作『烏』、『著』

才卑歎愿竟難酬，趣异山妻與妾羞。回亂厭聞談歷歷，歲豐頻祝麥油油。栽花滿逕陶公隱，食粟無倉曹士憂。梅伴松榮常晚景，媒蜂毒口枉尋求。中心熱笑世人矇，趕熱惟榮火樣紅。同善爲名嘉社大，乞糧有願結鄰東。叢談近已無佳作，墨説專之夷古風。工力遜時趨力學，蟲憐可鬥速凶終。中華洊亂國交矇，血戰因俄赤染紅。同種蒙王窺漠北，異心倭島据邦東。叢愆豈足當霖雨，竊議何堪望采風。工作好爲休嬾猾，蟲生自腐怨無終。

三園回文詩題作雙疊兩前韻，『邦』作『洲』

棠園仙眷多病次内往候辱以回文詩代謝代酬原韻

愁因病累苦人多，久病閨情斷蔦蘿。秋仲已生凉氣爽，日佳欣得吉門過。優游勝地園亭好，劇醉賓筵羹酒和。留句無能才通裁謝媿，酬文回祝愈嬌疴。

三園回文詩題作代次内復酬棠園代謝詩仍依原韻

次逸人秋感回文詩元韵

秋風爽入喜居樓，觸景皆詩一散愁。頭上竟髡忘白髮，眼昏常合少青眸。浮浮鴨戲名呼自，皎皎鷗馴習解憂。流水清涯生事倦，休官早已遂留侯。

三園回文詩題作次逸人感秋韻，『眼昏常』作『目勞頻』

次逸人蓮湖秋望回文詩元韻

中分二水照顔紅，碧玉簫聲曲樹叢。風景清新新白鷺，日光和靄靄華蟲。虹藏不見如人隱，句好能傳必士雄。空道治平時切望，穹廬寄跡印泥鴻。

三園回文詩題作次逸人蓮湖秋望韻

棠園有詩自述閨況柔情艶語使人忍俊不禁製一回文

詞妙絶人才贍華，艶妻醉擁笑言譁。葵傾是處情無極，柳臥同時許不差。眉蹙黛痕脩印枕，被翻紅浪叠如花。癡兒話本張仙畫，疑阮劉郎美共車棠園夫人三氏車氏劉氏張有以祀張仙求子之説進棠園者其劉夫人笑謂張仙是花蕊祀孟主之託詞耳美丈夫豈容有二人乎蓋得諸畫史云

三園回文詩題作棠園有詩自述閨況柔情艶語使人忍俊不禁製一迴文紀之

和石園八月十六夜望月回文

同誰更賞詠長更，望越偏圓一鏡明。東海升天談説舊，下弦生魄影光清。蟲聲應節知秋半，雁字編時記夜晴。終日雨還終夕月，穹蒼眷鑒禱衷誠。

棠園兩夫人惠臨並賜榴酒代謝回文

星光皎伴月光明，美色榴紅上酒清。屏影玉容雙畫罨，珮鳴金爵對杯傾。馨厨記客慚酬報，薄飯留賓媿割烹。醒醉異兮來與往，腥羶怯味淡調羹。

三園回文詩題作棠園兩夫人惠臨並賜榴酒賦此代謝

讀史回文

人天感應兆危微，創業先機觸是非。因果善緣疑冐董，漢回惡戰起香妃。賓公葉赫金龍伏，啄矢兒容玉燕飛。姻婭舊仇深積世，親鄰忍怨匿常旂。

『人天感應』、『創』、『啄矢兒』：三園回文詩作『人謀鬼怨』、『隳』、『禍水天』

病遣回文

奇癖偏生偷俗乖，久知吾道世塵埋。眉顰釋聚花魚鳥，耳鈍聽艱鹽米柴。醫葯無時深患病，美人何意枉憂懷。期期不可談心放，詩賦閒情寄鳳鞋。

石園以回文賦美人出浴圖率酬雙疊

臍麝藏嬌肚裹紅，褻妝誰得寫閨中。題新藉可當佳詠，浴罷還應怯晚風。荑柳倦支頤解未，艷蓮爭色臉開同。泥污不染香盈握，西樣拖鞋换屧弓西式拖跟坤鞋紅袙腹皆圖中美人所著紅蓮碧梧等等則又圖中所佈景物也迷魂倦露濕綃紅，膩汗香多正夜中。題品豔華蓮上月，色容清影梧前風。低鬟髀鬢慵妝晚，並鰈雙鴛浴戲同。犀與玉簪輕卸卻，媄扶步碎響弓弓。

三園回文詩題作石園以美人出浴圖詩見示率酬雙疊

題山水帳簷次石園韻雙疊回文

羅帷掩臥共渠儂，夢入神峯翠複重。波湧水仙疑翥鳳，墨烘雲樹畫眠龍。娥巫幻境隨清濁，手聖成山異淡濃。歌夜子深深障護，何云夏景换秋冬。霖甘慰望熱情儂，岳海生雲烟嶂重。森樹木添蹲石獸，活峯巒顯點睛龍。琴調獨客宗游臥，墨潑同顛張醉濃。禁不起思眠觸畫，沉沉睡貌狀山冬。

于適園辱詩獎借並以餘園爲回文起結學步奉畣

餘于樂趣别清渾，中聖賢分賣酒村。居共素心知絶俗，會同白社結無痕。漁珠碧海南來客，刻玉青山楚逐魂。舒適養和仁者壽，袪塵事靜即亭園。

三園回文詩題作石園辱詩獎借並以餘園爲回文起結學步奉答，『逐』作『斷』

用前格贈于適園

于氏公清高啟門，德昭先已立功言。誤情寄石攻精業，酌句逢人喜細論。珠海漁磯談筆老，硯田藝圃鋤經繁。蘇曾舉宅同才俊，盧駱方今在客園。

用前格贈棠園

棠棣傷兮攬夢魂，醴泉湧報兩親恩。狂情諒我視昆季，亂世生民悲犬豚。腸繡錦文詩綺錯，腹韜策術武經存。黃金薄易書盈架，藏庋多奇獨樂園。

石園用前格以三園爲韻步酬

三人飲醉自酸言，俗鄙何知問本元。醰麴法賢唐定律，蓺香心艷宋招魂。含毫媿拙安愚賦，癖墨方今博古尊。南朔異岑苔合契，甘辛歷已樂芳園。

酬逸人賞菊回文兼候其病

清供瓶花插架書，小園庾信更何如。迎人瘦見秋容秀，寫意閒宜月牖虛。羮作黃香多足蟹，酒傾白起四腮魚。晴新雨爽無游約，成稿酬君候病除。

三園回文詩題作酬逸人賞菊兼候其病

聞鴻雁過製一回文

嗷嗷雁陣一聲秋，少娘思家有莫愁。騷客楚詞清混濁，小言狂賦樂先憂。號哀任好原禽息，運轉常何幾馬周。撓屈不能安素守，翱鴻負願阻車舟。

三園回文詩題作聞鴻雁過

三園吟社擬以近製回文稿付印率成題辭仍用回文

裁剪美人同匠心，俚歌獨我陋成吟。瑰詞學錦慚聯璧，鈍句回文媿注金。萊附小園三合稿，菊爭秋色十分深。災梨莫定吾爲累，推與敲宜務酌斟。

三園回文詩題作三園吟社擬以近製回文詩稿付印率成題辭

妄想回文

良田喜值屢豐年，海陸清華物價便。昌運保能榮桂五，小園安得種松千。祥駢集慶多康壽，病恙無從順食眠。長意樂邦何處是，皇皇日下治人賢。

綺懷回文

三十許時夢見花，綺情探問向人家。貪癡自笑酣眠曉，愛戀偏容醉態斜。柑破冷霜消渴酒，粟生寒雪煮團茶。憨嬌記跡餘傷痛，函意寄多淚點麻。

『情』：三園回文詩作『懷』

棠園有偶成之作吾偶思山因成作和回文

山青逸想甚時忘，巘屐眈閒意寄將。刪取畫眉思黛翠，刻雕詩骨換丹黄。攀愁蜀路塵情險，望阻衡雲鄉夢長。環繞滁陽歐作記，闢荊法派異分疆。

三園回文詩題作和逸人偶成，『刻』作『琢』

酬石園書次内題畫詩後回文原韻

思成粲舌辯題評，遞柬來時四座驚。詩琢玉台蘭質秀，字凝銕筆草書清。私公學校傳才雋，士女園門叩主盟。持論正當人福壽，詞園隨處一作詞園曲意適園名。

三園回文詩題作酬石園書次内題畫詩後原韻

舊蓄二琴皆上品也丙寅圍城中失於匪類昨與猷芝逸人同携回文詩合稿至宋芝老處請其題詞見架上置有囊琴慨成回文分柬

追念舊琴素手揮，樹桐空蔭碧成幃。知音久著愔愔德，叠韻常如習習飛。詩有合編呈意肅，語無超境見才微。隨山水樂嘉仁智，池沼銘金玉軫徽。

三園回文詩題作舊蓄二琴皆上品也丙寅圍城中失於匪類昨與盱二公携回文詩合稿呈芝老懇賜題辭見架上囊琴因成即事

酬宋瓶園爲三園回文合稿題詞元韻

南朔興懷賦客游，冷風驚雁感登樓。三三逕寂吟情淡，九九寒消會約脩。參合古圖成集錦，遠來朋館有香甌。甘心永附光塵後，探討更希爲贈投。

三園回文詩題作瓶園宋芝老惠賜回文合稿題詞謹步元韻

宋芝老賜和琴感叠前韻作酬

追風古志暢清揮，月露低垂下幙帷。知辨雅音秦楚異，獨憐高調鳳龍飛。詩新更進陶絃解，曲妙深傳賀意微。隨賞願參松石列，池階立論辯暉徽。

三園回文詩題作芝老賜和琴詩更叠奉酬

次逸人爲拙著百花詩題詞元韻回文

名馳將略附詩編，苦詠新成别樣妍。清比玉壺方瀹茗，重凝金鼎小烹鮮。評香自窘無佳語，製錦吟工信後傳。情富更雄英露爽，生花筆健寓思綿。

三園回文詩題作酬棠園惠題百花拙詠回文元韻

宋芝老世兄爲三園合稿題辭步酬原韻

梅榮早見喜根深，雪似清華玉鏤心。來句妙驚思秀艷，遣詞閒著氣雄沉。回環復稿留香久，擊節重歌好雨今。才調絶佳優仕學，開雕漆墨寶題琳。

三園回文詩題作次宋韻笙公子爲三園回文合稿題辭原韻

拙著百花詩前已承棠園以回文石園以集古詩題詞乃兩君復互其體賜題敬用石園新作元韻步酬

評芳作媿不奇新，幸有頻題著趣真。名酒酹花拈合妙，衆香研句得來神。清流仰鏡空塵積，艷體參禪證色因。賡詠更無人鑒賞，傾談夜月見前身。

三園回文詩題作酬石園惠賜拙作百花詩題詞元韻

時粧剪髮

并刀翦下翠紛紛，短髮新妝喜不羣。傾國欲施西樣改，内家驚貌外人聞。情憐枉拂窺臨鏡，頂露殊尼與著裙。明使梳簪花失巧，晶簾判棄一緺雲。

昨譜回文小調石園不肯辱和別製回文詩見譽謹如約步酬

詩詞寄耳等消閒，又約蒙爲韻步還。辭達自難酬綺蒘，曲終無似報珠環。思之不已清音舊石園精音樂舊蒙和詞甚佳但不肯輕著筆耳舍此姑爲獨樂欲音嫻。持板竊聞傳雅奏，追塵誓力竭高攀。

三園回文詩題作昨譜回文詞石園不肯辱和別製回文詩見譽仍約步和率酬，『竊聞』作『玉人』

石園嗜酒從不多積每問出門何事必曰沽春因賦回文

回往日來踏麴塵，望帘高處慣知津。杯中聖客無狂楚，市上仙源有避秦。才子量豪多飲酒，老年行樂自沽春。罍瓶少向一床積，頹臥妨教夜醉頻。

三園回文詩題作石園嗜酒從不多積日每問其外出何事必曰沽春因賦奉柬

歎病回文

吟呻久共妾分栖，痛楚常年有病妻。鍼用枉深疽附骨，葯施終似絮沾泥。侵愁入鬓狂非杜，好鍜忘心嬾甚嵇。淫疾苦人無侍奉，任他遁豎視童嫇。

和棠園無題回文

風揺倩影似梨棠，起病清容倦晚粧。融妾怨情多侍妾，愛郎鍾意更羞郎。雄才正合時舒卷，内助翻成賦艷香。聰聽我聞傳語悄，工言誚謔信詩狂。

三園回文詩題作前賦無題妄擬義山今讀棠園佳作香艷絶倫直闖次回之室由其閨中艷福多也羨佩之餘重爲賡唱

更成回文與前作無涉

風信數去聲驚恐莫當，與誰約法越東牆。紅鸞鳳舞閑登馬，白雪冰姿冷鬥霜。通柬小言酬夜月，誤情前度怨晨郎。蓬飛首轉心如石，同伴女知孰諱藏。

三園回文詩題作無題，回文『數』下注『上聲』

喜雪回文

纔逢瑞雪比珠珍，耳澈風聲竹折頻。來麥濟時同晉孟，潔冰成日此秦新。灰旋律管窺微兆，甲洗兵民樂好春。開户玉華光晃眼，萊蓬是處白花銀。餘園詩稿卷六補穿集

次毛俊丞惠題三園合稿拙著百花詩回文原韻

三歲連凶救莫言，有何憑藉慰元元。醰醇酒病貧爲祟，鬱悶詩情苦斷魂。含意屈伸難楚泣，旱年饑飽忘堯尊。南針指惠逾朋百，甘味得名諫果園。

三園回文詩題作毛俊老惠賜三園回文詩合稿題詞敬步元韻

宋園牡丹頗盛園主人自撰廳事楹聯用清平調事賀少亮書跋謂其想望清平漫題回文長句

清言雅抱在和平，饉歲偏聞數戰爭。情寄艷芳奇種蒔，老餘哀怨雜歌行。榮殊爵號尊花國，久著名都舊洛京。瓊玉炫華紅與白，傾城一笑樂耆英起句原作清亡莫想更和平饉歲偏聞戰事生

三園回文詩題作宋菊老城南草堂牡丹頗盛自撰廳事楹聯有願聞佳什賦清平句，『抱在』作『願永』、『偏聞數戰爭』一作『仍聞戰事生』、『殊』作『加』

製回文

室懸萬壽山圖頗極耐觀畫圖若此不知真景當復何似丹青土木峻宇雕墻清亡原因未必不居其一前已與所懸西湖圖各題首尾限字詩閒居無俚復

山壽萬年當國亡，帑藏銷盡樂闌房。環流碧浪洪分海，笏擁青峯亂繞墻。關閉莫愁惟

寡媍，聖明如願不親娘。鬟螺似睡終非睡，閒等少文畫室張一作畫意長

三園回文詩題作室懸萬壽山圖頗極耐觀畫圖若此不知真景當復何似丹青土木峻宇雕墻清亡原因未必不居其一前已並所懸西湖圖各題首尾限字詩閒居無俚復此分題。

又題西湖圖回文

寧得多愁病汗無，舊游清夢話西湖。靈神妥廟瞻于岳，景勝長堤有白蘇。冥月素容花醉客，裊烟晴色柳嬌姝。青礬萬點佳山水，櫺紙張風漾畫圖。

三園回文詩題作題西湖圖

戲語回文

明景絢霞紅半天，解人誰語戲秋千。清時待治平思孟，好友如書史論遷。名有斷章文墨俗，契同參易老莊仙。縈情富貴知非道，傖楚無從得妙玄。

又步蓮湖即事回文

羅袖裛殘酒未醒，杜秋悲似鳥凋翎。荷鮮有夢思流水，竹少何人憩小亭。多態女羞花比貌，散愁客藉柳爲屏。歌兒紅拂衣香遠，酡意魂牽兩目青。餘園詩稿卷七號寒集

姚文蔚回文七律計四十八首，除又步蓮湖即事回文外，皆輯入三園回文詩中

楊翰芳

翰芳（一八八二—一九四〇）字蕤蔭，號霽園，別署庸谿釣人，浙江鄞縣人。諸生。辛亥革命後，歸隱養親，教授山谷。著有五慎山館詩集四卷補遺一卷，及黄林集一卷傅港集一卷（一九四四年排印本）。

寄内回文

芝蘭對玉樹，柏竹茂青山。眉壽長衣布，眼明留鬢斑。耆年爾頌禱，遠望我歸還。離別生深感，事姑惟婉顏。傅港集

林雲仙

雲仙（約一八八二—一九六三後），廣東大埔人。以適館授徒爲業，課餘研究岐黄之學。壯歲南遷星馬，乃棄儒就醫。暇日仍治經史，時或以回文詩篇遣興，著有蘇蕙璇璣圖及金禮嬴擬趙陽臺回文詩讀法。

新閨怨爲韓戰而作

梅開嶺上樹連枝，夜半思君夢似疑。來往傳書憑雁寄，裁箋恐會誤佳期。

驚聞臘鼓一聲催，念切良人羈未回。兵戍長城邊役久，行旌返日費疑猜。
盟山誓海共甘辛，燕爾新婚締晉秦。卿我有家歸去好，情傷鸞别鳳分身。
輕氣用來決戰爭，炸轟原子電研精。生民蟻命成微賤，平地一聲無竪横。

和晴庵迴文原韻（一首詠戰爭　二首詠亂世）

山海動聞暮鼓笳，戰爭隨處毁人家。殷紅血跡征衣染，斑點淚流似浪沙。
誰爲禍首起烽烟，輾轉流離斷續聯。危厄綦多飢與溺，蚩氓辛苦歎年年。

和七星伴月艷情迴文原韻

傾心卿我愛情鍾，艷比桃花蓮似容。明月當窗紗帳碧，更深夜盡興疏慵。
帷羅颭拂快風涼，酷熱炎蒸夏日長。遺恨莫過秋扇棄，痴心怕戀薄情郎。

王仲厚回文文學

奇觀

程炎

炎字悔遲，江蘇真州人。林爾嘉文友。現存辛亥以後之作繡佛齋詩鈔二卷（一九二九年排印本）

閏七夕迴文

無聲有淚秋河渡，鵲駕橋時恨盡填。珠滴露寒驚夜半，月樓空倚又針穿。
虫鳴數罷數更嚴，病倚斜風夜捲簾。空畫舊痕愁疊疊，鴨爐温火碎香添。
愁心繫縷萬絲紅，兩兩輸他對面逢。樓倚長宵今乞巧，羞遮月影瘦欺風。
多情抱月羞花隱，寂寂燈窗夜坐寒。羅似薄雲秋織錦，渡河星又女牛看。

偶筆迴文

氈寒席地滿蒿蓬，悔莫生來本是窮。烟更月含嬌柳緑，露兼風損瘦桃紅。天空畫影留歸雁，海天潛身養蟄龍。年少葬殘春寂寂，圓珠淚濕舊詩筒。繡佛齋詩鈔卷下

沈儀彬

儀彬（一八八三—一九三二後）字倩玉，亦字震懦，浙江山陰人。法政學報總編輯其昌女弟，徐季龍室。工吟咏，著有惜陰室詩存（封題惜陰主人五十雙壽紀念册，一九三二年影印本）

春興少作廻文體

枝柔宿蝶舞依依，捲幕懸花逐燕飛。馳馬歸來沽酒白，軟絲游處起風微。詩催細雨新

添漏，水益春煙淡鎖磯。池隱日光晴景艶，垂楊緑映草萋萋。惜陰室詩存

燕斌中國新女界雜志第三期(一九〇七年，日本東京)：『選録震儒女士沈儀彬春日雜興七律一首迴文體』，詩同。

李賡揚

閏七夕乞巧迴文七絶

秋來雁斷盼人歸，短燭紅闌夜語微。流水一船天上渡，愁多又織錦中機。閏七夕乞巧迴文詩録

介石道人

閏七夕乞巧

香罏爇處捲重簾，福受雙星拜手纖。長命續求兼貴富，狂癡又戲蠟兒添。閏七夕乞巧迴文詩録

閏七月乞巧詩

東樓憶夢續西樓，鵲駕雙迴匝月秋。紅女課餘添縷密，同心兩結百端愁。閏七夕乞巧迴文詩録

陳國蘭

閏七夕乞巧

勞心再莫鵲頭髠，便渡橋來續夢鴛。豪士處時忘巧拙，高樓上更曝懸褌。閏七夕乞巧迴文詩録

吴承烜

閏七夕乞巧有引

昔當夏至，美容乞始影之星；今閏秋初，巧思乞天孫之宿。佳期七夕，令序兩番。祇知紅藕節添，不信黄楊樹厄。蕭辰獻果，雲母窗開；桂子著花，雪兒簪拜。想到蘭閨銷夜，摹成急就之章，桐井知秋，戲擬迴文之體。載瞻西陸，有仙人七七同名；好事東園，爲織女雙雙寫照。絳河耿耿，再看鵲駕填橋；銀漢迢迢，倏見雁行排字。溯洄蓬海，琴彈流水而無慚；仰企蔽莊，詩補高山而有感。不辭鳩拙，敢溷蛙鳴；復仿連珠，藉呈明鑑。

玲瓏玉珮解香篝，巧乞文成又閏秋。星夜五張機織錦，亭亭月度兩回周。

亭亭月度兩回周，薦果還來拜女牛。星夜五張機織錦，屏邊燭影水邊樓。

屏邊燭影水邊樓，落葉梧階玉露稠。星夜五張機織錦，青天暮靄淡簾鉤。

青天暮靄淡簾鉤，几案摇紅燭暗陬。星夜五張機織錦，玲瓏玉珮解香篝。

楊陋菴

閨七夕乞巧

波文兩折叠詞妍，我假元宗乞福駢。河暈玉環重合影，何如儷月問開天。　閨七夕乞巧廻文

詩録

陳肖潔

閨七夕乞巧

爐香捧祝靜簾垂，乞帖脩來夜向誰。無米苦心關閨厄，途窮坐歎婦難炊。　閨七夕乞巧廻文

詩録　閨七夕乞巧詩

愛　獨

閨七夕乞巧

河山閨局近心傷，苦絶生身犯角張。多事費詞祈至再，何如棄智百機忘。　閨七夕乞巧廻文

詩録　閨七夕乞巧詩

燕市酒客

閨七夕乞巧

神鍼舊様別留痕，隔月雙成綉譜鴛。人世再逢如意會，新翻妙語笑宗元。閨七夕乞巧廻文

詩録　閨七夕乞巧詩

戢園主人

閨七夕乞巧

橋填又接路西東，處處高樓畫燭紅。遥望一天秋月霽，敲鍼好夜此心同。閨七夕乞巧廻文

詩録　閨七夕乞巧詩

鹿　巢

閨七夕乞巧

絲穿細孔七玲瓏，悄語人偎對燭紅。眉様月鉤雙筆畫，癡情兩別恨悤悤。閨七夕乞巧廻文

詩録　閏七夕乞巧詩

還　涙

閏七夕乞巧

無聲有淚秋河渡，鵲駕橋時恨盡填。珠滴露寒驚夜半，月樓空倚又鍼穿。閏七夕乞巧廻文詩録

霞溪釣客　閏七夕乞巧詩

閏七夕乞巧

桐添葉翠鳳添翎，繡剪停看再會星。工拙試鍼憑眼慧，通心細點一犀靈。閏七夕乞巧廻文詩録

蕉　林　閏七夕乞巧詩

閏七夕乞巧

同心兩束結輕絲，萬篆雙紋刺字奇。通訊鵲來重報喜，紅摇燭淚滴燈帷。閏七夕乞巧廻文詩録

護櫻子

閏七夕乞巧有序

閩伶鄭奕奏，年十七，聰慧絶倫，聲伎兼美，尤長悲劇，每演斷腸花、長亭別等齣，聲淚俱迸，座上青衫率爲之濕。惜班主人未能優待，起居衣食，動加節制，稍忤其意，則鞭撻隨之。鄭伶家鮮近親，其父某初僅以六十金賣與班中習戲，限期未滿，絶無自由之一日。作者心爲不平，借題發揮，不值大家一哂也。

聲偷巧舌百場歌，苦絶生身溷綺羅。名盛卻教長厄閏。盈盈泪水瀉天河。〔閏七夕乞巧廻文詩録〕

張紉秋

閏七夕乞巧

羊年值閏舊書元，巧節雙瓜秋薦盤。涼月碾絲機罷織，手翻新譜繡紅鸞。〔閏七夕乞巧廻文詩録〕

閏七夕乞巧詩

古温陵蝶仙

閏七夕乞巧

明星兩渡記初秋，月度前輪一上樓。清露玉階涼夜半，盟香篆結幾情愁。〔閏七夕乞廻文詩録〕

金門大隱

閨七夕乞巧

猴兒月系羊兒歲，剪剪秋香藕節多。樓上同心傷女老，巧人攘袖舞天魔。閨七夕乞巧廻文

詩録 閨七夕乞巧詩

無諸國之民

閨七夕乞巧

年年勝會此黄昏，巧思人來祝語温。前月墜歡今月舊，仙家兩度兩銷魂。閨七夕乞巧廻文

詩録 閨七夕乞巧詩

吴元海

閨七夕乞巧

香温夢穩正高秋，鬥巧人來向汝謀。藏拙我求無事樂，梁成又笑鵲髡頭。閨七夕乞巧廻文

詩録 閨七夕乞巧詩

程大經

閏七夕乞巧

神通再祝獻雲軿，美眷雙期會兩星。銀締昔婚金待續，新看疊織錦幃屏。閏七夕乞巧迴文

詩録　閏七夕乞巧詩

回文集卷五十　目錄

回文集卷五十

葉楚傖

楚傖（一八八三—一九三六）原名宗源，又名龍公，字卓書，筆名葉葉、小鳳、湘君，江蘇吴江人，寄居吴縣周莊鎮。南社社友。一九〇九年去汕頭參加中國同盟會，主中華新報筆政。一九一三年，主編民生報副刊。一九一五年加入中華革命黨，任民國日報總編輯、復旦公學中國文學系主任。一九二三年充中國國民黨中央宣傳部部長，一九三〇年轉江蘇省政府主席，一九三五年任立法院副院長。著有葉楚傖詩文集（一九八八年上海三聯書店）。

春曉回文

紅英落盡將春暮，燕語双招試捲簾。風笛錫聲村市早，碧紗窗暖日纖纖。葉楚傖詩文集

柳亞子南社詩集　鄭逸梅南社叢談

案：己未閏七月，萩莊吟社以閏七月乞巧爲題，開展徵詩活動。今編葉楚傖詩文集，止春曉回文七絶一首，未有應徵之作，諸家撰南社掌故者亦未之及此。

俞璡

璡（一八八四—一九五五前）字佩瑗，浙江德清人。樾曾孫女，平伯長姊，侯官郭則澐室。著有臨漪館詩稿三卷詞稿一卷（郭則澐龍顧山房詩賸集附刊本）。

回文體

金鈿重花簪髻慵，珮環鳴玉細玲瓏。沈沈夜雨揩新緑，靄靄春風舞瘦紅。深柳臥烟啼鳥亂，曉雲流夢鎖香濃。琴横怯損顰眉翠，音静和歌應遠鐘。臨漪館詩稿卷二

重疊金迴文

碧楊垂影篩明月，月明篩影垂楊碧。風舞絮濛濛，濛濛絮舞風。静心禪覺近，近覺禪心静。芳若杜蘭香，香蘭杜若芳。

捲簾紅雨零烟斷，斷烟零雨紅簾捲。斜抹一天霞，霞天一抹斜。並枝花寫影，影寫花枝並。山遠似雲鬟，鬟雲似遠山。

淚珠抛損顰眉翠，翠眉顰損抛珠淚。清韻玉環鳴，鳴環玉韻清。袖羅紅涴酒，酒涴紅羅袖。雙瑄玉奴藏，藏奴玉瑄雙。

鏡鸞青映明妝靚，靚妝明映青鸞鏡。裙蝶簇泥金，金泥簇蝶裙。曉雲梨夢好，好夢梨雲曉。妍日曝衣天，天衣曝日妍。

小樓紅處飛雙鳥，鳥雙飛處紅樓小。簾繡落花天，天花落繡簾。意如君語細，細語君如意。柔燕玉懷投，投懷玉燕柔。

鈿華金映碧深淺，淺深碧映金華鈿。斜日淡宜花，花宜淡日斜。怨眸凝望遠，遠望凝眸怨。絃管送秋千，千秋送管絃。

怨蛩啼共人腸斷，斷腸人共啼蛩怨。驚夢短長更，更長短夢驚。佛門空託跡，跡託空門佛。誰與訴心違，違心訴與誰。

扇紈齊寫秋懷怨，怨懷秋寫齊紈扇。愁處此生休，休生此處愁。偈持能靜寂，寂靜能持偈。人有自憐心，心憐自有人。

宿根靈毓奇芬馥，馥芬奇毓靈根宿。禪指一池蓮，蓮池一指禪。笑花拈諦妙，妙諦拈花笑。真果戒香清，清香戒果真。詠佛手

虞美人 迴文

文波碧浸花紅沁，競艷雲衣錦。颺風簾捲影驚鴻，遠望景陽春徧綠陰濃。垂帷繡倦啼鶯亂，拂柳飛雙燕。雨微烟淡好春殘，靄靄曉霞流夢鎖香蘭。

中流碧浴閑鷗鷺，落日空江暮。蓼紅蘋白雁來秋，盡送淺深愁逐水悠悠。霜新染葉紅堆錦，徑曲蛩啼冷。月殘風峭遠山青，隔樹斷霞明映淺塘横。年華惜抱殘歡墜，損顰眉黛，久病寬羅帶。徧嘗辛苦悔生平，歷歷淚珠抛恨此心縈。幽懷冷，夜永眠還醒。亂愁因夢上心來，細細釀情深處斷腸迴。嗚梭錦織雙鴛枕，壓紅衾繡，淚濺香羅袖。盡消沈水掩重門，靜絶淡雲孤月冷如人。愁牽怨，薄命生來願。福濃兼慧古今無，醉醒墮珠啼盡悔情多。臨漪館詞稿

俞平伯乙未序云：『洎乎身後，郭氏諸甥出其遺稿臨漪館詩詞凡四卷，屬爲校理，兼贅一言』，『而長短句有迴文一格，慧心自運，亦盤中詩璇璣圖之餘韻也』。錢唐許寶騤云：『彭氏夫人生二女，長曰璡，工詩，填回文詞甚妙』。

譚志學

志學（約一八八四—？），湖南湘潭人。邑人周逸仲元室。自幼即耽吟詠，嘗隨侍其父官江南提督衙署任。繼在滬濱辦學二十餘載，回湘後，又爲湖南大學女生指導員。年七十八卒，著有浣霞閣詩稿四卷。

夏　夜

空際月垂簷，納涼輕捲簾。風荷香送遠，東閣小毫拈。

夏日即事

西牕綺繡錦添紅，户入香花送遠風。携扇小階閒步緩，堤陰緑樹繞樓東。王仲厚回文文學奇觀

田樹藩

樹藩（一八八五—一九四〇後）字明志，河北樂陵人。清宣統二年學部考試及第，入仕外交部。一九二八年，國都南遷，以科長僉事退隱西山。著有澹園詩稿七卷（一九三六年中華印書局）、續集三卷（一九四〇年大華印書局）。

深秋夜雨感懷回文

瀟瀟夜雨冷深秋，事往傷懷動客愁。寥寂漏聲來竹院，滅明燈影對更籌。標孤自嘆惟傾酒，志壯空悲已放舟。凋鬢兩殘驚歲晚，飄蕭感到老情幽。澹園詩稿卷四風鶴集

壽　鑈

鑈（一八八五—一九五〇）又名壐，字石工，一作碩功，别署務熹、悲風，浙江紹興人。幼隨父至東北、山西，早年加入南社。民國初定居北京，擅長刻印，自號印侫、印匄。與陳寅恪等籌備北京美術專門學校。先後執教於北京女子文理學院、北京藝術學院。著有珏盦詞初

集（一九三〇年刻本）。

菩薩蠻回文

少鹿畫紅梅四幀，迴環可讀，爲擬補齋居士此體題之。

雪天遥度横斜月，月斜横度遥天雪。紅萼萬絲風，風絲萬萼紅。繞枝疏景好，好景疏枝繞。闌夜畫煤殘，殘煤畫夜闌。珏庵詞初集·枯桐怨語　湖社月刊第八十三册

『度』：陳少鹿首創回文梅花畫册作『鬲』

閔雨昌

雨昌字葆之。

題陳少鹿回文畫梅

庭雪照花千點絳，硯氷融水一泓春。銘盟鏡彩祥徵象，錦織文心妙會神。陳少鹿首創回文梅花畫册

羅□□

題陳少鹿回文畫梅

春溪玉綴枝，别遠寄將離。䰗咲傳心賞，新意畫中詩。陳少鹿首創回文梅花畫册

鄭樹濤

樹濤（約一八八六—？）字曉南，福建永福人。迭任星加坡晉江學校校長、中正中學及霹靂安順三民中學等校教員，垂三十餘載，終年七十。工詩古文辭，尤擅迴文，佳作甚多。

秋　窗

秋深舞葉落階東，讀史新窗靜夜凉。眸對月彎眉蹙黛，思添心上臉消紅。幽奩怕照慵開鏡，小襪羞移懶佩璁。流水歲華紛意趣，悠悠遠志寄澄空。

蘭閨春暖

蘭蕙成芳佩璧金，晉秦盟好永同心。餐花坐月臨風詠，理畫研詩選酒斟。端正課男培聖果，淑貞箴女益神鍼。團團照耀誇閭里，歡鳳嬉鸞滿瑞林。

幽　賞

荷芰鬥芳艷滿池，捲簾幽賞好風時。酡顏美酒娛誰伴，過水流光日咽悲。

畫眉

薰爐寶鴨爇煙濃，事往空占巧轉庸。雲鬢半梳晨態倦，月眉初畫曉妝慵。王仲厚回文文學奇觀

白鴻儀

鴻儀（一八八八—一九三三後）字弋人，塵拙，號棠園，自署北澂人。姚文蔚更生集云『生長寧夏，著功關隴』，瑾户集云『少將運籌借箸』，晚晴集云『抛棄軍炳，肆力詩章』。

代内子謝餘園如夫人親臨慰病

愁悶惹人憂病多，小園深處掩藤蘿。秋清正賞幽牕静，景美欣迎翠輦過。優眷寵承親顧屢，厚情殷慰笑言和。留賓喜醉拚巵酒，酬勸酣然爽疢疴。

感秋

秋聲一雁過南樓，夜永生寒怯病愁。頭白早催霜上鬢，眼昏時礙霧中眸。浮沉感世身多亂。怛悸勞魂夢結憂。流水逐年傷往逝，休懷壯志憶封侯。

蓮湖秋望

中流碧映晚霞紅，樹滿寒烟鎖紫叢。風葉戰鳴驚散鳥，水萍浮點亂飛蟲。虹懸影印横橋小，虎踞形凝怪石雄。空翠泠隨殘照暗，穹天極望悵歸鴻。

和石園八月十六夜望月

清光鏡減秀容嬌，靚影迷人醉眼撩。情急怯含羞面暈，艶多愁惹病魂銷。生聾暗恨縈終夕，續夢餘歡悵隔宵。明過怕乖藏意巧，卿憐瘦損態嬈嬈。

『急』：回文作『極』

内子昨探餘園夫人病留餐厚擾又贈石榴因先有詩來謝代答

秋容瘦感病心同，問候頻勞謝簡通。修厚愧叨醇酒緑，子多欣惠碩榴紅。留延樂忘歸途晚，婉轉情傳咏句工。酬和勉隨吟步後，幽閨慰意寄鱗鴻。

讀　史

圖雄逞霸各紛紛，主鼎無人任裂分。吴越併謀新戰約，楚齊爭調遠征軍。烏天駭布陰雲慘，赤地愁連刼火焚。荼苦困民生亂世，貙貔仗勢角强羣。

賞　菊

秋深正放晚花黄，簇簇金風拂檻香。留久耐人憐瘦影，隱甘終世傲孤芳。幽窗映月添佳色，冷徑凝霜妒淡妝。惆悵獨懷清韻遠，愁消且對樂吟觴。

和石園題美人出浴圖韻

肌雪白籠霧縠紅，倦容嬌出浴池中。脂凝淡膩香浮水，黛斂輕顰弱怯風。窺處隱憐春意漏，捧來愁訝病心同。頤支對鏡臨妝懶，遲屧步苔淺印弓。

效二公艷體回文意漫成

紅妝競艷妒花鮮，細細纖腰柳鬬妍。風袖舞飄香暗暗，練裙拖動影娟娟。瓏璁韻玉摇瓊珮，爛熳明珠點翠鈿。工緻別裁新樣巧，弓鞋鳳小瘦人憐。

次石園題山水帳簷韻

山裏畫情淡愛儂，遠嵐晴嶂翠重重。閒林暮靄迷歸鳥，靜壑秋雲隱臥龍。斑蘚石凝琴榻潤，碧蘿峯映酒杯濃。攀躋夢歷層巖險，頑拙喜眠任夏冬。

和餘園回文韻

餘蔭世承啟後昆，會當榮桂毓蘭孫。虛心竹比沖懷淡，健格梅同逸品尊。書笥腹藏玄草秘，筆林詞吐豔花繁。如君此業修生幾，居鶴伴人隱雅園。

贈于適園照用前格

于于喜養性和温，齒德兼崇素望尊。儒業世傳家學粹，道交心契古風惇。圖書擁枕閒披卷，鼎竈連床臥引樽。無事一天長詠醉，娱歡共此樂邱園。

自題棠園

棠垂玉子壓枝繁，小院秋深晝掩門。牆古暈蒼苔没砌，檻疏迷翠竹摇軒。香浮鴨鼎茶烟散，硯浴魚池墨浪翻。狂興引人宜節晚，黄金絢爛燦芳園。

題餘園百花詩

名花百樣錦成編，妙筆奇芳競媚妍。清露墨凝香馥郁，彩霞箋映色穠鮮。評增艷譜新翻製，美媲璇圖巧共傳將與三園回文詩同時付印情語解憐應對詠，生生寫意句纏綿。

姚文蔚百花詩題辭，注文作『同時付印有三園回文詩合稿』

和餘園聞雁

晴空斷雁幾行斜，陣陣寒啼亂曙鴉。征影伴雲歸塞漠，遠聲隨月度汀沙。情同客感秋霜冷，恨永人憐夜路遐。縈緒別牽愁夢破，鳴鴻過處起風笳。

和三園回文韵

三朋雅集樂晨昏，正誼交敦古道存。談笑快生風滿座，醉吟酣泛月當樽。南山隱霧深藏豹，北海横波蟄化鯤。探討恣歡諧舊契，庵茅小結傍幽園。

和餘園妄想

真即妄兮妄即真，實情虚想幻通神。淳敦喜化民風古，簡惠稱良吏治循。身健老松長比壽，歲豐多稼早歌豳。麟祥降瑞人天應，塵刼浩回轉運新。

和餘園綺懷

眉羞柳暈面羞花，素布裙釵碧玉家。肌膩白憐香雪豔，鬢光青妒亂雲斜。癡情惹恨輸濃酒，渴悶餘心病苦茶。遲漏夜深愁斷夢，思懷起處寄𩮀麻。

偶　成

游戲同占反復詞，俊新吟興寄心知。鎪腸巧妒霜華豔，玩句閒消晷漏遲。柔轉百回金字煉，妙臻雙叠錦文摛。酬賡樂叙清談暢，幽賞晨良景美時。

石園沽春

錢挂杖頭腕挂瓢，往來隨興任途遥。仙游小醉頻沽酒，老健長歡恣詠謡。顛倒信吹横笛短，駐留恒認遠帘飄。天寒消遣閒情放，烟逕踏回幾暮朝。

無　題

真難畫處笑含顰，秀態憨情别有神。春透暗花香意歛，媚爭嬌柳淡妝匀。新痕簟玉紅侵頰，小顆櫻珠絳點唇。人可最憐清骨瘦，身輕燕舞妙超塵。

讀邱韻笙女士題畫蓮詩書後依石園原韻

思妙入微細品評，素毫飛處舞鸞驚。詩裁錦樣雲文巧，字綴珠圓露韻清。私意隱憐花解語，静心閒伴鷺尋盟。持樽一醉酣題詠（女士酒量甚佳）詞媚婉傳畫手名。

和餘園感懷故琴

平生嘆遇少音知，久對孤琴繫永思。聲古自諧難賞俗，尾焦同病感衰時。清徽入奏松風冷，遠韻餘傳桂漏遲。縈緒別牽流水曲，情關舊恨譜違離。

回文『遲漏桂傳餘韻遠』句注『孟郊詩隱仙鳴桂琴』

時粧剪髮

雲鬟斂處顯容光，士女新更別樣妝。紋斷象琴焦尾短，緒披同翦亂絲長。分頭自喜先歐化，結髮無情妒偶良。裙布尚存還俗舊，芬清競飾不簪芳。

步石園以回文詩答餘園虞美人回文詞原韻

詩體變賡自意閒，淺斟低唱句回還。詞香艷吐生花筆，韻遠清疑響珮環。思巧獨傳新語妙，調高矜奏雅音嫻。持將喜對吟窗靜，追步力違願仰攀。

喜　雪

璁林玉色曉園開，樹樹寒花雪綻梅。風絮舞疑狂蝶亂，霰銀飛訝去蚨來。鴻留爪印新題巧，鶴伴魂驚冷夢回。同喜兆豐年運轉，融融樂詠共傳杯。

次餘園游城南宋園看花原韻

清光曉望野疇平，遠樹晴開畫意生。情逸恣人閒詠嘯，賞幽隨興漫游行。榮爭草翠迷林苑，瑞獻禾豐兆鎬京。瓊紫絢花飛處處，傾樽共醉樂芳英。

次餘園題萬壽山圖原韻

山湖閲遍幾興亡，勝苑名垂剩畫房。環海曲連青嶺樹，禁門深鎖紫垣墻。關情獨詠癡頑老，飲恨猶歌舞媚娘。鬟黛點粧宫様舊，閒游臥對一圖張。

次餘園題西湖圖原韻

寧居樂土此緣無，夢寄閒情畫裏湖。靈境勝踪仙訪葛，曲堤新景惠留蘇。冥烟翠擁螺鬟媚，遠岫晴開娥黛姝。青色一天長極目，櫺西倚枕伴懸圖。

寄懷馮南坡

吟窗夜伴影蕭蕭，久别相思繫夢遥。心契古難諧世俗，興增清喜少塵囂。深林碧鎖宵烟静，嫩蕊紅含宿雨饒。音賞寄誰同嘯詠，臨樽一悵遠魂銷。

三園回文詩合稿題詞

頻頻鉢擊又詩催，妙製矜奇鬭剪裁。醇味釀爭芳句豔，巧思吟共曲腸回。新痕爪印鴻文藻，舊跡題留鳥篆苔。韡效勉翻雲錦字，綸緡似我媿纖才。

瓶園老人賜回文詩合稿題詞步元韻答之

南城寄隱樂優游，大集奇書擁臥樓。三顧禮隆當世重，九如詩頌幾生修。參禪悟月空潭鏡，遺興隨流泛酒甌。甘執贄名高仰久，探驪共喜得珠投。

步毛俊老惠賜三園回文詩題詞元韻

三緘口戒欲忘言，强韻賡隨愧唱元。醰味醉人思厚醴，淡香凝夢爽清魂。含迴語妙同環轉，亮雅風高比嶽尊。南董盛名時望重，甘情此拜樂題園。

瓶園詩老以賢郎佳製三園回文合稿題詞見示步酬

梅牕小詠興幽深，絶妙詞傳共賞心。來去任翻雲句巧，婉纖精蘊藻思沉。迴風奏仰清音古，白雪賡慚獨步今。才雋信承家學粹，開函喜玩字瓊琳。三園回文詩

王　易

易（一八八九—？）原名朝琮，字曉湘，號簡盦，江西南昌人。清末入京師大學堂，民國元年畢業。其後歷任北平師範、南昌心遠大學、中央大學教授，江西通志編纂。著有鏤塵詞（一九一二年大豫石印局）。

小樓連苑

迴文之作，本非大雅，然巧乃見奇，亦未可厚非。予曩讀萬紅友璇璣碎錦，歎其巧極，然全首迴文之詞，尚無有也。秋夜有懷，偶爾效之，遂成一闋，後之作者，必有加焉。

小樓連苑吹笙，沈沈久別羈人怨。峭涼窗紙，冷風凝露，宵深夢短。道遠緜緜，思歸懷故，慣經遊倦。悄聲沈雁、重重聽細籟，迎風處、疑調燕。幽唱誰還度遍，更長令、荀香消遣。少年磨盡，壯心豪氣，平生念嬾。好月瓏玲，鏡天明淨，彩華宵半。繞空階影瘦，蕭蕭吟興，罷添香篆。鏤塵詞

徐枕亞

枕亞（一八八九—一九三七）名覺，筆名東海三郎、志枕、眉子，江蘇常熟人。早歲就讀虞南師範學校，遂於鄉里執教。南社社友。辛亥後任上海民權報、中華書局編輯。一九一四年

爲小説叢報主編。善韵語，喜作詩，著有枕亞浪墨初集五卷（一九三一年清華書局）。

閨情限字詩

葉楚傖君以五十字徵詩，戲成十絶，又回文二絶。

絲風裊日綺窗晴，柳困春來覺睡鶯。癡夢入雲屏掩晝，碧簾護燕語深情。

鶯催睡柳風絲裊，影護雲窗綺夢深。晴日掩波簾燕語，情思淺懶困花心。（枕亞浪墨初集卷三）

案葉玉森憶雲堂詩存（鎮江圖書館藏稿本）亦有閨情恨字詩，云『葉楚傖君以五十字徵詩，戲成十絶，又回文二絶』，『葉原詩共五十二字，叠兩字，恰合原限五十字』。其詩與徐氏全同。玉森（一八八〇—一九三三）字鑌虹，號中泠，别署葒漁，江蘇丹徒人。清宣統元年優貢，歷宰滁縣、潁上、當塗諸邑，有循吏之稱，也是南社社友。

梁鳳

鳳（約一八八九—一九六二後）字自强，湖南甯鄉人。年七十四，尚能參與省政。退食餘閒，常作詩古文辭，著有自强文集十二卷、新生詩集四卷。

重九登天心閣觀菊迴文

忘飯也緣爲寫陶，白衣人至送醇醪。腸枯愧我艱抽藻，華健誇誰看奪袍。張爪巨獅雄

氣銳，振翎丹風五樓高（閣中金獅漫舞與彩鳳舒翎二菊品種最佳）芳菲着意妬風雨，插鬢無由只首搔（余鬢毛已半落）

王仲厚回文文學奇觀

失名

雜詠

瀟瀟雨夜入樓西，悶意翻聽遠鳥啼。樵老羡山高臥醉，橋南漲水急流溪。

詩成每句話愁深，遇巧何難望瑟琴。枝節亂生波起浪，誰知却印兩心心。

深情便惹一情牽，寢食忘懷感萬千。吟罷逼寒風陣陣，心傷兩淚滴窗前。

銷魂盡夜冷風寒，黯黯悲來弄墨翰，寥寂伴誰憑弱影，宵深度過擁衾單。

傾心竟寄一函書，惓惓頻通暗雁魚。情意惹人驚慧秀，平生快慰感何如。

鶯啼盡處恨綿綿，半夜疑魂夢曉天。明月映顋流淚眼，情多見面半年前。

涼風耐過雨絲絲，樹滿梅花雪滿枝。長夢一回人悵望，郎情薄繫尚心痴。

樓前倚遍看雲飛，願阻緣由任瘦肥。愁似浪潮泉似淚，悠悠歲月望人歸。

台前映影月遲遲，隸楷臨完演局棋。杯酒對詩吟夜雪，來鴻盼斷不心痴。

霞雲眺過奏琴箏，劍舞歸來醉晚晴。家遠憶蟬鳴處處，紗窗上日看舟橫。

王仲厚回文文學奇觀

竹樓居士

迴文詩

烟雲落紙一揮毫，久仰名才盛誼高。肩聳自吟新句妙，旋風筆調慨歌豪。湖社月刊第二十册

曹恕伯

恕伯，天津人。

次　韻

烟波釣隱藉揮毫，紙滿交成氣節高。肩並來吟相贈答，旋迴效句正詩豪。湖社月刊第二十册

恕伯松壽軒隨筆：『對文，竹徑七賢傳韻事，樓窗四句仰廻文。邊跋如次，前秦安南將軍竇滔，與寵姬趙陽臺之任，而遺其妻蘇蕙字若蘭於家，不通音問，蕙嘗織錦廻文，約八百餘字，成詩二百餘首，五彩相宣，瑩心駭目，名爲璇璣圖，亙古以來所未有也，以寄滔，字字迴環可讀，詞甚悽惋，是爲迴文詩之起點。因文近游戲，故名家集中不多見。然假借成文，亦殊不易，余竊效之，未暇計及工拙也。民國十四年，夏歷乙丑六月初八日，得神交竹樓居士贈余之迴文詩云，烟雲落紙一揮毫，久仰名才盛誼高，肩聳自吟新句妙，旋風筆調慨歌豪。豪

歌慨調筆風旋，妙句新吟自聳肩，高誼盛才名仰久，毫揮一紙落雲烟。余捧讀之餘，感愧交作，即時次其原韻仍爲迴文，以答謝。烟波釣隱藉揮毫，紙滿交成氣節高，肩並來吟相贈答，旋迴效句正詩豪。豪詩正句效迴旋，答贈相吟來並肩，高節氣成交滿紙，毫揮藉隱釣波烟。咫尺之隔，有如雲山之遠，深恐中道浮沉，致違聖意。翌日因撰竹徑七賢傳韻事，樓窗四句仰廻文七言聯語，以竹樓二字冠頂，用漢韓叔節造禮器碑筆法書之，附識數語，以就居士三正，然覆醬瓿亦不可知，惟吟壇位置之便』。

楊芃棫

芃棫字瑟鳴，一作瑟民，江蘇寶山人。有陋庵先生畫菊百咏（一九三九年王德高鈔稿本，復旦大學藏）。王云『瑟民先生題菊百咏脱稿于癸酉仲冬，去春陋盦吟草付梓，以未檢得，遂致盖闕』。

迴文錦

紅飛艷葉曉霜嚴，好句題看笑口緘。鴻雁有知心合契，融情綺語密封函。畫菊百咏

高天棲

迴文詩

煙凝晚浦遠生愁，寂徑人來一雁秋。懸樹老藤青颭颺，浴波沙鳥白沉浮。年年恨海流

波逝，處處題詩古壁留。前寺僧歸鴉噪急，連天水色碧悠悠。紅雜誌第七十二期（一九二四年）

顧慕韋

迴文詩

紗窗緑映柳青青，宇院深沉暮色暝。花罥烟痕香略約，竹摇風影碎瓏玲。斜痕小立閑吟罷，苦茗新嘗薄醉醒。霞綺半天遥落日，鴉雛帶處閃星星。紅雜誌第九十三期（一九二四年）

程文楷

文楷字仲清，江蘇儀徵人。著有蘭錡詞（一九二七年石印本）。

菩薩蠻迴文

粉融香汗流檀枕，枕檀流汗香融粉。衾鳳宿寒輕，輕寒宿鳳衾。篆香銷夜半，半夜銷香篆。鶯夢曉啼鶯，鶯啼曉夢鶯。

水沈添罷梳雲髻，髻雲梳罷添沈水。香暖度紗窗，窗紗度暖香。遠山眉翠淺，淺翠眉山遠。霞臉妒嬌花，花嬌妒臉霞。

捲簾風暖春飛燕，燕飛春暖風簾捲。春晚怨離人，人離怨晚春。摘花閒久立，立久閒花摘。苔染鳳頭鞵，鞵頭鳳染苔。赤欄橋映清波碧，碧波清映橋欄赤。鞭墜正情牽，牽情正墜鞭。柳眠春影瘦，瘦影春眠柳。離别恨依依，依依恨别離。蘭錡詞

吳紉秋

紉秋，臺灣臺南市人，留青吟社社員。

無題迴文體

才憐解意緑箋詩，得記情郎喚畫眉。臺上却愁人影瘦，猜疑只覺夢來時。臺南三六九小報（一九三三年八月九日）

其　二

花殘看到感香飄，盡惱春愁客鬢銷。遮扇忍羞紅燭蠟，紗窓一夜雨瀟瀟。三六九小報（一九三三年八月十三日）

純　生

迴文體贈文豔詩

張琴一奏曲聲高，麗釆文君似李桃。香玉惜憐因豔絶，狂言發後酒情豪。張文艷（一九一

九年排印本）

王道閎

道閎字禮門，安徽霍丘人。

回　文

源頭活水自年年，性悟心泉詠宋賢。喧日麗箋箋注釋，藩屏聖道頌經傳。
文公對峙兩山青，畫景詩情鍾秀靈。雲磴圖成嵐影倒，群溪活水遶孤亭。　洪祖邁活水亭懷古圖唱和集（一九三二年排印本）

陳　寬

寬字子叔，四川酉陽人。清宣統三年主西顧報筆政。一九二六年任四川武勝駐軍第二十軍三師部秘書長。時建印山公園，就景撰書此詩，刻碑留念。晚年居成都，與劉叔平結懷風詩社，有塤篪前後集。

定遠樓晚眺

天開別境畫圖雄，古樹雲蒸曉日紅。圓鏡一江環抱月，矗峰千壁峭生風。田滋水暖春蘇柳，澗隔橋橫岸卧虹。烟點數鴉歸斷續，翩翩菊醉半牆東。　陳國才回文萃珍

徐映璞

映璞（一八九二—一九八一）名禮璣，號清平山人，以字行，浙江衢州人。歷任浙江通志館編纂、浙江省文史研究館館員。著有清平山人詩稿。

和回文四律

朱少濱詞丈和汪維時回文花鳥吟，堅囑繼作，因和梅蘭桂菊四首。

梅

寒香對影弄黄昏，老樹花餘雪有痕。巒石凍雲停素質，幅箋濡墨寫芳魂。歡筵佐酒宜長笛，古調吟詩覓淺尊。攢插冷枝裝几案，漫天水月向前村。

蘭

芳含玉露浥新芽，茂葉叢枝幾朵花。香帶晚風清有月，韵留微影夜生霞。黄心染素凝明鏡，紫瓣摇窗透淺紗。長日暖檐晴應候，囊琴映雪賞春華。

桂

連山蕴玉簇新黄，細蕊凌秋薄露凉。妍態結珠如散雪，韵姿懷雨未經霜。娟嫻最愛含辛苦，淑慎偏憐帶逸香。箋紙折來同咏贊，前窗小樹自流芳。

菊

前郊四野綠雲黄，小徑初開剗卉芳。妍骨入詞填簡譜，短牌分韵寫新裝。烟嵐爽氣香生袂，淡蕩秋薜容作裳。偏愛雅宜簪鬢側，錢香叠翠傲餘霜。

簡浣紗村人

村紗浣澈浣紗村，門掩花光花掩門。月映梅枝梅映月，温添絮袄絮添温。夕陽斜系斜陽夕，痕水平堤平水痕。我物齊觀齊物我，存心素守素心存。

簡莊南村仍前體韵

村南訪友訪南村，門叩重闗重叩門。澹蕩風清風蕩澹，温和日暖日和温。寫還書卷書還寫，痕有題箋題有痕。讀罷新詩新罷讀，存留好句好留存。　徐元回文詩詞五百首

董咏麟

咏麟（一八九二—一九八三）原名敦修，字永齡，别號天狂，曾住杭州浣紗路，又自號浣紗村人，浙江鄞縣人。工詩，有寶稼堂詩文鈔、鶯湖書屋雜志，已散佚，今存燼餘集稿。

回文

開顏笑對笑顏開，徊復往兮往復徊。誼尚知交知尚誼，杯深款飲款深杯。住非留客留非住，來不期時期不來。旨味鄉調鄉味旨，才疏愧報愧疏才。徐元回文詩詞五百首

王義臣

義臣（一八九三—一九五八後）字植槐，湖南湘鄉人（今屬雙峰）。年方弱冠，即棄學外謀，旋充湖南新聞日報、大中國日報編輯。後投筆從戎，爲少校秘書，隨師北伐，兼任湖南、安徽等省禁毒分局局長、烟酒屠宰稅分局局長、湖南水警諮議等職。台兒莊戰役後，感時傷事，解甲挈眷東下，息影滬濱。參加樂天詩社，著有槐庭詩詞集（一九六七年油印本，復旦大學藏）。

落花回文四絶並憶亡姬黄雪英

春城滿樹亂啼鴉，雨過庭階掃落花。茵綠映簾朱瑩膩，塵芳冷露浸窓紗。

香銷玉碎鏡塵封，淚盡朱釵墜粉紅。狂蝶夢迴春寂寂，揚飄尚戀杏園東。

狂風驟雨逐花飛，靜鎖園林春到稀。腸斷哀猿愁恨絶，芳魂夢繞總依依

花落傷春爲自憐，塚香埋玉悼年年。斜腰妙舞歌衫絶，睩望他生再結緣。槐庭詩詞集

楊旡恙

旡恙（一八九四—一九五二）原名元愷，字冠南，號讓漁，江蘇常熟人。家富於貲，少任俠，中年始折節讀書。常遊四方，訪求名勝。董康往日本講學，邀作私人記室。抗戰軍興，正流寓滬上，爲避敵寇誘逼糾纏，旋回故里，僦居曾氏虛霩園，直至以肺疾歿。著有旡恙初稿（武進董氏誦芬堂刻本）。

回文兩首

緘停不語軟風涼，綠樹新聲鳥隔牆。侵袖翠筒魚漾水，動簾紅影燕歸梁。深情別院春花落，密雨寒閨幽夢香。斟淺自傾樽酒美，沉沉晝漏午鷄荒。

青鐙一點數飛螢，草露涵瑛珠滿庭。鈴閣和鳴蟲切切，月池驚影鴈冥冥。惺忪夢影緘情舊，澹黯秋思運筆靈。醒醉薄香荷溢氣，熒熒指定欲移星。旡恙初稿

李我

我（約一八九五—一九六二後），晚號遯園，湖南湘陰人。擅長詩詞，著有燕山居吟草。

九麓山晚眺

羣鴉噪樹夕陽斜，客路娱情有好花。雲外嶺横天渺渺，林園繞處是山家。王仲厚回文文學奇觀

陳楷吾

楷吾，河南商城人。

掃葉樓回文一首

斕斑炫影日悠悠，出艇漁歌互唱酬。山水戀人詩滿室，古今題客墨盈樓。環迴竹徑添新筍，下上江流任小舟。攀仰快連岡邇遠，閑僧一世畢遨遊。潘宗鼎掃葉樓集卷四（一九三三年掃葉樓主持寄龕排印本）

張　成

成（一八九六—一九四二）字君武，號天機，初名大鑒，字月亭，别署葦間道人，浙江鄞縣人。才氣磊落，喜奇特之行。性好武，年十六，受辛亥革命之影響，便棄學從軍，父大駭泣，倩人乞回。後依楊霽園學，數載自負，復又托鉢誦經，離家出遊。會友握兵江南，客其幕掌

書記。工書法，善吹笛，有天機樓詩一卷（一九四四年排印本）。

迴　文

沈沈暗色月黄昏，客到無時久掩門。琴韻細如流水曲，林深吠犬過前村。天機樓詩

愛新覺羅溥儒

溥儒（一八九六—一九六三）字心畬，號西山逸士，清宗室。宣統三年入貴胄法政學堂，歷北京法政大學、德國柏林大學、研究院學習，獲天文學博士學位。先後曾任日本東京帝國大學、北京師範大學及北平藝術專門學校教授。抗戰期間，居萬壽山，閉門謝客，不問時事。一九四九年流寓台灣，以鬻文與書畫自給。著有寒玉堂詩集（一九九四年新世界出版社）。

春　日

空梁燕去已春殘，暮景烟生遠色寒。紅落正愁新雨急，風摇柳浪碧漫漫。

西　湖

西湖碧色遠冥冥，柳舍漁舟繫落星。啼鳥山中烟樹晚，低雲斷水接天青。

心畬畫其元配羅清媛夫人小影離合回文

飛燕雙栖春梦長，月如眉掩鏡台妝。幃空滿落紅梅影，徽玉零烟飄暗香。

春日

流水春聲潮落斜，遠天遼闊岸平沙。浮烟碧柳新歸燕，細雨紅窗暗落花。樓外竹橋長繫纜，路邊梅樹豐鄰家。愁雲岑色寒波晚，幽徑山溪回釣槎。

秋思

簫鳳空吟愁夜長，碧波晴望更飛霜。潮平欲送雲帆去，月落還悲客館荒。高樹烟光秋瑟瑟，近江寒色晚蒼蒼。飄風暗起驚鴻宿，遥梦歸家山葉黄。

乙未旅至日本

明月空窗寒樹秋，雁邊沙影水邊樓。聲歌聽盡花時去，落葉驚回梦裏愁。横塞接天青莽莽，遠山環海碧悠悠。生平感遇多離亂，行客隨雲還滯留。

寒玉堂詩聯回文

寒雲歸落木，遠岸隔飛鴻。
遠渚寒落雁，秋樹獨歸人。
花落早枝寒舞蝶，絮飛春樹曉啼鶯。
煙蘿碧水淪風晚，雪竹寒窗映月明。
水映丹林寒落日，天連碧岫遠生雲。
雲邊月影沙邊雁，水外天光山外村。
天連遠塞平沙白，水映寒霞晚樹紅。
落月寒宫梅映雪，清波遠岸柳生煙。
秋樹亂山銜落日，暮天寒水鍊明霞。
明月片雲寒映水，晚林孤岸遠依山。
雨夜前庭春宿燕，花時舊苑晚啼鶯。
水映斜林寒落月，天連遠岫晚生雲。
晴波碧柳春歸燕，細雨紅窗晚落花。

寒玉堂詩集
陳華英古今回文綴輯

贈謝鴻軒回文聯

低雲片水臨風晚，遠樹寒窗對月明。 千聯齋近代名賢墨迹第二輯

張慶璉

慶璉（一八九七—一九四七後）字藹芳，江蘇上海人。星若女，嚴載如室。著有三佩簃吟草三卷理煩吟草一卷（擷菊琴室排印本）。

見時報菽莊吟社出題徵求閏七夕迴文詩余學作

明星月上步高樓，九孔穿絲巧得求。横漢架橋靈鵲渡，更深入望倚窗幽。
招同乞巧續閏吟，七夕秋逢閏月臨。橋架重來牛會女，宵涼正好月穿鍼。

壬戌七夕迴文

牛女渡河天步平，果瓜陳案照星明。柔風晚靜聲寥寂，秋樹碧窗夜影清。

戊寅閏七夕迴文

歡逢閏七月秋清，鵲聚羣飛乍過聲。難得巧緣償意願，看遭兩會續吟成。 理煩吟草

張伯駒

伯駒（一八九八—一九八二）號叢碧，河南項城人。與清季鎮國將軍溥西園、袁寒雲、張漢卿，被世人並稱爲『四大公子』。一九一七年，入袁世凱混成模範團騎兵科學習，相繼爲曹錕、吴佩孚、張作霖部提調參議。北伐後，到上海鹽業銀行任常務董事。抗戰勝利後，爲華北文法學院教授、故宫博物館專門委員。中華人民共和國成立後，歷任燕京大學藝術導師、吉林省博物館第一副館長、中央文史研究館館員等職。著有叢碧詞二卷（一九三八年排印本）。

虞美人 迴文和樊山老人韻

鑲羅錦帳春雲墜，憶夢雙懸佩。月明簾下玉如花，嫋嫋緑煙籠柳晚風斜。　斜風晚柳籠煙緑，嫋嫋花如玉。下簾明月佩懸雙，夢憶墜雲春帳錦羅鑲。叢碧詞上

謝倬

倬（?—一九二九）字幼安，廣東海陽人。著有敝帚集（一九三二年排印本）。

虞美人回文

孤琴韻響蕉窗隔，落葉梧寒偪。雨風珠淚撲水蟲，寂寞玉顏映鏡月玲瓏。　膚如好影

瘦梅俏，夢入疏簾小。室空蕪蔓引陰濃，滿眼近楓江處顯微紅。

案：此爲次韻朱彝尊虞美人詞，寓七言律詩

前調回文

秋山千感同花瘦，日夜愁深逗。鎖眉含恨小艙中，厭見悄來潮夜一江空。輕聲慢舞歌長恨，又恐情非準。借杯澆塊酒酣難，脈脈皺波清處釣青天。《敝帚集》

失名

湖南桃源縣桃花源回文詩碑

天連草色一川平，日映紅花萬樹晴。泉滴洞中山滴翠，烟溪緑裊竹聲清。《浙江日報》（一九九七年十一月十七日）

失名

湖北來鳳縣仙佛寺回文詩碑

花開菊白桂爭妍，好景留人宜晚天。霞落潭中波漾影，紗籠樹色月籠烟。《浙江日報》（一九

九七年十一月十七日）

范子愚

子愚（一八九九—一九八四）原名增厚，江蘇南通人。十一歲從父遊學日本，辛亥歸國，寓北京。一九二〇年，與泰州繆鏡心結婚。攻讀上海美專，畢業後，游幕安徽，旋任職蘇北鹽墾公司。一九三〇年回通，執教南通女子師範、南通中學。子范曾云『精於七律，擅爲古風，其懷戀鏡心先生之回文詞，情摯詞蔚，爲近世不可多得之傑作』。

讀東坡回文菩薩蠻詞殊覺妙義爰作效顰之舉題爲悼亡

鏡同心照孤魂淨，淨魂孤照心同鏡。天外世誰憐，憐誰世外天。　我聞如是可，可是如聞我。悲我益卿思，思卿益我悲。

水流東去人何似，似何人去東流水。揮泪望雲歸，歸雲望泪揮。　仰空悲月朗，朗月悲空仰。卿有鏡爲心，心爲鏡有卿。

晚窗新月窺人倦，倦人窺月新窗晚。雲黑亂斜曛，曛斜亂黑雲。　問天窮更悶，悶更窮天問。卿識我心誠，誠心我識卿。

枕衾涼意秋來恁，恁來秋意涼衾枕。人世幾回親，親回幾世人。　讀書翻止哭，哭止翻書讀。明鏡照伶仃，伶仃照鏡明。

南通范氏詩文世家（十三）

張可中

可中（一九〇〇—一九二六）字庸庵，熱河承德人。北京中國大學畢業，任熱河都統署秘書。著有天籟閣詩存（一九三一年排印本）。

秋興迴文體

娟娟月冷雲流水，夢裏花香尋蝶飛。園滿緑梧秋瑟瑟，閣澆紅雨夜霏霏。天横陣雁鳴秋早，嶺掩烟山芳草肥。眠柳傍花菊圃老，鶡啼聽醉酒人歸。　天籟閣詩存

汪炳麟

炳麟（一九〇〇—一九二七）字喬雯，又字石青，別署玲山怪石，安徽黟縣人。著有汪石青全集（一九七七年臺北汪亞青影印本）。

晚眺回文

緑色草蕭蕭，行徑一望遥。目極空烟水，山河渺迢迢。　儷樂園詩集卷八玉壺吟

胡尚煒

尚煒（一九〇〇—一九四七）字彤父，小字葆亭，别署竹伻，浙江鄞縣人。楊霽園弟子。游幕景寧、剡川。詩聲高飛，將受聘浙江省通志館，未就道病卒。著有善藏樓詩稿一卷（一九四四年排印本）。

回文送君襄之渢溪時尚名聞谿

聞聲谷遠水禽啼，得趣風高論物齊。雲合久迷村上下，月明初辨墺東西。紛紛落葉黄堆徑，裊裊垂楊緑點堤。君付好山秋興逸，羣魚戲處到清谿。喜藏樓詩

張九維

遣悶回文二首

紗窗透影日遲遲，久坐因成織錦詩。花種舊畦寒吐豔，曲翻新令小填詞。斜風掠燕輕如絮，薄霧籠山遠似眉。遮幕翠雲香閣暖，華煙染髩短迷離。

瑩光玉戛畫屏紗，錦繡迴文結綺霞。清井汲泉新釀酒，小鑪薰火緩烹茶。輕煙曉翠籠幽竹，細雨春寒沍嫩花。明媚眼前風景好，盈盈碧柳暗藏鴉。劉子芬石城詩社同人詩草第一集

（一九三五年排印本）

栗文同

菩薩蠻 回文春閨怨

落花庭院春寒薄，薄寒春院庭花落。人瘦恨殘春，春殘恨瘦人。晚粧梳洗嬾，嬾洗
梳粧晚。蛾翠斂愁多，多愁斂翠蛾。

其二 回文夏閨怨

柳前窗動輕風透，透風輕動窗前柳。香面拂風涼，涼風拂面香。緑階偎秀竹，竹秀
偎階緑。樓上恨悠悠，悠悠恨上樓。

其三 回文秋閨怨

冷梧秋院西風勁，勁風西院秋梧冷。黄葉落西窗，窗西落葉黄。晚秋歸雁返，返雁
歸秋晚。孤影對簾疏，疏簾對影孤。

其四 回文冬閨怨

月斜西映紗窗雪，雪窗紗映西斜月。簾透夜風寒，寒風夜透簾。　冷天愁夜永，永夜愁天冷。人遠最傷神，神傷最遠人。（夷門樂府（一九三三年河南大學刻本））

宋鏞昌

字韻笙，陝西醴泉人。省通志館館長伯魯子。

題　辭

梅松竹似友交深，稿合三君見匠心。來唱雅酬章疊疊，苦吟高臥夜沉沉。回文巧句驚壇坫，織錦奇思妙古今。才寡媿時題語拙，開箋一紙滿瑶琳。（三園回文詩）

李淑貞

淑貞字柏仙。時南昌女子師範生。

雨雪初霽有琴僮出昔受業之太老師延壽居士書折之乃招作灞橋遊予隨阿父出城南十五里聞暗香浮動自青雲譜内出於是步亦步趨亦趨共登素梅一島織成回文以乞哂正

瀲水映簷巡鶴留，我憐花瘦花憐儔。水池繫思詩魂冷，雪岸沿堆香骨柔。凝結緑光珠點萼，淺深翠色玉銜樓。淩波插影倒籬舍，燈淡月寒曉壑幽。

讀阿爺題咏織成回文似和之

無絃有鶴問横琴，水雜松聲合寫心。湖映瘦篠纏爪甲，漆揉焦尾妥烟林。烏衣羽染烏簾幕，緑徑苔鋪緑綺衾。梧碧一山高弄調，殊風廻岸柳陰陰。黄翰翹青雲譜志（一九二〇年徐雲岩重刻本）

冼茗牕

茗牕，廣東人，客寓香港。

寄 梅

清梅倚處舊來頻，别斷仍開幾萼新。明月抱歸誰伴我，冷香尋去獨憐人。晶晶淚綴隨花寄，款款情通或夢因。城畔島懸孤驛遠，生愁易損雪姿春。

春感

人狂未惜似花狂，步逐羞紅舞陌長。春半欲歸殘夢遠，酒多憑駐好年芳。貧家舊處門垂柳，拙計生涯海種桑。身奈可悲同燕冷，塵途苦別憶空樑。

移樹

經曾幾變海沉桑，寂寂春移一樹芳。零雨舊山寒鶴怨，暗塵柔陌暖鶯藏。青常眼在誰尋見，綠未陰成已別傷。萍寄我憐聊杏嫁，星河隔望斷迴腸。王仲厚回文文學奇觀

邱壑

壑，别號卉生老人，廣東人。客寓九龍。

迎春

巒青點艷吐花新，酒薄斟樽淺酌頻。歎慨此身孤寄旅，難工寫句詠迎春。

庚子上巳禊集

東亭毓秀茁蘭叢，曲水流盃酒色紅。融洽喜來齊祓禊，同心契意古人風。

觀歌舞表演賦贈集句

穿池水映雙鸞舞張奕光 弱手纖音弄管絃曹封祖 煙帶淺痕青鎖檻李暘 怯肢輕折倒垂蓮紫桂誥 王仲厚回文文學奇觀

王仲厚案：『自註云，觀歌舞原題爲修頓球塲觀神童萍兒英兒姊妹歌舞表演賦贈集句迴文，是誠風流佳話也。又況集句已難，集句而能迴讀者更難，録此以備一格』。

念一居士

念一，廣東人。

晚眺雜詠

西斜日映淡長天，雁唳寒江湧浪前。隄柳亂煙風習習，谷蘭幽韻影娟娟。齊家本是身修德，格物知明聖道傳。低俗流風非傲骨，凄悲客況自年年。王仲厚回文文學奇觀

關植華

植華，廣東人，僑寓美國三藩市。

和念一居士原韻

西樓畫景月橫天，野蔓蕪邊兩岸前。隄上征人途僕僕，水中池影月娟娟。齊心協力强邦本，美德謙和飲譽傳。低下莫能勤學苦，凄酸不悟及華年。王仲厚回文文學奇觀

謝雲聲

雲聲別號淺盧，福建晉江人。歷任厦門同文書院、新加坡南洋女中、職業女中教師，振東、裕華、培基等校校長，垂三十餘年。工吟詠，組織新聲詩社，主盟騷壇。著有靈霄閣詩集、來燕樓詩話、南洋詩存、台灣情歌、郁達夫紀念册。

與諸友洛城林聽歌

香茶漾處雜歌悲，兩上台來看翠眉。涼月欲圓真似夢，腸迴怨極最無辭。王仲厚回文文學奇觀

悲歌雜處漾茶香，坐對秋人鬱感傷。癡意尚存心胆碎，時來苦自憶家鄉。

甘柏峯

和謝雲聲

奇觀

腸枯索盡正秋悲，曲度人時笑展眉。長夜語卿憐獨客，妝催淡月襯新辭。

王仲厚回文文學

晴　庵

迴文七絶二首

奇觀

山河震動遍吹笳，戰鬥傷亡人破家。殷血和脂塗草赤，斑斑和水混泥沙。

誰關事變幻雲烟，世亂遭殃禍接聯。危局解難終盪動，蚩蚩痛苦歷凶年。

王仲厚回文文學

林蘊光

蘊光筆名七星伴月，廣東瓊崖師範學校、巴生港華僑中學、濱華中學等校教員，卓著成績。課餘寫作不輟，著有文薈集等。

艶情次碧湖漁人迴文韻七絶二首

傾城一顧似情鍾，絶色如花帶笑容。明月有情籠綉幕，更殘獨坐嬾慵慵。
帷幽影隻歎更凉，夜半深閨怨氣長。遺恨芳顔遭險刼，癡心寸寸印情郎。

殘燈

光波小照透殘宵，酒醒眠人起弄簫。長短歌聲愁對客，傷心半滅且鐙挑。

蝶戀花

我懷卿也卿懷我，花戀蝶兮蝶戀花。水映天心天映水，霞隨鶩尾鶩隨霞。
月如銀白銀如月，槎似桴浮桴似槎。遠别鄉關鄉别遠，斜陽夕照夕陽斜。

王仲厚回文文學

奇觀

王梅痴

梅痴，廣東南海人。生於廣州，幼時趨庭詩禮之餘，復就名師，專研經史，旋入梹城大英學校。中英文學，均有深厚根柢，在新加坡高等法院供職三十六年。

春閨迴文

絲絲嫩柳春鶯曉，嬾睡因雲暖日晴。遲捲風簾珠罨翠，詩題葉落拂煙輕。王仲厚回文文學奇觀

顧毓琇

毓琇（一九〇二—二〇〇二）字一樵，堂名蕉舍，自署錫山老翁，江蘇崑山人。一九二三年畢業于清華學校，後赴美國麻省理工學院深造，獲工程學科博士學位，回國歷任中央大學工學院院長、中央大學校長、上海市教育局局長、國立政治大學校長等職。一九五〇年移居美國，爲麻省理工學院、賓夕法尼亞大學教授。江澤民訪美，特往其家拜望。著有顧毓琇詞曲集（一九九七年南京大學出版社）。

回文詩時年九五

雲淡月華艷，夜深横斗星。晨旦散震彩，竹林映柳青。顧毓琇詞曲集　楊鍾賢當代江蘇千家詩（一九九九年天津古籍出版社）

錢歌川

歌川（一九〇三—一九九〇）原名慕祖，湖南湘潭人。一九三〇年進上海中華書局，參與主編新中華雜志。一九三六年，入英國倫敦大學研究英美語言文學。一九三九年回國，歷任武漢大學教授，台灣大學文學院院長，新加坡義安學院、新加坡大學、南洋大學教授。退休後移居美國，著有楚雲滄海集（一九八五年湖南人民出版社）。

賀友人六秩雙慶

馳驅凭健筆，甲周慶笙簫。詩如美酒好，知比古人高。芝蘭發庭院，闔闔出英豪。詞如九歌頌，豈壽樂陶陶。楚雲滄海集

胡温汝

温汝，女，上海人。

春興時年九十有五

悠悠日影移辰律，寂寂春情遣咏謳。幽徑草花穿齒屐，緑窗蕉露濕簾鈎。虬松綰髻雙鬟翠，綫柳垂條萬縷柔。樓外海天遥極目，浮烟遠合密雲流。陳國才回文萃珍

何承天

承天（一九〇四—？）字子皇，廣東興寧人。留學日本，軍人。著有耦園詩詞百首（一九三一年自叙石印本）。

菩薩蠻 回文

小樓入月燈花好，好花燈月入樓小。紅樹簌輕風，風輕簌樹紅。燕歸春似箭，箭似春歸燕。離別久無詩，詩無久別離。我思你似茶如火，火如茶似你思我。文字寄心魂，魂心寄字文。帝鄉何處是，是處何鄉帝。難過客中閒，閒中客過難。耦園詩詞百首

袁愈同

愈同（一九〇五—？）字慕韓，四川南溪人。教師。

春晴

紅花落水映清溪，燕子歸時春柳絲。空半飛鳶飛裊裊，峰前碧草碧依依。

月夜聞笛

亭花照月朗如星、遠笛聽。

于海洲神墨碑林回文詩詞匯編

回文集卷五十一　目録

回文集卷五十一

熊應祚

應祚（一九〇五—　）字德明，湖北黄安人。早年曾任國民政府外交部司長和駐外總領事等職。五十年代以後，息影林園，師事黄君璧潛心學畫，工詩，尤擅回文，著有四季廻文詩集（一九七八年臺灣省中華彩色印刷公司精裝本）、如心齋廻文詩詞集（附程瑞喬廻文詩詞，一九八〇年臺北弘道文化專業公司排印本）。

【四季廻文詩集自序】余幼時，曾從先嚴寶僧公學吟咏，對詩詞之奥妙，畧知梗概，不敢謂能詩。癸丑春，余在新加坡展出國畫拙作時，友人貽以妙絶世界之廻文文學一書，係由王仲厚先生經多年之搜集而編著，珞誦廻環，不忍釋手。我國詩詞文學之優美奥妙，實爲全世界文學之冠。我廻文詩之種類甚多，雖爲中國文學之正式部門，但研究此學者甚少，幾成絶學。中國文字具有單音獨體之特質，又有靈活辭法，得以運用，故能組成優美之辭句，反覆讀之，均可成誦。近年來，息影林園，作畫之餘，暇時試吟，遺興自娱。因諸友催促，公諸仝好，誠恐弄斧班門，遺笑大方耳。戊午正月序於舊金山。

春夢

神怡寂靜曉燈殘，筆妙生花好夢闌。真性悟來空色相，春愁不覺睡衾寒。

春雨

烟迷碧樹柳條新，細雨和風寒暮春。娟麗花陰垂滴翠，鮮枝艷舞蝶來頻。

春晴

紗簾濕透雨初晴，緑竹含光彩色瑩。霞吐碧窗圍玉樹，斜風淡掃翠雲横。

春遊

春遊意愜景幽新，目極芬芳色爽神。晨曉山雲葱鬱氣，人行伴酒醉甘醇。

春山

雲罩深林碧緑翠，畫屏青障氣氤氲。羣峯吐艷光浮動，錦繡春山景色欣。

春郊

垂楊緑柳伴花谿，霽雨烟雲浮罩隄。枝滿紅桃碧遍野，曦朝看景畫橋西。

春花

香凝玉苑艷迷人，錦繡花園林色新。牆碧襯枝盈撲蝶，芳芬極目透簾春。

春雲

烟籠霧鎖遍芳原，靄靄青嵐雲捲翻。巔岫翠霞迷遠徑，連綿景艷吐林園。

春聲

鶯啼燕語載芳園，麥浪隨風林鳥喧。横雁低聲新過雨，鳴鐘寺遠隔溪村。

春柳

隄岸春風隨淡烟，曳摇金縷緑絲牽。齊眉柳綻碧含雨，西隴行人待客船。

春　月

明窗照月透垂簾，夢覺傷心愁思添。輕霧烟籠光靄靄，横斜雁影映銀蟾。

春　晝

春陽艶麗透紗幗，興遣閒吟詩畫娱。茵樹瓊花紅遍野，新茶淡緑酒空壺。

春　燕

喃喃語燕舞林東，錦繡春山花紫紅。岩上銜泥尋舊屋，築巢暖閣畫樓中。

春　雪

香霧流風迎雪花，月迷芳樹淡雲霞。楊隨蝶粉傳飛絮，牆碧紅梅春翠華。

春　水

桃岸深春寒浦青，柳塘緑翠碧波縈。濤洪湧浪驚船客，薈蔚濃雲遮斗星。

春望

林長入望四山連，目極青嵐晴曉天。深岸春花如錦繡，鶯隨燕舞霧籠烟。

春霞

雲絳紅綿散紫霞，海關麗錦映光華。雰濃色彩山明艷，紋絹天空晴日斜。

春暉

春花麗艷鬭芳菲，雨細和風迎燕歸。新柳烟横隄色翠，晨曦吐月映流輝。

春寒

紅雨陰山籠綺霞，耿光含翠映林花。空寒夜寂春衾冷，東苑垂楊青碧紗。

春曉

屏山一望遠浮青，月淡餘霞映曉星。庭繞蒼枝樓雀噪，冷烟輕散播芳馨。

春暮

羣巒吐靄艷花春，遠岸桃源碧玉津。嚑薄夕陽殘照晚，捲簾風舞燕來頻。

春霧

迷離薄靄鎖層霄，柳岸春巒隔水遥。低樹淡烟含繡嶺，西橋隱影雁聲迢。

春烟

遥山遠鎖黛烟迷，樹滿浮青藏障隄。霄靄翠凝春柳緑，飄風湧浪白雲齊。

春城

山城聳立閣參天，緑樹陰濃翠黛連。灣水碧深春色茂，攀登遠望入雲巔。

春園

明媚春光花滿園，李桃鮮艷繞籬藩。鶯飛舞蝶伴歸燕，晶翠流泉映小軒。

春　澗

松澗幽深潭水清，隔山遠寺漏鐘鳴。峯腰掛瀑飛泉急，碧竹桃花繞徑横。

春　林

深林玉影暗連村，翠色山容蒼鬱屯。禽鬧猿啼長映谷，陰雲密佈遠峯痕。

春　江

帆遠低雲輕燕飛，曉春一望倚窗扉。岩高近岸猿啼急，緑水江流映日暉。

春　浦

香霧紅霞籠岸烟，柳邊侵鴨緑芭鮮。芳春妍浦暗藏雁，航渡横斜水滿川。

春　廬

軒高面水倚松山，翠竹林泉碧緑殷。園小春廬棲隱好，村居喜静得心閒。

春　隄

桃放春江隔遠山，碧隄横渡野人閒。高飛過雁群啼急，濤湧烟迷深水灣。

春　齋

窗簾透日映高斋，露浥飛花落滿階。雙扉面山臨碧水，腔成賦得且開懷。

春　寺

經樓佛閣静居禪，碧洞棲霞日影穿。陘滿垂楊松澗翠，冷峯雲密磬聲傳。

春　田

西疇碧緑翠郊原，野陌香風麥浪翻。畦畝春秧肥秀穎，犂耕引水灌田園。

春　閨

珠簾捲罷整新粧，面鏡生愁添感傷。朱户映顔眉黛細，梧庭碧院繞幽房。

春閒

紅杏雨烟濃罩山，綺霞青靄遍溪灣。空庭寂靜閒吟罷，叢碧園花細摘攀。

春別

長亭柳色碧天寥，麗景春陰花鳥嬌。粧罷閑愁離別恨，傷神慘淡黯魂銷。

春情

春暮殘花落滿階，碧窗透影月懸崖。頻來夢擾多遐思，新恨愁鄉遠寄懷。

春怨

庭春翠柳寄啼鴉，繡户倚欄對月斜。醒酒加愁新夢斷，廳寒洒淚沾巾紗。

春繡

深閨寂靜喜垂簾，繡刺工神玉指纖。針細依圖成艷錦，心澄妙手巧奇添。

春病

寒春怕冷曉風輕，素影依欄玉露盈。歡少兼愁添病苦，寬懷靜養護心平。

春艷

春艷紅酣醉熟眠，細腰玉頰似花妍。唇朱皓齒秀眉黛，人世驚來降謫仙。

春色

新浪桃紅映滿川，緑波楊柳翠芳妍。春山碧色花枝艷，茵草春榮向日鮮。

春香

前窗翠色緑陰垂，艷麗紅花映繡帷。天漢雲霞流耀彩，穿簾月影暗香吹。

春露

春深碧緑泛崇光，浥露凝枝月繞廊。新葉鮮花沾玉液，晨昏罩霧散清香。

春意

寒月新梅映柳枝，草香多露雨芳滋。蘭幽滿院春情舊，殘夢離人懷緒時。

春愁

閒雲淡罩遠山芳，眷念人回幾斷腸。顔素懷思愁對鏡，彎弓碧月映輕粧。

春旅

横雲碧影雁飛翔，遠客離人迷夢香。瓊樹花嬌柔柳緑，輕蹄馬匹旅程長。

春耕

西疇緑浪麥花香，叱犢耕犂春種忙。隄碧霏霏紅杏雨，谿灣水滿插新秧。

春懷

星霜幾度遠離人，别緒縈懷傷曉春。醒夢驚心愁雁信，庭幃翠色月昏晨。

春　漁

青烟柳岸雨濛濛，散網漁舟谿澗東。汀淺浮鳧羣啄食，緑蓑衣冷却寒風。

春　宴

明燭紅花香滿庭，曲新歌舞奏心靈。盈巵美酒芳春宴，醉客酬歡笑語傾。

春　樵

迷離曉霧白雲霞，響斧松岩春谷華。啼鳥麈猿驚走散，担薪荷笠戴風斜。

春　筍

春寒解籜玉標青，滿徑穿籬貫竹笭。晨霏翠陰龍角露，新簪緑錦繞芳庭。

春　茗

泉冷新香沁齒牙，緑華新葉翠含花。鮮黄玉乳凝瓊露，妍色仙茗春興奢。

春夜

前窗照透月光熒，艷碧紅花香院庭。鮮露華芳春竹瘦，牽情惜别夢魂醒。

春簾

珠光玉箔影玲瓏，翠羽低垂落日紅。梧碧映簾春色吐，朱扉錦帳隔輕風。

春燈

瓊花吐焰夜光紅，耿耿浮霞映碧空。傾酒共吟春興遣，更殘一盞玉樓東。

春酒

暉夕花陰春色蒼，甕開新緑醴泉香。飛觴共飲邀明月，肥馬輕裘换酒漿。

春衣

春陽麗暖氣薰和，脱卸貂裘换綺羅。新錦縫裳金縷線，雅裝輕軟絹綾多。

春蔬

深春緑畦韭芽豐，野蔌園蔬鮮翠葱。陰鬱竹根添玉筍，淡餐香味賞心同。

春樹

遊絲帶雨拂山蹊，日暖斜欹緑柳隄。疇翠柔春枝秀艷，幽林孕碧映雲霓。

春草

形簪玉色草塘西，帶雨凝烟春滿隄。青藹照霞紅紫碧，庭前翠色緑含荑。

春桑

新雨添芳桑滿園，緑陰遮道夾籬藩。春殘翠幄鋪蠶食，葉細盈筐玉露繁。

春蕉

新葉翻風雨夜鳴，緑窗翠滴浸簾晶。春庭暈透黄花艷，晨霧凝香蕉竹榮。

春　苔

前階印屐滿浮青，垢草春茵繡錦庭。鮮色緑痕光海藻，錢苔翠疊妍芳馨。

春　鶯

幽谷春芳瓊樹深，翠枝玉露白雲岑。邱林對語鶯聲巧，喉轉絲弦歌古音。

春　蝶

花開艷麗翠園芳，粉翅香鬚摇淡粧。華蕚搜紅輕舞巧，逐蜂隨燕伴飛翔。

春　鴛

蒲塘緑岸傍沙眠，弄影浮波掠水濺。蘆碧翠衿渾似玉，掌紅紋羽錦凝鮮。

春　騮

蹄翻碧玉領銀花，脊虎丹髦鬃黑麻。騠駿新銜裝寶勒，柳條鞭影麗雲霞。

春　鳧

棲蘆翠藻近沙眠，踏浪浮波碧澗穿。蹊渚戲遊鶵傍母，低聲唱和伴鳴鴛。

春　鷗

清波湧浪漂羣鷗，遠渡隨潮春渚遊。晴岸晚眠同鷺宿，輕身弄影戲沙洲。

春　興

齊眉柳綻細風摇，極目春陰花艷嬌。藜杖依壺携酒醉，栖幽一念百愁消。

春　梅

疎影横斜浮暗香，嫩紅碧色映寒光。虚清愛冷傳春早，素艷凝枝玉骨芳。

春　竹

東窗影動葉香清，翠葎斑[illegible]映玉楹。風暖流霞含色碧，空晴掃月拂烟輕。

春　蘭

幽谷金蘭稱國香，素膚肌紫色浮光。流霞翠影奇仙骨，絶艷新春迎蕙芳。

春　風

東苑紅花春滿谿，緑陰深處鳥潛棲。風隨柳絮弄飛蝶，暖送江山翠黛迷。

春　吟

烟雲脱腕詠詩工，景媚新春幽閣東。箋錦奇花生妙筆，聯珠句艷碧紗籠。

春　舟

隄碧清波泛扁舟，月寒帶雨細風流。低帆遠暢輕航渡，西隴孤蓬帆影浮。

春　帘

香麯和風迎竹樓，短竿帘掛搭横鈎。陽斜映碧村前柳，坊酒迷人客滯留。

夏日

園滿香花草木榮，筍新緑竹映丹楹。軒高朗潤薰風暖，村樹濃陰碧翠横。

炎夏

舟藏密浦浪迎風，苦熱炎陽日正中。樓翠滿薰蒸鬱氣，浮雲淡掃逐遥空。

夏風

輕風拂暖送荷香，竹緑摇窗浮玉光。清氣來軒穿北牖，更初夜静室生涼。

夏雨

陰濃樹早熟黄梅，衆緑紅花錦繡堆。林碧生涼風却暑，霖甘滴潤物滋培。

夏雲

奇峰聳拔岫垂天，叠叠重重碧海烟。陲障排空光曳紫，危崖縹緲浩雲巔。

夏　漁

斜風細雨蕩輕舟，撒網漁磯緑水洲。霞碧夕陽殘照晚，沙汀弄笛小帆收。

夏　樵

懸崖斷處採柴薪，聽斧山深松翠茵。肩擔滿時歸路轉，穿林踏月起芳塵。

夏　村

林多密樹遍啼鶯，犬吠喧聲客送迎。陰緑柳隄臨野渡，深庭静處聽蛙鳴。

夏　亭

風來夏雨望雲山，竹緑依崖映淺灣。崇峻翠亭涵碧色，蹤高覓侶伴幽攀。

夏　溪

泉鳴掛瀑瀉峯腰，緑樹依山連碧霄。淵水清溪浮短艇，烟雲淡掃拂西橋。

夏舟

風掠低雲出遠帆，岸隨江水浪花銜。篷孤錦纜輕航渡，舸碧撐篙繞翠嵒。

夏草

柔香帶雨洒芳階，玉葉飄風繞緑槐。疇翠凝香碧色嫩，邱林積潤濕芒鞋。

夏蟲

花瓊粘密採蜂忙，蝶翅長鬚傳粉香。斜柳蟬吟雙翼薄，紗窗照澈透螢光。

夏蟬

槐陰緑柳抱枝吟，曉露清餐調古音。臺月斜傾垂鬢影，來風暖翠弄幽琴。

夏蛙

青草池塘鋪翠荷，緑蛙羣躍跳清波。庭深夜擾聲驚夢，寧靜山村花岸多。

夏螢

烟藏野火似星流，入幕簾邊繞翠樓。天暗夜涼愁露重，前窗秀色緑光浮。

夏池

蛙羣躍水傍清荷，嫩緑楊枝垂沸波。華翠菱花鮮近岸，斜風細雨蕩遊鵝。

夏烟

連雲罩樹曉山屏，淡鎖輕籠香霧青。烟碧浮沉月色暗，前村翠靄送芳馨。

夏晴

遥山遠鎖淡眉横，日暖晴空雲薄輕。嬌語鶯聲蟬唱和，霄清麗景晚霞明。

夏陰

雲密陰沉罩碧霞，薄寒微冷透幃紗。氛烟繞樹蟬聲寂，羣鳥棲枝宿暮鴉。

夏　花

園滿鮮花濃淡粧，蕙芳庭院遍凝香。繁枝茂葉盈嬌翠，喧鳥蟬聲夏日長。

夏　瀑

懸岩霧鎖碧雲飛，鍊白垂空映夕暉。泉玉斜紋綜織雨，淵深曲折瀉珠璣。

夏　耕

秧肥插遍正農忙，戴笠耕耘夏日長。蒼碧隴畦千百傾，芳芬緑畝稻花香。

夏　園

華林擁艶美芳園，爛漫瓊花繚粉垣。斜翠翡枝垂小徑，霞晨曉霧罩朱軒。

夏　蕉

新葉翻風捲緑旌，翠旗懸掛玉脂盈。晨清碧色添涼蔭，神爽紅綃花露瓊。

夏虹

垂天彩帶繡依雲，止雨塵霄映錦紋。奇景懸空紅貫日，旌旗艷影照斜曛。

夏霞

山峯吐艷彩雲霞，麗景懸空色翠華。闢海含光垂錦耀，顏紅散紫夕陽斜。

夏霧

浮烟帶雨滿山城，漱水吹沙迷路横。樓竹拂風雲縹緲，幽林翠靄霧盈盈。

夏露

芳晨碧露滴荷珠，玉液瓊漿洒竹梧。長漏浸沾滋草木，蒼青翠葉映庭蕪。

殘夏

殘雲滯處暑潛消，斷續蟬聲新雨朝。寒薄透簾穿室冷，蘭芝脆弱變秋凋。

夏山

林密山青翠黛横，韻泉飛瀑鼕風鳴。岑巒排闥幽雲障，深碧野花香色清。

夏木

佳木槐陰山遍林，柳塘翠緑碧潭深。崖層入夏盛遮蔭，階繞青松蟬鳥吟。

夏郊

農耕隴畦緑成茵，水滿池塘柳色新。濃艷鮮花瓊遍野，重深樹影拂芳塵。

夏荷

青盤翠蓋玉珠圓，葉密清香滴露妍。靈秀豐神空色相，馨芳潔艷映甘泉。

夏夜

蟾光澈透亮遥空，斷續鳴蟬棲碧桐。簾翠依樓凴弄笛，簷前滴露送涼風。

夏　江

清風曉霧浴孤帆，岸近啼聲猿近岩。橫翠沙洲留鷺宿，晴嵐出没日西銜。

夏　暮

斜暉暖艷靄垂天，月淡濛濛罩暮烟。鴉噪聚枝棲滿樹，蛙鳴緑畦碧村前。

夏　窗

輕紗薄紙映珠簾，月碧光斜翠繞檐。清夜星螢飛入幔，盈窗滴露玉痕沾。

夏　簾

珠簾玉箔翠低垂，漏月留香影轉移。朱户繡樓瓊露重，梧庭隔處捲羅帷。

夏　月

空晴潔皎燦銀河，隕石連珠星粒多。穹碧華蟾明似鏡，中宵耀彩素姮娥。

秋日

殘暑天雲淡似烟，樹高楓葉落村前。寒添露重香庭桂，巒遠高低陣雁還。

秋月

雲寒冷露碧華妍，夜月光輝翠接天。芬馥桂花香滿院，羣斜陣雁過崖巔。

秋山

崖楓碧素色蕭蕭，白露秋聲浮玉霄。槐繞桐山新葉落，排行雁字錦雲遥。

秋水

藍光浪疊翠涵淵，荻岸楓江秋色妍。南浦漁舟横短笛，含烟淡影碧霞邊。

秋江

群流激滙集沙洲，柳岸秋深翠色幽。雲出遠帆捎碧漢，水清湧月映浮鷗。

秋風

梧庭落葉散階前，暑退涼生雲繞烟。蘆荻秋花鳴瑟瑟，珠簾露浸冷風穿。

秋雨

籬菊新叢花艷秋，雨淋喧竹冷烟浮。垂桐滴翠蕉衫濕，帷薄寒風窗隙流。

秋雲

浮雲疊卷翠懸華，陣雁排空映碧霞。流錦縐紋千片薄，秋深葉落夕横斜。

秋露

神漿潔酒美如脂，碎玉珠旒花露滋。晨旭淡烟秋色翠，塵輕沾液碧盈枝。

秋潮

浮天雨陣突秋山，海濶横吞江浦灣。舟盪濤聲潮怒吼，流奔水冷雁南還。

秋别

秋花碧岸隴頭雲，折柳籬聲啼鳥聞。浮淚離情愁别恨，修書寄箋密殷勤。

秋漁

孤篷慢泛掉秋江，撒網輕摇蕩槳雙。蘆碧依船浸細雨，途中獨酌酒浮缸。

『掉』：原文

秋閨

丹桂香飄風滿廊，月寒凝露冷秋芳。殘更夜靜閒愁思，歡少心痴恨日長。

秋園

黄菊秋花霜滿園，柳凋殘葉墜籬藩。香飄月桂芳荷老，暮日紅霞映紫軒。

秋釣

披簑雨細細風斜，掉泛漁舟傍荻花。垂釣竿長灣水冷，浦清落雁宿洲沙。

『掉』：原文

秋霞

紅綿映雁隔分鴉，日蔽雲霄罩彩霞。穹碧涵光芒散紫，叢楓冷葉落烟斜。

秋烟

連雲罩樹碧烟浮，薄霧香花山色幽。妍月籠輝寒岸曲，靄天霜翠鑽瓊樓。

秋旅

殘月秋雲霜滿天，急啼雁斷夢魂牽。寒窗靜寂添鄉思，遠路歸期問客船。

秋色

楓葉紅葭映淡烟，翠疎黄菊露鮮妍。空横雁陣遥雲嶺，叢桂香風晴朗天。

秋聲

涼風爽籟寂吟蟬，笛弄三更深思牽。霜曉飛鴻啼雁過，聽潮秋院碧庭前。

秋夜

鴻遠飛低月影斜，露珠千滴沾蘆花。濛空霧重風摇竹，斷夢殘更秋思遐。

秋蟬

風摇樹瘦葉留殘，露滴凝枝垂素餐。楓冷夕陽霞照晚，草堂秋盡雨聲寒。

秋柳

疎黄半翠柳絲流，樹古啼鴉蟬怨愁。廬野寒風秋雨苦，薄陰隄岸蓼藏舟。

秋桂

丹蘂瓊花珠顆黄，翠華奇種播天香。寒秋露重霜枝秀，巒遍芬芳月夜涼。

秋菊

黄花艶冷傲秋霜，素色浮金點玉芳。蒼翠摇風迷碧月，影清含淡暗凝香。

秋海棠

紅影香風吹曉粧，醉容春睡醒芬芳。東庭挺秀花鮮艷，麗質妍姿神采光。

秋林

楓林碧翠遍山紅，集鳥啼猿看遠鴻。叢野霞芳幽夕照，空寒暮雨帶秋風。

秋雁

横斜雁字一聲秋，整陣排行高碧樓。程遠鵬飛雲偃月，楚南投宿寄沙洲。

秋霜

桐葉疎枝霜滿園，菊新鮮艷麗朱軒。穹清斷雁寒無影，風冷添香芳桂繁。

秋寺

禪院鐘樓松繞坛，桂芳黄菊彩霞丹。烟浮滿寺僧鳴磬，仙洞深秋蒲坐寒。

秋郊

紅葉垂枝楓遍郊，曉天霜冷浸寒茅。空遥陣雁啼聲急，桐碧棲鴉掛玉梢。

秋蘆

寒江淺水宿輕鷗，岸近蘆溪月影浮。灘碧落鴻秋露白，老漁舟繫掛帆收。

新秋

黄色山寒隄柳凋，冷楓紅葉雨疎蕭。涼生退暑輕雲薄，陣雁涵江秋碧霄。

暮秋

枯荷翠菊傲殘秋，雪擁蘆花秋水流。蕪野溪寒山骨瘦，梧庭冷雨細枝留。

秋葉

霜冷隨風秋葉殘，樹枯凋處落霞寒。黄蒼竹幹楓枝老，雨滴梧庭芳夜漫。

秋吟

風泠流寒透小斋，桂芳香艶遍前階。空遥雁影雲峯遠，桐古依吟閒暢懷。

秋池

荇皺摇魚浮翠荷，水推舟動變漩渦。庭梧落葉紅幽徑，青碧蓮池遊玩鵝。

秋徑

楓葉紅疎横碧苔，密鮮芳徑柳枝垂。濛陰野色雲收斂，叢桂香浮花影移。

秋花

丹桂香芬流碧霄，菊黄艶紫色藏嬌。寒霜浥露秋棠麗，灘近蘆花舞暮潮。

秋草

風隨偃草野殘秋，玉蘂香柔清露浮。空遠寒雲山色翠，籠烟淡雨碧霞流。

冬　日

冬日寒光含玉山，旭朝曉色帶春還。松蒼雪嶺雲横月，歲暮思歸回故關。

冬　雲

寒光照澈透瓊樓，淡色遥空涵景幽。巒遠冬容暈覺睡，漫天雪意凍雲浮。

冬　雪

粧梅泛柳散潛光，白色溪山冬景蒼。狂舞雪花鋪大地，翔雲黯淡冷遐荒。

冬　風

冬寒凛烈凍雲凝，地滿塵沙和結冰。松竹疎林風嘯虎，重裘侵透冷霜凌。

冬　雨

寒添水凍瓦凝霜，雁濕吹沙風勢狂。殘葉翻飛雲陣密，瀾漫雨色曉烟蒼。

冬山

林深障滿翠層峰，大雪冬寒山改容。岑峻雲岩風虎嘯，陰浮秀嶺罩高松。

冬梅

疎影梅枝凝暗香，月浮金屑淡花黄。虚清韻素心冰雪，蕚玉凌風隨耿光。

冬竹

陰翠寒風雪壓枝，鳥棲摇葉竹低垂。深雲密罩烟霞鎖，勁緑蘚痕涵傲姿。

冬松

蒼鱗翠幹秀迎風，勁節貞容姿態雄。香暗飄寒霜雪傲，芳流碧樹百花叢。

冬柏

枯皮鶴骨老經霜，節勁龍姿蓊鬱蒼。鋪錦凌雲寒積雪，紫鱗紺葉暗浮香。

冬　草

凝烟帶雨緑成茵，向日迎梅絳碧蒓。層麓陰隄鋪積雪，凍消冰解又芳春。

冬　林

寒雲密佈滿冬林，噪雀啼鴉萬壑陰。殘夕碧霞光遠照，素梅松竹映山岑。

冬　漁

陰雲密處泛江濱，雨細和風冬霏晨。深澗寒舟移釣雪，碧涵隄岸濕痕新。

冬　樵

寒風透谷嶺雲飛，踏雪山巔浸碧暉。巒遠尋薪循路徑，殘陽落處担樵歸。

冬　寒

階前掠過雁聲酸，炭盡添衣冬夜殘。槐繞雲空浮大雪，鞋芒逼透冷風寒。

冬　初

冬初冷雪小陽春，地滿霜花飄玉塵。松碧寒山雲烘日，竹林風勁節芳新。

冬　暮

松長積雪擁春回，瓦凍寒燈殘歲催。冬暮晴雲山色淡，暖爐紅火映寒梅。

冬　夜

冬寒愛暖客圍爐，月夜酸聲啼雁孤。松冷伴梅香遠播，濃雲罩霧落烟珠。

冬　至

春到南枝寒雪消，柳條漏洩快晴朝。新生地氣芳芽草，刺繡紋添只隔宵。

冬　晴

晴空暖日罩寒雲，陣雁啼聲酸遠聞。清冷黄梅冬雪霽，明霞景短夕陽曛。

冬　陰

陰雲密佈遠寒空，凍結窗前爐火紅。林冷歸鴉羣雀噪，深幽嶺雪小山東。

冬　寺

深山寺遠聽鐘鳴，寶樹雲幢翠影横。金殿禪房花積雪，木魚齋鼓引經聲。

冬　齋

霞綺紅梅映雪齋，萬千書軸錦文排。紗窗竹影迎風動，茶榻新詩吟暢懷。

冬　吟

空碧雲飛散綺霞，嶺梅松竹秀芳華。紅樓半罩雪齋冷，抱膝閒吟詩思遐。

冬　眠

寒山晚凍雪雲蒙，暖閣冬眠酣睡濃。欄碧月華梅早放，殘聲冷雁聽樓東。

冬　爐

銀花雪粒散雲天，冷艷香梅傲態妍。新月冬寒山色淡，暖爐紅火吐青烟。

冬　渡

寒江渡口野舟横，雪岸山僧客送迎。灘急湍流冬色暮，影帆孤雁落沙平。

冬　嶺

雲浮嶺雪映紅梅，曳杖山僧閒去來。羣雁啼殘聲斷續，緼烟罩靄暮鵶歸。

冬　景

山寒淡瘦樹凝霜，水落池冰添野荒。顔素新梅丹映月，冷雲雪浪擁浮光。

冬　懷

冰寒結凍路程遥，雪大漫天塵夢迢。凴眺遐思懷舊侶，登樓遠望入雲霄。

冬旅

江寒水遠旅程忙，客棧愁思懷舊鄉。窗雪浮雲飛雁斷，寄書郵站路途長。

冬村

長松蔭罩滿前村，竹影摇風雪滿門。芳漱紅梅鮮照月，曉啼雞唱報晨昏。

冬窗

東軒面水翠流清，淨几窗明月繞楹。叢竹雪枝摇碧影，紅梅艷冷送香瓊。

冬園

橙黄橘緑滿冬園，翠竹蒼松雪繞軒。瓊素梅花香撲鼻，晴初雨霽曉聲喧。

冬月

蟾華吐艷月光寒，雪霽山岩林木殘。簾外竹摇窗影動，碧欄霜冷曉星闌。

冬　軒

珠幕低垂松繞欄，月華霜冷夜凝寒。朱軒罩雪冬梅放，面山臨水落紅殘。

冬　樓

齊雲疊雪映高樓，月淡浮霞景色幽。梯玉金風清擁竹，畫簷浸霧曉星流。

冬　江

江寒擁雪釣舟輕，暮靄雲帆千里程。瀧急深濤翻白浪，岸冬紅葉落充盈。

冬　隄

枯楊罩滿雪冬隄，岸盡浮雲寒色淒。蘆荻繞船遊客釣，湖平落雁野途迷。

冬　燈

紅燈映雪薄寒光，玉燭凝脂芳碧窗。風冷浸幃香霧散，濛空淡月伴梅黄。

四季廻文詩集

【如心齋迴文詩詞集自序】我國文學精深奧妙，在世界文壇上，手屈一指，無可諱言，我迴文文學之結構更足以表現我文字之特殊，無他國文字可能望其項背。我國文學能獨占鰲頭，吾人一方面應感謝我文學創作之祖先，一方面能承襲如是優美卓越之文字，亦足自豪。可惜者，歷代文人，並未重視迴文文學，以遊戲文章目之。因其寫作困難，每句須千錘百鍊，消耗時間精力太多。故迴文作品殊不多覯，幾成絕學。余習國畫近卅年，詩畫本屬一體，因素對詩詞感興趣，近年來注重迴文詩詞之寫作。除已將四季迴文詩集刊行問世外，現再將積稿六百餘首付梓，作振興我迴文文學之運動，深盼我青年學子愛好文藝者人手一篇，共同研究，將我奇異獨特之文學弘揚於世界文壇，則幸甚矣。一九七九年孟冬如心齋主人序於臺北旅次。

浮　雲

浮雲變幻景優遊，幻景優遊春水流。流水春遊優景幻，遊優景幻變雲浮。

平　湖

湖平滿水有新蘆，水有新蘆藏野梟。梟野藏蘆新有水，蘆新有水滿平湖。

秋　園

秋園霜葉映紅樓，葉映紅樓翠景幽。幽景翠樓紅映葉，樓紅映葉霜園秋。

寒林

寒林靜寂鳥啼殘，寂鳥啼殘映遠巒。巒遠映殘啼鳥寂，殘啼鳥寂靜林寒。

淒風

淒風烈雨到寒谿，雨到寒谿樵徑迷。迷徑樵谿寒到雨，谿寒到雨烈風淒。

齊峯

齊峯萬轉疊山西，轉疊山西路徑迷。迷徑路西山疊轉，西山疊轉萬峯齊。

翠園

花開艷麗翠園華，麗翠園華流彩霞。霞彩流華園翠麗，華園翠麗艷開花。

蒲塘

蒲塘近岸集雛鳧，岸集雛鳧映碧芙。芙碧映鳧雛集岸，鳧雛集岸近塘蒲。

香江即景

明燈萬耀照山城，耀照山城麗景呈。呈景麗城山照耀，城山照耀萬燈明。

晨曦

晨曦霽雨淡雲新，雨淡雲新港海濱。濱海港新雲淡雨，新雲淡雨霽曦晨。

醴泉

芳芬色緑醴泉香，緑醴泉香玉液漿。漿液玉香泉醴緑，香泉醴緑色芬芳。

長虹

虹長吐艶帶光紅，艶帶光紅映碧空。空碧映紅光帶艶，紅光帶艶吐長虹。

遊春

春遊意愜景幽新，愜景幽新色爽神。神爽色新幽景愜，新幽景愜意遊春。

曉　月

晴初曉月繞烟青，月繞烟青雲霧輕。輕霧雲青烟繞月，青烟繞月曉初晴。

殘　陽

殘陽夕岫斷崖寒，岫斷崖寒凝翠巒。巒翠凝寒崖斷岫，寒崖斷岫夕陽殘。

羣　鷗

洲楊緑泛遍羣鷗，泛遍羣鷗輕浪浮。浮浪輕鷗羣遍泛，鷗羣遍泛緑楊洲。

歸　帆

帆歸晚影翠懸岩，影翠懸岩映古杉。杉古映岩懸翠影，岩懸翠影晚歸帆。

芳　雲

芳雲野水碧浮香，水碧浮香菊艷黄。黄艷菊香浮碧水，香浮碧水野雲芳。

碧林

清幽景麗碧林瓊，麗碧林瓊柳色晴。晴色柳瓊林碧麗，瓊林碧麗景幽清。

橫雲

橫雲遠颺暖風迎，颺暖風迎烟帶輕。輕帶烟迎風暖颺，迎風暖颺遠雲橫。

多愁

愁多醉月賞心樓，月賞心樓當早秋。秋早當樓心賞月，樓心賞月醉多愁。

啼鶯

鶯啼曉夢喚聲輕，夢喚聲輕柔舊情。情舊柔輕聲喚夢，輕聲喚夢曉啼鶯。

寒風

寒風露墜落花殘，墜落花殘曉夢難。難夢曉殘花落墜，殘花落墜露風寒。

曉晴

疏簾透影曉晴初，影曉晴初雲卷舒。舒卷雲初晴曉影，初晴曉影透簾疏。

暮雨

簾疏映雨暮雲添，雨暮雲添浸碧檐。檐碧浸添雲暮雨，添雲暮雨映疏簾。

輕帆

輕帆掛月遠人征，月遠人征隨雁横。横雁隨征人遠月，征人遠月掛帆輕。

小雨

紅樓小雨滴梧桐，雨滴梧桐翠閣東。東閣翠桐梧滴雨，桐梧滴雨小樓紅。

横波

横波緑柳谷啼鶯，柳谷啼鶯黄日晴。晴日黄鶯啼谷柳，鶯啼谷柳緑波横。

碧柳

東門碧柳拂輕風，柳拂輕風浴日紅。紅日浴風輕拂柳，風輕拂柳碧門東。

詩畫

詩成畫集韻成詞，集韻成詞全卷遺。遺卷全詞成韻集，詞成韻集畫成詩。

春吟

春吟獨酌自愁人，酌自愁人醉爽神。神爽醉人愁自酌，人愁自酌獨吟春。

白雲

秋雲白水淡烟浮，水淡烟浮雁落洲。洲落雁浮烟淡水，浮烟淡水白雲秋。

平蕪

蕪平碧野雁鴻孤，野雁鴻孤棲葦蒲。蒲葦棲孤鴻雁野，孤鴻雁野碧平蕪。

夕　曛

雲開嶺鳥度峯羣，鳥度峯羣映夕曛。曛夕映羣峯度鳥，羣峯度鳥嶺開雲。

孤　烟

孤烟曉景映平湖，景映平湖遠畫圖。圖畫遠湖平映景，湖平映景曉烟孤。

艷　麗

花開艷麗細枝華，麗細枝華春月斜。斜月春華枝細麗，華枝細麗艷開花。

幽　亭

幽亭一水碧香浮，水碧香浮光翠樓。樓翠光浮香碧水，浮香碧水一亭幽。

晴　春

晴春晚照遍山城，照遍山城古月明。明月古城山遍照，城山遍照晚春晴。

幽林

幽林谷茂氣霞流，茂氣霞流芳緑洲。洲緑芳流霞氣茂，流霞氣茂谷林幽。

輕塵

塵輕沾雨滴霞氛，雨滴霞氛罩薄雲。雲薄罩氛霞滴雨，氛霞滴雨沾輕塵。

甘泉

泉甘漱液翠茶鮮，液翠茶鮮新榻禪。禪榻新鮮茶翠液，鮮茶翠液漱甘泉。

浮烟

烟浮遠浦映雲巔，浦映雲巔崖岫鮮。鮮岫崖巔雲映浦，巔雲映浦遠浮烟。

銷魂

銷魂黯黯别思迢，黯别思迢嘆路遥。遥路嘆迢思别黯，迢思别黯黯魂銷。

細　雨

霏紛細雨沾寒衣，雨沾寒衣玉屑飛。飛屑玉衣寒沾雨，衣寒沾雨細紛霏。

浦　岸

青浮浦岸近迴汀，岸近迴汀繞玉屏。屏玉繞汀迴近岸，汀迴近岸浦浮青。

長　流

流長水遠浪花浮，遠浪花浮雲卷收。收卷雲浮花浪遠，浮花浪遠水長流。

紗　橱

橱紗碧旭日懸珠，旭日懸珠映緑湖。湖緑映珠懸日旭，珠懸日旭碧紗橱。

東　亭

東亭小桂月濛濛，桂月濛濛照遠鴻。鴻遠照濛濛月桂，濛濛月桂小亭東。

紅霞

紅霞晚照碧空濛，照碧空濛帶遠鴻。鴻遠帶濛空碧照，濛空碧照晚霞紅。

隨潮

隨潮暗浪小舟遲，浪小舟遲月影移。移影月遲舟小浪，遲舟小浪暗潮隨。

流霞

霞流薄霧淡風斜，霧淡風斜飛落花。花落飛斜風淡霧，斜風淡霧薄流霞。

春遊

春遊好景碧蕪新，景碧蕪新花月晨。晨月花新蕪碧景，新蕪碧景好遊春。

寒霞

寒霞映渚夕芳殘，渚夕芳殘照碧瀾。瀾碧照殘芳夕渚，殘芳夕渚映霞寒。

斜烟

斜烟淡瑣遠崖霞，瑣遠崖霞映屋華。華屋映霞崖遠瑣，霞崖遠瑣淡烟斜。

飄烟

飄烟暮雨細風摇，雨細風摇柳色嬌。嬌色柳摇風細雨，摇風細雨暮烟飄。

庭花

庭花落露沾芳馨，露沾芳馨芬翠屏。屏翠芬馨芳沾露，馨芳沾露落花庭。

香齋

崖空落雪冷香齋，雪冷香齋蘭繞階。階繞蘭齋香冷雪，齋香冷雪落空崖。

殘燈

殘燈照過雁啼寒，過雁啼寒愁感酸。酸感愁寒啼雁過，寒啼雁過照燈殘。

瓊　菊

華瓊菊艷碧橱紗，艷碧橱紗照日斜。斜日照紗橱碧艷，紗橱碧艷菊瓊華。

香　桂

珠凝露玉桂香酥，玉桂香酥花影孤。孤影花酥香桂玉，酥香桂玉露凝珠。

寒　霜

寒霜冷過雁鳴殘，過雁鳴殘月色闌。闌色月殘鳴雁過，殘鳴雁過冷霜寒。

丹　霞

丹霞谷雨碧陰寒，雨碧陰寒午夢殘。殘夢午寒陰碧雨，寒陰碧雨谷霞丹。

黄　菊

光浮徑野菊瓊黄，野菊瓊黄花液香。香液花黄瓊菊野，黄瓊菊野徑浮光。

疏　鐘

空聞磬響晚疎鐘，響晚疎鐘近古桐。桐古近鐘疎晚響，鐘疎晚響磬聞空。

空　山

空山曉雨碧烟蒙，雨碧烟蒙罩翠叢。叢翠罩蒙烟碧雨，蒙烟碧雨曉山空。

凄　風

凄風晚雨暮雲低，雨暮雲低障碧隄。隄碧障低雲暮雨，低雲暮雨晚風凄。

山　谿

齊雲白水碧山谿，水碧山谿近柳隄。隄柳近谿山碧水，谿山碧水白雲齊。

歸　帆

歸帆映日碧雲飛，日碧雲飛霞夕霏。霏夕霞飛雲碧日，飛雲碧日映帆歸。

回雲

回雲載月碧窗開，月碧窗開花鳥來。來鳥花開窗碧月，開窗碧月載雲回。

迷雲

迷雲曲澗碧花谿，澗碧花谿緑柳隄。隄柳緑谿花碧澗，谿花碧澗曲雲迷。

月影

前階舞影月含烟，影月含烟翠竹妍。妍竹翠烟含月影，烟含月影舞階前。

寒江

寒江碧雨映霞丹，雨映霞丹染紫壇。壇紫染丹霞映雨，丹霞映雨碧江寒。

其二

寒江漲雨夜烟殘，雨夜烟殘碧釣灘。灘釣碧殘烟夜雨，殘烟夜雨漲江寒。

玉桂

丹葩玉桂碧香殘，桂碧香殘夜色闌。闌色夜殘香碧桂，殘香碧桂玉葩丹。

春曉

曦春曉雨碧遊絲，雨碧遊絲緑草滋。滋草緑絲遊碧雨，絲遊碧雨曉春曦。

珠幃

思柔日夜傍珠幃，夜傍珠幃對酒詩。詩酒對幃珠傍夜，幃珠傍夜日柔思。

峯層

峯層碧翠茂雲松，翠茂雲松春興濃。濃興春松雲茂翠，松雲茂翠碧層峯。

重山

重山萬樹碧霞濃，樹碧霞濃雲遠峯。峯遠雲濃霞碧樹，濃霞碧樹萬山重。

冬寒

冬寒小寺遠鳴鐘，寺遠鳴鐘聞翠峯。峯翠聞鐘鳴遠寺，鐘鳴遠寺小寒冬。

閒情

閒情野叟伴鴉還，叟伴鴉還雲霧攀。攀霧雲還鴉伴叟，還鴉伴叟野情閒。

新雨

鮮新雨露沾花妍，露沾花妍華玉泉。泉玉華妍花沾露，妍花沾露雨新鮮。

巒烟

巒烟遠繞翠林寒，繞翠林寒山谷丹。丹谷山寒林翠繞，寒林翠繞遠烟巒。

楚水

濱江楚水碧芳春，水碧芳春漲玉津。津玉漲春芳碧水，春芳碧水楚江濱。

蜂羣

蜂羣釀密帶花穠，密帶花穠香露濃。濃露香穠花帶密，穠花帶密釀羣蜂。

『密』：原文

碧梧

池芳積翠碧梧枝，翠碧梧枝月影移。移影月枝梧碧翠，枝梧碧翠積芳池。

玉蕭

吹蕭玉管翠凝思，管翠凝思倚絳帷。帷絳倚思凝翠管，思凝翠管玉蕭吹。

『蕭』：原文

錦夢

尋追錦夢好春深，夢好春深愁思吟。吟思愁深春好夢，深春好夢錦追尋。

荷珠

荷珠玉液沾輕波，液沾輕波拂翠螺。螺翠拂波輕沾液，波輕沾液玉珠荷。

翠靄

登樓翠靄倚欄憑，靄倚欄憑眺谷凌。凌谷眺憑欄倚靄，憑欄倚靄翠樓登。

冰霜

冰霜玉屑碧空凌，屑碧空凌雲氣騰。騰氣雲凌空碧屑，凌空碧屑玉霜冰。

飛行

騰雲駕霧薄霄層，霧薄霄層空碧登。登碧空層霄薄霧，層霄薄霧駕雲騰。

融光

融光月吐霧清穹，吐霧清穹碧翠空。空翠碧穹清霧吐，穹清霧吐月光融。

郵書

書郵雁遠寄音疎，遠寄音疎遐思餘。餘思遐疎音寄遠，疎音寄遠雁郵書。

珠光

珠光夜月妍香廚，月妍香廚映玉壺。壺玉映廚香妍月，廚香妍月夜光珠。

痴情

痴情笑語夢遐思，語夢遐思遠別離。離別遠思遐夢語，思遐夢語笑情痴。

回文集卷五十二　目録

回文集卷五十二

熊應祚

紅芙

紅芙艷碧潤香風，碧潤香風瓊露籠。籠露瓊風香潤碧，風香潤碧艷芙紅。

秋梧

梧秋碧雨灑庭蕪，雨灑庭蕪映户朱。朱户映蕪庭灑雨，蕪庭灑雨碧秋梧。

青湖

湖青草碧影帆孤，碧影帆孤寂野鳧。鳧野寂孤帆影碧，孤帆影碧草青湖。

香露

株花滿墜露香珠，墜露香珠吐碧蕪。蕪碧吐珠香露墜，珠香露墜滿花株。

白　雁

齊雲白雁映霜隄，雁映霜隄月映谿。谿映月隄霜映雁，隄霜映雁白雲齊。

迷　雲

迷雲遠水映寒谿，水映寒谿山雨西。西雨山谿寒映水，谿寒映水遠雲迷。

長　亭

長亭柳緑碧芳塘，緑碧芳塘新月涼。涼月新塘芳碧緑，塘芳碧緑柳亭長。

寒　霜

霜寒降雨霽霄涼，雨霽霄涼月色芳。芳色月涼霄霽雨，涼霄霽雨降寒霜。

玉　霜

光含玉露碧流芳，露碧流芳月桂香。香桂月芳流碧露，芳流碧露玉含光。

長林

林長碧翠月痕深，翠月痕深秋雁沈。沈雁秋深痕月翠，深痕月翠碧長林。

朝晴

朝晴雨露碧穹霄，露碧穹霄層霧消。消霧層霄穹碧露，霄穹碧露雨晴朝。

清晨

晨清碧露曉鮮新，露曉鮮新芳玉塵。塵玉芳新鮮曉露，新鮮曉露碧清晨。

高巔

巔高碧翠遠雲邊，翠遠雲邊日麗天。天麗日邊雲遠翠，邊雲遠翠碧高巔。

春回

回春麗艷碧林開，艷碧林開山雨來。來雨山開林碧艷，開林碧艷麗春回。

飛雲

飛雲雁影月芳菲，影月芳菲清霧來。來霧清菲芳月影，菲芳月影雁雲飛。

雷聲

雷聲一雨曉雲開，雨曉雲開帆去回。回去帆開雲曉雨，開雲曉雨一聲雷。

青燈

青燈一夕照幽庭，夕照幽庭映翠屏。屏翠映庭幽照夕，庭幽照夕一燈青。

蒸霞

蒸霞暑氣盪空凌，氣盪空凌暴日升。升日暴凌空盪氣，凌空盪氣暑霞蒸。

秋潮

潮秋暮雨烈風摇，雨烈風摇蕩緑蕉。蕉緑蕩摇風烈雨，摇風烈雨暮秋潮。

紅橋

橋紅野鳥逐芳朝，鳥逐芳朝花色嬌。嬌色花朝芳逐鳥，朝芳逐鳥野紅橋。

楊柳

穿楊緑柳伴鳴鳶，柳伴鳴鳶翠障連。連障翠鳶鳴伴柳，鳶鳴伴柳緑楊穿。

鳴蟬

蟬鳴柳樹夕霞妍，樹夕霞妍雲霧邊。邊霧雲妍霞夕樹，妍霞夕樹柳鳴蟬。

流泉

泉流石漱激深淵，漱激深淵水浪鮮。鮮浪水淵深激漱，淵深激漱石流泉。

塵仙

仙塵降謫累情牽，謫累情牽引俗緣。緣俗引牽情累謫，牽情累謫降塵仙。

臨淵

淵臨麗水躍魚鮮，水躍魚鮮月滿川。川滿月鮮魚躍水，鮮魚躍水麗臨淵。

餘霞

餘霞夕照映芙渠，照映芙渠碧影疎。疎影碧渠芙映照，渠芙映照夕霞餘。

花朝

瑶瓊碧錦艷花朝，錦艷花朝隔水遥。遥水隔朝花艷錦，朝花艷錦碧瓊瑶。

歸樵

樵歸醉荷擔薪條，荷擔薪條長路遥。遥路長條薪擔荷，條薪擔荷醉歸樵。

紅蕉

蕉紅滴雨碧窗瑶，雨碧窗瑶草色嬌。嬌色草瑶窗碧雨，瑶窗碧雨滴紅蕉。

秋月

高秋月冷雁翔翺，冷雁翔翺風亂號。號亂風翺翔雁冷，翺翔雁冷月秋高。

風號

號風聽遠起雲濤，遠起雲濤秋雁高。高雁秋濤雲起遠，濤雲起遠聽風號。

波平

波平映月蕩紅鵝，月蕩紅鵝貼水荷。荷水貼鵝紅蕩月，鵝紅蕩月映平波。

荷珠

荷珠貼水碧遊鵝，水碧遊鵝寒雁過。過雁寒鵝遊碧水，鵝遊碧水貼珠荷。

蒼江

江蒼錦色碧帆幢，色碧帆幢翠水淙。淙水翠幢帆碧色，幢帆碧色錦蒼江。

芳苞

苞芳放艷吐春郊，艷吐春郊新月梢。梢月新郊春吐艷，郊春吐艷放芳苞。

青苗

苗青翠隴近紅橋，隴近紅橋林碧瑶。瑶碧林橋紅近隴，橋紅近隴翠青苗。

紅雲

紅雲靄靄碧清穹，靄碧清穹映遠鴻。鴻遠映穹清碧靄，穹清碧靄靄雲紅。

狂風

風狂舞葉落花宫，葉落花宫月碧空。空碧月宫花落葉，宫花落葉舞狂風。

高桐

桐高一葉翠園東，葉翠園東鄰碧叢。叢碧鄰東園翠葉，東園翠葉一高桐。

長　空

空長滴露沾花叢，露沾花叢雲紫紅。紅紫雲叢花沾露，叢花沾露滴長空。

楓　紅

楓紅兩岸暮雲同，岸暮雲同飛雁鴻。鴻雁飛同雲暮岸，同雲暮岸兩紅楓。

紗　籠

籠紗碧美咏詩工，美咏詩工句感通。通感句工詩咏美，工詩咏美碧紗籠。

銷　魂

銷魂別夜冷秋潮，夜冷秋潮江月邀。邀月江潮秋冷夜，潮秋冷夜別魂銷。

横　舟

横舟看月曉初晴，月曉初晴新石城。城石新晴初曉月，晴初曉月看舟横。

融脂

融脂濕粉艷姿容，粉艷姿容花興濃。濃興花容姿艷粉，容姿艷粉濕脂融。

焚香

香焚夜靜漏鐘長，靜漏鐘長秋露凉。凉露秋長鐘漏靜，長鐘漏靜夜焚香。

漁秋

漁秋晚釣暮雲疎，釣暮雲疎歌興餘。餘興歌疎雲暮釣，疎雲暮釣晚秋漁。

鋤耘

鋤耘帶日淡雲疎，日淡雲疎風景餘。餘景風疎雲淡日，疎雲淡日帶耘鋤。

新蔬

蔬新喜雨碧蘿疎，雨碧蘿疎映緑渠。渠緑映疎蘿碧雨，疎蘿碧雨喜新蔬。

紅渠

渠紅映照落霞餘，照落霞餘夕影虛。虛影夕餘霞落照，餘霞落照映紅渠。

飛花

飛花落日映雙扉，日映雙扉山鳥歸。歸鳥山扉雙映日，扉雙映日落花飛。

霏晨

霏晨雨細屑紛飛，細屑紛飛塵沾衣。衣沾塵飛紛屑細，飛紛屑細雨晨霏。

春梅

梅春映雨碧山隈，雨碧山隈岩翠堆。堆翠岩隈山碧雨，隈山碧雨映春梅。

春台

台春望遠野雲開，遠野雲開帆影來。來影帆開雲野遠，開雲野遠望春台。

夕陽

斜暉夕照艷餘霞，照艷餘霞翠谷華。華谷翠霞餘艷照，霞餘艷照夕暉斜。

其二

烟雲碧翠夕霞邊，翠夕霞邊映岫巔。巔岫映邊霞夕翠，邊霞夕翠碧雲烟。

深淵

淵深近谷石奔泉，谷石奔泉古岸邊。邊岸古泉奔石谷，泉奔石谷近深淵。

船樓

船樓照月碧涵川，月碧涵川玉浪鮮。鮮浪玉川涵碧月，川涵碧月照樓船。

菊

鮮新菊液玉華妍，液玉華妍梅雪先。先雪梅妍華玉液，妍華玉液菊新鮮。

重陽

重陽夕野菊香濃，野菊香濃花繞松。松繞花濃香菊野，濃香菊野夕陽重。

深灣

環屏翠色碧深灣，色碧深灣映暮關。關暮映灣深碧色，灣深碧色翠屏環。

攀登

攀登遠跋涉深灣，跋涉深灣水石寰。寰石水灣深涉跋，灣深涉跋遠登攀。

香茅

茅香遍地滿芳郊，地滿芳郊風雨敲。敲雨風郊芳滿地，郊芳滿地遍香茅。

空霄

霄空碧露滴雲朝，露滴雲朝花艷嬌。嬌艷花朝雲滴露，朝雲滴露碧空霄。

潮

潮隨浪去暑殘消，去暑殘消花艷嬌。嬌艷花消殘暑去，消殘暑去浪隨潮。

斜暉

斜暉照入彩流霞，入彩流霞陽洞華。華洞陽霞流彩入，霞流彩入照暉斜。

餘霞

華光遠照彩餘霞，照彩餘霞雲野家。家野雲霞餘彩照，霞餘彩照遠光華。

月色

鮮天月色玉欄前，色玉欄前花艷妍。妍艷花前欄玉色，前欄玉色月天鮮。

參禪

禪參拜後醉詩仙，後醉詩仙遊翠巔。巔翠遊仙詩醉後，仙詩醉後拜參禪。

新霞

鮮新露液碧光天，液碧光天春色妍。妍色春天光碧液，天光碧液露新鮮。

甘泉

泉甘浸澗碧崖前，澗碧崖前淵涉川。川涉淵前崖碧澗，前崖碧澗浸甘泉。

彩月

船江載月彩光圓，月彩光圓照滿川。川滿照圓光彩月，圓光彩月載江船。

月影

穿空碧月照前川，月照前川浸碧漣。漣碧浸川前照月，川前照月碧空穿。

涉渡

河清涉渡蕩金波，渡盪金波寒雁過。過雁寒波金蕩渡，波金蕩渡涉清河。

寒　秋

寒秋雨夜晚烟殘，夜晚烟殘映碧瀾。瀾碧映殘烟晚夜，殘烟晚夜雨秋寒。

寒　雲

寒雲曉霧野香殘，霧野香殘映碧灘。灘碧映殘香野霧，殘香野霧曉雲寒。

蒼　山

蒼山暮色晚風香，色晚風香秋氣凉。凉氣秋香風晚色，香風晚色暮山蒼。

飛　航

航飛遠客旅程長，客旅程長空碧蒼。蒼碧空長程旅客，長程旅客遠飛航。

孤　燈

孤燈獨坐靜庭隅，坐靜庭隅幽思娱。娱思幽隅庭靜坐，隅庭靜坐獨燈孤。

燕庭

燕庭碧月映簾珠，月映簾珠露滴梧。梧滴露珠簾映月，珠簾映月碧庭燕。

春湖

湖春艷景潤香酥，景潤香酥花吐珠。珠吐花酥香潤景，酥香潤景艷春湖。

回雲

梅村竹滿雪雲回，滿雪雲回帶雁來。來雁帶回雲雪滿，回雲雪滿竹村梅。

回潮

來鴻帶雨暮潮回，雨暮潮回浪轉堆。堆轉浪回潮暮雨，回潮暮雨帶鴻來。

歌

歌喉宛轉氣調和，轉氣調和詞賦多。多賦詞和調氣轉，和調氣轉宛喉歌。

瑟

和柔瑟妙奏笙歌，妙奏笙歌音韻多。多韻音歌笙奏妙，歌笙奏妙瑟柔和。

雲　濤

高樓遠寺碧雲濤，寺碧雲濤風怒號。號怒風濤雲碧寺，濤雲碧寺遠樓高。

凝　霜

霜凝結露白雲蒼，露白雲蒼天轉凉。凉轉天蒼雲白露，蒼雲白露結凝霜。

蒼　梧

湖西緑柳映蒼梧，柳映蒼梧青碧蕪。蕪碧青梧蒼映柳，梧蒼映柳緑西湖。

香江即景

山城築屋繞深灣，屋繞深灣水石寰。寰石水灣深繞屋，灣深繞屋築城山。

其二

齊山大厦罩雲低，厦罩雲低船滿隄。隄滿船低雲罩厦，低雲罩厦大山齊。

春寒

春寒雨露滴清晨，露滴清晨花爽神。神爽花晨清滴露，晨清滴露雨寒春。

春花

春花麗艷色鮮新，艷色鮮新影玉津。新影玉津垂緑柳，津垂緑柳拂芳塵。

吟咏

懷空未得好詩諧，得好詩諧妙字排。諧妙字排文織錦，排文織錦獻瑶階。

松山

松上碧翠霧香濃，翠霧香濃罩遠峯。濃罩遠峯雲動盪，峯雲動盪影葱蘢。

賀孫甄陶先生金婚

金婚志喜慶同心，喜慶同心愛慕深。心愛慕深情意合，深情意合契虔忱。

酒醒

馨芳酒醒夢秋庭，醒夢秋庭草近青。庭草近青苔碧翠，青苔碧翠月幽亭。

遠別

香薰撲蝶夢悠揚，蝶夢悠揚激斷腸。揚激斷腸愁別遠，腸愁別遠路漫長。

香裙

裙香濕露沾清芬，露沾清芬映薄雲。芬映薄雲遮碧樹，雲遮碧樹曉烟氛。

野菊

南郊野菊紫黄參，菊紫黄參翠影含。參翠影含香碧岸，含香碧岸眺遥嵐。

古琴

桐絲細奏曲聲洪，奏曲聲洪響碧空。洪響碧空弦柱鼓，空弦柱鼓韻神工。

豪詩

豪詩采調格風高，調格風高學楚騷。高學楚騷壇鍜鍊，騷壇鍜鍊快揮毫。

瀑布

飛泉掛壁映霞暉，壁映霞暉落屑霏。暉落屑霏芳碧澗，霏芳碧澗白雲圍。

烟塵

連雲淡籠罩西川，籠罩西川碧雨烟。川碧雨烟塵屑鎖，烟塵屑鎖玉岩邊。

雲潭

南窗碧竹掃雲潭，竹掃雲潭翠露含。潭翠露含山景遠，含山景遠望禪庵。

層峯

鐘疎遠寺隔層峯，寺隔層峯積翠重。峯積翠重林色碧，重林色碧野雲濃。

感懷

深秋夢斷一情牽，慮國爲懷感萬千。吟咏尋詩常解悶，心傷兩淚落胸前。

珍寶海鮮舫

珍寶鮮舫瓊海濱，閣樓畫棟景奇新。塵寰美麗華香島，味妙蝦鱗迷遠人。

黄師君翁赴南韓畫展賦詩奉贈

芬芳碧樹緑蒼蒼，瀑響懸岩近草堂。聞遠世人驚妙筆，雲層蕩動氣猖狂。

其　二

空林野色浸瓊樓，葉落山容涵早秋。風格奇神傳墨筆，東瀛飛渡遠航遊。

偶成

茵花麗色艷迷人，醉客如痴情率真。神爽眸清涵智慧，身心潔玉傲寰塵。

詠春

晴波緑柳春歸燕，霽雨寒窗晚落花。城石遍青山滿竹，瓊樓玉色碧横斜。

賀孫甄陶先生金婚

琴瑟和諧情感深，好緣恩愛喜同心。金婚慶賀來賓客，液玉盈杯酒滿斟。

紫霜

霜紫瓊華月夜凉，曉天光潤露芬芳。長亭柳色碧清淡，黄菊幽香冷翠堂。

别恨

長亭柳細葉菲芳，恨别離愁摧斷腸。凉夜月寒空過雁，玉容惆悵怏神傷。

探親代友人作

盈眶熱淚別離情，遠道歸來掃逕迎。更歲多年長隔絕，故園鄉景夢魂驚。

望夫歸

晨昏企望盼歸人，數片千帆夕倦神。巾濕泣悲空灑淚，怨愁添恨厭寰塵。

郵書

華箋玉素寄郵車，別恨離愁多嘆嗟。遐思感傷懷夢寐，暮冬寒冷月光斜。

冬梅

天寒傲骨玉堂仙，晚節孤芳梅色研。鮮蕊新枝花素雅，堅貞翠幹碧崖巔。

桃源

桃源覓遍水滔滔，難世逃秦避擾騷。陶冶性靈心鎮定，寄情詩畫樂揮毫。

無我相

塵紅降落下凡身，道得高超神志伸。人識有形爲假我，我爲無相乃成真。

自修

無爲清靜爲真道，得到靈光造化敷。儒俗亦行知寡慾，老聃奇智哲承趨。

感懷

修來命運數貧富，道悟先知只士優。求好妙文能濟世，布衣仍得傲王侯。

中秋

中秋月色碧涵空，遍照全球寰宇同。鴻遠飛來傳雁信，故園家況景朦朧。

清明

風春醉眼青垂柳，照映桃花人面紅。東苑夕陽霞景好，晚霄雲色碧長空。

學禪

年暮閒遊來異國，寄情詩畫寫雲烟。緣塵了絶隔休咎，悟覺空時靜學禪。

夜讀

焚香碧夜清心寂，道釋儒書教誨勤。聞博自能多領悟，薰爐靜讀賞奇文。

圍爐

東庭暖火映光紅，半夜圍爐熱氣充。空碧雲飛鳴雁過，中宵月色景玲瓏。

渡口

橫舟渡口江風晚，暮釣魚磯蘆草平。迎犬吠人來野店，緑楊垂柳伴蛙鳴。

閒愁

幽閒獨處倚層樓，院小栽花春色浮。柔暖風清雲靄靄，憂懷遠國異鄉愁。

漁歌

烟雲一幅滿前川，槳盪輕舟摇客船。天暮閒歌漁近岸，小橋横過渡江邊。

新月

空堂古月新如弓，竹動和風吹院東。葱鬱氣含瓊玉露，中宵素影映花宫。

啼鴉

長林翠積霞烟淡，柳外啼鴉集苑牆。桑野春田芳秀色，蒼蒼碧岸緑池塘。

芳竹

迎風翠碧園芳竹，掃月幽香烟色晴。瓊紫林長高節素，拂雲停月浪輕盈。

農

西疇種稻近山溪，叱犢青畦麥浪齊。啼鳥春耕犂雨小，荷鋤車水隔長堤。

漁

隄平水滿漲山溪，撒綱漁舟近石磯。低樹陰涼遮烈日，淡雲孤鶩落霞齊。

樵

西橋過後雨山溪，背插鐮刀鐵斧提。泥路行難肩荷担，淒風冷徑野猿啼。

僧

高峯古寺隔松澗，響磬鳴鍾齋鼓喧。桃映紅雲仙佛地，悟禪空靜雅風存。

『鍾』：原文

雪

横空雪色燦寒瓊，樹皓雲烟深滿城。盈耳噪鴉啼處處，穩知今夜半天晴。

冬　晴

晴冬喜鵲噪天明，樹滿黄梅花色瓊。清氣雲浮香碧院，冷齋曉讀伴琴横。

『噪』：原文

多　夢

多夢縈思苦爲何，醉心詩畫寫新歌。磨研喜道經文哲，盼顧寬心丹氣和。

秋　月

天高爽氣薄桐陰，柳陌疎斜雲霧沉。蟬噪低聲楓葉脱，滿籬菊艷碧秋深。

新　秋

西風急吹早涼歸，白雁飛來映夕暉。隄柳碧浮雲霧障，菊黄秋葉落霜凄。

暮　秋

梧桐滴雨浸枯荷，菊老凝霜寒雁過。疏影横斜風露重，翠薇寒色映秋波。

香江即景

瓊樓遠聳遍山城，大厦華奢建築精。行道飛馳車湧塞，滿街人海港謀營。

張紐思夫人追思集

西風冷月拂凝霜，慰餞香魂祭畫堂。睽隔人天秋薦酒，題詩悼唁弔神傷。

其　二

魂天薦酒祭傷神，妙筆生花念舊辰。存思詩壇文藝絶，尊師痛悼賦來賓。

賀黄師君璧八秩晉三華誕

遐齡享慶永年華，杖國扶鳩攜代車。嘉寵藝名傳久遠，壽高尊宿長爭誇。

溪　澗

泉鳴薮竹樹陰涼，隔岸紅花溪澗香。巔碧浮雲飛夜月，淵深涉遠渡時長。

雷　電

追風逐雨疾鳴雷，照野荒郊雲霧開。馳電燄紅霞匝地，燭天火鏡巨聲來。

蹊　山

蹊山碧水緑村孤，野竹芳花繞曲湖。隄柳横雲低隴畦，晚霞紅樹滿啼烏。

牡　丹

紅衣錦蕚碧天香，細脈鮮膚金縷芳。東苑瓊花瑶圃翠，風摇膩粉色芬揚。

芍　藥

含香帶雨碧芳階，蕊撲金絲映月台。涵露玉苞開並蒂，萃霞翻錦緑青苔。

紅　桃

幽香翠蕚碧臨風，照水丹腮映臉紅。浮影芳霞流爽岸，艷源仙日醉園東。

荷　池

風來雨洒皺荷池，片石疎楊翠帶垂。紅淡蓮花香滿岸，水浮鵝雁逐波馳。

塵

輕風細雨沾衫衣，岸隱江樓郊樹稀。城遍黄沙飛滚滚，拂烟塵滿罩霞暉。

菊　花

黄初菊色翠凝香，冷艷浮花霜露芳。蒼碧疎烟瓊竹紫，瘦蕾金鐸振蕭牆。

杏　花

紅輕粉薄翠香幽，緑野芳林碧絳浮。東苑臨牆鄰色艷，蝶鶯迷戀眷温柔。

蓮　花

紅粧秀葉素房幽，月上波心碧彩浮。風動舞花蓮玉藕，出泥引翠軟香柔。

儒　修

通經講學重儒林，浴德心虚天道尋。鴻略雅懷勤志篤，崇賢仰聖世承欽。

其　二

風光霽月碧雲停，智慧希天貫史經。洪範知機能燭遠，澡身浴德美芳型。

觀　潮

浮天雪地捲銀山，海若驚濤聲繞環。秋暮山傾風疊轉，舟輕震浪水漩澴。

偶　成

寬懷放蕩度餘年，觸感間愁悵萬千。歡笑樂天從數運，盤杯美酒壽年延。

春　暮

鷄鳴曉霧罩山寒，白雁羣歸春色闌。谿野落花吹滿地，谷林飛鳥過長巒。迷雲黯淡含烟黑，玉樹葱蒼映日丹。隄岸柳幽瓊色碧，草青沾露淡霞殘。

冬　雪

梅黄映雪小庭寒，瘦色山容樹葉殘。開霧陰林歸鳥暮，帶烟翠障水雲寬。槐庭瑣影盤根老，竹逕拖青玉幹端。台玉碧窗穿曉月，埃塵少處遠雲漫。

惜別

深情苦別怕驪歌，素影倚郎傍繡羅。吟罷遐思愁對鏡，恨餘垂淚集成渦。金眸皓齒人如玉，淡頰芝眉眼注波。酙酒且留詩意厚，臨窗静話共消磨。

閨情 廻文七律兼虞美人詞

戊午冬，回台北籌備出版四季迴文詩集，曾訪蕭繼宗先生，出示朱杏孫閨情迴文七律兼虞美人詞，當即步原韻草成一首。

孤村曉夢綺樓隔，雨滴梧桐迫冷風。珠露撲螢蟲斷續，玉蕭長奏曲玲瓏。膚香襯色嬌容俏，影遠疏星小碧空。蕪院引薰濃霧罩，近霄清靄靄雲紅。

『蕭』：原文，下同

用閨情詩詞合璧原文改吟迴文七絶三首

其一

孤村冷雨迫清風，影遠星疎近碧空。梧院玉蟲螢撲露，蕪薰罩霧引雲紅。

其二

桐疎隔院小樓曉，雨滴清霄近露珠。空碧靄雲長斷續，玉容嬌影襯香膚。

其三

孤村綺夢嬌容悄，碧蕭遠奏曲玲瓏。梧桐滴雨紅雲近，珠露香濃罩遠空。

用閨情詩詞合璧原文改吟五絶五首

其一

孤村雨露滴，霧罩引雲濃。珠露撲螢遠，蕪香碧靄紅。

其二

珠露蟲螢撲，靄霄雲冷空。蕪香碧雨滴，疎夢綺樓紅。

其三

膚香襯玉色，遠影小樓紅。疎夢孤村曉，梧桐迫雨風。

其四

孤奏曲玲瓏，近樓小院空。疎星罩冷霧，蕪碧引薰濃。

其五

膚玉嬌容悄，碧蕭奏遠空。疎長曲斷續，小院隔清風。

用閨情詩詞合璧原文改吟減字轉尾迴文七絶十四首

其一

孤村雨露曉雲疎，露曉雲疎香碧蕪。蕪碧香疎雲曉露，疎雲曉露雨村孤。

其二

桐疎碧霧曉霄空，霧曉霄空迫雨風。風雨迫空霄曉霧，空霄曉霧碧疎桐。

其三

孤村冷雨滴桐梧，雨滴桐梧襯碧蕪。蕪碧襯梧桐滴雨，梧桐滴雨冷村孤。

其四

蟲螢撲露冷香風，露冷香風近碧桐。桐碧近風香冷露，風香冷露撲螢蟲。

其五

空霄冷雨滴梧桐，雨滴梧桐迫冷風。風冷迫桐梧滴雨，桐梧滴雨冷霄空。

其六

紅樓小院碧梧桐，院碧梧桐迫冷風。風冷迫桐梧碧院，桐梧碧院小樓紅。

其七

瓏玲曲奏遠蕭疎，奏遠蕭疎近碧桐。桐碧近疎蕭遠奏，疎蕭遠奏曲玲瓏。

其八

膚香襯色碧風疎，色碧風疎影玉蕪。蕪玉影疎風碧色，疎風碧色襯香膚。

其九

桐梧遠影續長空，影續長空碧冷風。風冷碧空長續影，空長續影遠梧桐。

其十

空霄靄靄霧清風，靄霧清風近碧桐。桐碧近風清霧靄，風清霧靄靄霄空。

其十一

桐梧碧霧引薰濃，霧引薰濃香遠空。空遠香濃薰引霧，濃薰引霧碧梧桐。

其十二

珠香襯色悄容膚，色悄容膚嬌夢孤。孤夢嬌膚容悄色，膚容悄色襯香珠。

其十三

疎星綺夢曉村孤，夢曉村孤影碧梧。梧碧影孤村曉夢，孤村曉夢綺星疎。

其十四

空風撲斷迫梧桐，斷迫梧桐滴雨紅。紅雨滴桐梧迫斷，桐梧迫斷撲風空。

秋興 廻文七律兼虞美人詞 己未初秋於美國金山客次

空山遠隱鐘鳴寺，冷雨風寒睡夢稀。鴻雁獨歸飛渡浦，玉魚羣躍近苔磯。東林秀竹霜層薄，北嶺叢松壑翠巍。紅樹滿園薇碧色，斷烟殘夜客秋幃。

用秋興詩詞合璧原文改吟廻文七絶二首

其一

叢山玉碧霜稀薄，客雁鴻飛歸夜殘。空躍遠魚羣渡浦，寺鐘鳴壑斷層寒。

其二

東林樹近秀苔磯，冷竹巍松滿翠薇。紅色雨風烟北嶺，隱園獨睡夢秋幃。

用秋興詩詞合璧原文改吟五絶五首

其一

叢園碧色翠，睡夢遠鐘稀。鴻雁飛寒浦，雨風近冷幃。

其二

巍翠松林冷，客秋寒樹紅。飛鴻歸雁獨，寺隱遠山空。

其三

空遠鳴鐘寺，北園紅樹稀。東林松壑翠，風雨滿苔磯。

其四

東林近渡浦，竹秀滿園薇。風壑殘烟斷，雨寒冷翠幃。

其五

鴻雁羣歸飛，玉魚躍冷磯。空層秋色薄，東嶺松林稀。

再用秋興詩詞合璧原文改吟減字轉尾迴文七絶十四首

其一

空層冷雨秀林東，雨秀林東飛雁鴻。鴻雁飛東林秀雨，東林秀雨冷層空。

其二

東林遠寺隱山空，寺隱山空鳴雁鴻。鴻雁鳴空山隱寺，空山隱寺遠林東。

其三

東林獨秀碧薇紅，秀碧薇紅山雨空。空雨山紅薇碧秀，紅薇碧秀獨林東。

其四

空寒薄雨碧林紅，雨碧林紅浦近叢。叢近浦紅林碧雨，紅林碧雨薄寒空。

其五

空山躍雨近林紅，雨近林紅碧浦東。東浦碧紅林近雨，紅林近雨躍山空。

其六

紅薇碧樹滿山東，樹滿山東園翠空。空翠園東山滿樹，東山滿樹碧薇紅。

其七

空寒碧翠壑松叢，翠壑松叢玉浦東。東浦玉叢松壑翠，叢松壑翠碧寒空。

其八

空寒雨冷夜飛鴻，冷夜飛鴻雁渡東。東渡雁鴻飛夜冷，鴻飛夜冷雨寒空。

其九

巍林近浦玉鐘稀，浦玉鐘稀霜雁飛。飛雁霜稀鐘玉浦，稀鐘玉浦近林巍。

其十

風烟冷雨近寒空，雨近寒空北嶺叢。叢嶺北空寒近雨，空寒近雨冷烟風。

其十一

稀飛雁冷雨苔磯，冷雨苔磯寒翠帷。帷翠寒磯苔雨冷，磯苔雨冷雁飛稀。

其十二

巍山客夜冷秋幃，夜冷秋幃睡夢稀。稀夢睡帷秋冷夜，幃秋冷夜客山巍。

其十三

薇園冷夜近寒磯，夜近寒磯魚夢稀。稀夢魚磯寒近夜，磯寒近夜冷園薇。

其十四

鴻羣遠浦斷烟空，浦斷烟空霜樹紅。紅樹霜空烟斷浦，空烟斷浦遠羣鴻。

花　月

華瓊花放艷，集韻快吟壇。紗緑映蕪薄，露香浸夜殘。遐幽淡月色，遠影吹風寒。霞翠横雲碧，漏更曉夢闌。

春　曉

芳春艷色翠，霧碧罩深林。黄鳥喧幽徑，香花玉露沉。

花　晨

晨花幾遍踏，露滴沾香裙。新月碧留影，樹芳葉翠芬。

覊　旅

琴横一榻卧，好夢迷痴人。深夜月霜冷，旅客怨傷神。

啼鶯

鶯夢曉啼鶯，梧桐滴雨晴。清光浮滿樹，旭日照丹楹。

吟咏

斜月照琴堂，誦吟韻賦忙。瑕瑜少潤色，華詞引興長。

黄菊

黄菊晚香清，玉液滿巵盈。觴傾人伴月，霜降夜空晴。

暮烟

眸遠入雲邊，暮烟繞崖巔。樓高擁翠色，洲緑傍深淵。

孤雁

孤雁飛寒浦，失遺悲慘鳴。途歸覓路遠，獨鳥客心驚。

春色

雲淡風輕柳，舞飛花岸前。芬芳逃李艷，翠接夕霞天。

空寒

風生嶺虎嘯，白鳥獨飛迴。叢樹蕭條落，空寒冷雪堆。

薄暮

山雲薄暮色，宿鳥擇深枝。閒夢歸期遠，還鄉莫恨遲。

回台參禪

禪參多智慧，俗世塵心灰。天遠寒冬日，旅程飛渡回。

深雲

深雲碧樹翠，遠水春江潯。沉月香浮影，琴幽彈古音。

黄梅

黄梅臘秀嶺，雪白映幽廊。鄉夢愁人醉，茫蒼歲月長。

高岑

岑高碧翡翠，古柏松森陰。霖雨添秋色，侵寒夜晚村。

臺灣

臺灣稱寶島，樹木多陰森。財積如山茂，開雲雨露深。

回國

重洋隔故國，遠路客飛回。逢少離多嘆，飲酣共玉杯。

訓兒

年少難繁事，力毅要誠虔。堅心須立志，慧智重推研。

霜　天

霜天寒雁落，小院菊花香。涼月幽窗碧，讀詞詩興長。

重　陽

籬菊黄花艷，嘯猿白鶴來。隨追共詩酒，帽落且登台。

二

江楓紅滿地，菊艷秋花開。窗碧凝霜降，賦詩羣雁來。

寥　寂

歌長醒酒樂，寂寥閒愁多。磨研賦事物，客遥慰若何。

蘭　階

蘭階玉樹繞，翠色碧窗前。寒月空霄照，丹霞拂遠天。

春光

明媚春光好，翠葉樹蒼蒼。晴雲拂緑柳，碧水湧芳塘。

積德

綿延福澤潤，德積善爲先。傳道謙多益，難疑問上天。

學佛

心清見佛性，普照澈光明。侵受不塵染，鍊磨多歲深。

偶成

題詩畫筆妙，卷展好奇書。稽古多佳句，巧思吐玉珠。

江月

清風江月湧，柳岸依觀濤。晴樹横雲近，聲洪水怒號。

偶成

東閣藏書古，小齋石硯香。工詩兼好畫，雅興引杯長。

弄笛

寒山古調雅，落月翠篠鮮。殘花碧剪雨，弄笛引詩仙。

薔薇

薇紅紫白黄，露浥碧芬芳。飛蝶多香艷，羽翠莖依牆。

秋桂

天香留晚色，玉顆散清芬。仙骨幽寒馥，淡黄多翠氛。

新柳

頻來燕雀舞，草芳香艷春。晨烟遍郊野，新柳碧隄濱。

柳　岸

桃紅碧柳岸，漲水浸長隄。濤起風江晚，高雲遠樹低。

郊　晴

郊晴碧雨霽，緑野映林長。茅茨宿棲鳥，院小馥桂芳。

雁　聲

酸聲雁影遠，旅客怕人愁。看月賞秋菊，寒雲白露收。

野　菊

香柔多野菊，白雁遠歸來。蒼翠秋山暮，芳妍碧月台。

輕　舟

輕舟帆遠颺，碧岸野猿啼。征雁羣飛急，横雲曉月低。

烟　霞

霞烟遠樹影，日暮映歸鴉。斜徑山樵擔，嶺雲夾道遮。

祝師壽白雲堂同仁雅集

高壽祝琴堂，父師重道彰。豪賢盡集慶，快意且稱觴。

雨　天

天雨落花殘，翠雲碧岸寒。烟霞映遠樹，鳥聚棲彫欄。

法藏寺

藏經滿石室，寶樹碧寒皋。房洞清壇靜，香薰佛殿高。

其　二

經樓佛閣滿，寶樹碧雲幢。瓊宇藏仙洞，靈山高士逢。

其　三

高殿雲幢翠，野鶴棲松壇。桃宫仙佛地，禱拜跪蒲團。

其　四

孤僧獨響磬，滿殿佛香焚。蒲團跪叩拜，鼓鐘齋遠聞。

玉　塔

雲峯聳絶頂，玉塔碧巔齊。聞遠鳴鐘寺，薫香洞口西。

觀

松菫伴白鶴，福地寶慈航。峯碧仙壇静，磬鳴經誦長。

霧

銀山曉雨密，柳緑帶烟浮。春碧山城暗，拂林霞翠流。

霽

風高碧霧捲，日暖照晴嵐。空遠翠雲歛，淡烟雨露涵。

霞

紅霞碧野色，捲日絳雲深。空翠映飛雁，海開麗景臨。

慶雲

流光日曳紫，瑞彩碧懸華。浮翠雲峯遠，玉開映絳霞。

月

蟾華映桂影，素鏡照光寒。纖月碧瓊露，簾珠翠玉欄。

霜

鴻雁飛南浦，菊香黃蕊開。楓丹野草白，露結凝霜台。

露

滋花瓊露滴，玉液碧神漿。垂葉沾珠箔，枝盈浥蕙芳。

烟

漁村繞岸曲，罩樹半連雲。疎影横斜雁，淡山碧翠氛。

羈旅

更寒嘆夢醒，滴雨聽聲殘。横雁飛雲過，旅羈愁更酸。

賦詩

清新音律細，鍛鍊多思深。情景咏幽雅，驚人衆賞心。

其二

籠紗碧繡錦，律細語聲圓。工化縈思巧，雄文降謫仙。

朝暉

朝暉曉月靜，燕語舊巢回。霄碧寒雲遠，嬌花錦繡堆。

月色

融光月色翠，瑞氣滿中宵。穹碧寒光曜，東窗映緑蕉。

征鴻

鴻征帶月遠，夜永暗濛朧。空碧涼天晚，東林翠菊叢。

白雲春雪樹花香字字迴文五絶四十首

花醉映春雪，白雲晴樹芳。霞碧罩新月，色芬瓊液香。

菩薩蠻懷人

碧林靄靄烟寒夕，夕寒烟靄靄林碧。晨月伴離人，人離伴月晨。　翠衾孤宿醉，醉宿孤衾翠。天曉又情牽，牽情又曉天。

前調閨怨

曉秋驚夢人煩惱，惱煩人夢驚秋曉。彈淚有情聯，聯情有淚彈。寄書長盡意，意盡長書寄。寒夜怕心酸，酸心怕夜寒。

前調閨思

白雲深處高亭碧，碧亭高處深雲白。樓上莫生愁，愁生莫上樓。笛聲長記憶，憶記長聲笛。暉夕念人歸，歸人念夕暉。

前調秋庭

畫屏錦繡彩雲碧，碧雲彩繡錦屏畫。庭院繞花汀，汀花繞院庭。玉階紅影燭，燭影紅階玉。香桂散芬芳，芳芬散桂香。

前調月夜

月依情態媚人悅，悅人媚態情依月。殘夜惜春寒，寒春惜夜殘。睡花愁玉碎，碎玉愁花睡。東苑滿清風，風清滿苑東。

其二

月涼風動烟霞結，結霞烟動風涼月。天遠隱峯山，山峯隱遠天。曙光幽動樹，樹動幽光曙。長漏玉潭涼，涼潭玉漏長。

前調閨情

紗簾碧緑留斜影，月明光吐空圍冷。香霧罩春蘭，窗寒夜正闌。更殘方念睡，倦極愁添思。情傷感寂寥，何處黯魂銷。

前調閨怨步湯顯祖進士原十六韻

梅黃映雪人歸得，遲來西嶺過愁客。遠影樹横斜，風寒吹碧紗。窗殘燈繞室，曲急聲如織。錦書今夕情，啼鳥翠霞明。

思帝鄉春晴

蜂羣舞蝶伴花叢，醉客東樓，倚看遠征鴻。雁孤聲急，紅雲翠色靄晴空。障碧峯奇、吐艷麗山重。

前調 咏梅

清香映月浸幽庭，玉色盈階，露澈照雲屏。紫華横影，冰肌雪骨愛芳馨。伴竹真堅、緑萼翠霜凝。

前調 隱逸

明燈夜讀靜更深，寂院庭閒，隱士達幽情。老年修道，稱心我德行添增。髮鶴盈盈、雪白鬢霜呈。

前調 别恨

柔情别恨寄書郵，夜半愁生，獨醉卧西樓。雁羣啼急，憂懷滿面淚長流。遠水悠遊、醒睡念思留。

前調 久别重逢

分襟惜别少重逢，望盼頻繁，面晤喜心同。笑談促膝，罇傾共醉樂重重。感慨神傷、聚散嘆怱怱。

『忽忽』：原文『忽忽』，疑手民誤植

浣沙溪 春色

暖日紅花緑樹依，枝鮮碧色草塘西，飛回燕舊覓巢歸。籬外竹青常拂月，崖山雪罩素黄梅，霏霏細雨曉風吹。

西江月 曉雲

曉景雲横遠障，斜烟碧影籠紗。丹霞芳色野園家，滿水秋江縹緲。

虞美人 感懷

年華改換容衰老，髮白安平好。舊親離别久沉音，去國柳園家望悵傷心。春山碧色烟霞曉，遠客人煩惱。月寒霜冷樹蒼蒼，翠玉露凝芳竹素風香。

前調 麗艷

梅粧玉潔香唇赤，鏡耀台光碧。倚樓傍月對花汀，睡醒膩脂融粉艷眸明。螺紅醉色嬌生暈，秀臉多芳潤。眼波眉媚笑顔開，舞罷妙吹輕笛快人懷。

前調 閨怨

塵寰厭處多繁事，苦惱人煩累。恨生傷感咎痴情，嫁錯婦心真鬱鬱愁縈。爲何淚灑泣咽哽，抱憾維思永。只緣擇壻少遲疑，照料老儒書癖久傷悲。

前調 奉贈前駐加拿大使劉公琴五

風神俊士高儒雅，道貌容顏寫。德行碩彥哲名齊，品性節操能永久流垂。清華肅穆文章秀，宿學膺勳懋。折衝樽俎勝玷壇，交議敬崇人望重塵寰。

和朱杏孫虞美人詞原韻

秋殘月冷人消瘦，寂靜愁雲逗。鳥棲蟲躍小庭中，落葉悄風月色映寒空。輕身傍柳蟬鳴恨，訴說情多準。夢痴魂遠酒醒難，醉卧皺眉橫繞滿霜天。

泰山

高峰奇泰岱，壑險斷岩危。豪雨浸烟嶺，濤雲碧影垂。

崂山

灣緑翠牢山，怪石水雲環。彎高路險狹，攀仰喜安閒。

黄山

深谷青雲涌，遍山鋪黑松。林長通遠徑，岑立碧奇峰。陳國才回文萃珍

七絶 遥峰

峰遥翠霧映雲松，霧映雲松芳谷重。重谷芳松雲映霧，松雲映霧翠遥峰。于海洲神墨碑林 回文詩詞匯編

黄山紀遊

羣峰巍峨勁松蒼，巧石如林氣象彰。雲海温泉同四絶，攀登疑是一仙鄉。江淮文史（一九九四年第一期）

回文集卷五十三　目錄

靜緒　寫懷
夏夜　良宵
遊湖　咏恨
酒闌　追跡
虞美人詞五首　昭君回文
遁世回文調寄虞美人

羅元貞教授遠賜壽詞賦此報謝　湖濱步月
江樓晚眺　流花湖修禊二首
踏芳　醉賞三友圖
湖光閣詩會　秋興七律與虞美人合璧
十六字令　西江月春禊
菩薩蠻暮林雲鳥　寒山
揚帆出峽圖

新建印山公園落成次韻陳寬回文詩

新晴回文詩用以題畫

苑鳴琴　秋月感懷
芭蕉　丹桂
杏花春雨憶江南　春江花月夜
春游松山　紅荔
秋夜聽潮　中秋

回文集卷五十三

王遠甫

遠甫（一九〇六—一九九二），福建古田人。中學語文教師，有北游集、求是齋詩詞稿。

秋色

秋色一樓高處望，日斜餘景晚山空。流雲暮逐聲聲雁，洲隔遠林霜葉紅。

漁村月夜

松青滴露月浮烟，半夜喧聲人未眠。篷遠白波凉宿鷺，徑深紅樹早啼鵑。風腥着草江環屋，港淺堆沙岸擱船。東向斗旋天近曙，葱蘢碧色淨林泉。

春郊曉望

烟含柳碧一郊春，出日紅雲映遠人。天倚劍峰環列岫，海浮帆影泛空津。鮮猶曉露銜新蕊，淺尚晴波躍細鱗。妍色花光風驟暖，緑痕苔氣草先熏。

西　橋

西橋小立客心清，句入秋風遠籟鳴。啼樹繞鷩鴉外屋，宿蘆藏見岸邊亭。蹊荒剩草寒沙淺，港靜浮燈一棹明。堤滿水光波泛緑，櫓摇閒對暮江平。徐元回文詩詞五百首

中國當代回文詩詞選集題作西橋和潘希逸吟長韵，『岸』作『雁』，『荒』作『蕪』。

秋　興

徑飄黄葉落紛紛，羣雁過樓高處聞。勝景憐偏秋日晚，磬聲聲度外閑雲。

湖邊春晚（杭州）

湖邊日落影滄寒，鳥亂啼紅倚曲欄。株朽獨凝春氣郁，壺傾恰聽暮鐘殘。

昧爽雨霽坐南湖亭（長春）

新晴霽漢曙輝星，漾碧湖光水上亭。塵絶遠郊芳過雨，春城一色樹青青。

賀新婚

郎才女貌美觀同，蒂并蓮開映日紅。觴舉客來頻賀喜，瑟調人悦盡和融。妝新覽鏡臨窗曉，巹合歡筵盛世隆。祥吉慶偕相笑語，凰求鳳樂正雍雍。

高天飛中國當代回文詩詞選集

十六字令回文四首

烟，塘滿柳絲碧映船。漣漪靜，靄浮遮遠天。

風，江曲漾波隔岸楓。叢蘆隱，月明隨釣篷。

泉，澗飛鳴石遠峰連。懸瀑暗，林撼响松弦。

村，月明雲淡淨留痕。門掩靜，閑坐醉傾樽。

搗練子回文

山雲滿，望層林。高澗飛泉繞磴尋。閑潭碧映峰遥對，户環村拱柏森森。

三台令回文

迎目前山樹茂，墮岩短澗泉飛。清溪淺浪魚戲，淡靄高林鳥歸。

『岩』：中國當代回文詩詞選集作『崖』

醉公子回文

林葉秋摇影，禽墮烟痕暝。紫凝暮靄沉，水流藏竹深。峻岑繞微徑，陰樹盤危磴。
興尋獨嘯吟，勝探頻振襟。

『紫凝』、『峻岑』、『陰』：中國當代回文詩詞選集作『紫迎』、『岑峻』、『蔭』

菩薩蠻送春

去來春訴禽啼苦，苦啼禽訴春來去。微响笛聲飛，飛聲笛响微。酒杯傾靜晝，晝靜
傾杯酒。城日出聞鶯，鶯聞出日城。

菩薩蠻江岸即景

滿堤春柳風吹岸，岸吹風柳春堤滿。天外四山漫，漫山四外天。草頑侵古道，道古
侵頑草。烟霽忽啼鵑，鵑啼忽霽烟。

菩薩蠻 晚秋

半山紅樹深秋晚，晚秋深樹紅山半。岡遠見驅羊，羊驅見遠岡。　慢行人意倦，倦意人行慢。霞晚薄籠紗，紗籠薄晚霞。

虞美人 荷花贊倒讀成七律

光浮正對花容美，實結曾多子。夏過長袖舞風熏，染緑遠波流植淨稱君。　妝匀倩好顔怡意，濁激應酬志。潔身芳澤靜驅氛，及見古風遺躅遠超羣。

虞美人 夜飲回文并可讀成七律回文

明燈一頃傾杯酒，照影清宵叟。坐吟鳴籟晚看林，隱隱遠痕凉覺院沉沉。　聲飄葉撼秋騰駕，意寄箏調夜。賞音情繫客思尋，夢舊白頭驚憶苦勞心。回文詩詞五百首

『頃』、『清』：中國當代回文詩詞選集作『盞』、『深』

十六字令一、二兩首、搗練子、三台令，葉元章、徐通翰輯入當代中國詩詞精選（一九九〇年浙江古籍出版社）。

羅元貞

元貞（一九〇六—一九九三）字季甫，號難老、難老泉邊難老人，廣東興寧人。日本早稻田大學文學院畢業，山西大學歷史系教授。

林中

黄昏怨日落，窄徑覓林深。旁石生靈草，頂松栖異禽。 于海洲神墨碑林回文詩詞匯編

袁榮法

榮法（一九〇七—一九七六）字帥南，號滄洲，一號玄冰，湖南湘潭人。一九三四年上海持志學院法律系畢業，從事律師。去台後任東吳大學教授，主講詞選。著有玄冰詞（輯入湘潭袁氏家集，臺灣文海出版社影印本）。

菩薩蠻 回文

碧波流映回闌赤，赤闌回映流波碧。歸夢逐花飛，飛花逐夢歸。　惡懷愁酒薄，薄酒愁懷惡。牆上月昏黄，黄昏月上牆。 玄冰詞

朱野秋

野秋（一九〇七—　），四川自貢人。教師。

杜工部贊

蒼蒼莽大地，境妙盡佳詩。唐盛生花筆，晉衰遺爪泥。芳芬氣滿腹，佐輔神丰詞。長澤香天海，永稱聖號宜。

頌嵩高

中華矗岳一靈山，古國知名遠世傳。雄貌廊碑神注墨，嵩高采石勒詩園。

于海洲神墨碑林

回文詩詞匯編

林陳秀玉

和〔梧樓催粧詞〕

粧樓翠色柳環城，締結因緣舊有盟。郎是梧兮卿是鳳，廊前嘁舞喜春生。

妍姿玉映透香車，賀客爭趨笑語譁。箋寫同心情密密，天籠靄瑞頌椒花。

鎮海梧樓主人林

一鳴梧樓催粧詞唱和集（一九三五年聊圃叢稿排印本）

封淑英

淑英，女。著有封淑英回文詩集（一九五一年香港大華書局）。

春興

晴日醉和風，李白映桃紅。評花與論酒，清興助茶濃。

夏情

嬌花戀蜜蜂，日烈映榴紅。消暑將藕雪，摇動扇生風。

秋心

亭空坐看星，扇撲戲流螢。清風襲薄袖，輕葉落無聲。

冬意

輕挑炭火爐，煖盞將僮呼。興懷夜剪燭，零雪積寒廬。

賞　雨

倦立小樓紅，開窗把雨接。軟手溜圓珠，轉瞬忽踪滅。

偶　感

落髮驚容改，餘生半病哀。惡命原美貌，薄福本清才。

待　客

寒山入夜黑，掃徑待來客。岡石滿苔青，黄泥堆路滑。

交響樂

竹響似吹簫，和唱自琴調。燭燃新譜試，曲奏夜鶯嬌。

露　營

荒郊露宿營，走獸疑行兵。藏身欲蓋被，光斂落流星。

江夜

客醉笑撈月，銀波碎影裂。白浪捲浮萍，隔江嗟絮别。

落坡

遮日把傘張，濕衣透汗香。斜坡落步細，蛇似路迴長。

釣雪

江寒夜釣雪，户閉人踪絶。妝淡白梅香，乾杯自醉月。

啼烏

低飛倦遠程，翅振一揚輕。啼烏驚寂夜，凄影弔單形。

秋行

山登伴客遊，白露濺新秋。丹林碧血染，殘日送閒愁。

夜宴

紅茶泡白菊，蟹肥送酒濁。風琴與月燈，東籬聚唱曲。

憑弔

塚青埋骨白，孤山臨吊客。痛哭悲故人，捧心愁默默。

隱居

山高建屋小，緑樹庭階繞。潺湲水瀑流，閒居隱靜悄。

夏日

消熱把冰融，袖展喜迎風。驕陽比餤火，蕉緑種廬紅。

海景

客訪往掉船，遥望對荒村。白鷺游碧海，烏雁落青天。墨雲空醖雨，隔岸鎖寒烟。

雜　詠

屋搭鳥遷窩，喧嘩集唱歌。緑波春水嫩，紅葉秋林疎。獨釣閒情夜，俗影顧清河。

日　浴

浴日曬身健，雲殘如絮片。谷幽透蘭香，泉静流水暖。獨室築海灣，曲徑路旋轉。

採　蓮

濃香早露滴，採蓮將鬢飾。峯青出日紅，水緑生荷碧。風輕捲薄雲，虹長似錦織。

盪　舟

緺紋波浪翻，蕭蕭風響晚。陋舫照燈寒，孤篷飄雨冷。綉枕靠慵軀，手倦摇櫓慢。

雪　夜

茫茫白雪霜，悶賞獨思鄉。寒林掛冷月，熱户熏暖香。看梅把茗煮，光燭照前堂。

秋懷

唧唧夜蟲鳴，秋深惜露零。色衰花面綯，才盡我心驚。擊石亂池水，織絲把卷停。

居懷

深居靜小院，國去愁容損。林荒宿鳥驚，水淺遊魚倦。雲接遠峯巒，陰晴知冷暖。

春去

灣月新妝整，晚烟迷遠景。閒蜂採冷香，倦牧歸荒徑。殘花泣別春，白髮悲臨鏡。山居自幽清，潺流澗水靜。

夏倦

長夏倦抛書，枕石靠竹睡。凉風散香荷，暖日浮碧水。雙鴛戲緑池，獨鳩歌青樹。裳薄拂枝輕，陽紅似酒醉。

秋情

閣小透風微，荷殘褪暑熱。撲螢把扇拈，看月將燈滅。幕下且焚香，門開欲掃葉。樂道惟安貧，泊名自身潔。

冬　寒

綯眉雙帶弄，圓月賞誰共。漏盡歎寒衾，宵殘嗟冷夢。後院掠風狂，前庭堆雪重。酒困復愁覊，抖倦輕裘擁。

賦　別

峯高蓋白雲，石碎步難行。紅亭驛柳折，翠館鳳釵分。鐘鳴驚斷夢，角號震離魂。風長乘浪破，蓬飄惜遠人。

有　感

薄網夜垂輕，凉月浴波清。托腮香樓倚，丢針綉剪停。國懷花濺淚，鄉念馬嘶聲。落魄驚餘劫，渴望世昇平。

山　遊

山遊歇息休，解渴飲清流。蘭攀試捲袖，葉摘欲回眸。閒鷗獨浴海，懶燕雙棲樓。殘暉送過客，橫渡小輕舟。

夏　熱

茶香煮熱悶，暑酷調冰玩。鴉飛震樹摇，蝶睡驚花絆。霞流隱水灣，日落棲山半。沙塵掩暮烟，小溪碧紗浣。

迎　春

鶯嬌舞柳擺柔枝，粉傅花鮮葉換衣。新歲點妝添樹翠，人窺燕語笑成詩。

消　夏

家居悶遣自栽花，暑摒涼衣浥露華。茶製曬蓮香採盡，紗輕裹葉載籃拿。

悲　秋

殘更聽盡鎖眉愁，袖染霜華月似鈎。欄倚獨悲秋夜靜，丹楓濺血淚盈甌。

愁　冬

紅爐煽火暖寒衣，雪雨愁侵夜院池。朦鏡笑臨輕粉抹，濃妝厭整薄勻脂。

夜　思

昏燈小案滿纖塵，月望簾掀半露身。魂斷欲思相念苦，紛紛淚落悶調箏。

葬　花

羅輕蓋艷惜香消，軟土埋紅落絮飄。歌輓悼亡花夭壽，和溶淚酒把魂招。

寄　意

吟哦寄意兩心傾，藕斷連絲繫赤繩。深閣綉帘窺影悄，文奇感月下棵輕。

聽　雨

殘書細看獨魂銷，永夜愁思苦寂寥。山隱遠天寒欲雪，欄憑悶聽雨瀟瀟。

懷　人

流波逐影月娟娟，遠荇聯橋水接天。憂國念人懷別恨，舟停獨怯暗心酸。

話　別

風絲一捲畫簾吹，未解愁懷論酒樽。空盞冷筵離洒淚，東樓話別惜殘春。

夜　咏

紗窗影樹動風寒，葉墜哀吟苦淚乾。家國爲懷心絮亂。霞雲襯月夜迷茫。

即　興

團檯共飲暢談清，酒煮閒燒草拾零。葵緑揀裁同製扇，西沉日下葉飄輕。

感　别

霜如月色夜沉沉，冷露秋風展薄裙。傷別感人離贈賦，揚巾望影送船行。

檢　書

綃紅濕淚印殘脂，鬠挽閒妝夜檢書。燒稿亂懷悲觸舊，消沉志怕咏哀詞。

試馬

荒山踏騁試新騎，曉月寒雲過嶺遮。芳草野花紅映眼，揚鞭拂柳軟枝斜。

幽恨

花如薄命此心傷，淚盡流完斷盡腸。家毁痛深愁似海，華年逝水逐江長。

驪歌

行人送月載舟歸，瑟瑟風高草岸齊。含淚别君悲遠去，分衾惜唱夜猿啼。

閒興

丹朱染甲指明鮮，晚就妝台影鏡圓。閒剪蕊花銀燭焰，單蛾撲火戲燈穿。

折花

彈箏慢飲露盈巵，潔尚蓮花折插衣。灣徑小亭涼近水，閒偷玩月步丹墀。

憶舊

殘陽夕照影寒窗，懶送春歸燕上樑。彈淚暗愁居異地，山河舊望獨神傷。

夜讀

題詩把卷對燈青，眼倦舒遲展讀經。低抱影斜梅結伴，輝光滿月浸池清。

聞歌

遊江楚客感哀弦，別遠懷夫商婦船。秋怨慢歌長寄慨，愁驅倩酒醉思眠。

夜興

榮枝滿子桂芳芬，影弄花移月捲雲。明暗火光螢現隱，青山遠望夜閒吟。

憶別

陽斜送客別長堤，淚咽空杯舉手揮。腸斷獨愁人化石，傷情此去鶴難歸。

嫁杏

雙鶒綉帳錦屏開，嫁杏紅衣細剪裁。漿酒置羅將客款，香燒欲盡上高台。

夜行

黄梅熟摘滿提籃，峭壁驚行夜下山。狂犬吠人生畏怯，蹌踉走遠路漫漫。

漫興

稀星數遍倚欄杆，秀髮飄風入户寒。籬竹繞藤沿緑瓦，眉舒一卷展詩看。

垂釣

林幽接岸小舟移，水曲流枝竹寫詞。群雁跨江横似練，沉魚苦釣夜歸遲。

望帆

凄清影瘦比花黄，串淚如珠雨洒窗。揮筆倦書愁繼怨，歸帆望斷日迴腸。

踏葉

絲絲柳線拂青襟，葉踏輕蹄馬滾塵。馳騁疾騎驚勒緊，衣沾皓月碎光分。

傳書

殘秋送盡洗華鉛，夢好成難恨海填。烹鯉剖胸藏尺素，環廻誦念感情堅。

重逢

顔紅駐得喜歸人，挽臂相看笑斂顰。殘夢續圓重合鏡，彎眉細畫代勞君。

『彎』：原作『灣』，據文意改

清晨

神凝獨立影亭亭，透雨經花洗露清。雲淡隱空天曉破，伸腰懶望日華昇。

午睡

孤身伴枕榻餘空，易醒翻尋午夢濃。勞息且安居逸靜，高簾翠映日輪紅。

候船

船歸候遍步平橋，渺影人尋暮繼朝。酸淚蘸梅含別怨，牽愁怕望水迢迢。

梳妝

流香桂院晚清秋，陣陣風飄帳下鈎。羞掩帕羅青幔薄，樓窺暗月笑梳頭。

營巢

家成自喜燕巢營，穩息棲樑畫閣清。花浸露凉秋苑靜，杈分老樹柏松青。

記怨

題詞把筆藉舒情，亂紙殘章碎卷零。齊叠細詩藏小篋，淒懷舊物覩箱傾。

傷春

横釵插髮鬢侵霜，褪粉嗟容笑罷妝。貪睡早花看意懶，難追歲去爲春傷。

七夕偶懷

編橋鵲渡喜雙星，艷羡長天獨永情。團扇棄捐秋觸怨，牽懷自覺夢迴驚。

夜步

時深夜倦意離迷，響瀑飛泉照月輝。衣拂斷枝殘露染，遲疑獨步慢回歸。

咏梅

爐圍暖飲欲飛觴，雪影疎枝冷蕊香。高潔羡君崇傲骨，孤芳抱節耐欺霜。

怨別

前厢落盡拾殘緋，褪色愁添怨別離。緣了已情恩斷未，穿將眼望燕南飛。

懷舊

平生話記共圍棋，久病嗟朋鮮叩扉。清茗一壺冰解熱，經書樂讀自開眉。

四季傷懷

披衣起倦睡顔嬌，褪盡脂香粉盡消。眉畫懶妝春意悶，鬢梳慵浴夏情焦。肥蘭減恨秋花謝，瘦竹添悲冬葉凋。飛絮感懷傷影孑，離愁獨剩帶圍腰。

黄昏漫步

萋萋亂草碧茵茵，緩步閒游獨賞欣。啼鳥宿林深隱日，落花飄水淺浮雲。低枝掛月明如鏡，遠海游鷗白似銀。堤柳繫舟孤槳擱，歸漁晚唱樂怡神。

愁　吟

憂懷似訴聽琴弦，靜坐閒書把墨研。流淚滴珠凝露接，捲簾垂帶結絲牽。愁吟夜雨溶如粉，恨賦朝雲散若烟。樓隱獨推窗外望，幽香暗影素梅娟。

春　宴

星繁閃爍燦如金，送暖春風拂草茵。輕語小唇桃展笑，細看斜眼柳含顰。傾樽薄醉欣醪舊，瀉墨濃書喜句新。庭院坐談人盡興，清輝燭影散華燈。

雨後

優閒意適隱廬幽，暮色山峰向晚秋。喉啟倦歌雙鳥戲，水浮慵濯獨魚遊。球圓似日穿雲落，帶扁如虹捲雨收。抽線把針拈指軟，頭抬懶坐起憑樓。

逸興

經研共讀起挑燈，暢論豪談集衆賓。清語燕來歌調故，脆聲鶯出奏腔新。星疎繞月藏雲淺，葉密圍花隱樹深。輕摘果聞香醒酒，櫻紅熟試味甜甘。

眠遲

銅壺滴漏夜難留，月愛遲眠未倦秋。蜂浪縛絲蠶吐恨，石頑熔淚燭含羞。紅燈映臉花添媚，緑盞傾懷我減愁。濃樹植階空影遠，桐棲獨鶴望高樓。

秋意

疎簾影澹月籠煙，睡損憐花潤露鮮。梳懶鬢雲烏馬墜，畫慵眉黛翠峯尖。羅香浣解還留佩，粉素調施未褪鉛。河小近流臨照水，波澄一碧遠連天。

幽　怨

山重障隔影難看，飲泣偷垂淚掛眶。潺雨碎花飛散瓣，暗星殘月墮流光。還珠抱怨挑琴緑，種玉懷愁掩卷黄。欄曲置杯擎露滿，衫輕濕染透霜寒。

病　居

懨懨悶困病纏身，葯混蓮心苦怕人。煙似恨消愁帶淚，水如情逝愛留痕。添香晚讀開詩舊，減睡晨妝理鬢新。天雨欲來風徹骨，翩翩舞蝶隱濃陰。

夜　坐

凰求譜奏觸情牽，坐寂愁彈續斷弦。荒盞燭乾凝白淚，冷爐香盡散紅烟。光衾月帳圍雲彩，暖夢花床蓋蕊鮮。寒透薄衣憐瘦骨，芳梅夜賞悄無言。

感　舊

明燈背影淚紅飄，閣透新凉夜雨瀟。輕怨毀詞撕緑葉，淺愁尋夢斷藍橋。停杯酒盡歌衫卸，歇鼓更闌舞扇丟。情了欲償珠債負，青箱鎖恨苦難描。

『丟』：原文

晚趣

霜鉛洗淨比蘭幽，俗粉嫌施厭飾修。長聚春山眉宇靜，淺盈秋水眼波流。香磨墨蘸輕提筆，暖燙茶斟笑挽甌。涼院竹聲風送遠，翔空倦鳥夜林投。

憶恨

侯封悮去婿無踪，瘦燕春來送豆紅。浮絮積同愁叠叠，亂山堆似恨重重。樓登懶步輕鞋褪，榻卧慵腰軟帶鬆。憂數淚珠成泣血，悠悠意繞夢難逢。

靜緒

情傳托雁恨來遲，懶剪開封把信撕。青帶綉絲纏艷札，緑巾羅絹載香詞。明珠喜佩輕裙御，暗鏡愁妝薄粉施。清瀝雨音和樂響，聲囂厭立靜沉思。

寫懷

風臨夜怯冷花香，舊混新痕淚滿裳。紅管削完描恨短，緑箋裁罷寫情長。溶溶月落邊雲暮，冉冉霞流江水寒。蓬亂似儂愁遇舛，空樓悵念夢還鄉。

夏夜

清凉自浴冷懷幽，悶夏炎侵暑浸樓。青帕罩燈殘燭暗，碧雲遮月墜星浮。停聲鳥睡人歌罷，寂影花眠蝶舞休。輕曳屐紅牆止步，菱香細採獨回頭。

良宵

層樓上倦繞圈旋，地委花鈿玉墜牽。裙曳懶腰憐佩解，帶拖慵趾强鞋穿。顰輕露面遮紗薄，笑淺舒唇掩扇圓。銀瀉月盤冰擣碎，温泉水淨浴明蟾。

遊湖

扁舟泛掉把朋邀，景覽閒歌細弄簫。妍麗月迷人態媚，艷明花醉蝶容嬌。鮮紅彩散雲歸岫，淡緑波流水斷橋。沿岸柳楊垂似線，穿梭小鳥晚晴調。

『掉』：原文

咏恨

寒輕感怯病軀孱，劫患情懷怨影單。霜似白頭遮黑帕，血如紅淚染青衫。藏空碧玉零雲碎，落土黄珠斷雨殘。香炷夜來閒理卷，長箋寫咏藉消煩。

酒　闌

廂西設榻下留賓，散席筵收洗盞羹。妝卸手輕籠翠袖，佩圍腰軟舞紅裙。芳尋蝶去花穿影，酒鬧人來月破雲。牆探柳枝垂繫馬，樑高息燕羨安身。

追　跡

樓閒倚罷檢殘詩，墨翰鋪塵滿架書。流水緑波風細細，落霞紅影日遲遲。愁含夏葉蕉心捲，怨帶春花杏眼舒。秋盡又冬寒歲暮，頭低獨溯苦深思。封淑英回文詩集

虞美人詞五首

風迎起舞羞拖帶，緩緩慵腰擺。佩環飄遠送香清，細細弄姿花影罩烟輕。孤芳抱潔貞嫺性，逸愛枯居靜。谷幽林茂醉流霞，吐艷蕊珠含玉美無瑕。

層樓上怯寒風厲，袖薄裙長曳。步移簾下就梳頭，細細柳如眉畫襯明眸。櫻紅嚼破輕唇點，鏡照明妝艷。粉融脂膩俏還嬌，綻齒小渦微露笑人撩。

浮香嫩萼梅開半，積雪樓東滿。冷風寒月小燈昏，靜院悄垂簾幙綉帷新。清歌當哭長愁遣，夜夜傾樽淺。火爐挑慢擁輕裘，落寞夢迴驚斷意悠悠。

年流換盡春花落，色褪鉛華薄。白頭添恨瘦纖腰，怨別舊和新淚濕紅綃。歸魂夢斷驚啼鳥，寂夜淒淒叫。調哀腸斷逗人愁，向晚柳條長拂怕登樓。

彎彎月影疏簾捲，夜半欄憑倦。冷霜濃露透羅輕，暗暗袖侵寒送遠風清。空庭竹院深居悄，影息紅樓小。白雲黃葉好填詞，潑墨草揮毫落笑疑遲。王仲厚回文文學奇觀

昭君回文

和番遠去別城都，捨主明妃悞畫圖。過塞黑寒驚落雁，渡山陰險怯啼烏。多恩異就胡爲婦，少義親辭漢不夫。歌哭痛來裝改便，羅裘一易判榮枯。

遁世回文　調寄虞美人

懷才有恨長難遇，鬱鬱埋塵土。寶珠靈玉暗投悲，大器鑑知人少乃珍奇。窮時處得吾無悶，遁世空山隱。竹師松友尚高風，亮節上追賢達漸中通。

張星樓

星樓（一九〇九—　），遼寧錦州人。

春夜即景

明月照春城，碧空輝燦星。清波映柳岸，聲送夜啼鶯。　于海洲神墨碑林回文詩詞匯編

黄　河

清清水流遠，滾滾自天來。英俊出當世，智民展大才。　中國當代回文詩詞選集

唐岷春

岷春（一九〇九—一九八九）名發源，别號皵園，江蘇無錫人。上海聖約翰大學文學士，一度執教無錫輔仁中學。後任上海兆豐紗廠、國信紗廠經理。著有皵園存稿。

戲作七絶四首

西樓竹笛聽宵深，客地異居久繫心。溪滿落花風颯颯，啼鶯夜夜入寒林。

聽君共奏協笙簫，細細歌如軟語嬌。星鬢對愁縈往事，青燈一覺夢迢迢。

多離别恨總心違。雁過無時歸未歸。羅綺剪來春到快，波横眼角一褰幃。

寬衣破帽小笻孤，力薄賣文幾口糊。寒夜怕吹風獵獵，乾杯大麯苦傾壺。　陳華英古今回文綴輯

陳華英

華英（一九〇九—二〇〇一後），浙江諸暨人。長期在安徽蕪湖從事教育工作。愛好回文，積四十餘年之努力搜集，編成古今回文綴輯（陳立夫題簽，一九九八年蕪湖詩詞學會出版）。

鏡湖秋夜有序

頃接台灣師範大學謝鴻軒教授來函，内附清人朱杏孫回文合璧一首，并有與美籍華裔熊應祚教授兩人各和朱氏回文合璧原韵詩詞。其詩精湛博洽，結構謹嚴，令人嘆爲觀止。時值暑夜燠熱，漫步湖濱，對景觸懷，爰依朱氏原韵而成效顰之作，尚乞大雅有以教正。

孤鴻海嶼青山隔，冷雨寒雲迫燠風。珠琲撲蛾蟲唧唧，玉蕖倩影月瓏瓏。膚柔嫵媚妍客悄，夜静疏吟小榭空。蕪徑引香濃滴翠，近鐘罄院映墙紅。古今回文綴輯

潘受

受（？—一九八七後）字國渠，號虚之，福建南安人。早年旅居新加坡，太平洋戰爭發生，曾一度回國，與當時在重慶之章士釗、潘伯鷹等唱和。抗戰勝利後，移寓上海、香港，又返星島，任南洋大學秘書長。著有海外廬詩四卷詩餘偶録一卷（一九八六年海峽文藝出版社景印本）。

菩薩蠻回文　辛丑

二三畢業同學見過，話及南園生活，猶有餘味，相與拊掌，因譜所談成此四闋。

曉窗山鬧枝啼鳥，鳥啼枝鬧山窗曉。雲白莽氤氲，氲氤莽白雲。　院邊湖外館，館外湖邊院。松逕一聲鐘，鐘聲一逕松。

又

怒龍盤鬬迎飛虎，虎飛迎鬬盤龍怒。毬擲遠籃投，投籃遠擲毬。　海天歌慷慨，慨慷歌天海。書我讀何如，如何讀我書。

課餘則歌聲滿園，籃毬爲同學間最普遍愛好之運動。

又

肺肝傾共弦韋佩，佩韋弦共傾肝肺。茶座月亭花，花亭月座茶。　檻憑雙影淡，淡影雙憑檻。顰笑夢魂春，春魂夢笑顰。

男女同學由友誼進而結百年之好者，時有所聞，亦佳話也。

又

瘦思相望相違久，久違相望相思瘦。煙樹緑陰連，連陰緑樹煙。列名齊畢業，業畢齊名列。旗鼓並驅馳，馳驅並鼓旗。（詩餘偶録）

緑陰謂入南園大門之夾路相思樹也

蔡夷白

上海夜景 菩薩蠻 一九四四年十二月二十七日

敵來宵警報燈熄，熄燈報警宵來敵。鳴笛衆心驚，驚心衆笛鳴。飽餐宜睡早，早睡宜餐飽。牀上照殘光，光殘照上牀。

瞿漢超

漢超（一九一一—一九八五），筆名鐵漢，湖北浠水人。有鐵漢詩集。

羅田八景

春山鳳愛曉啼鶯，皎月浮波玉鏡明。城繞半邊河水叉，雨飄常濕柳堤橫。青松古老蒼龍化，翠柏雙栖野鶴鳴。人雅伴花黄菊瘦，銀堆雪上嶺齊雲。

據羅田縣志，八景爲鳳山春曉、溝金夜月、叉水清波、普陀柳岸、長春宋柏、王道漢松、塔山秋色、天堂積雪。徐元云『一句描繪一個風景點，概括性强，顯得别致』。

題黄鶴樓

橋飛渡水架長虹，滚滚江濤接遠空。霄碧聳峰青靄靄，草芳繞樹緑重重。高樓入畫新時盛，老鶴歸家國運隆。豪客楚才人覽勝，飄雲彩色日升東。徐元回文詩詞五百首

陳玉清

玉清（一九一二—一九九〇）字鈍叟，江蘇泰州人。無錫國學專科學校畢業，上海海潮詩社社長兼主編。

黄　河

流長瀉晝夜，浩浩自天來。浮碧横空遠，静寧永滅災。

杜　甫

今古稱詩史，咏言留雅音。心憂動亂世，忱赤見情深。于海洲神墨碑林回文詩詞匯編

余藻華

藻華（一九一二—?）字振翳，廣東新會人。從事商業，晚年入廣東省文史研究館，著有香雪堂回文詩詞集。

無題八變换句式

同心兩地客，迩寄各西東。鴻雁雙飛北，白雲秋葉紅。

高天飛中國當代回文詩詞選集

寒山雪霽

巒石依松老，薜蘿蔓館幽。寒山曉雪霽，淺澗清泉流。

題甓叟山長卷二首

平橋貼水緑，小艇釣竿輕。行客歸山早，鳴禽幽響清。

幽壑野陰濃，碧嵐浮遠峰。秋林半落葉，峭壁石蟠龍。

陳國才回文萃珍

咏物三首

雪梅

花林一夜雪漫漫，蕊綻新紅簇石欄。斜月挂枝披玉絮，紗窗透影暗香寒。

蘭圃

斜斜竹繞路亭凉，圃滿蘭芳草徑香。花對静軒茶座雅，枒杈樹影緑環墻。

竹石

猗猗緑遍歷風霜，密葉柔枝浥露凉。垂籜玉竿高節勁，竹青長伴石苔蒼。

題神墨碑林

中州聚秀毓高嵩，彩焕碑林墨渾融。雄勁句成雕壁石，龍蛇起舞筆生風。

神墨碑林回文詩

香雪晴烘

詞匯編

紅梅吐艷冷香清，雪染青枝玉瓣輕。風暖烘開花簇簇，叢芳映日曉春晴。

山樓聽雨

輕波拂柳細風斜，雨過山樓一樹花。平野緑烟迷草徑，萍浮水碧漾汀沙。

横溪疏影

斜枝瘦影曲溪横，石激寒流淺澗清。花上雪鋪香淡淡，遠山春霽曉光晴。

庭竹清陰

泠泠露沃喜成材，笋迸新泥染石苔。庭滿緑陰花滿徑，青枝勁秀并松梅。

漁村夕照

亭邊路斷隔低籬，遠岫雲飛倦鳥歸。青笠一蓑漁艇小，汀沙立鷺野風微。

黄山雲海

平林遠處幾峰青，樹外岩遮半角亭。鳴谷翠松風謖謖，繞山雲海緑冥冥。

睡　蓮

田田葉叠浪浮花，水映橋彎一月斜。連岸短欄依磴石，烟籠翠影竹陰遮。

謝文友贈石章

紅箋着色添風采，石印朱垙輾艾香。工藝刻雕新手巧，龍蛇走筆勁鋒藏。

無　題

墻移月影度花窗，影度花窗瀉露香。窗瀉露香凝草徑，香凝草徑竹生凉。（中國當代回文詩詞選集）

醉賞金英

籬東對菊寄情幽，緑酒樽傾共唱酬。詩客醉題新句好，枝花點染墨香留。

滄江夜渡

城東隔岸兩楓丹，影掠雲樓過雁寒。明月泛波滄海碧，輕舟一葉落前灘。

秋江漁艇

前山落照斜風冷，寂寂秋江映彩霞。烟水一蓑青笠小，碧波輕卷竹堤沙。

踏雪尋梅

溪前踏雪賞春來，蕚吐新枝幾樹栽。泥印屐痕香滿砌，低檐拂曉正開梅。

白雲松濤

山林白繞翠林叢，碧草岩花映日紅。環壑萬松風颯颯，攀登絶頂跨霓虹。

柳浪聞鶯

鶯鳴柳浪漾絲青，徑竹籠烟翠影輕。明月一湖平接岸，横舟釣石白波清。

溪橋行客

携笻一客過橋西，谷囀鶯聲幾樹啼。溪石沁泉山洞出，萋萋草色暮林迷。

泰岱喬松

擎天碧蓋翠峰攢，穩扎深根傍石磐。更迭歲華霜染遍，青枝勁幹老松蟠。

溪山小景二首

閑霧夢靄碧氤氲，錦叠花重幾樹春。環水一村烟漠漠，山溪小景畫圖新。

清波汛緑漲塘陂，岸泊低篷短棹依。萍藻簇竿輕點水，青蓑一叟釣綸垂。

閨　怨

魚鴻望斷隔雲層，月對空樓玉笛聞。疏鬢短鬏孤枕冷，如何恨緒亂紛紛。

羅元貞教授遠賜壽詞賦此報謝

龍蛇起舞筆揮鋒，意雅深涵句勁雄。東粤百花梅放早，彤雲塞雁一箋紅。（回文萃珍）

湖濱步月

菰蒲滿渚緑垂楊，罷釣魚船泊石矼。珠炫露光螢點點，月浮波影鷺雙雙。孤峰半隱雲端塔，亂葉重遮樹下窗。扶杖竹橋回步緩，疏林野澗響流瀧。（神墨碑林回文詩詞匯編）

江樓晚眺

浮空碧浪逐霞飛，遠浦漁帆一雁歸。秋暮倚亭山寂寂，靄烟籠影樹微微。舟維柳岸連沙渚，網挂籬竿傍石磯。樓角半遮雲嶂叠，幽芳野草露沾衣。

流花湖修禊二首

清風拂柳碧檐齊，叠叠葵陰翠漫迷。輕槳蕩花流水曲，短篙撑竹釣篷低。晴空遠岫飄雲彩，淺沼芳泉噴石溪。横岸一弓橋映緑，笙簧響樹曉禽啼。

西城訪勝趣閑餘，美饌盤餐愛笋蔬。堤漲緑痕苔點點，檻摇青影柳疏疏。低牆偃竹檐栖燕，細浪漂花水逐魚。藜杖挂囊詩滿載，溪前落照晚晴初。

踏　芳

虚窗畫壁倚幃屏，裊裊烟香茗酒瓶。魚躍浪花浮藻緑，鵲喧檐竹漾簾青。疏枝老柏松蟠石，曲徑幽花菊繞亭。徐步踏芳尋景賞，蕖荷卧水碧瓏玲。

醉賞三友圖

拈盅醉飲小樓東，永壽人如不老松。簾繞竹陰牆立鶴，石欹根穴洞蟠龍。鹽堆白雪花同潔，玉沁寒香酒并濃。縑素繪圖題句妙，添齡喜潤回春逢。

湖光閣詩會

濃春趁興佳游樂，曉雨烟波泛彩虹。紅綴竹叢花簇錦，翠環湖面水生風。茸茸細草芳坪護，淺淺清池曲澗通。盅酒盡歡聯友好，暢懷吟醉一樽同。回文萃珍

秋興七律與虞美人合璧

樓邊水榭亭邊竹，叠影留陰綠柳堤。浮靄暮鴉歸隔樹，駐香花蝶過前溪。悠悠日映雲林密，寂寂溝環石壑低。流瀑泛風微蕩漾，晚凉秋興寄詩題。

十六字令

秋，寒鎖凝烟久別愁。流泪眼，空望客歸舟。

西江月 春禊

賞咏芳春麗景，觴流水曲湖旁。亭張圖彩墨生香，翠點花飛柳颺。颺柳飛花點翠，香生墨彩圖張。亭旁湖曲水流觴，景麗春芳咏賞。中國當代回文詩詞選集

菩薩蠻 暮林雲鳥

暮林雲鳥歸栖樹，樹栖歸鳥雲林暮。遥望入山樵，樵山入望遥。碧水秋萍白，白萍秋水碧。行客過前汀，汀前過客行。神墨碑林回文詩詞匯編

寒　山

層雲隔遥岫，石磴蔓莓苔。冰凝水流淺，登攀少客來。

揚帆出峽圖

低雲壓樹夕陽殘，浪捲風帆過淺灘。迷暝半山寒葉落，啼猿兩岸拍迴瀾。

趙克剛

克剛（一九一三—一九九九），四川武勝人。重慶師範學院教授。

新建印山公園落成次韻陳寬回文詩

天連水涌倒峰雄，影濯長灘簸日紅。圓月夜光篩曲徑，曉墟秋霧嫁高風。田螺立石摩尖頂，澤苑横橋似矯虹。烟景麗園名繼美，翩翩句刻鏤城東。陳國才回文萃珍

黄畬

畬（一九一三—　　）字經笙，台灣淡水人。中央文史研究館館員。

新晴（回文詩用以題畫）

濃雲暗水隔溪烟，晚渡爭歸客唤船。峰亂插空排峭石，樹高黏壁破飛泉。重重緑竹深幽逕，靄靄紅霞落遠天。農務喜晴新雨足，扶筇醉立小村前。石印文、劉慶安當代吟壇（一九九九年湖南文藝出版社）

高國華

國華，廣東人。寓香港。

苑鳴琴

啾啾鳥噪高槐，謖謖寒松嘯崖。愁散琴鳴苑静，遠傳音妙詞佳。陳國才回文萃珍

秋月感懷

堂前繞樹桂凝霜，壁上題來潘墨香。鄉念又生涼月夜，别離人遠寄書長。

芭　蕉

書成葉上文添緑，筆妙揮來客態狂。疏雨滴蕉青映檻，屋盈香樹傍高牆。王仲厚回文文學奇觀

丹　桂

寒香對處共飛觴，適意隨時愛景光。丹染桂枝凝露冷，影留花上月昏黄。

杏花春雨憶江南

凭樓小望四山空，亞字雕欄映杏紅。繩似雨垂飄徑竹，剪如風過蕩窗桐。層層薄暮籠江半，片片殘花落酒中。興廢感懷縈舊夢，蒸雲遠看更誰同。

春江花月夜

蒲青照岸海浮光，宿鳥悰鳴笛韵揚。圖畫寫生初月皎，綺羅飄蕩晚風涼。孤舟繫柳籠烟淡，浮几陳花吐氣香。無浪一江春水暖，盡消愁處醉傾觴。

春游松山

妍花野草摇幽徑，謖謖寒風帶淡烟。躅慮共游春日盡，靜觀長景海天連。鵑啼繞谷回清韵，客過留亭刻雅聯。眠犬一悰松子落，船歸遠望在山前。

紅　荔

豐收慶得嘗佳果，顆顆晶丸玉案堆。紅荔啖時芳透齒，淡烟籠處暗生苔。東樓憩罷彈新譜，北廓游餘醉舊醅。通路遠鄉歸訊近，嶺南傳意寄書來。

秋夜聽潮

蕭蕭落葉萬山秋，亂點青萍逐水流。遥望極天雲接海，急推前浪港翔鷗。迢迢翠草横風疾，隱隱疏林落日秋。簫笛和音濤拍岸，潮寒聽罷倚高樓。

中　秋

門當月影照高岑，夜永消閑共侶吟。園滿桂香清冉冉，屋環松色翠森森。軒寬奏樂調宮羽，室雅懸圖集古今。樽插菊花秋染露，喧塵滌盡飲杯深。

江村晚望

前村倚眺夜來閑，宿鳥驚喧渡往還。編竹密籬圍老圃，伴松高塔聳孤山。天連水際雲蒸墺，月漫江中浪捲灣。鳶立石欄斜傍塔，烟籠靜閣古斑斕。

閨　情

廊曲繞花香縷縷，斷腸四望倚空房。牆東透月新槐碧，徑北摇枝嫩菊黄。桑梓念情傷夜永，枕衾縈恨怨宵長。傷心寸寸盈箋寫，淚染襟時入夢鄉。

海角春

龍蛇換步慶春回，馥氣花香百朵梅。松茂映雲青繞廈，柏新浮酒緑傾杯。重簾捲日歡懷騁，遍帖迎年賀客來。容艷照燈華燦燦，封紅捧處笑顔開。

菩薩蠻　春夜聞箏

妙腔郎唱歌情調，調情歌唱郎腔妙。萍亂逐流清，清流逐亂萍。　夢回春解凍，凍解春回夢。殘漏玉箏彈，彈箏玉漏殘。　陳國才回文萃珍

高天飛

天飛（一九一四—　）原名張步堯，廣西蒙山人。廣州黄花學院中文系修業。『廿載尋章，以回文詩詞自嗜』，輯中國當代回文詩詞選集（一九九三年廣西民族出版社）。

探　梅

無疑有意得清心，夜月明時好咏吟。疏影見來憐梦遠，暗香聞到思情深。娱歡每寫回文句，愜意尤難和韵音。吁嘆徒愁心蹙蹙，孤芳愛賞自梅尋。

漁　翁

和風夜靜水平波，晚棹歸來魚滿籮。蓑笠逐流江浪漾，網罾拖影月痕過。哦吟雅興豪猶健，誦唱閑情酣且歌。多趣樂懷忘利禄，白頭快我笑呵呵。

漁村夜景

松栖鶴影月籠烟，醉酒翁書枕石眠。蓬動漁舟歸釣叟，霧蒙嶺樹雜啼鵑。風生竹院鄰吹笛，浪涌江流晚泊船。東望遠燈紅樹密，瓏玲景色夜鳴泉。

游大龍潭

游山入勝覽晴餘，好景風光美畫圖。稠樹瓊丸金顆密，遠峰石笋玉簪疏。秋梧冷葉落惊鳥，碧水寒萍浮戲魚。舟蕩漫吟同酌酒，幽潭印月夜明珠。

花月聯珠

紅花映月照窗前，坐對花陰月弄烟。蟲鬧晚花憐月冷，客吟清月愛花妍。溶溶月色花香夜，艷艷花明月朗天。濃興賞花邀月醉，瓏玲月影伴花眠。

中國當代回文詩詞選集

秋夜宿馬鹿村

稠星似火點村前，犬吠聞歌客路邊。牛斗射寒光烱烱，雁鴻飛落影翩翩。浮沉月水一帘隔，遠近雲山四壁懸。秋夜幾回惊梦冷，幽添草舍繞輕烟。

徐元回文詩詞五百首

中秋

中正蟾光玉鏡圓，遠空明色夜華天。濃情美酒花心醉，愜意秋枝桂蕊鮮。風瑟寒江澄碧水，露凝冷照晚清烟。紅箋遠寄勞飛雁，工句妙詩賦雅篇。

閨怨

鶯啼亂處黯魂銷，默默含情媚態嬌。輕屐過花紅墮徑，淡眉侵柳緑垂橋。琴彈怨曲歌長短，鏡對傷恨泪寂寥。人别恨天雲冪冪，春思徹夜雨瀟瀟。

咏春

蜂鶯鬧曲奏琴弦，嫩草香花百色鮮。弓浸潭心波弄月，瀑飛崖面水涵天。虹垂嶺際雲飄雨，鳥宿林中洞鎖烟。紅徑芳踪游客雅，烘烘暖日照山前。

梅

春來喜見幾晴陰，酒對寒梅賞共吟。嶙骨老松蒼倒壓，瘦腰纖竹翠交侵。晨霜冷落留清夢，夜雪凌餘剩潔心。濱水溪山孤鶴伴，真情愛我近逋林。

陳國才回文萃珍

余羅箴

羅箴，廣東人。

春夢游園

前村賞景畫樓東，幻夢驚回幾夜同。烟淡囀鶯啼柳緑，水流飛燕逐桃紅。綿綿永晝烘晴日，寂寂深春漾暖風。鮮碧滿園名勝地，翩翩共步繞芳叢。

寒窗夜讀

欄前遍緑草萋萋，岸隔飛花柳映堤。殘漏擁書觀閣北，晚鐘敲燭剪窗西。漫漫夜色迷烟樹，耿耿星火燦水溪。蘭麝冷香飄幕入，寒凝月影照牆低。陳國才回文萃珍

華　鈴

鈴（一九一五—一九九二）原名馮錦釗，生於澳門，祖籍廣東新會人。二十世紀三、四十年代蜚聲上海抗日詩壇，被譽爲『時代的號角』。有華鈴詩文集（欽鴻、聞彬編，一九九四年百花文藝出版社）行世。

回文詩二首 一九八六年十月三日

一

我惦你時久別離，離別久時你惦我。我想也是心同心，心同心是也想我。

二

莫道人在天長久，久長天在人道莫。各各寞落寞落索，索落寞落寞各各。《華鈴詩文集》

師敬一

敬一（一九一五—　），江蘇徐州人。教師。

春

飄空碧霧野山遮，細草橫堤隨徑斜。遥望一溪春水漲，條垂柳樹杏開花。《古典文學知識》

（一九八八年第三期）

張溶川

溶川（一九一五—　），安徽定遠人。教師。

舊地重游

游觀日落院鳴蟲，陣陣寒生雲卷風。秋水淺時浮荇緑，晚林深處落霞紅。流光鏡影憐人老，度世塵年往事同。頭白到今如夢幻，愁思舊嘆咏詩工。陳國才回文萃珍

鞏樂詡

樂詡（一九一五—）字卓生，陝西户縣人。中學教師。

咏黄河

茫茫遠上水，派衍幾揚波。黄泛河流曲，桑滄閱變多。

黄　河

詞匯編

茫茫逝水印遥天，海向渾流匯巨川。狂浪接雲翻舊恨，黄波掠岸對飛烟。神墨碑林回文詩

賞　菊

霜寒傲菊綻花芳，菊綻花芳噴酒香。芳噴酒香留客醉，香留客醉夜吟長。中國當代回文詩

詞選集

陸海寧

海寧（一九一五—　　），江蘇寶應人，居無錫。金陵大學文學院講師。

春遊 一九四七年于重慶

遊春好興乘和風，遠淡雲天一豁蒙。樓倚半山青叠叠，野舖新草綠葱葱。舟人渡影横溪碧，榼婦村妝映日紅。幽勝遍尋探邃古，儔朋載酒泛江空。

疰夏 一九四七年夏于重慶病中

霞紅映日落城邊，郭外山光水接天。花裏客懷情脉脉，梦中心緒病懨懨。紗窗冷透風爐葯，茗椀香籠篆鼎烟。賒興未辭詩共酒，家居自得願來年。

枕上不寐得句回文 一九八五年于故鄉寶應

循南又北轉東西，僕僕塵途客旅羈。貧病只愁澆借酒，老娱猶興漫成詩。萍飄到處無居穴，菊瘦憐誰任笑啼。寧獨慎思還竭智，心平不覺自清奇。

黎兑卿

兑卿（一九一六—　　）名孚，湖南瀏陽人。鄉間女詩人，著有棣華樓詩詞集。

夏夜回文 和蕉雲閣巽姊韵

長天碧色月侵樓，透影疏帘半上鈎。塘滿緑荷風送馥，徑迷芳草露尋幽。香醪覺妙吟樽倒，險韵愁難賦筆抽。堂北坐來飛興逸，涼飇竹動意悠悠。高天飛中國當代回文詩詞選集

南鄉子 双拍回文

醒夢午風清，雨過晴初蘚碧生。深院捲簾輕蝶舞，盈盈。樹繞平山遠黛横。　横黛遠山平，繞樹盈盈舞蝶輕。簾捲院深生碧蘚，初晴。過雨清風午夢醒。毛谷風當代八百家詩詞選

南鄉子 双拍迴文

浮靄夕鳴鳩，雨過幽尋暑盡收。林竹度風愁斷續，西樓。日送悠悠逝景流。　流景逝悠悠，送日樓西續斷愁。風度竹林收盡暑，尋幽。過雨鳩鳴夕靄浮。嚶鳴集第四十五期（一九八九年）

周光田

光田（一九一六—　）字顧羣，筆名田夫，江蘇金壇人。江寧縣人大常委、辦公室主任。有征程集、夕明詩草、茅山抗日詩抄行世。

蕩舟湖上

清波水色柔，麗影倒高樓。城外斜陽夕，明湖一望秋。神墨碑林回文詩詞匯編

李般木

般木（一九一六—　），甘肅武山人。西北鐵道報總編。

寄蘭州裴慎回文

寒風竹影翠摇窗，雁塞懷人戀梦鄉。欄繞菊香幽院靜，山銜曉月落晨霜。唐伯康當代中華詩詞選（一九八九年甘肅人民出版社）

李竹園

竹園（一九一六—一九九六）原名嵩，又字仲岳，廣東曲江人。著有竹園詩選。

回文二首步蔡麗水原韵

漁翁

和融水浪起澄波，網下深潭魚滿籮。蓑着身常披甲冑，釣垂人穩影婆娑。哦哦細唱衷成曲，陣陣遥翻新譜歌。多味佳肴换美酒，酡顔自娱笑呵呵。

花市

年年鬧市爲花謀，簇簇盆盆簇麗幽。鮮様玉人佳綽綽，雋標名士雅悠悠。翩躚舞影陳園圃，婉約歌聲盈閣樓。天上集瑶排鵷鷺，邊池月苑彩雲稠。

徐元回文詩詞五百首

夏

蟬聲噪夏午初長，暑避宜清席簟涼。園野繁榮枝緑艷，閣樓高雅室幽香。眠安睡熟酣吟懶，坐悶心煩老態狂。天熱撩人詩句酌，烟籠日影聚臺窗。

秋

輕花落絮染霜秋，渺渺江波逝意悠。清爽滿懷歡野賞，興濃添趣逐溪流。晴天遠闊開空曠，古徑長平冷静幽。明媚疏林叢菊桂，精深結合友鴻鷗。

冬

寒冬雪漫野花開，冷氣霜華挺菊梅。韓孟有詞飄逸句，陸蘇傳玉顯清才。寬懷久隱幽岩壑，苦志閑吟冷草萊。殘夢寄情鍾美質，丹心旭日沐池臺。

敬步馮錦諸先生咏梅元韻一首

空明好處愛溪東，古色幽枝三兩叢。紅樹映人來皓月，翠霞鋪地拂清風。同吟記否曾游共，獨賞思其涉感通。窮目馳山青鳥遠，匆忙訪望久難終。陳國才回文萃珍

周策縱

策縱（一九一六—　），湖南祁陽大營市竹山灣人。抗日時期畢業於重慶中央政治學校，繼赴美留學，獲密西根大學博士學位。現任美國威斯康辛大學東方語言文學系及歷史系教授。

『無極』用回文體

觀奇歎止溯源泉，雜藝徵幽造絶巔。寒逸傲凝霜菊瘦，婉深孤潔露蘭鮮。難能可貴詩緣體，妙極無窮境入玄。翰藻競妍瑩組繡，殘燈詠盡擲華年。何文匯雜體詩釋例

回文聯

美言亦善，善亦言美；同音異容，容異音同。

沈憶先

憶先（一九一七— ），筆名一先，號清渠館主，江蘇靖江人。文書。

游中岳嵩山

中天拄杖一奇觀，岸幘從容笑語歡。風送杵聲鐘破曉，日迎峰影塔生寒。鴻飛絶頂臨高壁，獸走危崗鎖峻巒。崇岳五區名太少，功維四鎮險凭山。

宋陵隨感

登攀早世宋崇崗，趙姓延傳愧恐惶。承鉞斧矛戈陣陣，伏螭獅馬象行行。凭君聖智文臣秀，佐國賢豪武士良。興廢鑒珍儲日後，陵原七代盛明昌。

杜　甫

生平厄運蹇途窮，悔悟儒冠盛使公。清調咏歌謳哲聖，妙章成賦獻才雄。征南喜復收

京闕，望北憂惟出塞戎。宏見舊廬茅屋破，惊吟帶雨對村東。神墨碑林回文詩詞匯編

姜少黄

少黄（一九一七— ），江蘇江都人。中醫師。

抒懷回文詩詞合璧

安居故里心邪滅，靜夜殘光月淡明。難戀眷親情緩緩，漸成幽夢意清清。寒風奈有悲年暮，盡日憨餘度晚晴。寬眼促懷興我念，菊籬閑步獨身輕。楊鍾賢當代江蘇千家詩（一九九九年天津古籍出版社）

春興詞牌名

茵緑映波翻翠袖，水清喧女浣溪沙。津堤緑柳鶯啼序，玉樹紅桃蝶戀花。新燕舞馳風瀑竹，白鷗追逐浪淘沙。羣芳賞艷姿多麗，春媚采豐物露華。

感　懷

閑居陋室靜茫茫。愧有余書翰墨香。酣酒頻斟猶近醉，賦詩高唱獨歌狂。殘年感覺終庸碌，暮歲悲傷徒冗忙。斑鬢映燈孤只影，難酬願慰自愁腸。陳國才回文萃珍

謝鴻軒

鴻軒（一九一七—　　），安徽繁昌人。由蕪湖廣益中學，進無錫國學專科學校，從唐文治研習治學之道。『七七事變』，憤而從戎，入黄埔軍校，中央政治學校學習，一九四四年派往遠征軍二〇八師作政治督導員。一九四九年遷居臺北，致力教育事業，歷任嘉義市女子中學、市立工業職業學校校長，臺灣師範大學、輔仁大學教授。精書法，工駢儷，尤好回文之作，酷愛收藏楹聯，自號千聯齋主人，著有回文百聯集。

賀桐城王子中秋浦謝仲庵二首 一九七八年

兄弟兩家舊謝王，遠遊雲外海騰光。情高見墨文中子，榮葉階蘭玉樹芳。

文藝尚賢多世家，遠方行健筆生花。雲寒拂帽烏衣舊，勤學唯欽仰國華。

題周慶光故山別母圖 一九七八年

荒徑小園秋種愁，別離長賦恨悠悠。堂萱夢阻雲山遠，腸斷客鄉思唱酬。

堂高掩月淡雲浮，別久悲吟客裏秋。黄葉半山遥極目，荒城舊夢感人愁。

賀黄君璧

城外天光照遠嶺，海東觀月笑開襟。行雲挾客詩家畫，名士博通貫古今。
毫彩出雲籠袖輕，月明浮色海濤清。高風畫好詩翁醉，豪興更傳盛世名。

遊明德水庫

山環翠色一川浮，島半攀雲貯小樓。閑興得餘茶座滿，顔開笑客蕩輕舟。
青山繞庫水盈盈，蕩蕩恩波衍德明。亭上飛雲歸載卷，星寒照路騁車輕。

碧潭修禊

青山接水碧連天，遠寺鐘聲心悟禪。亭竹集賢邀淺酌，渚蘭留客贈長篇。馨香雜樹花侵雨，落絮飛堤柳繞烟。停棹錦瀾春色暮，萍飄託意得新聯。

華岡登高

晴空碧映上高樓，令節清風寒露秋。征雁北來驚夢斷，暮江東去散雲浮。成吟得句催人醉，遠興舒懷隱世憂。傾座一讀誇落帽，情深引望四山幽。

張大千大師雙溪山居賦贈回文

清溪淺澗兩峰奇，古樹芳花傍石移。晴院小吟豪客醉，晚梅寒點倦翁詩。甍高掩棟飛雲滯，竹密遮窗照月遲。名世遠傳真妙筆，生平慰事樂歸期。

周韵仙女史漪蘭館詩稿後序附題回文二絶

白雲裁詩，太傅之閨門特秀；色絲喻意，中郎之女子多才。天象斐文，班氏補漢書之闕；□碪課讀，渝齋爲詞苑所守。矧夫華萼承家，靈根植性。安貞協德，守儒素之經；婉娩修儀，秉師□之誡。飾筆床以翡翠，彤管映輝；對璣匣之琉璃，端溪洒墨。所以頻傳新咏，暢叙幽懷。璇璣衍蘇蕙之圖，錦綉奪天孫之巧。謫雙仙于牛渚，何勞夢阻關河；賦兩宋之鴻都，自是雲横南北。飛魚書于東海，夙締神交；促鸞馭于中州，竟遊物外。生瑞香于一室，證玉柱之雙垂。秋風秋雨，女俠善爲解脱；奇人奇事，騷壇廣以見聞。九日登高，猶誇菊頌；三台憶昔，遠播蘭芬。綜羣彦之佳評，勉爲短跋；贊大家之絶唱，載製回文云爾。一九七九年發次第二已未姑洗月，繁昌謝鴻軒書于述德堂千聯齋。

春殘惜黑剩清詞，馭鳳飛歸雙玉垂。身寄雲遊偕俠女，塵囂託降謫仙詩。

幽蘭綺館映瀾漪，錦織回文屬巧辭。秋暮悲聲風帶雨，愁人感夢一傳奇。

四君子回文詩有叙

集雅齋梅竹蘭菊四譜小引嘗云：『文房清供，獨取梅竹蘭菊四君者，無他，則以幽芬逸致，偏能滌人之穢腸，而澄瑩其神骨』。并見竹堂四君子畫譜，諸類書亦多引以釋文。近承摯友蘭香館主高逸鴻大師、龔書綿教授伉儷合繪四幅見貽，兼以憲壇同仁李子友漁再度索詩，爰依前修論列四君子次第，分咏回文四絶，而每首開端兩句，皆爲對仗，或可書作楹帖。大雅君子，幸督教之。己未春仲謝鴻軒拜稿于述德堂千聯齋。

梅

芳蕚拂風清弄影，細梢凝色冷含烟。篁松友誼雲天薄，堂照玉光春占先。

竹

風摇翠影涼生月，雨滴新梢翠籠烟。叢竹愛賢高士隱，空凌勁節粉娟娟。

蘭

柔芽紫氣香盈室，瘦葉蒼烟綠繞階。甌酒滿斟高座客，幽蘭引叙暢清懷。

菊

霜枝滿徑三秋晚，露蕊疏籬一色金。香冷醉人愁寂寂，黄花對酌又成吟。

和清人朱杏孫詩詞合璧回文原韻有叙

昔得清人朱杏孫于虞美人詞回文中更寓七律回文一首，嘆爲絶響。近十餘年來在臺灣師範大學主講駢文，每授江文通別賦，及至『織錦曲兮泣已盡，回文詩兮影獨傷』句，輒引此作與其他回文詩詞以爲范例。頃以旅美華僑熊應祚教授回國，于某君處抄得朱氏詩詞合璧回文之後，即和原韻，惜誤傳原作出自毛西河（奇齡）之手。春節間，邀約熊君來舍小酌，爲之更正作者姓名，晤談甚歡。自喜邇來常有回文吟興，爰依朱氏詩詞原韻，爲效顰之製，藉就教于大雅君子，冀能宣揚我國獨有之文學菁華，工拙固未嘗自計者也。己未新春謝鴻軒識于千聯齋。

孤星映閣春雲隔，密竹梧檐迫勁風。珠幌撲紗蟲點點，玉梅摇影葉瓏瓏。膚寒積怨深心悄，質弱疏吟小徑空。燕碧引情濃霧掩，近時曉夢苦顔紅。

蘭香館主伉儷合作四君子奉題回文絶句八首并叙

高大師逸鴻夫人龔書綿教授，向者專意寫竹，逸鴻兄喜爲補成，錦瑟相調，瑶箋對擘。余嘗回環諷咏，題贈璇璣。邇來高夫人繪事益勤，天機勃發，晴竹新篁而外，芝蘭梅竹兼工。逸鴻兄忙于酌句題詩，盤根種石，倡隨至樂，欽羡奚如。爰再賦回文六章，檢同舊作二絶，依集雅齋梅竹蘭菊四譜次第，分陳八首，藉暢幽情。略叙一言，奉希儷政。辛酉春月繁昌謝鴻軒拜稿于述德堂千聯齋。

梅

清香冷骨傲寒冬，雪嶺遐看更意濃。晴日弄花生妙筆，情高并竹伴青松。

寒窗透雨一枝斜，潔玉冰姿映彩霞。歡語笑窺相對坐，翰墨點染艷開花。

竹

鳴鳳和鸞栖石壇，館高來客醉香蘭。輕風弄影斜篩月，呈瑞百竿竹映欄。

清風□韻逸疏枝，碎影摇人待月移。精意寫生寒滴翠，情神見畫好題詩。

蘭

階蘭挺秀競芳芬，葉嫩抽芽紫釀雲。佳句難題欣畫好。懷幽遣興酒醺醺。

鮮枝一抹筆鋒雄，嫋嫋輕姿弄細風。蓮蒂并開頻醉酒，弦調韻事樂融融。

菊

東樓玉蕊艷凌霜，冷露秋園滿色黄。叢菊寫成詩興雅，風高寄墨落幽香。

高館接雲貯秋晚，客來招飲自消愁。豪情放咏流籬菊，葉翠摇光月影浮。

丙寅新春书怀

童年吟咏，偶作回文，壯發奔馳，難留舊稿。年節中，命諸兒至國立歷史博物館，抄寫溥心畬詩，爲之檢校，得二百餘首，類皆錦綉之篇，間具璇璣之什，誦之回環，嘆爲觀止。爰有效顰之製，亦屬抒感之辭也。

波急湧天碧海遥，白頭悲賦客魂銷。多年歷夢歸帆去，峨嶺嘯歌伴野樵。

茫茫碧海隔山河，老杜嗟時感事多。堂北映暉春日永，光華復旦待行歌。

思歸回文疊韻七律二首

抄校心畬詩二百首，書懷方罷，吟興猶濃，藉疊韻之回文，寄遥年之歸思。固知雕蟲之作，難免畫虎之譏也。

迷烟遠繞路遥遥，久夢歸家思寂寥。啼雁宿沙平淺水，遏雲停棹繫横橋。凄凄雨落花傾淚，拂拂風輕柳舞腰。西照夕暉餘淡淡，溪清夾岸對歌謡。

迷霧晚天海路遥，客留還夢若寥寥。啼鶯亂拂紅桃岸，舞燕輕盈綠柳橋。凄雨秋寒霜帶鬢，拂雲春氣劍横腰。西東慶樂豐年歲，溪接江村滿咏謡。

千聯齋回文聯（錄百）

道達真傳書趣古，行高又博學功深
高樓畫館蘭心契，雅客詞林竹韵清
烟雲滿幅千聯錦，墨翰傳家百世名
門垂柳暗迷窗曉，院滿花香拂座清
雲海浮山春樹綠，畫樓環水晚霞紅
淡色雲山看點筆，濃華墨竹晚題詩
宅對山園春樹碧，湖環客館玉光寒
庭盈艷萼紅梅秀，苑滿春苔碧草芳
嶺翠飛泉天抱瓮，松青伴影月移樽
靜院深秋三徑菊，高門舊德一階蘭
靜境塵稀書韵雅，閑窗雨洒墨花香
月夜寒星疏悅目，春陽艷景美怡情
琴餘舊韵風生竹，畫作新紋水滿溪
古調詩鐘山寺遠，清音瑟曲水溪深
霞映遠暉春駐久，月懸高館蘭生香
遠靄瑞光增竹翠，露凝寒氣吐蘭芳
香蘭玉樹凝珠露，碧草瑶林繞瑞雲
鳴鳳朝雲春日麗，嘯猿寒月夜風凄
雨潤青郊芳樹晚，烟含翠嶺碧湖春
畫士高懷思杜老，文人雅對屬唐初
雨滯花枝疏映月，烟籠草色翠迎春
屋傍湖山春日煦，樓盈畫卷墨香清
窗開靜閣高臨月，帖仿閑齋滿架書
亭依竹影花中畫，石滴泉聲書伴琴
盈水碧潭明月淡，落霞紅樹晚山秋
竹徑鳴鳩群促雨，花叢舞蝶小移風
雲吐石花生畫壁，雨穿松樹濕寒窗
鶴帶松陰留淡月，花隨蝶舞伴柔枝

濃淡春花群照水，淺深畫閣半含山
人伴鷗眠閑罷酒，竹娱禽語妙成詩
寒床夜奏琴聲緩，暖閣春多酒興濃
弱雨微風斜舞燕，疏籬小竹倚閑人
晴日映山傳磬遠，急風摇樹隔林寒
閑客笑花春色暮，醉人招月夜光寒
蒼朽老幹雙園靜，綠草芳香滿院春
臨水曲序茆盖屋，向陽高館客停車
寒床石枕高情逸，翠嶺茶烟清畫長
秋園桂好題長句，隔嶺雲多梦遠人
茶新有味濃陰靜，筆健成吟愛日長
落日斜雲飛鳥倦，蒼山遠樹繞烟輕
閑居戀竹雲山近，靜處餘花雪月寒
窗臨研石盤雲薄，澗夾松根擁雪晴
風生曲檻凭吟客，日照長山還倦游
峭壁青如新作畫，垂楊綠處舊人歸

雅興春風臨碧樹，澄懷淡月照清波
雅客來時多翰墨，奇峰極處起烟雲
芳花瑞草栖雲暖，古樹蒼松照月寒
花飛滿徑紅鋪錦，竹密留陰翠擁屏
疏梅影落空壇靜，細草春得野徑幽
曲水清溪縈曠野，重樓翠閣倚虚空
鶯啼乍暖方山曉，葉落疏寒小院秋
詩懷淡處回峰遠，酒味濃時覺梦幽
目極長天連遠水，心澄靜月照空庭
蘿繞樹陰垂石徑，竹摇花片落桃園
奇文妙處雲浮水，半夜寒時月滿天
雲擁菊花生妙筆，露含蘭葉寫新箋
芳草瑶泉環菊院，瑞雲朝露綴蘭亭
翠閣重門環曲沼，紅蓮叠水照回廊
別久家山遥憶舊，恨遲客路遠懷深
楓葉丹霞秋色晚，竹枝清影月光微

疏影射窗梅映月，暗雲籠院竹生陰
堤長護草深溪碧，澗狹盈泉野樹青
明月空影潭沉鏡，細雨春林樹繞雲
老筆詩新花日暖，清溪石瘦菊秋深
石徑凝霜涵細草，山溪點雪透新茶
花生喜氣雲留榻，菊愛寒香酒溢樽
宵寒愛竹崇高節，路遠尋梅放好枝
階當瑞色報紅杏，水照祥光耀碧空
翠積春雲生曲澗，烟浮夜月籠寒沙
門垂柳暗迷窗曉，院滿花香拂座清
紅潤硯池花滴露，綠藏書葉樹傳雲
荷沼雨餘還滴翠，草庭春暖漸凝香
院柳穿雲晴閣曉，汀蘭隔水野烟空
雨過潮平湖澮碧，風高樹掩月昏黄
竹密遠居臨水近，山高極處碍雲飛
門掩柳枝高照月，寺藏松徑遠聞鐘

寒風北渚烟波涌，錦苑南樓雲閣重
老樹群花栽古巷，長橋一水接平沙
閑情客館遮深竹，晚唱漁舟泊小橋
月沼觀心清照鏡，雲山結氣潤連珠
窗含遠樹昏沾露，院滿春花香逐風
圓月淡光浮遠岫，繞峰青氣結寒雲
客訪留詩評古韵，人傳出世繼清風
榻繞茶烟春雨罷，花依蝶梦午晴初
西樓小月隨雲片，隔岸遥人送酒杯
雨飄寒渚浮萍散，烟繞斜陽夕樹昏
庭院落花紅滿地，澗谿流水綠連天
身修務本歸平治，道貫惟思盡智仁
月寮烟閣來清興，華圃書城滿落暉
老菊攀籬秋色暮，荒藤蔓地古烟輕
放花梅樹一潭水，疏雨烟村半嶺雲
香飄合殿春風煦，葉落閑庭秋景移

遥嶺楚山藏玉石，遠江滄海聚魚龍　　疏點雨聲風入賦，密枝花影月窺人

人老不知花落盡，客來頻愛酒香濃　　叠嶂楓橋傍舊宅，低窗竹屋繞寒雲

彩雲依日晴窗曉，紅樹滿林古岸遥　　傲骨梅花寒嶺雪，虚心竹節勁風秋

霜浸菊籬雪含梅嶺，雨沾蘭谷風送竹亭

畦菊綻金苑梅呈瑞，渚蘭留客林竹隱賢

陳華英古今回文綴輯

謝鴻軒古今回文綴輯序云：『庚申辛酉間，先室哲仙辭世期年，所作悼亡詩廿首中，爲回文者凡十絶四律。于時夢斷花飛，神傷淚盡。厥後自珍晚景，免轉回腸。惟于回文聯一端，依然偏愛，未改初衷，良以著墨無多，抑且勞心較少。日常于今楹貼有回讀可能者，斟酌爲易數字，累積已逾百聯。往往道古含光，詞新托意。竊喜流風餘韻，得賡續于名賢；還期綺句錦箋，更長留于他日。邇來應鄉友之屬，書寄八十餘對，蓋翰墨緣深，有以致之也』。

陳邦武

邦武（一九一八—一九四三）字尚忍，湖北蘄水人。曾則子，趙樸初表弟。新中國醫學院卒業，著有碧漪館詞（陳曾則御詩樓續稿附刻本）。

菩薩蠻迴文

瘦腰身似垂絲柳，柳絲垂似身腰瘦。天碧鎖愁煙，煙愁鎖碧天。　　鳳幃迷曉夢，夢曉

迷幃鳳。多恨更長歌，歌長更恨多。碧漪館詞

吴端升

端升（一九一八—二〇〇一），福建福清人。教師。

福州倉山

悠悠蔓草繞溪隈，影動山移船首回。幽景密林懸冷月，暖風高處拂涼台。鷗羣逐水寒潮漲，雁獨飛天遠路來。游客娱情歡勝境，流霞晚棹一帆開。徐元回文詩詞五百首

徐　明

明（一九一九—　），湖北羅田人。教師。

山行即景

峰高繞霧松林暗，澗陡飛泉激石喧。紅日曉風摇翠竹，碧潭澄鏡照青山。

農村新景

鮮花野竹映窗明，日吐山端萬象新。天接稻波金涌地，嶺鋪棉雪白連雲。丹描果樹飄

香遠，碧漾蓮池戲鴨群。船走順風帆鼓滿，年豐喜酒祝飛騰。《徐元回文詩詞五百首》

柳存功

存功（一九一九— ）筆名柳野，湖北黄梅人。教師。

春日即景

紅花映柳緑凝烟，目縱遥開曙色天。空碧淡雲飛散盡，風迎蝶舞燕翩翩。《神墨碑林回文詩詞匯編》

回文集卷五十四　目録

回文集卷五十四

馮錦諸

錦諸（一九一九—　）廣東鶴山人。白氏英專及明信會計學校畢業，歷任中國電化廠、新業製酸廠、上海硫酸廠會計、統計。退休后，始習詩，積極參與半江詩畫社，上海詩詞學會，會友詩畫社之活動，序稱『猶自耳順之年，潛心吟咏』。擅長七律回文，數歲間，相繼出版七律回文集（一九八九）、七律回文集續編（一九九二）、至今累積六百餘首。

梅

一東

空晴就路小園東，訪覓梅花細密叢。紅樹半溪斜照日，碧枝高嶺靜摇風。同誰更愛情懷滿，共我猶憐意氣通。窮暮欲歸香惹袖，匆匆望眼倦難終。

二冬

峰高見冷覺殘冬，鳥路迷茫白雪封。重影蔭新晴翠竹，茂枝交晚歲寒松。鐘聲夜月臨風聽，曙色晨煙帶雨逢。濃態遠知誰愛賞，蹤塵舊有自情鍾。

三江

淙淙水過急流江，瘦影寒花雅韻厖。砐石没侵潮岸闊，嶺巖飛越野鷗雙。降心寸折詩回句，醉意微酣酒滿缸。腔舊憶梅殘落盡，釭虚夜照月明窗。

四支

奇姿隱處斷橋支，好景春花幾許時。枝壓雪寒梅影淡，樹籠煙暗竹光欹。悲聲晚笛愁風送，絶色濃粧靚月窺。癡愛有情深戀戀，遲開獨睡似無疑。

五微

暉斜度水暖風微，暗散香清覺世稀。歸緩却開花粲粲，賞勤猶拱樹依依。肥梅細雨春朝降，嫩蕾新晴日旦晞。違性野心塵未了，非知不老共忘機。

六魚

初晴淡水淺遊魚，妙覺紅花艷展舒。餘有巧春芳樹茂，比無清雪冷梅疏。虚盈夜月窺明暗，聚散朝雲望疾徐。居靜隱閒寬意趣，如何自得獨遽遽。

七虞

驅馳不事自欣虞，老客棲遲愧步趨。無意賞梅愁恨苦，契心觀竹愛憐殊。扶持且助新鳩杖，醉飲還傾小酒壺。枯味澹然棲有似，湖寒泛雪釣舟孤。

八齊

棲雲碧樹萬株齊，嶺岸飄香隔水西。迷戀舊花紅遠近，望瞻新萼緑高低。妻梅有獨何癡黠，友雪無雙不冷淒。泥凍徑芳尋意快，溪晴晚景賞平堤。

九佳

霾風野顧細晴佳，小雪春梅放半崖。排壁疊花寒凜凜，集林飛鳥暮喈喈。乖時幾有鄰青杏，幻境何無夢古槐。懷好自歸忘路遠，偕誰與望對雲涯。

十灰

埃塵等外劫餘灰，悟覺禪空妙證來。梅暗夜香魂返未，月明春影夢遊纔。回風亂送斜飄雪，閃電頻驅急震雷。開早獨芳繁細細，培栽願借巧花催。

十一真

人愁易老不無真，命運隨時感妙神。春自草生來日暖，雪當梅伴作寒新。塵埃絶境禪心靜，性法多慈佛慧仁。身此寄閒空相色，鄰芳幾見更疏親。

十二文

芬奇有日寫新文，冷趁香梅吐麝薰。聞道舊名尊國總，唱吟前句絶花羣。雲閒獨過時濃淡，水緩同流自合分。氛靄滿天涵影接，紋波擁浪細交紛。

十三元

温風信息動辰元，雨後春梅曉氣昏。繁樹細花鮮色媚，弱枝微葉晚心存。言空有句吟香字，意妄無時返夢魂。尊一定非知養拙，園荒故業事塵喧。

十四寒

瀾翻碧浪水雲寒，雨霽初晴喜自寬。看眼冷時閒意達，賞心誠處靜情單。團團樹影清風曉，漠漠花香暗月殘。難見獨愁鄉夢亂，歡春得趣幾枝安。

十五删

環回事費枉移删，拙句吟梅得意閒。慳雪晚晴雲淡淡，早花春暖水潺潺。攀躋有力心愁老，幻滅無情性笑頑。艱步尚知誰壯健，還遊玩味一歡顔。

一先

鮮紅獨得奪春先，點點迎梅喜盛全。泉冷浸時明靜月，雨微逢夜暗寒煙。緣深自覺應同伴，興淺誰知不棄捐。天霧薄晴初見曉，聯珠似挂密花妍。

二蕭

摇空碧樹冷蕭蕭，晚葉疏花獨艷嬌。橋轉路横溪水靜，雪迴風猛浪河遥。寥寥聽雨愁春寂，淡淡觀雲愛日昭。邀我有梅勞夜永，飄香暗逐夢魂銷。

三肴

庖寒自奉好甘肴，飲對閒梅近野郊。梢勁指天春色弄，萼新涵暮雨痕抛。嘲誰又解無偏愛，笑我徒知有淡交。苞蕾綻時隨俯仰，坳崖翠裹霧雲包。

四豪

高標逸韻素矜豪，節晚懷虛等竹篙。褒寵有情詩頌唱，凍寒無意雪逢遭。滔滔靜水流疏影，冷冷清風送遠濤。勞放一枝春獨早，桃紅待沃未腴膏。

五歌

何愁奈許再吟歌，惡意詩情盡覺魔。波浪水風聞獵獵，日晴雲樹望峨峨。和春自有先機巧，冷雪猶餘後澤多。皤鬢感時花事解，柯斜竹隔見東坡。

六麻

沙泥亦料種桑麻，樹樹寒梅夾道遮。花月並春呈瑞色，雪風飄艷競芳華。斜陽照影疏香暗，細雨沾容密意嘉。嗟歎有誰能畫寫，遐觀暢目悦鄰家。

七陽

芳心素面笑斜陽，晚共春遲未徑荒。長短日時天冷暖，後先年節季温涼。忘情獨賞臨花瘦，慶瑞同觀對樹蒼。香助雪寒風寂寂，狂來雨急水汪汪。

八庚

卿卿喜訊報春庚，勝韻梅心冷露横。贏得早羣嬌絶色，漸舒遲暮暗微聲。情無不去長流遠，意有當殘老萼輕。生感舊花閒水逝，明清幾日朗峰晴。

九青

馨芳瑞發共松青，熟覽觀梅淨性靈。萍水似逢相伴對，鳥雲同返未留停。亭亭妙趣真心賞，眷眷虚閒靜眼醒。寧慮澹花春睡足，經寒盛錦散繁星。

十蒸

澄空仰望遠雲蒸，轉運時年百感增。憎喜自情知造化，戚休從命俟交朋。層層竹外花煙繞，疊疊松邊樹雪凝。曾未賞梅吟有幸，能何化蝶夢無憑。

十一尤

幽清樹老物何尤，有意春梅傍雪流。愁雨細添香淚濕，信風先領笑容羞。浮沉遠見稀鷗去，隱現時疑幻蝶留。收靄暮煙雲黯淡，悠悠日夕幾閒偷。

十二侵

心寒歲冷雪霜侵，願我從今到處尋。吟亂倒顛癡字句，和高微薄淡懷襟。臨登幾日閒觀賞，企望多時獨酌斟。深雨暮愁花墜重，沉沉夜色月陰陰。

十三覃

南枝瘦損冷風覃，少事閒時樂久耽。憨困懶嬌花朵滿，濕飄輕細雨絲涵。談心未有惟歡笑，辨貌應無但醉酣。甘苦自多新態色，潭清浸影樹交參。

十四鹽

嚴冬雪地滿堆鹽，發透新枝老樹纖。添翠暗香寒蕾放，漸紅明艷早花潛。嫌憎未冷風無賴，泣涕纔零雨有沾。瞻眺獨遊歡趣樂，淹留久靜覺心恬。

十五咸

緘枝雪滿白同咸，面對羣芳紫樹杉。凡俗少能爭臘破，貴尊多事慣冰銜。喃喃語燕知春暖，杳杳飛鴻識夜嚴。帆去遠天雲水没，巉高晚照落寒巖。

梅

東先

天寒歲暮欲横空，意志閒心一樹同。年瑞有時隨冷暖，月明陪夜盡西東。涓涓聽遠流殘雨，陣陣迎高過猛風。煙霧淡籠低照寂，泉林共老幾花紅。

冬蕭

朝朝茂色暖晴冬，樹樹幽香冷處濃。遥水靜時圓月照，斷山高日白雲封。標清一似横瓊玉，友舊三同侶竹松。橋野立觀遐目縱，邀誰又賞對姿容。

江肴

苞新吐色本南江，亂影浮溪映綉幢。交錯自疏清入妙，抹妝時淡冷無雙。梢枝勁挺英顔秀，木樹崇高峻勢龐。茅舍拂風春有信，抛寒漸暖曉晴窗。

支豪

騷騷幾處暗香遲，遠道行遊旅事癡。豪興每來從想望，摯情常是可猜疑。遭逢雪後春風信，破綻花前夜雨時。勞我苦心迷格韻，高枝早萼緑矜奇。

微歌

多愁自是獨遊稀，曉夢魂身化蝶飛。河澗有時惟影亂，圃園無處不香微。歌酣醉月邀天問，步遠迷途望意違。羅綺鬪梅輸質麗，波煙碧樹暖春歸。

魚麻

華粧艷態影移疏，絶色檀心本有餘。花放盡添香雪海，樹籠深掩白雲居。斜枝一夜當春早，冷月何時轉夏初。家世自非無種族，誇矜近古薄名虚。

虞陽

芳春趁意有招呼，玩賞同攜滿酒壺。香暗自然天造化，影疏猶是樹榮枯。妝成淡迹新留趣，畫入空圖舊見殊。長日對呈多潔白，光爭雪色素心孤。

齊庚

情鍾有鶴誼梅妻，性獨孤奇怪入迷。明影動摇清水淺，晚香飄泛遠天低。聲微細雨驚魂斷，色冷嚴寒鬬志齊。英物舊知新伐剪，横枝老樹嶺雲西。

佳青

馨香遠感動人懷，種上天宫月影埋。形態妙時寒瘦損，體心寬處冷和諧。經常臘雪遲飄蕩，會有春風早並偕。庭院落花餘片片，青梅小放晚晴佳。

灰蒸

冰肌玉骨瘦香梅，絶汗清涼自淺開。凌雪凍煙初曉破，緩風寒夜漸春來。凝神淨境佳人老，覺夢幽園野樹魁。曾未有癡同蝶戀，能無似笑倚欄臺。

真尤

羞顔自早占初春，冷日微風細雨頻。愁到眼前無侣伴，恨忘心際有埃塵。休時幾遍尋梅趣，鋭意何窮踏雪新。秋半月圓明照遠，樓臺近水映枝貧。

文侵

侵愁倦散若煙雲，短日時年换替勤。今是昨非知有别，暑離寒即悟明分。林園止渴空消解，笛曲飄聲遠聽聞。音律爲誰能轉弄，深化振落墮紛紛。

元覃

耽耽樹蔭緑柯繁，望在豐年瑞雪翻。含笑淺香殊顯貴，合歡酣色絶崇尊。甘心舊感多安慰，點額新妝薄著存。南嶺庾梅春折贈，堪誰寄語不銷魂。

寒鹽

嫌猜未許自心安，冷結濃霜夜歷難。瞻顧遠枝迎雪早，覓尋初蕊拂風寒。潛飛有命同生養，動靜隨時待散團。添翠正梅羣鑑識，纖纖細雨又冬殘。

刪咸

巖雲曉伴水潺潺，月影寒梅夜色閒。緘北雪狂憐節晚，向南枝暖憶緣慳。凡仙一覺同清淨，菊桂雙知異雅嫻。衫碧唾花空入夢，帆歸急去渡鄉關。

梅

東蕭

遥臨野徑小橋東，朶朶梅花映日紅。寥寂感寒春至早，濕霉逢暖雨膏同。驕無樂趣千年健，自有閒心萬處通。饒興更尋時罷雪，蕭蕭聽樹細微風。

冬肴

交枝碧樹一寒冬，擇誼高鄰結竹松。梢老惹雲留意氣，蕾初迴雪潤顔容。敲推幾句朝吟苦，散聚餘香夜睡濃。茅塞本心愁蔽惑，拋磚引玉願無從。

江豪

陶陶日暖就春窗，盛發寒梅曉勢厖。高密衆枝深掩月，冷閒羣樹闊侵江。勞人一慰猶遲暮，奏笛同愁但舊腔。豪富不知花艶雅，遭逢覺慧片心降。

支歌

波晴照暖日遲遲，亂影梅摇見倒垂。和暢巧思深我累，險窮全韻妙誰知。歌絃寄意真無事，景物遊心信有時。多恨更多情未了，何如復夢復如癡。

微麻

斜西日照晚時歸，旨趣同來自識微。華茂色添紅淡淡，素嫻心淨白菲菲。誇多未厭愁詩拙，詠少猶憐愛客稀。花放獨先春意快，芽萌早雨潤梅肥。

魚陽

揚揚見早發春初，妙巧天功有慶餘。香冷自然猶雪密，色嬌誰許更花疏。狂顛莫逐東風暖，暇逸同邀遠月虚。長日對時幽景晚，光籠薄照映雲舒。

虞庚

情知未老欲何無，命薄餘殘自守株。征客旅懷常戚戚，理粧啼貌嫩扶扶。榮枯一樹春風軟，艷素千花夜月孤。爭競有誰誇格韻，清香暗襲更多殊。

齊青

寧安漸老客心迷，冷雪香梅傍水溪。聽笛遠時催月鏡，抹妝紅處落花泥。亭亭玉樹依山翠，隱隱蒼雲入隴低。青柳共春初氣淑，靈通自悟有詩題。

佳蒸

曾愁斷夢繞梅佳，望野煙塵踏破鞋。登處遠心遊樂事，賞時閒目騁幽懷。凭依一樹深情舊，寄頌多花密意諧。憎喜有無何愛惜，能爭最冷歲寒偕。

灰尤

流清俯見一花開，積雪寒時早逼催。愁蕊有心留客醉，勁風何意送春來。柔腰盡減無非柳，素貌多添正是梅。收暮薄煙晴照返，遊雲似伴鳥飛回。

真侵

侵年健筆醉何因，寫盡梅詩妙入神。吟詠有誰同意志，覽遊無我共冬春。心歡定讀回文錦，事快常聯倒句新。深淺水清花影落，林園到處幾閒人。

文覃

南枝就暖漸芬芬，透意春花遠樹雲。耽久樂看愁態倦，願常歡賞愛懷欣。堪誰又老同梅隱，是我微迷似酒醺。談笑有文詩律細，貪求妄句拙心勤。

元鹽

黏花鬬錦艷梅繁，淡薄春晴弄日暄。簾捲晚香飄霧入，牖開朝色映霞翻。嚴冬獨伴寒松竹，酷夏當殘老幹根。淹滯久知情默默，嫌何又對兩無言。

寒咸

銜杯自慨感悲歡，語寄憑誰望是難。巖繞翠陰梅朵瘦，樹經初霽雪光寒。衫青素色花魂斷，髮白微絲雨影殘。鹹水有風南處遠，喃喃細話別懷寬。

删先

緣深似約共雲山，好景風光暖意閒。煙樹暮暉斜澹澹，露花晨雨濕斑斑。禪通靜境空寥寂，代絶奇姿異雅嫺。年壽樂天關命運，妍媸一世永癡頑。

梅

東咸

咸來復訪共林東，早放春梅細雨濛。帆錦帶香傳道遠，樹芳留貌笑交窮。衫輕緩舞微飄雪，袖廣横迴澹蕩風。凡是未花誰媚秀，杉松晚節苦爭雄。

冬鹽

鹽梅品味試秋冬，縞袂來回幾處逢。簾隔遠香微陣陣，樹藏深霧暗重重。瞻觀幸暖晴春曉，訪造愁寒夜雨濃。添雪待時疏影細，尖芽正解已冰封。

江覃

覃恩沐雨樹春江，印倒梅花見有雙。涵影自清明月鑒，展顔當靜冷流淙。潭寒半水煙凝霧，渡暖微波浪拍矼。曇彩動時晴朗爽，嵐層擁樹暮奇龐。

支侵

侵寒又許幾時支，細雨迎梅冷落遲。林遠到遊春意得，樹孤同伴暮心知。襟懷快慰初顔解，履杖安閒自步移。尋訪費誰曾雪踏，深冬向往一情癡。

微尤

尤知絶勝探園微，策杖還來日暮歸。幽樹滿梅寒影瘦，嫩枝横竹冷香稀。愁無月色花添笑，怒有風聲雪逐飛。羞怯獨開時盼顧，悠悠我是但多違。

魚蒸

蒸雲暮影幻龍魚，處處閒梅有展舒。冰雪壓花寒冷慣，雨霖傾葉淡清餘。澄心靜體香塵絶，盡意幽情舊友疏。登眺遠時觀覽細，憑誰自在識盈虚。

虞青

青梅煮酒共驩虞，雨送微陰晚景殊。停影樹閒風北緩，靚粧枝静日西晡。醒時一慮誰春夢，醉客多忙每夜酤。馨德自愁花寂寂，庭園隱處即江湖。

齊庚

庚春枉顧乏開齊，絶貴高梅認是妻。清韻賞殘空韻賞，好花迷亂自花迷。情多怪我惟尋覓，意滿同誰又品題。晴雪有時無久永，輕飄落謝任東西。

佳陽

陽陽自感遇晴佳，樂歲餘生有際涯。香露雨時逢萼嫩，錦霓雲日映姿諧。常尋勝韻清幽興，曠達明神淨素懷。妝晚待寒當勁節，長春覺冷尚偕偕。

灰麻

麻桑話舊感心灰，未老春枝滿雪梅。花望遠溪横竹隔，影沉寒水淺冰開。誇無絶色驕虹彩，漸有濃香拂酒杯。斜日落暉閒伴對，鴉歸晚樹過雲回。

真歌

歌吟緩步自情真，點蠟黄梅曉對人。何奈又寒風擾逼，獨堪猶冷雪交親。多多益善嗟花茂，少少無拘見綵珍。磨礪久知心健壯，波流寄夢一枝春。

文豪

豪才不事寫回文，負愧香梅放馥芬。桃李待春爭暖日，樹花生意寄寒雲。高情舊別常追憶，妙韻新知可喜欣。勞苦種鋤秋月冷，操躬自理護心勤。

元肴

肴豐好節慶辰元，坐宴庭梅臘月昏。交舊賞心歡有味，貌新含意靜無言。巢居倦鳥春風凍，徑滿香花曉日温。嘲笑任情閒似我，茅間半掩一清門。

寒蕭

蕭蕭靜雪映溪寒，意冷無情盡眼看。遥路望鄉歸夢薄，小園遊處到冬殘。嬌花惜愛何時老，艷影迷離一日歡。寥寂慰心同勉勉，飄梅亂片落枯乾。

删先

先吟倒句順裁删，許讚花嬌更艷顔。妍萼緑時初破蕾，晚芳香處滿藏山。天翻錦浪雲霞彩，世絶清泉玉石頑。牽掛莫愁春寂靜，禪心一片雪同閒。

梅

東蒸

曾何又放見梅紅，暖日春光曉照東。冰雪夜憐誰艷訪，雨風朝有自愁空。矜矜獨慎微終始，翼翼羣生早異同。恒福得時當面對，增情逸足遠途窮。

七陽

妝成淡抹一排行，碧海春晴照冷光。長岸野梅爭雪艷，滿林寒雪帶梅香。狂顛自擺搖風勁，浮潔時淋灑雨涼。傷感莫愁花少少，陽朝麗景媚穠芳。

侵齊

凄凄別意懶觀臨，悄悄清閑得便尋。低日落遲栖鳥噪，靜雲寒冽凜霜侵。西塘水影浮波淺，薄暮晴光照樹陰。蹊徑曲林疏步緩，迷花色艷訪叢深。

侵東

風飄凍雨細梅侵，濕潤多時嫩蕊沉。紅日晚晴初入暮，白雲高樹半浮陰。空空影落花斜照，淺淺香殘月滿林。同隔竹枝春意透，通交兩岸一堤深。

寒冬

縱橫竹外嶺霜寒，舊地栖遲得樂安。容貌想懷愁默默，色姿觀賞暮漫漫。濃香泛處飄林遠，薄艷嬌時伴月團。穠媚見尋常走步，從無有夢覺春殘。

十一尤

柔苞獨早正新抽，色韻無非自物尤。羞態晚容花見想，舊情春淚雨添愁。浮沉浪迹尋遥遠，散聚閑緣結靜幽。流暖泛妝紅艷艷，洲晴照日白悠悠。

東侵

吟梅百次幾愁空，未見當然不覺同。深淺自情鍾意會，少多凡勝訪途窮。陰陰樹影清香泛，隱隱林叢密蕾豐。音好聽時栖鳥唱，尋歡繼武接高風。

先陽

香花早放得春先，淡影疏姿貌麗妍。霜冷降時逢露濕，雪狂飛處襲風旋。茫迷自密當林霧，靜寂同多幾樹烟。長日晚溪臨步緩，汪汪水暖乍晴天。

寒庚

横枝雪冷露霜殘，遠道誰來復覽觀。明月有情多夜靜，艷花生意着春寒。清愁自覺常寥寂，獨喜同懷永裕寬。盈滿舊林叢樹茂，榮枯一世處心安。

東灰

梅開幾度雨隨風，影動微香襯艷紅。回雪冷晴春送暖，積雲陰霧曉迷空。灰心自覺花魁佔，野性誰知樹體同。催迫待時芳信始，來寒破臘暮林東。

支冬

鍾情獨有況心痴，玩賞花叢滿秀姿。濃淡艷顔嬌綻破，邇遐香馥暗飄移。松交碧樹芳齡老，竹挺青枝勁節持。逢值任人稀顧訪，踪痕幾許自淹遲。

庚寒

寒朝破影映流清，慢緩穿飛百鳥鳴。殘雪艷花香野滿，曉霜繁樹老枝横。團團月出浮空夜，靄靄雲留逗晚晴。歡趣自春逢意密，看回幾處問梅名。

覃文

紛紛亂影瀉淵潭，凛凛寒春共友三。芬馥暗飄輕曉霧，艷嬌長盼遠晴嵐。雲浮晚照斜陽暮，月吐東山野露涵。勤訪未能無步健，欣歡自覺夢梅探。

庚齊

迷花但信不枯榮，我是癡心覺濁清。凄絶未知誰有望，恨多何解自無情。雜聞遠唱時年晚，鳥羡高飛曉日晴。西樹野橋空想夢，蹊梅舊處幾枝輕。

東陽

香來夜覺未寒風，細望平林一點紅。涼霧薄遮晨照寂，密雲深渡暮晴空。狂吟獨許心情重，息念誰知意感通。傷憫自憐時節短，茫茫曠野遠西東。

灰鹽

纖纖細蕾早開梅，苦我偏尋屢首回。嫌自盡情留戀去，寄誰凭語約觀來。潛藏有處深山遠，落謝無時暮笛哀。添恨别知愁舊感，嚴霜久傲豈新栽。

蒸虞

株連共秀獨依凭，賞鑒同誰自喜憎。孤月片心明夜永，凍霜濃意蓄寒凝。枯榮一世人游倦，急緩惟時雨過恒。殊色艷姿清雅淡，無情有照寫何曾。

覃蕭

飄零大樹幾能堪，遠去浮沉入水潭。朝暮有情多意快，月年增態舊心甘。嬌花落盡紅顔老，軟萼開殘艷色涵。摇蕩自閒誰惋惜，蕭蕭雨送晚風南。

庚麻

家園故野暮雲平，茂樹栖群鳥唱聲。花有恨時春自落，月無愁夜晚誰明。斜暉照影繁枝細，密雪飄香異韵清。遮掩淡烟寒萼緑，華妝艷絶暖風輕。

寒蒸

冰天雪地卷風寒，小蕊探先覺意寬。曾未有花開美艷，獨非無葉落枯殘。能誰更早春光燦，枉自猶遲夜影單。澄水緩流長對月，憎憐異處到臨觀。

真先

傳香暗樹密梅新，麗質生成有絶倫。圓透月明光照夜，獨開花艷錦園春。年知不盡寒冰凛。日度空晴晚景真。妍雪犯霜嚴陣陣，牽羈自慣又何因。

寒東

紅梅放早過春寒，白雪凝梢頂壓殘。風緩細吹晴日暖，霧迷深鎖曉天寬。籠煙薄水浮明月，去浪高潮落急灘。空望幾時三友好，同懷澹寂静心安。

青庚

情深見訪覓芳馨，獨有詩人醉眼醒。輕暖暗風微習習，側寒凄月淡亭亭。横枝竹影濃煙樹，晚節松陰碧徑庭。清静自閑同雪艷，晴春喜發小梅青。

庚先

煙雲過眼滿空晴，盛茂新梅密意生。連樹映溪斜岸闊，落花隨水碧流清。翩翩影動猶風暗，細細香浮正月明。緣有巧來春雪積，先時得放亂枝横。

尤麻

斜横任我得閑偷，暗浪回潮急水流。花語解時當入夢，月輝明夜一無愁。誇誰又見猶姿秀，笑自何逢但色柔。遮樹緑烟浮裊裊，霞雲過去老梅幽。

寒支

癡愁不盡寫梅寒，美景春來得意歡。遲月夜風閒待接，早雲朝霧冷同看。枝枝茂盛花容婉，點點微留雨淚殘。時有自香浮暗遠，期年一樣舊猶寬。

東陽

芳春美色著梅紅，緣蕚侵時有信風。光透晦迷烟滿樹，影移低照月斜空。香聞幾度虛閑日，艷訪多回獨老翁。茫渺夜深愁入夢，傷心客地異鄉同。

先冬

濃霜冷靜夜溪烟，艷冶初苞照月圓。松瘦老枝籠薄霧，竹疏斜葉映晴天。重重影落高岩頂，陣陣香飄遠岸邊。慵懶自春傳韵勝，冲寒冒雪愛妝妍。

肴蕭

迢迢路遠步林郊，面對松風細竹敲。寥寂暗香幽徑野，竪横疏影亂枝梢。嬌姿鬬艷開花蕚，嫩朵爭奇出蕾苞。潮水湧聲春意快，飄摇任唱鳥交交。

真灰

梅枝一樹茂芳春，賞玩閒來正可人。堆雪蕾心寒耐久，信風花首歲迎新。開懷淡日知情趣，破萼紅時得意真。才短未愁何陋拙，回文有我獨吟頻。

陽支

詩人幾寫見梅芳，巧句新奇好妄狂。遲早有風春悄悄，密疏逢雨暮茫茫。痴愁不覺誰觀賞，語笑難知自感傷。姿秀美妍清玉潔，怡心逸隱獨閑妝。

鹽蕭

瀟瀟急雨陣風兼，猛雪天然自冷添。寥寂夜深愁月黯，渺茫晨遠見峰尖。嬌同濕露清無碍，緩獨輕雲片有瞻。摇動喜晴時暖漸，潮翻淺影亂涵淹。

齊庚

横林遠見喜枝低，細靄雲情意轉迷。明月滿時花美艷，早霜寒處夜涼凄。清清影動風摇樹，暗暗香飄雪漲溪。輕暈薄紅顔似醉，晴空晚照日沉西。

東侵

侵寒緩雪逐斜風，細朵梅花一簇紅。深淺幾時觀近遠，淡濃何處賞西東。陰溪照影清香透，滿樹傳神淨貌同。吟苦自知愁可盡，心歡得有未緣空。

七陽

香花艷質麗春芳，嫩萼南枝故向陽。長夜雪霜寒忍耐，霎時風雨凍經常。妝新照月明光靜，影倩流雲彩耀忙。狂瘦自知誰韵勝，莊矜獨放曉蒼蒼。

庚尤

悠悠日暖正風清，朵朵花嬌衬軟輕。羞絶不言無喜怒，憾微當恨有枯榮。愁閑未老臨霜冷，靜寂將殘待雨傾。留去任誰同伴對，幽時此月共心明。

灰寒

寒風信早趁晴開，瘦影疏時緑萼梅。難放好花春寂寂，易沉斜月夜哀哀。觀臨幾個誰尋覓，惜愛當今自訪來。安靜得身閑寄托，檀心壓雪着霜堆。

尤陽

芳春未暮不知愁，百樹遥聞雜鳥啾。霜聚萼端無意冷，雨垂花底墜姿柔。香時靜悄開寒夜，媚態餘嬌映緑洲。長日見誰陪笑語，傷心客老易休休。

一東

虹霞晚照對晴空，遠襲香梅冷拂風。同異有時花粲粲，暗明生夜月融融。雄心未放猶春早，厚誼偏逢但暮窮。東望故園來路近，叢芳鑒賞玩妝紅。

支先

緣機俗世再來遲，遠路常尋喜可知。烟樹碧堤長柳嫩，曉林青靄薄雲痴。天晴晚景同觀覽，夜月明光異轉移。憐愛雪深情誼密，鮮花細朵幾疏枝。

侵歌

多愁自有獨梅吟，艷雅幽嫻淨潔心。何奈望雲朝隱隱，未曾邀月夜沉沉。磨消暗露寒冰結，歷慣繁霜冷雨侵。摩揣細微知意志，和平性近最情深。

庚豪

滔滔水影弄朝晴，遠淡彌馨透玉英。高韵自仙當月白，瘦影同鶴立溪清。蒿蓬滿露秋滋潤，菊桂凝霜晚茂榮。褒貶有誰憐淺艷，遭時早發競枝橫。

東庚

晴春值放瘦梅紅，媚態知時客滬東。清寂自無人賞玩，艷嬌誰有獨蘢蔥。横枝老樹疏移影，破蕾新苞暖透空。榮向一心寒冷耐，輕花細朵遠途窮。

支侵

尋來又到一年期，化造天然自己知。深淺有愁何寂寂，舊新無語未熙熙。林叢鬭艷嬌容美，木樹添香絶色奇。今古頌歌高格韵，心同老境晚晴曦。

侵東

紅花嫩朵艷林陰，永夜經寒雪襲侵。風雨細飄雲漠漠，霧烟濃鎖樹森森。東西玩賞隨時訪，遠近觀遊到處尋。同感異香清泛瀉，叢芳放早見檀心。

寒覃

南風軟拂細梅寒，日暖當時霽雪殘。潭水静浮花影碎，樹林高唱鳥聲歡。探幽近賞同懷雅，得趣遥遊夢意寬。三友共春空寂寂，含愁不見不嫌難。

齊先

烟輕鎖柳緑垂隄，極喜當春芳草低。天雪冷飄風細細，嶺雲寒出日凄凄。牽愁蕊密霜仍滿，動影花斜月又西。堅忍自知誰茂盛，先開艷色着人迷。

庚陽

陽春滿樹老梅横，破曉晴烟薄霧清。香暗透花紅艷艷，色妍垂蕚緑輕輕。霜凌晚節高斜影，雪壓寒心冷淡情。長夜夢知猶想念，黄昏路遠望枯榮。

麻微

飛雲過樹野陰遮，眷眷何曾未我嗟。肥雨潤梅紅綻破，急風侵蕚緑欹斜。非無不夜同明月，自有當時見艷花。稀客遠來誰覓訪，霏霏雪落冷增加。

陽麻

華榮見蕾早春芳，凛凛寒風細透香。花好艷開時茂盛，月圓初照夜明光。斜溪樹遍曾零雨，曲徑山高又挂陽。遐邇盡來難企望，嗟誰不賞自殘妝。

侵虞

無疑不意得閑心，寂靜傷梅有咏吟。疏影見誰同望絶，暗香遲我誤愁深。娱歡好寫回文句，快暢偏窮險韵音。吁嘆獨憐徒咄咄，孤芳負賞欲趨尋。

寒蒸

凝霜雪霽野香殘，早信春風亂影寒。曾幾有心同朵細，獨誰無意一枝安。澄澄碧水深宵月，靄靄青雲薄霧瀾。矜節竹横常伴侣，增情舊友老松蟠。

灰庚

迎春喜雪小花開，雨霽猶晴向曉來。明月過時光皎皎，早霜濃夜冷皚皚。輕烟散入疏林樹，密靄低迷野嶺梅。生意得機隨節令，清風暖日盡頻催。

庚蒸

層層麗質本香清，朵朵芳叢一水横。承萼嫩時逢雨細，放苞微處擺風輕。升雲曉日晴烟暗，積雪春寒夜月明。曾未見花先出世，冰梅映樹有霜盈。

東麻

斜侵密雨凍飄風，我自閑心醉酒中。花放獨嬌春佔早，蕾開初艷曉疏紅。霞飛彩色晴天對，月吐明光夜雪融。華麗有時多影亂，誇矜韵勝格高崇。

支冬

松偕竹友兩心痴，嫩蕾苞開見早遲。濃淡有霜飛隱隱，密疏逢雨落時時。封雲嶺樹遥瞻望，掛月山林靜悦怡。重徑曲幽探景色，容姿自放艶珍奇。

侵陽

香飄靜樹滿梅林，未怯寒霜雨雪深。妝薄淡情凝露重，影微清意寄春陰。常非有日愁誰折，碍暫無時苦自吟。狂老幾曾雖曠放，蒼山遠望正森森。

陽寒

寒春曉雪白茫茫，遍壓新梅暗送香。殘未蕊心冰冷凍，軟仍芽蕾玉清涼。團團獨早開花小，緑緑同遲出葉長。歡趣得閒當日旭，看頻此處縱情狂。

東庚

清香素艶薄顔紅，極冷寒天滿雪風。晴樹碧烟雲過遠，暮枝斜影水流東。盈盈共放初春早，密密多生曉日融。輕萼萬花尋野徑，情深獨有與誰同。

四支

時當正晚日遲遲，淺影疏花細嫩枝。吹雪繞風寒徹骨，結霜凝露暗侵肌。知心幾許能同志，會意誰堪未絶痴。詩有别才高格調，姿清傲逸性幽奇。

陽東

叢叢美錦艷成妝，萼紫凝深厚結霜。中夜月移殘亂影，早曦晨散静清香。空愁未及吹風冷，勝韵能誰對日長。同茂盛開寒樹滿，紅花幾遇得春芳。

庚陽

香浮暗透遠幽清，曉日東風細暖晴。狂老不時無雪壓，密繁多處有春榮。霜朝慣冷微苞放，雨夜蒙寒晚蘂生。妝淡獨憐嬌艷艷，長溪映影伴誰横。

先冬

逢春早放見誰憐，白雪寒連遠際天。松茂比鄰芳處近，竹斑虚節晚時堅。庸才學次多詩作，拙意文回幾句傳。濃雨夜侵猶細細，容顔洗淨抹塵烟。

支侵

吟梅可見幾篇詩，巧句無愁不費詞。心意會時花灼灼，感懷傷夜月遲遲。侵叢冷雪狂風起，滿樹寒霜薄露垂。音好有誰同寫作，尋芳倦去未神馳。

灰庚

生寒忍耐久風催，暖日初春早嶺梅。清淨素心同眷眷，静閑常意寄恢恢。晴新噪鳥歸雲駐，柳翠鳴鶯聽客來。迎雪有香花美艷，情無不盡笑顏開。

庚先

牽懷幾個若鍾情，凍雀晨鳴細碎聲。緣有自來時賞識，憾無應覺獨逢迎。妍春早放寒花曉，晚照高懸皎月明。田野靜閑同伴侶，烟雲過樹碧天晴。

支東

紅花嫩蕾破寒枝，淡泊情懷感暮遲。風雨急時無艷色，雪霜濃日有奇姿。融春暖意閑愁伴，半夜殘香冷夢痴。同老未堪何寂寂，空山遠樹碧離離。

庚陽

香飄遠樹碧林晴，密朵吹風細暖輕。霜露冷陰濃野翠，月花明艷淡春榮。陽陽自覺深情盡，草草誰知淺意生。妝泪素時狂雨注，常非有日舊馳名。

灰支

詩吟獨步暢環回，雪月風花巧砌堆。遲早待春芳蕾綻，密疏侵曉薄寒催。知心雨對猶緣結，得意同觀但卷開。時慣自狂顛倒句，痴情我寫百篇梅。

梅

十二侵

臨空碧樹茂森森，海雪香梅艷滿林。尋覓有時逢路遠，駐留無日值天陰。心閑細步隨花向，意靜清懷悵月沉。侵老未誰同賞玩，吟詩妙句寫情深。

一東

紅梅瘦蕾破寒風，鳥噪新晴曉碧穹。同異覽花開漸漸，暗明窺月照朦朦。窮途曲徑香幽靜，密樹深林艷茂豐。空界眼觀閑意得，崇山遠望眺芳叢。

侵陽

香花野處此梅林，暖日晴天薄暮陰。狂老未能誰鑒賞，悵惘猶幸自搜尋。忙忙獨去行人幾，歷歷同歸倦意深。霜結露寒春月皎，芳殘送別遠愁侵。

冬東

東園故舊感情濃，雪擁寒梅友竹松。風雨有陰春漠漠，露霜無日暮溶溶。通途小路行閑步，遠嶺幽林訪客踪。同襲暗香飄色艷，籠烟夜月對姿容。

侵東

紅花小朵異常尋，緩步閑行繞徑深。風雪暗添寒凛凛，露霜濃襲夜沉沉。東林競秀爭梅早，碧樹凝香泛嶺陰。同友舊歡新對面，豐年有訊喜春臨。

十二侵

吟梅獨我自情深，念想曾何幾遠尋。林樹滿開花美艷，蕾苞斜映月幽沉。心歡見影疏香暗，意快當寒野色侵。陰有夜遲誰伴侶，岑高冷落碧江臨。

水芙蓉

濛濛細雨濕池平，翠蓋錢荷滴露輕。風好任忙花影淡，日疏猶暖水香清。東西或泛遊魚戲，遠近時飛過鳥鳴。紅膩小蓮芳玉潔，空迎笑臉透煙横。

木芙蓉又名拒霜亦名木蓮

園邊雜樹晚花開，賞鑒誰知望客來。昏夜拒霜寒菊並，早晨迎露白薇陪。存無澹月三秋老，散有凝雲片暮哀。根柢繼蓮清水植，繁枝傍草緑陰栽。

紫薇花又名百日紅

涼秋有意託高枝，拾紫微郎伴是誰。芳結樹梢花半展，彩含苞蕾萼低垂。霜濃滿夜寒空蔽，月偃明時冷露滋。長見樂天知命禄，章篇賦詠雅工詩。

其　二

無多古木禁庭空，麗色斜天百日紅。孤影樹横枝弄月，細聲花動葉吟風。壺殘倒盡茶愁客，錦艷尋遲暮飲翁。途近就窺深緑卧，趨來再賞故園同。

桂　花

清芬異種貴深秋，飲罷紛來衆客遊。晴暖就歡隨處處，晝閒同樂享休休。輕風自落花顔老，濕露零滋樹影柔。英物感時丹色艷，情無不賞暫稽留。

金　桂

青標獨樹暗飄香，細蕊金星萬點黄。靈地晚叢三處茂，舊園秋桂九枝芳。亭亭此日攀高月，寂寂當時搗冷霜。停步緩觀同注仰，泠風陣惹爲誰忙。

桂開二度

晴春借得壓秋涼，世再催花桂馥香。輕送暗風和暖日，滿涵明月冷寒霜。情忘舊愛曾殘謝，面對新歡盡散揚。清氣泛園林樹茂，誠心見約共癡狂。

桂殘

微香漸去少遊觀，緑桂空斜瘦影寒。飛落亂花閒滿地，滯留孤葉老遮欄。違情似隔前宵夢，解意如憐舊日歡。機化蓄時宜節候，菲菲惜别怨秋殘。

牡丹

傾城國色本天香，好佔春風信有常。輕蕊軟心愁急雨，嫩花嬌貌笑斜陽。清輝一顧無紅粉，美意兼存似淡粧。名貴富知因種異，晴園鬧發競羣芳。

其二

殘春正育養花天，飲罷頻來更愛憐。寒雨潤空晨積氣，靜雲浮照晚籠煙。團團艷色顔添錦，朵朵嬌容面想仙。難見舊紅留指印，觀遐縱目寓真傳。

蘭

嫌何入室善人貞，味氣同心醉有情。尖葉狹長飄冉冉，紫芽新嫩軟輕輕。簾重隔絶風吹暗，院靜侵多雨過横。纖緑見垂寒素淡，添香似麝散幽清。

梨花

烟雲遠徑細風春，永夜寒侵晚雪新。妍色素妝梅並秀，暗香清影月同鄰。娟娟自少微塵染，皎皎何多衆玉珍。憐取泪姿嬌帶雨，穿花野蝶有情真。

其二

高雲曉斷夢誰同，盛茂春花帶雨風。桃李豈爭嬌朵白，柳榆曾照夕陽紅。滔滔水映繁花點，寂寂園迷暗霧空。勞見淡妝清艷絶，遭逢遠處幾烟籠。

黄菊

涼秋已見菊花黄，巧樣仙容淡飾妝。長日任風摇陣陣，霎時驚雨降茫茫。狂顛莫鬧爭桃李，隱逸猶閑等露霜。香妙覺清心慮淨，陽斜滿樹透輝光。

其二

無花盡有獨花黄，晚發秋寒夜慣霜。濡自僻幽逢雨寂，隱誰清静喜天涼。呼招似擺輕風緩，晤對如邀淡月芳。孤性薄來閑賞玩，愚情老覺不時狂。

石榴

娑娑動葉無風輕，朗朗明空麗日晴。多子熟時開口笑，疊球圓處裂皮生。柯繁側倒斜形縞，語細微添碎韻清。歌鳥聽音知友好，何愁不伴有深情。

白玉蘭

摇風細院別生香，九瓣花開晚葉長。寥寂見春愁老伴，嫩柔逢雨落殘粧。飄飄淡蕚雲容冷，脈脈斜暈月影涼。條映緑溪清水靜，嬌蘭玉樹貫冰霜。

桃

紅桃小雨帶微風，薄霧輕含滿樹東。空笑一時成路徑，寂言無處見林叢。虹霞錦彩生明煥，水潤清流襯茂豐。同感有情春日暮，烘晴淡寂滯雲籠。

柳

堤垂緑柳弱姿嬌，動緩隨風自曳摇。低樹暗烟深水靜，闊林斜日薄雲遥。凄凄有恨牽離別，黯黯添愁鎖寂寥。溪淺落多飛絮亂，栖鴉暮噪集枝條。

野菊

年年賞菊愛深秋，細瓣黄花兩並頭。天半降霜寒自傲，夜中明月遠同幽。緣機獲日誰歸隱，野徑荒時晚憩休。田岸客蛩吟露冷，烟霞慣處幾朋儔。

竹

亭亭翠竹映晴空，早曉升東正日紅。青緑遠林寒洗雨，瘦尖斜葉静摇風。停雲緩過時閑適，暗霧輕遮每蔽蒙。零雪散飄香細細，經常勁節晚欽崇。

楓

濛濛細雨暮翻鴉，冷露霜凋幾樹花。紅染半林晴照晚，碧留微葉密枝斜。蓬秋九月寒江静，霧徑三株秀嶺遐。東向舊鄰芳菊瘦，風飄碎錦似層霞。

紅梅

紅梅臘盡過冬寒，白雪凝梢頂壓殘。風緩細吹晴日暖，霧迷深鎖曉天寬。籠煙薄水浮明月，去浪高潮落急灘。空望幾時三友好，同懷澹寂静心安。

雙雲鶴

聲高遠唳曉雲殘，瘦影雙遊共樂歡。鳴異起天聞續斷，倦南飛翮看扶摶。清霜負雨驚秋老，白露衝風怯夜寒。丹頂獨憐猶雪羽，横空碧海俯煙團。

秋蟬

微聲漸弱老哀蟬，爽氣秋涼欲暮天。飛向遠枝殘力竭，抱環高葉一生全。機危自覺當風冷，命薄誰憐對月圓。違世與情無物外，依依樹影過雲煙。

蟈蟈

蟲鳴響聽夜遲遲，陋室籠居永困悲。風暗緩飄聲斷續，月明斜照影停移。雄心獨意何愁老，奮翅羣情不覺時。同有未眠無夢醒，空懷兩拙見吟癡。

秋蟲

秋聲幾處聽吟蟲，節氣涼時造化融。愁對冷天閒照月，緩鳴寒夜靜馳風。讎仇殺伐相爭鬬，主霸侵征自戰攻。休織罷驚無懶婦，流年薄命老夫雄。

雙蝶

飛飛兩蝶舞翩翩，艷粉花叢入苑邊。微細自然天造化，捷輕誰幻夢纏牽。暉斜晚照殘林暮，葉落寒霜曉樹烟。非悟可能無感觸，歸同老弱瘦身憐。

秋蟬

同鳴一樹寄身輕，薄暮秋深葉響清。風入冷松高節勁，月沉寒水緩流平。空園曉柳垂枝抱，靜蔭朝陽暖照明。窮日已知愁老漸，終能續唱咽殘聲。

雷聲

雷聲幾處駭眠身，震耳愁聞夜醒人。來迅却驚天破石，覺遲猶至雨寒春。開花火閃飛光電，瀉瀑流傾注海津。催思客吟癡夢短，回風信發柳條新。

梅雨

陰時但有幾天清，半月曾無一日晴。深雨入梅黃氣濕，密雲堆絮黑煙輕。尋芳晚負閒光景，醉眼常來熟趣情。心薄淡如猶洗淨，吟蟬遠樹聽微聲。

暴雨

狂傾暴雨亂人愁，候氣生陰盛似秋。香盡洗花垂淚重，緑新添葉潤顔稠。茫茫近日黄梅出，霽霽將晴小暑由。涼暮起雲歸岫遠，長天一色樹煙收。

閒雲

閒雲野望遠空清，靄靄停留自趣情。顔貌有心微變幻，跡痕無意懶飄行。山青斷處天浮白，水緑遮時月透瑩。還鳥倦飛猶影負，灣澄暮景愛風輕。

夜半雷雨

中宵夢醒迅雷驚，怕怯心揺動瓦鳴。風急暗寒天漠漠，月潛陰静院清清。空浮海立潮傳響，地震山崩石爆聲。洪勢雨催光電閃，豐年有望在滋榮。

雪

茫茫降雪亂天陰，軟細飄零自墜沉。香稻小年豐有望，患蟲微日害無侵。黄花菊瘦枝梢重，白影松寒樹葉深。狂樣異粧銀玉綴，光清爲我動懷吟。

雷　雨

狂風暴雨疾同來，斷夢魂驚駭電雷。涼氣襲時歸暑弱，鉅聲轟夜入秋哀。霜微又聽寒蛩怨，月冷惟忘暗漏催。香院一橙新洗淨，長宵覺醒睡心灰。

中秋大雨無月

茫茫浩雨苦陰陰，暗月愁時不賞心。光蔽有勞空影顧，璧圓無望莫歡尋。涼生水意添池漲，浪起風情盡照沉。長夜盼瞻猶寂靜，黄花未老半秋深。

秋　雲

青天遠襯白雲飛，薄意秋時此覺微。停處幾曾還靄靄，過羣常及未依依。經由任散閒心逐，返去空忙苦願違。庭院曉陽晴朗好，寧清隱見叠鱗稀。

秋夜暴雨

傾盆大雨夜愁人，懶困眠時斷夢新。明曉薄侵寒陣陣，短更殘覺冷頻頻。聲洪響瀑千流水，勢猛衝天萬劫塵。横亂瀉江翻海倒，驚心暗澤滿疑真。

雨水

紅梅未放待晴無，寂寂春愁覺獨孤。風猛趁寒多雨降，月淒藏照暗陰殊。蒙蒙漸墜花頭重，細細斜侵柳葉濡。同異有聲流遠近，空浮水氣濕荒途。

浮雲

浮雲白絮似情無，出岫緣輕見獨孤。留去任風隨意懶，密稀分路過心枯。悠悠自我閑寥寂，淡淡同誰有悦愉。流水接天晴照遠，秋深淺卷漸形殊。

春雨

烟迷草徑野郊林，細雨長飄正曉陰。泉寂靜流清水滿，浪微輕涌暗潮深。娟娟柳淨添垂弱，重重花嬌盡墜沉。憐愛好春當澤潤，天然自育惠滋淋。

中秋夜雨

中秋見日有昭明，皓月無尋夜雨驚。窮望不堪何斷望，滿盈寧必定潛盈。宮寒廣處愁天冷，殿暑清時嘆水宏。空絶暗光容變色，同心靜候醉觴傾。

寒雨

寒春乍雨暗天陰，閉户閑居獨醉吟。殘水滴聲縈夢入，早梅疏艷漸香侵。歡娱幾日晴光景，濕潤今時曉樹林。寬覺有同還適意，端無苦我誤灰心。

清明

清明日暖日明清，暮旦當空滿朗晴。聲鳥陣鳴飛樹遠，色花繁放競枝横。營營緩步留園趣，澹澹常懷負絮輕。榮茂並時春意鬧，踏青郊草勁風迎。

谷雨

豐年谷雨值晨寒，適意人家萬事歡。同季四時天物潤，畢春三月日光殘。濛濛曉色生煙氣，陣陣雷聲混雹團。風信有花芳葉緑，紅粧洗淨好誰看。

立秋

平均兩半一年期，漸始涼秋素節時。明月皓雲煙薄見，爽風輕露雨多知。情無碧樹寒蟬晚，意有驕陽熱暑遲。聲聽遠蛩吟處處，清天夜色景光熙。

其　二

涼風有訊喜輕柔，濕雨微時此立秋。芳草緑添何茂盛，細花紅墜枉閒悠。長年感覺容人老，遠地分離易客愁。康健願臨遲暮日，忙忙自笑一情幽。

其　三

清風覺爽送襟微，散落零花敗葉飛。明月照樓侵淺露，薄雲歸岫滿斜暉。驚秋凜始將時换，别夏炎殘漸暑違。情物景光流水似，生涼暗色樹依依。

秋　分

秋分此夜起風寒，節换今時白露殘。幽静有蟲鳴外院，暗昏微月照邊欄。樓臺近水空回望，暮旦生陰薄自歡。收暑夏清天氣爽，愁無冷雨未疑難。

霜　降

涼秋季盡刮寒風，樹樹參天晚照紅。霜降始非今日盛，月明依舊故雲空。芳年静色餘幽菊，永夜殘聲落冷楓。黄葉滿園花徑寂，藏陰暗影亂疏叢。

中秋

中秋正好月圓光，快爽心知早晚涼。終夜有情多對影，滿天生意密凝粧。窮途望遠浮雲薄，醉客留遲濕霧香。空照此時明覺倍，同今共古萬年長。

其二

重重菊影晚摇秋，浩渺風煙碧水流。鐘暗度聲隨浪擁，月明浮色帶雲游。蛩吟冷桂天清曠，鳥宿寒林夜澹幽。濃態萬家誰皎潔，逢時識賞宴層樓。

春殘

多情燕侶伴春歸，小樹桃紅艷笑微。歌鳥聽殘愁急暮，過雲瞻遠悵斜暉。和暄不覺寒風惡，益潤應憐喜雨肥。何若自知花寄語，柯庭眄向獨依依。

出梅

明光少見祇陰清，幻變風雲野色平。驚駭乍雷來迅急，厭憎多雨有斜横。鳴蟬小暑當時晚，止鳥黄梅出照晴。榮茂向温高漸漸，生增草木樹新萌。

處暑

驕陽午熱尚疑休，啞澀吟蟬老聽愁。朝夜漸涼天氣爽，節時分暑曉晴稠。蕭蕭冷雨疏遲暮，陣陣淒風急早秋。飄散懶雲高潔白，遥觀靜對兩閒悠。

其二

難持素扇拂清芬，熱氣晴空滿火雲。殘暑困人愁悶悶，早秋驚葉墜紛紛。欄軒對飲同茶叙，位座聯談廣事聞。安適暫涼風灑面，端無苦雨夜來勤。

春寒

花微柳誤失時辰，冷意春多不暖春。斜雨細侵常覺恨，急風寒過自愁真。霞雲暗滅晨窺早，水雪殘流夜聽新。鴉噪暮林歸處遠，差無一念憶同人。

暮春

空飄亂絮落梧楸，滿地殘時逐水流。風樹靜陰雲淡淡，暮春晴暖日悠悠。紅桃小放繁枝老，翠柳低垂弱線柔。同友舊園來曉早，窮途轉處幾臺樓。

寒春

寒春落魄夢林園，急雨愁風苦斷魂。歡意失時空水月，趣情餘日靜江村。團雲岫出朝山曉，倦鳥枝飛暮野昏。寬處有心癡見慣，殘花未識幾亡存。

涼秋

秋心菊令合時芳，白露寒風着意涼。愁絶已知人鈍老，壽多仍見月明光。優優共飲清茶淡，緩緩同歸晚日長。遊滯小園花茂盛，收雲暮靄紫薇香。

寒露

紛紛落葉晚秋深，隱隱飛鴻細影沉。雲遠見高天日映，露寒知近節時侵。欣歡有樹香飄桂，靜寂無村夜搗砧。勤雨漸添交冷意，薰風緩待等閒心。

白露

霜微昨夜月當樓，露白今時節届秋。涼氣淡煙凝樹木，薄寒新雨苦田疇。香茶午亂相思夢，紫槿朝迷獨步遊。傷憫有蟲吟細細，長天闊水碧悠悠。

殘春

青天雨霽望空寬，綠草新生滿地寒。聽慣曉鶯鳴樹早，見多忙燕啄泥乾。庭園靜坐閒雲密，枕席愁眠獨夜闌。靈性養心吟放縱，經年幾日有春殘。

除夕

新年一到又何知，爆竹愁聞鬧巷居。真是可憐猶歲守，實非當別但時餘。人驚暗度寒冬盡，節換將臨末夕除。神貌若知仍改樣，春迎有日曉晴初。

秋光

天然自有漸淒風，落桂飄香散翠叢。泉水靜流回岸北，露霜寒襲滿園東。烟籠夜月秋山碧，鳥度晴陽暮樹紅。憐愛可人誰酒把，娟娟菊瘦見摇空。

秋令

遥悲有樹老蟬殘，未感無林密葉乾。潮急涌天冲勢猛，浪高騰岸拍涯寬。蕭蕭雨降晨花重，隱隱霜飛夜月寒。寥寂一秋逢露白，凋零幾處見楓丹。

秋暮

秋風冷落日添愁，爽氣陰涼薄轉收。留去半殘衰葉墜，往來時急猛潮流。悠悠暮雨仍疏密，寂寂孤雲獨靜幽。休憩得閑清意快。樓高倚望屢回頭。

春晴

顛狂見蝶有花迷，對舞尋歡自整齊。緣結善懷春寂寂，愿諧痴夢曉淒淒。天陽艷照繁香霧，野草青連遠彩霓。妍色霽時晴入望，烟籠暗柳緑垂堤。

處暑

深宵急雨大盆傾，盡暑天涼覺爽清。侵冷有來將露白，畏炎無再不愁縈。森森葉動初風勁，寂寂花殘半月明。沉水薄浮雲影倒，心閑老日幾秋驚。

秋深

蕭蕭雨夜靜沉沉，淡暗光微自積陰。朝暮急風涼節晚，露霜寒月冷秋深。蜩蟬老弱鳴無力，葉木枯殘墜有心。饒樹碧稀花落盡，飄雲望斷野烟侵。

暮秋

霜秋晚月夜籠空，寂靜寒林柿葉紅。芳菊野籬侵急雨，冷楓江水過淒風。荒園故舊依稀見，老樹蒼茫浩渺窮。傷感自多愁日往，涼炎一樣幾花叢。

孟夏

花開日暖放春歸，苦怕還寒薄是非。家近舊園芳草細，樹繁新葉早蟬微。誇誰自覺驚詩惡，怨我無知識事稀。嘩語笑聲同久坐，茶清共飲對殘暉。

秋涼

涼風却暑暮心驚，濕霧侵寒照月明。長日雨深愁晝永，暫時雲薄怨陰輕。霜凌嫩菊初含蕾，露着新薇紫吐英。芳散尚來秋氣爽，常尋好景對懷清。

秋景

游雲靜夜一晴空，老葉微摇動細風。流水急溪回岸遠，結霜寒月映花紅。秋聲幾處鳴蛩响，暮景當時落日窮。幽賞正閑人倦未，悠悠自我感心中。

深秋

淒風冷落葉枯遲，菊傲寒霜露滿枝。溪水急流添雨漲，塔峰高隔阻雲痴。啼鴉亂集飛林密，老桂殘香散樹卑。西墜日斜偏照晚，泥花踏過獨誰知。

春光

春臨暖日曉天晴，遠望高雲白絮輕。新見柳條垂嫩色，早聞鶯語亂喧聲。人閑老樹林花茂，水靜沉江夜月明。親愛好風東漸漸，塵心少慮不多情。

立夏

人愁未覺似花殘，晝暖偏宜又夜寒。春去舊時無惜惋，夏來今日有欣歡。身閑且喜當晴霽，歲稔應臨少旱乾。真是懶情忘漸老，因誰悟得可心安。

涼秋

融融夜飲醉吟狂，好景當前陪舉觴。紅艷自多花徑滿，綠濃仍少樹烟涼。空晴曉日初升早，照晚寒雲片過忙。同趣有心無賞玩，風來靜院一叢香。

春景

憐誰有望小橋西，倒影疏梅浸水溪。天照曉紅花簇簇，樹陰春緑草萋萋。聯綿雨早晨風急，靜寂雲深夜月低。牽累俗情閑步駐，烟含細柳拂長堤。

秋涼

秋涼乍雨又寒侵，小院庭階漲水深。愁見客途窮去返，喜聞人世盛規箴。幽清室少微來訪，靜寂樓閑淡酌斟。遊覽自囊錢挂杖，休時樂往故園林。

暮秋

沉沉夜色月明空，遠近松聲有異同。深露冷霜秋細雨，淡烟疏霧曉涼風。心寬更覺時康健，志素誰知自困窮。斟酌獨閑清茗薄，尋芳幾處靜園東。

象棋内嵌十種棋子

棋殘鬬卒象輸贏，炮鎮當頭帥恐驚。危將守邊單士怯，闊河攻道熟車輕。奇謀定勢新盤馬，左計知形舊挺兵。思巧着深精布陣，相飛田步一先爭。

其二

談兵紙上陣驅馳，進馬盤旋奏凱師。三士守城堅固早，二車聯界遠回遲。貪先算計無驕卒，破相籌謀有勝棋。酣戰力攻防將帥，耽耽炮塞象難支。

象棋寄香港名家鄭德丰

和棋兩勝得先爭，算計深謀自密精。多子守時添馬炮，衆師攻處進車兵。河邊駐卒留殘局，界底藏機伏禁城。訛謬未嘗新着變，呵呵一笑見真情。

秋感七律兼虞美人詞回文下同共五十五首

秋風冷落遥雲彩，急緩留誰待去歸。幽嶺夕斜暉照耀，濕林霜染晚鴉飛。愁窮散盡難知足，巧妙求何獨得微。酬和見人稀寫作，倦吟清苦自心違。

遠望奉酬畢老日剑花月吟

濃烟緑處深林薄，細雨逢時落葉枯。重影月清孤樹老，絶姿花茂密枝殊。峰雲眺望空回首，徑竹從觀久歇軀。慵懶性情愚鈍拙，競誰當憾有詩無。

秋夜

清秋落葉寒宵半，側徑鳴蛩怨月涼。明照滿天霜露濕，晚雲殘影桂薇香。榮枯有分隨時節，冷暖迎風拂柳楊。晴早耀輝光曖曖，曉昏侵色景茫茫。

秋心

斜陽曉照晴光暖，茂葉花香散影移。霞彩暮空彌漫漫，露秋涼夜靜遲遲。家鄉遠念誰頻數，歲月遐愁却拙痴。嗟感自多知髮白，費心閑放欲裁詩。

柳鶯

垂楊幾處添微翠，賞玩時前詣共誰。痴絶怪嫌遲暮節，債多偏見舊愁詩。馳聲遠唱嬌鶯老，暖日熙晴早照移。知覺自情怡意得，寄閑容我獨無疑。

愁我

愁多自我惟年老，白髮稠添早累時。楸木冷霜遲降落，徑花殘葉亂披離。流同合水分騰浪，趣異留心暢構思。尤見少吟詩順逆，巧文回句幾曾知。

景況

心閑有語無凭寄，拙筆吟成未意豪。深淺見人勞草草，懶勤容我醉陶陶。尋歡獨是誰康健，得趣今非便怛忉。侵老暗愁遭遇苦，感多時信自秋高。

拙作

焚香獨坐閑門閉，決志勤心勵苦思。分句自愁詩斷續，寄情猶恐意狂痴。紛紛見巧偏多慮，戚戚云難故少疵。欣悦幾篇詞寫就，費神勞作拙誰知。

安份

偷閑自在居安樂，縱意稠吟獨未嫌。幽景遠時瞻靜靜，綻梅香處見纖纖。求何老去歸鄉夢，願我愁窮共儉廉。酬志許多謙受益，苦無知命有嘉占。

靜夜

安眠可未猶燈滅，靜夜殘光月亮明。難見淡雲横緩緩，漸增繁露濕清清。寒心苦有悲秋暮，盡意歡餘顧晚晴。寛步獨來誠我念，菊芳同瘦弱身輕。

失眠

鐘聲幾响敲宵半，卧醒慵情懶病身。逢值有誰人可夢，友交無自獨何因。松風細聽疑殘雨，樹葉穠繁駐晚春。濃露洒花新透濕，瓦檐寒月照居鄰。

學詩

同誰與我殊勤奮，日度空閑盡寫詩。工未獨吟痴句句，讀堪猶倒拙遲遲。窮途怨恨長嗟嘆，曲徑通行蹇念思。蒙昧故多悲學乏，慮深時費更何爲。

同仁

烟雲黯淡昏晨曉，寄意篇章妙巧詞。聯席素吟詩自趣，舉杯時飲茗無遲。年年老遇同康健，個個全臨見笑嬉。傳贊有誰知韵雅，秀才清比好蘭芝。

秋園

霜天冷落花殘亂，半夜涼秋怨恨長。狂雨有時常透濕，秀容無處甚餘香。陽陽懶日晴空暖，寂寂荒園晚照光。蒼樹葉枯黄墮墜，月斜雲淡暗遮藏。

望江

烟籠淡水浮明月，靜夜船停歇岸遥。筵宴唱歌嬌細細，愴愁傷意怨迢迢。天晴映色霜凝障，樹暗沿聲浪落潮。偏柳逆風飄緩慢，得閑空望獨淒寥。

晴雨

翁頭白盡閑心費，旅客同歸未去遥。洪浪急流潮陣陣，濕階侵雨暮瀟瀟。桐枯碧葉多殘亂，水映紅江半蕩摇。風細曉春嬌景美，照暉寒日早雲朝。

感時

平生自料難吟嘯，靜悄清歡少又曾。情盡實無凭夢幻，術窮還有迭嗟矜。横雲暮送秋風峭，暖日晴添曉照澄。明徹夜來恒冷月，挂空天碧見高升。

咏梅

寒風猛雪飄空遍，覺自寬懷見有餘。殘水滴時初透濕，積霜濃處久潛居。歡欣對月明晴晚，澹靜看雲卷散疏。團露白珠如點蕚，適閑心境意舒舒。

雨雪

瀟瀟密雨春風勁，急促遥流猛有聲。朝暮慣陰成黯靄，暖寒常日竟微晴。條垂短柳初滋潤，水滴嬌花近茂榮。饒樹滿枝横未見，半宵飛雪白檐盈。

芳時

烟浮緑柳春風暖，日麗天晴遠過雲。前畹蕙香聞處處，細溪花影見紛紛。禪參輒静閑情寄，久坐先微醉酒醺。眠夜少思勤獨醒，曉晨清早絶埃氛。

思鄉

山溪隱日誰思念，髮白閑清占笑頻。顔貌好添新喜悦，老耆多叙舊鄰親。關鄉遠望凝寥寂，瀆滬潺流急海濱。艱險漲潮春畹晚，暢懷豪性任情真。

憶友

如何又拙窮年暮，意氣疏時遇友朋。居徙遠來曾兀兀，饌謀勤去自仍仍。魚豚市就容兼味，米麵儲多備有恒。蔬菜運輸能給補，趁墟郊處慣奔騰。

景觀 四川樂山三江匯合處新發現臨江有三山連成一體遠觀如仰卧佛身長四千餘米

寒江卧佛何年遠，悄靜安然坦仰身。難毁自蒙生劫浩，易迷當偃月華新。歡心值遇殊形狀，妙景觀臨敞幻真。寬像奕延伸廣闊，石山連處一横陳。

晚境 兼呈蔡麗水吟丈

天晴暮日斜榆柳，幸有緣隨舊共知。年老總嫌痴咄咄，夢殘當覺夜遲遲。烟雲過盡何繁密，雨露連同益潤滋。田地廣多宜種植，爽風温暖趁花時。

海倫公園

晴陽暖照群芳艷，賞共清閑占白頭。輕步往園遊有約，暢懷吟客飲無愁。横枝嫩葉花繁聚，濕露平烟務漸稠。鳴鳥曉雲留盼望，早行林徑曲通幽。

柳浪聞鶯

垂陽幾處遮堤闊，遠望隨風拂影摇。遲覺暗來潮水緩，泛聞清唱曉鶯嬌。熙熙自愛應閑靜，裊裊誰知永損消。枝寄喜同饒老樹，細絲春緑映雲朝。

寄呈香江李知其前輩

高才仰慕遥江隔，悵望勞頻憶念空。操筆醉時同意快，寄懷閑處見情隆。滔滔興雅趨安逸，泛泛騷多積健雄。豪句異誰窮險韵，細吟聲律合深功。

酬夏瑞辰女士

詩言七律嫻吟賦，妙韵詞填譜句豪。時有異才高意會，事無閑暇小心勞。痴狂半覺惟勤學，拙老彌愁莫苦遭。思慮未能逃命運，志懷堅忍自持操。

酬蔣繼三吟友

參同此叙來同趣，飲茗酣歡遇蔭林。談笑慣情深款款，玩遊閑圃静沉沉。探奇有句酬新作，弄巧耽詩樂苦吟。慚愧獨愁心意拙，福清誰覺老年侵。

酬何成鑫吟長

寒烟破曉侵晨旭，寂寂殘花馥散疏。團露白斑餘節晚，客途秋恨可涼初。歡悲幾許多情感，福禍難知暗疾徐。安静返家居陋巷，遠郊馳駕自由車。

咏秦郵

朝陽暖照晴江漾，暗浪潮新漲水流。橋闊現魚游漸漸，岸多來客顧悠悠。饒豐物産生增快，茂盛苗耘倍獲稠。超質自良優美譽，細棉糧足滿臨秋。

華中魯藝殉難烈士五十周年紀念（江蘇省建湖縣建縣）

雄心志決殲殘敵，北逐同擒滅寇頑。攻戰略侵環土地，搏拼堅衛保河山。窮移富裕優良策，物産豐饒百曲灣。隆業創辛艱力盡，唱歌謳贊對歡閑。

亡荆葉燕容五周年祭

傷心獨我誤情真，未福餘生拙老人。長日怨愁悲事往，迅時驚怕怯秋新。芳顔静對惟枯泪，薄命空憐但病身。霜髮漸添憂慮盡，涼天值祭小鋪陳。

亡妻葉燕容七周年紀念（余幼年結婚族譜名福聯）

牽情每覺猶殘夢，獨我偏懷縱自空。緣訂早年同結髮，老來今日苦衰翁。傳心佛禮勞身倦，寂夜眠愁怨命窮。聯福可無容望絶，個中人世半痴聾。

春望

深雲遠見時閑靜，緩步尋聲聽鳥鳴。林樹滿梅迎日暖，岸堤垂柳鎖煙輕。陰陰漸雨微昏暗，寂寂侵風暫曉晴。臨駐有流横水急，茂松喬影浸溪清。

梅

馨香艶色檀顔老，細朵經寒早露霜。青竹瘦時長伴侣，茂松高處共芬芳。惺惺自惜堪誰語，落落寧無慮善藏。靈性養心常静寂，暢和情感悦風光。

梅

風和暖日晴春早，曉露叢梅老慣看。紅艶滿林殘點點，亂輕飄雨細漫漫。通連曲徑浮香暗，逸散窮途泛雪寒。空映碧烟團月夜，密枝花朵幾酣歡。

寒蟬

無多風雨陰常有，黯黯孤烟柳翳蟬。愉悦唱晴天氣爽，悵惆窮晚夜霜妍。殊生與世觀清濁，潔志趨時辱棄捐。隅向共淹年短暫，縱情哀响在寒先。

春　心

空雲遠望晴陽耀，昧旦東升照曙天。風細縷飄烟淡淡，霧輕微鎖柳綿綿。雄心振奮殊煩惱，壯志窮衰老忍堅。衷感舊塵緣未了，有懷孤陋更誰憐。

清　秋

涼風爽快清秋夜，艷菊黄花野徑荒。霜降冷楓香葉落，景昏多雨暮潮狂。陽陽暖照晴遲晚，漠漠忙雲亂渺茫。長日漸恒常趣得，感懷添樂自年芳。

秋　感

晴天暖日高秋暮，悄靜清霜露冷寒。明月菊黄團影淡，緑烟槐老漸花殘。榮枯色見時風惹，巨細聲聞夜雨闌。輕靄碧空寬遠近，密雲浮去自閑安。

夢　想

驚魂客旅羈殘夢，細雨輕帆縱邇遐。情趣夜閑花月靜，野郊秋冷水溪斜。賡同有句回文錦，幸共成歡飲茗嘉。傾座滿吟嘩意得，願如多福受榮華。

秋思

霜天半夜深秋季，爽氣涼侵細雨風。常異客途窮有恨，日多閑事舊無同。茫茫意亂愁慵老，渺渺鄉遥眺淨空。蒼樹晚晴虹暮薄，淺溪流水小橋東。

河柳

輕風緩拂垂絲柳，北岸盈堤有緑陰。明月夜閑心静静，野花烟淡意涔涔。聲初咽唱蟬當曉，樹碧鳴喧鳥度林。横水暗流深涌急，泛潮波撼晚涼侵。

欷歔

欷歔夜静幽閑度，飲醉非殊趣夢痴。歸緩願春遲漠漠，燦明邀月冷欹欹。微風遠樹朝涼雨，薄霧稀蟬暮暖曦。輝映晚晴時見好，患憂無有又知誰。

快意

清閑自我殊編續，事快成功獨集詩。名妙喜逢誰咄咄，志專愁寫盡遲遲。晴春破放香梅盛，徑野横斜影竹移。明月夜深時暢咏，雅懷情寄見狂痴。

回望

庭園小步閑情放，晚日經常望絮雲。停歇友吟勤念想，透開花賞獨歡欣。星星白髮添年老，寂寂靈心悄暮曛。青柳現披紛嫩緑，滿林高唱鳥棲羣。

老愁

歸雲薄暮晴空遠，望細微風暖樹烟。輝耀浪波旋渺渺，亮明山月吐圓圓。非嫌世俗隨情性，有自機緣證佛仙。稀見未愁牽老漸，費神勞夢幾殘年。

曉雲

荒園細望遥烟樹，冉冉陽初曙早晨。光漸暖風春景好，晏微輕霧曉晴新。香梅獨耐寒霜濕，緑柳長添密雨頻。芳草有情真悦目，茂林深處幾閑人。

春將盡

香花野草芳春暮，影照陽晴煦晚天。涼露白雲烟裊裊，濕風寒雨夜濺濺。囊詩有夢空歡喜，旅客傷心自愛憐。常異樂安年壽永，覺誰當健老頑堅。

雨霽失眠

嫌何又覺偏懷遠，感舊添愁怨晚年。淹滯志心堅有自，始終歡趣得無緣。纖纖細雨零花靚，陣陣嚴霜冷月圓。恬適幾時眠永夜，倚床窗望但雲烟。

海倫公園茶叙

知心幾個誰吟咏，好友宜尊敬誼情。時晤叙談清意雅，語閑歡笑樂春晴。遲遲日旭潛霜積，密密枝柯集鳥鳴。垂柳碧烟横小徑，逸懷幽寄暫壺傾。

題贈陋巷吟兼呈顏老仁禧

心知妙作佳才雅，陋巷吟來夜月明。深院靜聞聲悄悄，冷齋高唱韵清清。襟懷滿日歡耆耋，髮鬢侵年老趣情。今自苦思精賦咏，句題新意著書成。

紀念壽寧詩社成立十周年

詩家一向心欽仰，遠近馳名响出群。詞賦妙多勤寫作，稿編精蘊異知聞。時閑共咏同花月，景晚追歡接樹雲。痴望自然欣獨有，藝文專擅更紛紛。

賀仙溪詩社詩人大樓落成

同心會意精題咏，濟濟雄豪并唱酬。工妙見詩投句秀，健遒敦誼結情幽。崇功仰望遥鄉隔，雅興窮閑極日悠。風惠寂溪流晚照，直空初建有新樓。

奉酬蔡老麗水遷新厦八合回文慶古稀征詩

從心得意誰年老，運幸逢時早福臻。慵放極閑人自樂，適舒長壽耄同倫。松林密霧迷茫渺，柳岸穠花俏貴珍。濃誼客鄰親就近，宅移初寓好居新（此詩減上二字或下二字皆可讀作五律順回四首故名八合）

自感

輕風澹月歲閒悠，跡過無痕雨後秋。情摯枉空懷舊感，事多悲老轉新愁。聲聲聽鳥歌煙樹，靄靄看雲落島洲。驚夢曉殘宵漏短，樂安常住且歸休。

自笑

無才笑我似蟲吟，得意情閒寄靜音。途誤入歧緣日暮，徑荒歸老值春深。湖江闊水浮天遠，嶽嶺高雲繞樹陰。趨步正慚知句拙，讀書持奮尚堅心。

初歸

勞勞見月曉當頭，往日年時舊告休。高閣客人撩晚景，小園花草亂春愁。豪才未寫回文拙，淺學猶誇健筆遒。搔首白衰雙鬢老，桃溪一戀尚閒悠。

晚景

山關共色暮悠悠，遠際天雲逐水流。斑鬢易催常疾病，白頭容過幾春秋。閒時醒覺猶殘夢，短日來臨已斷愁。慳事百詩吟晝永，顔開樂趣雅追求。

秋望

煙沉水面拂風涼，細草殘花暖樹香。天卷暮雲横遠岫，地蟠陰氣爽清霜。先鞭着手神機妙，半夜歸舟客夢長。憐我自愁添髮白，問誰邀月醉壺觴。

其二

淒風晚樹亂蟬愁，葉落新驚陣雨秋。低蓋碧荷凝露重，淺涯寒水躍魚浮。梯横石徑松林挂，路阻煙雲練影收。迷岸識歸懷切切，客心傷感自居留。

秋感

尋芳靜寂怨秋涼，緑樹猶無一瓣香。深淺雨煙風帶霧，淡濃雲露月籠霜。襟懷入夢家鄉遠，市埠離愁客路長。吟盡韻詩梅有别，心歡得慰更情傷。

其二

心閒正老未知愁，白髮何因竟上頭。陰薄暗天寒露曉，夜涼明月冷風秋。林衰落葉殘飄樹，牖小斜陽暮入樓。深徑曲行微緩步，尋招不覺似雲遊。

秋思

花園寂樹老横秋，切聽殘蟬噪暮愁。家舊有鄉離悄悄，水閒無意别悠悠。斜帆望遠風波暗，靜舍居深巷徑幽。嗟感日期歸棹緩，沙平落雁誤淹留。

傷牡丹被毁

年年自訪舊欄圓，朵朵嬌花大似蓮。煙霧幾迷黄草地，雨風曾透紫雲天。緣深悵憶新顔邈，份淺愁知盡意憐。全碎是非無有别，顛狂莫笑枉情牽。

傷蟬公園噴洒藥水

蟬聲幾處聽悠悠，白晝驚雷未雨收。泉噴突然徒水禍，樹栖難也枉霖愁。天生再世欣逢夏，命絶當時正換秋。仙化永歸同靜寂，眠安有葉此淹留。

秋信

斜斜碧樹晚涼天，桂菊餘香鬭麗妍。花月夜痕留夢影，客途愁恨了雲煙。麻桑不事心懷老，念欲無情世路偏。家有尚安居處樂，華蒼髮好見時年。

閒悠

閒悠賦句幾何曾，雅慕詩禪靜愛僧。山抹暖雲愁日晚，水浮寒月喜波澄。顔容好健誰知老，志意堅豪自有恒。關閉且安心得諒，還無覓地佛前燈。

無疑

無疑復醉此心違，有似今時覺是非。孤枕夢痕梅淡淡，懶情詩債酒微微。途窮自好安身善，徑曲由來到客稀。枯硯久磨消日永，愚才不恃足忘機。

思鄉

閒雲冷月日悠悠，過夏春冬又暮秋。山隔地長時覺夢，水浮天遠路生愁。還知倦鳥飛林密，縱解殘花落樹幽。關里異鄉家斷望，顏容舊改漸蒼頭。

老望

紅花落地滿殘枝，白髮添人老去時。風月有情無意念，雨煙多感少愁癡。窮年枉索思環句，盡日徒吟誦倒詞。空洞自慚才淺薄，同誰就教賜新詩。

愁人

愁人易變感時趨，自有閒心一事無。秋入半宵清露白，日斜高樹晚雲孤。舟行刻處何求劍，兔觸迷癡獨守株。留去任情深物外，休休漸老比年殊。

兔年自感

春來又老易心驚，歇雨寒風轉晚晴。塵劫幾經曾意亂，性靈猶是自懷清。新詩寫趣殊光景，遠夢尋芳衆物情。貧患不才微謭陋，真嫌懶散寄平生。

林則徐二百周年紀念

悠悠永志壯心存，事國傷時寄夢魂。謀淺納降惟辱耻，世衰逢謫豈讐冤。愁悲自黯離東粵，鎖鑰當雄鎮北門。秋港水深空地佔，疇南小島兩兼吞。

懷念焚土

衝雲火柱亂晴天，浪擁灰沉入海川。龍毒制時悲國弱，土災焚日表忠全。逢乖命竭輸膏髓，過癮心殘吐霧煙。庸勢敵攻聞膽破，宗臣萬古弔才賢。

秋　心

愁添幾樹碧江秋，落葉枯殘逐水流。舟過遠風微寂寂，柳垂斜照晚悠悠。樓臺傍月晨霜冷，野岸籠煙暮雨收。遊杖挂錢囊橐小，偷閒且步緩停留。

臨穴有序

丁卯孟冬之九日，寒流初至，朔風大作。余率兒孫等八人，乘坐麵包專車，馳赴蘇州觀音公墓，主持故妻葉燕容下窆葬禮。墓在土山腰，至爲簡陋。時狂風吹人欲倒，余緊抱外孫，兒女草草祭奠。驀然忽見賤名亦鐫在新碑上，惟是邊旁一穴石匣尚空，方知虛左以待，正候老骨頭化灰後，封蓋合葬耳。今時今日，所幸兒女合力負担，得此經營。老有所死，則稍慰在天之靈矣。嗟夫，人生歸宿，無論貴賤賢愚，一律如此，不外遇火而滅，遇土而没。則不禁大慈大悲，大徹大悟，一片心地，靜若止水。然愧對亡荊，生不能相養，死不能相守，抱憾忘情，因而感賦。

狂風猛烈慘人愁，透冷寒冬已過秋。荒徑石墳新壘壘，矮山泥地遠悠悠。長眠此處嗟卿没，薄德當年有我羞。傷痛自臨悲下葬，芳靈禮盡淚枯流。

七秩自況并序

余生也晚，畧曉平仄，附庸風雅，近年參加上海半江老人詩畫社，後又附驥上海詩詞學會。然而不自量力，刻意鑽研七律回文體。不料竟粗有成就，顛之倒之，自得其樂，可憐又復可笑也。然以憂患餘生，桑榆暮景，回首前塵，恍若夢幻。迨今壽臻古稀，人猶健在，殊有幸焉。因亦隨俗，草擬壽詩二首，非敢述懷，僅以自況，聊留鴻爪之意云爾。

榆桑碧樹晚斜暉，願祝三多壽古稀。殊地異鄉家隔遠，吉辰良月日行微。娱歡見善餘年老，謹慎知時悟性違。孤棹一心隨去住，無癡不望白雲歸。

其　二

暄晴喜壽福增添，盡事人生拙養廉。魂夢斷殘驚懵懵，意情深重益謙謙。煩囂語笑同閒占，苦困吟酬自韻拈。言志昧知無藝學，痕舟刻見又何嫌。

懷念拙集付印

懷牽好夢夜勤勞，望想誰人似句豪。佳事此知猶漫漫，巧詩多寫已騷騷。諧和韵律音聲正，快暢心情趣旨高。偕志獨吟躭意苦，排新一卷薄憂忉。

感時

空空怎得不回頭，醒夢如何若惹愁。同異有時隨想望，合離無奈且經由。紅殘舊盡花垂暮，白凍新多露入秋。風雨細斜横樹老，籠烟夜月好遮留。

靜思

烟雲滿眼過無疑，夜夢殘魂斷有知。聯句半分詩順逆，醉杯常飲酒狂痴。泉林幾處閑花落，露雨多時弱柳垂。年老不愁誰寂靜，涓涓水去暗流遲。

自嘆

凭誰和韵拙回文，雜體詩篇萬世紛。憎喜自人隨識賞，魯痴猶我笑傳聞。承家素業無知足，織錦璇章有習勤。曾未妄心輕律細，能爭小巧見明分。

自樂

安能倒句律詩佳，熟轉回文巧韵諧。難意用來分順逆，苦心潛得獲編排。看誰欲亞如吟鳥，笑我虛尊似坐蛙。歡樂有餘茶助興，殘暉暮薄淡胸懷。

空愁

空愁竟恨苦呻吟，絶意庸才不自今。紅緑滿園春色美，笑歡無境晚情深。蒙蒙細雨當時潤，漠漠閑雲薄曉陰。翁老幾人詩寫作，同心志趣合同臨。

夜感

愁人獨坐夜漫漫，對向孤燈照影單。秋雨急侵千葉密，晚風涼過百花殘。搜勤幾句詩吟暢，飲盡三杯酒縱歡。求己有心閑日日，幽情自樂喜居安。

傷扶桑魚

魚游淺水困枯池，遠道東鄰近處移。初夏放生投外國，隔洋飛贈見隆儀。漁撈妄動驚魂失，盜竊防烹沸鼎危。居隱寄身潛底下，虛無命運有年時。

對花興感

風霜雨雪露晴烟，歷劫群生育自天。同樣幾花開早晚，異形千葉落遲先。空緣靜寂心愁懶，舊誼清閑意悟禪。叢樹緑時隨艷艷，終無命盡鬬芳妍。

七律回文集自讀有感

回文妙絶律詩奇，逆順愁添暗苦思。梅咏獨多偏韵異，桂吟曾少但情痴。灰心乃信難通暢，快意當能可悦怡。來去自始何漫漫，開懷好句得遲遲。

其　二

紛紛舉筆錦回文，濟濟詩人雅出群。雲望遠時閑意適，竹憐新處靜懷欣。分均半句多吟草，輯集全篇百綉紋。勤學足知恒奮志，殷豐有日擅詞芬。

七律回文集隨想

心迷有得一回文，順逆隨時識句分。吟獨不才庸咄咄，敵難高手妙群群。深情且可當閑趣，懶意猶能盡力勤。侵老莫愁多思慮，尋幽自許幾知聞。

回文集卷五十五　目録

回文集卷五十五

馮錦諸

人民公園菊展

東籬滿菊隱深秋，盛會相逢喜訪求。風勁耐霜寒自傲，露濃迎月冷誰留。紅黃鬬色芳心素，緑墨誇容淡意羞。空透暗香餘晚節，叢花入衆萬人遊。

遊　園

平煙草緑曉春晴，小徑花香喜氣清。鳴鳥聽殘風日暖，樂魚觀静水波輕。營營自我勞遊玩，碌碌忙人累往行。生物感時悲歲老，榮枯一覽縱深情。

其　二

春深到處此誰爭，細軟風和日轉晴。人老未愁千草碧，雨多曾洗百花明。新香暗襲時飄送，艷色嬌添各養生。頻入故園遊步緩，神疲不覺暮雲横。

飲　茶

閒花有味一茶甘，醉月無邀對飲酣。顔改舊年今覺老，趣尋新句好求貪。闗鄉着意深思感，物事知心細論談。還步定時歸暮日，班同列坐又誰堪。

其　二

城南訪去一身輕，好友勞勤送飲清。聲氣有同相接應，語言無異若嚶鳴。横雲暮抹山崖遠，噪鳥寒沉日照平。晴午又來誰見約，烹茶待客款深情。

夏至水畔獨坐

歸遲更坐懶懷空，靜水流霞晚日紅。微噪聽蟬棲茂葉，遠飛觀鳥過疏桐。依依拂柳新摇擺，圉圉知魚舊感通。機化衍生天物衆，得時隨節好年豐。

再種絲瓜

黄花吐艷放懷開，小淺泥盆舊種栽。長蔓軟枝伸卷曲，細鬚尖葉繞纏回。霜侵冷月新瓜熟，雨入寒秋晚樹催。傷感自然天亦老，似蟬高壽促誰哀。

公園夜遊

微煙柳影拂風清，亂絮雲空照月明。巍徑暗香濃氣爽，靜園閒步散身輕。菲菲草密花枝老，靄靄林深葉樹榮。飛倦已還歸鳥宿，稀星夜見幾人行。

外灘閒望

匆匆急走見人稠，狹路車馳不住留。東陸遠瞻平岸闊，暗潮高聽靜江流。籠煙冷處深林暮，濕露殘叢幾樹秋。通達四鄉輸貨旅，風帆一水順行舟。

寄港錦言弟

含花散蕾晚風凉，隔水雲天遠島香。南海擊搏鵬翼重，曠空行走馬蹄忙。蠶眠再吐新絲繭，燕返重棲舊柱樑。慚愧信書音問懶，弟兄分別訴情長。

老人節半江初宴

晴雲曉暖正秋寒，陣陣微風樹葉殘。清苑靜時留共醉，老人佳節慶同歡。聲喧偶宴齊康健，誼厚常逢自樂安。情意寄吟猶句拙，英羣會日縱懷寬。

復興公園茶友集體拍彩照

殘凋樹老葉枯黄，伴有冬青獨秀芳。難合共留新照影，易逢同識舊風光。看誰本色茶濃淡，飲盡閒時日短長。寒歲又親鄉誼密，歡餘永慶且寧康。

補白張瑞欣老先生扇面

仙茶對飲會紅顏，齒德尊崇敬仰攀。堅忍自來扶杖走，靜安常過共雲還。煙塵絶處誰知足，月日銷時務得閒。禪趣一心無住著，天凉晚盡未緣慳。

松鶴扇面

冬寒雪冷正冰清，换物年時合有情。松壽永如花好艷，鶴齡高並月圓明。容顔老醉新春早，氣運佳增舊歲盈。濃意未吟詩句得，鐘鳴共應似同聲。

錦言弟春節回歸

微塵世界各安身，客旅孤眠正早晨。稀斷夢魂癡恨淺，遠離家國故愁新。依依惜别傷江隔，寂寂同逢喜弟親。歸棹鼓帆風水順，短期歡聚一陰春。

曉　園

情深淺水對林泉，靜意心閒值老年。清徑曲枝花着露，遠池横岸柳籠煙。鳴啼聽鳥歡聲碎，没逝傷春晚景妍。行早及時知路熟，輕雲淡日暖晴天。

題半江碎玉集

空羣絶唱一篇詩，世駭驚人幾闋詞。工韻句涵窮意快，巧機天發盡情癡。雄心奮力勤吟苦，趣旨舒懷素寫遲。同志有緣隨翰墨，豐才本集是多師。

參觀全國盆景評比展覽

盈輕鬬集萬盆珍，賞鑑閒來又幾人。清樹鳥空疑隱隱，絶流泉盡望頻頻。晴風暖拂羣芳艷，雨露寒侵獨幹新。評品孰魁花樣小，爭奇古拙巧妝真。

蝴蝶家庭

華粧粉翅薄香偷，易老春心暮惹愁。花戀獨迷羣寂寂，夢同誰覺自悠悠。霞雲艷采空難駐，雨露殘痕舊有收。家第外遷鄰近苑，斜横亂影舞形留。

園　望

清凉得處玩心同，緩步行來掠細風。横水遠分斜照晚，暗煙殘過澹晴空。情深自賞欣歡盡，意厚誰閒樂趣窮。鳴鳥噪時歸樹息，輕雲望透碧林東。

答錦言弟

風帆幾水順流長，遠際天涯海港香。紅日照樓高志晚，白雲浮野闊懷狂。窮途昔怨猶年少，老境今誇未藝荒。通信有魚雙鯉餽，隆情銘謝致詩章。

聽　蟬

清神感徹響蟬吟，續斷時聞隱樹陰。聲正自然當夏季，韻殘甘老漸秋深。迎風細葉新居地，飲露高桐舊愛心。盈耳動懷幽籟爽，輕身一世没寒林。

飲茶邀畢日釗

悠悠每日憶懷芬，寂寂風煙遠樹雲。秋夜共圓孤月照，曙晨同隔兩星分。羞人見笑嗤詩拙，樂我還來續步勤。休暇飲茶新敬奉，留遲益友德多聞。

入社

詩人有意寫深情，誦唱低吟韻味清。衰微髮鬢斑癡日舊無能繼志，喜時今會幾同聲。衰微髮鬢斑
誰見，蕩滌心懷晚我生。師事博親常學習，遲知自健筆縱横。

寫真

言無獨坐久閒心，苦自迷詩學咏吟。魂夢黯傷神志亂，睡眠慵倦意情深。暄晴烘處殘
花落，夜月明時曲徑陰。門閉日疏鄰客寡，園林入去懶芳尋。

贈女棋手

心靈敏慧靜臨枰，細指拈棋取勢輕。侵界過邊攻馬砲，固河沿線守車兵。尋攀捷徑高
山險，馭駕長風猛浪平。深遠自先爭着着，擒王老手妙微聲。

讀望江南第七輯

詩囊錦集望江南，細律吟來玩味甘。披卷範師多善善，寄懷言志暢諵諵。癡心獨寫回
文拙，快意同酬和句耽。遲是未愁無鑑借，知新樂久永歡酣。

生日

開懷樂事喜逢人，暖氣冬陽薄向身。才不見多三有願，句空如頌九無真。杯杯酒賀今朝壽，日日茶同舊友鄰。來往自閒知健力，灰心莫盡寫詩新。

登樓

前樓倚望極南鄉，暮日閒心信老狂。天地自愁千劫難，古今同慨一滄桑。憐憎未盡春風暖，惜愛尤深夜雨長。煙樹碧凝遥水隔，妍爭冷雪艷梅芳。

春飲

歸春晚別正酣歌，艷美花開又奈何。飛絮柳煙閒靜寂，滿欄桃樹遠嵯峨。微知獨飲清心定，舊憶同吟細韻和。非夢有年行序换，違誰與我悔情多。

其二

癡愚老覺本閒空，淺見斟茶映緑紅。知有舊朋高座滿，計無窮句小詩工。時年好話家常慣，福壽欣逢客樣同。遲早約來羣叙餘，雌雄辨惑誤微風。

飲茶扇面索書

高樓小院靜回風，減暑清凉半琖紅。豪飲定多人滿座，淺斟誰少客飄蓬。陶陶樂聚邀賓主，細細聲傳語異同。勞我費神精力盡，毫揮拙筆落詩空。

其 二

知君有扇好塗鴉，走蚓牽蛇見眼花。詩句幾人愚意得，字行無法楷書誇。時年逝水春光景，菊桂臨秋晚物華。遲暮感心同旨趣，癡情對向一杯茶。

贈劉鴻湛中醫師回鄉施診

春回妙手老慈心，井橘猶栽滿杏林。新舊見功明滯濕，實虛參症辨陽陰。臣君配藥醫方聖，氣色知源脈理深。真是解危扶病苦，親鄰就診善求今。

再訪牡丹

亭亭艷樣玉顏舒，古調清平韻寂虛。青眼顧來猶夢斷，白頭吟就已情餘。形新面對愁人老，態舊親臨到步徐。馨潔伴風春意洽，停杯再訪故花疏。

遊籠華寺

如如妙果證功全，著散身花任道宣。虛實悟空皆理法，醒迷同在自因緣。墟郊詣佛依真諦，慧福修心信靜禪。魚木見懸時衆警，疏鐘曉殿滿香煙。

秋　園

紅花有樹繞欄低，爽節秋光翠意迷。風掃葉聲殘路徑，日斜枝影淡橋溪。東西望處無魚躍，近遠聞時有鳥啼。窮物自然猶顧盼，空園小景暮淒淒。

聞茶友重九公園登高

無茶飲歇小山秋，足下雲飛健步遊。殊似不高登頂樹，假如猶醉倚低樓。呼招可避知災害，賞玩同寬解患憂。愉快自狂誰帽落，孤懷笑我豈囊羞。

新　作

寒心覓句寫來遲，幸有真情寄律詩。難易獨研窮妙法，少多猶望盡閒時。看誰與共吟思苦，笑我無同得意癡。殘夜入眠愁默記，歡餘足樂自熙熙。

回文體

回文有體得珠聯，轉展詞華妙倒顛。來往暢通流水順，去留隨過抹雲連。灰心莫問誰才拙，雲鬢猶憐我志堅。催興逸詩吟句苦，裁删費改屢磨研。

其　二

詩篇一首兩篇詩，脚韻增多不費辭。知有可環循句倒，料誰能逆順文移。癡愚見惑容舟刻，趣雅謀求莫管窺。思緒撩人愁作寫，衰年識遣自閒時。

痴　吟

痴吟獨意豈人無，暢達回文句寫殊。詩體一同猶順逆，語詞多巧盡精粗。疑何又得心思妙，誤自曾能忍性孤。時適有鷗閑似我，離鄉久寓客江湖。

秋　園

愁添獨感易枯榮，暗處何曾幾日晴。秋樹老殘花下墜，晚楓寒落葉縱横。悠悠未有誰歡趣，故故猶然自性情。留去緩雲浮絮白，啾喧鳥唱亂晨清。

郊　園

東飄細雨濕春芳，淺水池堤緑柳長。風暮日斜花動影，月宵晴朗樹籠光。同臨幾個誰閑逸，暢適何人自急忙。通徑野郊沿岸闊，紅塵市近接園荒。

春　遊

行遥獨許幾遊人，緩緩風侵細雨春。清水静時浮影寂，暗山幽處吐花新。情懷縱逸飄香妙，色景嬌痴任性真。平野緑楊垂綫弱，輕雲遠日晚同親。

春　園

清天碧樹晚蕭蕭，茂李桃穠盡曳摇。晴日尚斜空淡静，簇花當放獨嬈嬌。情懷樂趣真微薄，杖履閑愁此寂寥。輕步緩尋常顧盼，盈園小鳥噪歸遥。

暮　望

勞飛幾樹早歸鴉，晚照晴空映彩霞。桃小現紅初雨洗，柳新垂緑薄烟遮。高山斷處天雲淡，遠水窮時暮日斜。搔首獨憐傷舊感，翱翔百鳥度溪花。

園趣

雲空遠望一天晴，雀鳥喧鳴雜碎聲。群樹密林深曉翠，茂枝疏雨薄陰清。紛紛落盡餘花墜，累累枯殘老葉横。曛日暮鴉歸處鬧，勤來往返倦無爭。

老吟

人愁易老又年年，日日勞心苦志堅。春夢不堪何幻影，夜吟猶是盡雲烟。新奇寫句同來去，巧妙回文有倒顛。神倦豈知空意味，真情寓景好因緣。

園飲

雲烟好日不愁空，遠去歸春怨暮窮。勤寫自閑心意淺，苦吟誰敏智才雄。紛紛衆客留無醉，泛泛香花落有紅。群合叙茶清共飲，欣歡友誼厚尊崇。

入園

緣何坐愛見風清，遠際天雲渡影横。烟樹碧陰春照寂，露珠澄澈曉空晴。泉林静處遊人罕，徑路閑時聽鳥鳴。鮮艷盛開花細細，憐深許我獨鍾情。

多情

多情解我自安懷，快意當前倍愿偕。歌嘯合歡閑日往，律詩躭咏悄心諧。波翻月夜秋潮信，樹照晴光曉氣霾。何若又臨趨老拙，呵呵樂事百年佳。

冬遊

冬初入冷薄寒侵，曉日升斜半照林。濃淡見雲飄近遠，淺深迷霧障晴陰。峰高擁樹蒼茫影，水淨流溪靜寂音。從意任時遊步緩，慵疏自在好閑心。

忙吟

吟忙獨見老年侵，薄酒常歡自酌斟。深淺意情言志趣，暗明詞句寫懷襟。陰陰緑柳垂堤岸，艷艷紅花滿樹林。音籟聽時鳴鳥雀，尋芳此日幾勤心。

江流

流江暗過水縱横，日夜無停未涌輕。秋雨入潮高猛勢，暮風催浪急洪聲。舟行緩處浮天遠，楫擊微時碎月明。留駐暫觀誰碌碌，樓台倒影浸波清。

夜吟

烟銷暗樹遠幽深，月照晴江靜薄林。天霽散雲移緩緩，夜寒侵露濕陰陰。緣無感舊懷情負，別有知新韵句吟。堅志自閑偷惰少，年時老去任甘心。

晚眺

歸雲白透軟綿輕，晚照斜天遠樹晴。微細動風凉有陣，靜幽流水寂無聲。飛飛故燕來鄰舍，隱隱孤鴻度郡城。違愿幾時當日暮，稀人自托寄懷情。

憶牡丹

娱歡暮境客情長，異物天然自見香。無奈富時無處貴，有何閑事有誰忙。扶持正好寧高價，落散新殘漸薄妝。株接舊花名品絶，孤芳賞後夢茫茫。

重温咏梅五組

能何又感妙通靈，長輩皆來顧眼青。曾未有文回順暢，獨非無句倒安寧。登峰幾處逢危殆，憶艷當時悟潔馨。兢惕自知全韵險，恒心寫盡惜花零。

月影寒梅粤曲名

魔弦妙曲一餘歡，調舊翻新又見難。何有暗香飄院靜，自無疏影繚墻寬。多情月照同林滿，雅意梅生獨樹寒。歌嘯幾時春氣淑，哦吟晚景夜聲殘。

詩社茶叙

横縱筆健老人詩，飲接杯歡共晤時。情感見通常款款，句詞酬唱屢遲遲。清懷寫就同高格，妙趣吟成有苦思。晴雨任來誰近遠，誠心志合會何爲。

入園曉飲

花殘洒雨忽陰微，靜靜林園過客稀。茶飲早晨清興盡，友留遲午薄心違。嘩聲語笑同深坐，走步隨行各倦歸。斜柳暗烟風入樹，遐觀縱目極依依。

秋溪夜泊

寒霜樹靜夜淒淒，月浸清澄水滿溪。寬岸漸潮回涌暗，小舟浮浪漲流西。殘秋怯冷風吹遠，濕露知凝葉墜低。難睡就明天欲曙，端無幾處聽雞啼。

錦言弟贈録音機

傳新賞舊聽旋機，狹帶磁藏譜韵微。弦管奏歌聞意雅，樂音知苦識人稀。年華永駐留聲寶，璧玉遥頒似夢非。天外海風南縷細，望窮秋水遠依依。

庚午元日試筆

花無賞趣有思耽，健老同吟自苦甘。蛇遁舊形潛洞北，馬馳新步絶天南。茶清愛飲空慵懶，句拙愁添暗愧慚。華物撩春芳信始，嘉年更奮又誰堪。

春　興

春枝一放透香泥，飲盡杯殘漸日西。真是醉時茶當酒，斷非情意水横溪。新知益友稀難會，舊感良交淡易齊。身體健康安我素，人迷自悔有花迷。

其　二

春陽又見百花開，漸漸東風浩蕩回。人老耄齡高晚節，月明晴朵細香梅。真誠賞玩閑情客，雜感牽纏俗念灰。鄰比有園公衆樂，身心爽快暢同陪。

其　三

烟雲但見暗晴空，照日無時有雨風。天意順從隨冷暖，世情多變任玲瓏。拳拳得善初膺服，個個逢期後約同。年老一心誠好友，緣因舊飲叙深衷。

其　四

狂來老去且知心，未見梅花百咏吟。桑梓舊還誰齒暮，節時新過易春深。香焚獨坐閑無事，筆縱同懷寄有音。傷感自然當静寂，忘情俗態世愁侵。

其　五

濃雲映水拂風微，暖日晴春暮蝶飛。重影碎花移月鏡，淡光籠樹帶烟霏。容誰可有同康健，誤我無多自逆違。慵放舊時常鑒賞，踪留幾處淡忘歸。

其　六

松林老葉擺風輕，霽雨天時趁晚晴。供養自愁誰意失，勉勤猶夢若功成。庸庸更少求安樂，寂寂終難得利名。冬過已春新茗品，逢迎好友益同聲。

其七

殘烟細雨正飄飄，易老春深信寂寥。歡忭幾人詩趣得，慰安誰處夢魂銷。寒光月影枝斜徑，艷色花陰樹傍橋。寬性自心清靜慣，觀遊縱目極迢迢。

其八

輕雲淡靄薄陽初，暖意春芳晚展舒。晴徑曉烟迷草細，夜郊荒月渡林疏。聲聲噪鳥歸巢鬧，寂寂飛花落絮餘。清濁水流涇異渭，横縱世道有盈虛。

秋興

同歡一笑盡深情，陣陣凉天照月明。風入雨微霜露濕，霧籠烟靜夜宵清。紅花晚放餘枝老，碧草閑舖傍徑横。楓冷曉林寒葉落，東西任日過空晴。

郊遊

紛披茂葉老林深，縱放閑花晚日陰。雲斷遠山高極目，水流低澗淨澄心。芬芳久耐寒梅雪，綻破初垂嫩柳金。聞共鳥鳴幽樹集，欣歡自步緩探尋。

秋　賞

同樽一醉我懷狂，小徑幽微翠草芳。叢菊艷時黄熠熠，樹花殘曉野茫茫。籠烟遠斷閑溪水，照月明移静竹光。楓葉晚霜寒滿岸，風來細冷漸秋凉。

秋　吟

愁添暮雨細風凉，緑葉叢花嫩菊香。休憩有閑多寂寂，咏吟同趣樂洋洋。秋雲白絮晴空遠，夜月明心客夢長。偷巧自知人懶好，求何復可未疏狂。

野　望

江楓冷落葉紅丹，艷冶無花有損殘。窗竹半明光淡淡，樹烟遥暗黑團團。雙飛鳥去歸巢木，整陣鴻來下荻灘。淙水野流溪水淺，釭華對月澹秋寒。

賞　菊

東籬盛菊瘦花黄，密朵新叢暗泛香。空見一時因種異，獨開何日值秋凉。風寒夜月明殘露，霧薄晨烟淡冷霜。中酒醉吟閑對面，融融樂趣得歡狂。

叙茶

嫌誰未老不心清，守分安貧薄寄情。添福自然當壽慶，遣閑猶幸有詩鳴。纖纖細雨春梅早，習習斜風曉柳輕。淹滯暫時同飲暢，嚴深見意好懷盈。

寫照

襟懷賦寫薄狂詞，拙句餘藏蘊巧思。吟盡老梅寒樹樹，賞酣明月夜時時。尋芳獨步晨花徑，叙茗同談細律詩。心在自閑身體健，深情友誼厚交知。

茶叙

曾何有日往來遲，淺陋慚多幾句詩。能審自歡同意快，老堪誰樂更情痴。仍仍品茗清談叙，靜靜揮毫細慮思。朋友舊交深我畏，凭無一覺夢殘時。

寫作

詩詞四讀兩回文，我獨吟梅一志勤。彌雪冷懷高格韵，積霜濃意素芳芬。絲絲細雨寒風夜，陣陣輕烟淡夕曛。遲月晚明心照見，痴情願遂未香聞。

拙作

寒心自滿不才詩，乏味終難好句詞。歡樂有時隨意得，慰安無計問誰疑。殘梅寫就成功苦，瘦菊吟來薄暮遲。寬裕正閑清靜日，觀書奈懶復愚痴。

細望

輕輕步緩過林幽，遠際浮天接水流。鳴亂鳥喧晨破曉，放繁花艷晚臨秋。横雲一處何飄聚，密雨深時幾歇休。清靜有閑心自得，明知益學勉勤修。

自得

開懷樂意得嫌真，候物生機總是春。梅放小園荒靜寂，柳垂長岸比鄰親。灰心莫問誰衰老，鋭志當然自苦辛。來往暢通流水似，回文巧句律詩新。

習詩

同歡一片幾情深，寫作詩詞費酌斟。聰穎孰誇誰邁老，靜閑惟見獨哦吟。窮當樂趣猶真事，富亦憂愁莫苦心。工語可曾何法妙，空才句拙意浮沉。

閑　望

烟雲過眼瞬無踪，遠望晴空現淡濃。天日暖時斜照暮，樹風微處靜寒冬。涓涓水去流溪滿，簇簇花開疏影重。年晚有誰知老漸，牽纏自覺不情鍾。

遊　郊

雲山遠望就空晴，緑柳烟籠薄霧輕。分水淺潮回浪暗，滿林叢樹濕霜清。紛紛雨洒寒梅墜，颯颯風吹亂葉鳴。勤步自臨當訪博，焚香佛寺小傳名。

回文詩

回環妙句巧玲瓏，淺陋何如自暢通。灰意莫愁無順逆，趣情多咏有虛空。梅開曉早春烟碧，柳拂風斜暮日紅。來去喜時花盡未，杯持獨飲縱歡同。

其　二

文回妙巧見新詩，美景清懷寫句奇。雲淡細飄天遠近，月明圓掛樹斜攲。芬芳滿院花叢艷，落謝愁時歲暮遲。欣悦寄情羈旅客，勤心自奮又誰知。

寫回文

閑吟未意拙詩窮，細讀常思妙語工。環轍似文回順逆，水流如句倒西東。艱心自覺才疏淺，鋭志誰能老健雄。頑性笑痴何得濫，顔歡有景晚晴空。

以詩叙茶

情深是否可心知，益友多年歷早遲。迎送幾歡杯接奉，咏吟同趣意驅馳。聲聲唱鳥春枝鬧，片片浮雲暮照移。驚怯老秋悲落葉，輕風望遠獨懷思。

月夜飲茶

無愁有意得心清，細品茶時縱性情。孤獨豈同誰伴侣，衆群當異自斟傾。殊非暢飲豪懷寄，實是閑吟拙句成。愉快未嫌何盞把，呼招遠月夜盈盈。

七律回文

文回巧句鬬奇新，細讀猶知亦妙神。勤力用功成集繼，醉心從事誤才貧。紛紛盼望誰多寫，寂寂吟哦自極珍。欣悦獨閑清静性，聞傳幾個孰驕人。

咏梅百首

痴情笑我獨閑閑，寂靜何曾幾面慳。遲早有花生樹茂，舊新無葉缺枝斑。詩篇百寫誰吟苦，路徑千尋亦步艱。知否是空還見未，疑猜費處放慵頑。

遊園自樂

天晴曉鳥噪聲喧，緩步常聞向小園。烟樹幾時萋草碧，霧花當暮薄林昏。緣無富有猶康健，志立貧窮但耐煩。偏見不才微酒醉，禪参妙句得狂言。

咏梅回文一百三十首

深情豈我獨梅吟，格守常規正律音。今古有誰能作寫，少多無自可追尋。沉沉夜誦猶歡縱，頁頁篇成竟老侵。斟酌畏難愁字句，襟懷豁達表微忱。

百首狂吟不見梅花一片

吟狂幾樹老梅寒，苦思愁懷夜夢殘。侵雪白時蒙色皚，降霜濃處返魂安。深情自覺誰多恨，厚誼曾知但盡歡。尋訪未堪何路遠，心閑細寫獨能難。

喜聞朱蘊輝詩詞選二集編輯中

奇篇出手妙才高，好句清懷感意豪。遲暮靜閑同薄淡，早年華夢若勤勞。痴心又見新編集，韵事猶存舊獎褒。知否有人能賦咏，詞詩悦目在揮毫。

吟梅璇璣圖

吟梅獨我自情深，念想曾何幾遠尋。林樹滿開花美艷，蕾苞斜映月幽沉。心歡見影疏香暗，意快當寒野色侵。陰有夜遲誰伴侣，岑高冷落碧烟臨。

奉讀醉墨軒圖式回文詩詞集解

珠聯妙語解驅馳，織錦璇璣貫巧思。圖式列文回曲折，韵聲吟句孰妍媸。無雙自是非難事，有獨誰同異古辭。殊品作家專撰集，孤芳賞共夜眠遲。

呈茶叙各詩友

詩吟素健老年高，句寫閑心壯志豪。遲暮自知情俏俏，早晨誰飲樂陶陶。悲傷有恨長離别，恣放無愁未苦勞。宜靜習禪修性養，痴狂孰個若逢遭。

七律兩頭可讀

紛紛積稿多芬流舊體近吟誰，順逆猶通暢句詞。勤寫自知閑意會，苦思容得枉心痴。饒富，首首成功巧妙奇。欣喜共同先睹快，文回一律七言詩。

自題七律回文集序後

孤舟若泛浮無才有意寫懷情，細律當然自韻聲。愚蠢未堪何事苦，倒顛誰可又詞清。江狹，曲徑猶通貫道橫。殊體雜文回法巧，模師獨險履危行。

自題跋後

奇新愛並回詩留合意會心遲，薄卷殘編自我知。辭拙寓懷吟白首，字端齊格間烏絲。文綴，巧妙愁聯倒句移。思構苦勞勤積貯，疑誰一得笑狂癡。

自題七律回文集續編序後

真知定局臨因何寫句倒觀奇，韵律宗唐近體詩。神巧自如同進退，暢通全似一驅馳。平仄，拙識恒時守矩規。新法獨研尋訣要，塵心晚意得愚痴。

自題跋後

無才獨寫倒文詩，順逆同分四字辭。枯筆忌拈猶盡力，舊書耽讀但多痴。愚時摸象真如瞎，巧術屠龍假似奇。孤陋百篇吟草草，規模一得更期誰。

春　心

圓輪月色秀增光，得意春風細拂忙。烟柳暗飄雲葉葉，野梅新映雪茫茫。泉聲靜水流時緩，樹影深林茂處凉。妍放自然依節令，天陽艷麗美花香。

春　秋

春來一去逝光流，晚景晴多幾許愁。人命薄時無月夜，客心傷日有霜秋。新懷自減知安樂，舊感徒增覺靜幽。身此寄閑餘賦咏，真嫌老健獨悠悠。

春　愁

心歡一自我閑情，暮雨春愁莫重輕。吟咏獨多梅寄意，賞觀同衆鳥聞聲。森森樹碧溪流急，淡淡烟青草卧平。深淺未堪何惆悵，尋芳懶慣見枯榮。

驚秋

衰毛鬢老入秋驚，碧樹寒蟬靜寂聲。誰寄意時非懶意，未忘情處是閑情。悲傷獨坐危花落，噪聒同林亂鳥鳴。痴絶自愁多舊感，詩篇幾寫見梅榮。

斜風

斜風細雨濕殘枝，積水愁多尚有時。花落正寒春黯黯，葉凋猶暖日遲遲。嗟咨舊業新添少，怨恨長閑獨賦宜。華物賞心勞眺望，家持老拙自頑痴。

秋情

寒秋暮冷益霜濃，换季行將恐入冬。殘葉趁花微處處，急潮流水響淙淙。丹楓碎錦餘霞彩，細菊浮金映影重。闌夜月清閑獨我，安心靜徹聽風松。

秋感

痴雲細望遠晴空，暖日朝升正在東。奇態艷花黄朵朵，近鄰芳樹碧叢叢。疑無自忍堅剛志，别有何愁怨隱衷。遲鈍故常尋舊感，詩裁倒句拙誰同。

秋　別

痴聾有我自無愁，别去何堪末季秋。遲暮入晴風雨霽，早晨侵曉霧烟稠。知誰又老花常落，感舊猶閑水暗流。詩寫不才庸碌碌，馳驅久永日悠悠。

悲　秋

驚魂夜夢入無疑，漸老人生寄絶痴。情斷自傷悲悄悄，志同誰有得怡怡。清秋落葉凋霜冷，迅暮殘暉照影移。輕步緩吟行徑小，晴烟碧樹著花攲。

感　觸

愁添又感觸心傷，薄福何堪不異常。秋月夜明遲照寂，晚風微送暗天凉。浮沉幾許容清濁，失得誰能可短長。遊覽任閑餘暮日，休休自覺未顛狂。

詩　景

歡餘每覺不閑心，句拙無非自咏吟。殘雨細風秋葉落，厚霜濃露夜花侵。寒松晚節高枝老，緑柳長堤滿樹陰。寬岸涌潮回浪猛，觀遐暢目極雲深。

暮心

空晴晚照夕陽紅，茂葉花深樹影東。風雨好時隨節候，霧烟濃處掩林楓。窮途曲徑荒蕪久，盡意煩心積健雄。工句自勤惟勉勉，矇愚不覺妙歡同。

曉夜

天時冷靜夜風輕，白絮雲遮半月明。烟柳暗垂纖綫色，鳥林高響雜音聲。泉流繞樹陰堤闊，蝶侶穿花霧曉晴。年老養生餘樂趣，專心一味有功成。

烟雲

烟雲過日舊知非，永夜參禪悟細微。緣有故園秋寂寂，意無寧境暮依依。牽情感慨深憂慮，忍性生憎薄餓饑。年歲老時勤力勉，堅頑自信敢多違。

晴天

晴天遠望自閑悠，日映殘雲薄暮秋。横水暗空連浩渺，繞山高照落清幽。聲聲唱鳥晨林響，艷艷開花晚樹留。明月有時眠夢醒，情懷老拙更詩愁。

自慰

凡心寄托永禪參，守志清廉喜息貪。饞忍更知誰老健，絶愁猶是未肥甘。帆歸有日何殘夢，筆縱無時不醉酣。函信遠來郵地異，緘封啟讀細言談。

得趣

清茶叙集共娱歡，陋室居然自樂安。明月夜圓常皎皎，艷花春放更漫漫。成功有願微編續，得意無心小句難。情性見時隨世俗，輕身一覺正閑寬。

愁眠

愁眠獨覺夢魂驚，會意無忘有感情。秋暮漸凉凄寂寂，夜宵深寐寤清清。留羈久客離鄉遠，照映同鄰對月明。休憩幾時年節晚，尤何自若未權衡。

微誰

微誰與樂老齡高，覺自同歡舊感豪。暉落晚晴初霽雨，月浮江水急翻濤。稀吟夜靜幽閑度，獨醉春寒薄夢勞。歸緩故鄉家别久，違心賞玩怕忉忉。

老人

衷心一語寄常宜，淺陋何曾未有詩。風雨暗添秋夕冷，露霜新結夜寒遲。融融樂也閑非獨，脈脈欣然皓是誰。同約細談清茗品，空情薄意豈聾痴。

情懷

情懷動歇不痴心，縱意閑歡喜咏吟。輕快有時明月對，獨孤無日晚芳尋。聲聲聽唱秋蟬老，蕎蕎愁逢夜雨深。清淨悟禪參自得，成篇幾許未年侵。

自述

芳春未覺尚寒風，遠道猶來一社同。忙事奈何曾阻隔，寂心徒可自痴聾。香焚敬禮閑禪靜，茗叙歡談喜健雄。藏拙更知才學淺，狂懷寄意豈書空。

喜我

心恒有意得哦吟，念舊依稀夢夜深。侵髮白衰微疾病，寄情濃淡冷懷襟。尋招遠月明霄漢，玩賞閑花艷蔭林。音好弄時鳴鳥雀，森森樹碧水溪陰。

感舊

情無不怨獨誰憐，蹇滯多時有變遷。清夜暗傷悲往事，早年歡合結深緣。傾心巧着衣裁剪，鋭意新裝服織編。驚夢似曾何渺渺，平生憶舊感愁牽。

愁望

愁多解飲暢歡同，淨意初禪覺妙空。秋露玉霜殘月夜，暮江紅日落花風。悠悠樂趣閑趨老，切切寬懷善處窮。幽靜客居安宅舊，樓南醉目極蒼穹。

人事

春秋幾度百花殘，往日傷情任意寬。人老是非無得失，客羈同異有悲歡。頻頻又見當勤儉，處處惟聞但靜安。真膺孰知誰福壽，親鄰共助互探看。

知我

常尋極拙句呻吟，逆順回文構慮深。香暗散梅疏影淡，響清鳴竹瘦枝陰。忙閑自我勤探究，醉醒同誰費酌斟。狂妄孰知無瑣事，傷心客地異懷襟。

靜憶

潛心便憶靜傷悲，獨我勞神費念思。添壽果然當漸老，避災容許或難爲。沾沾自喜還康健，默默誰聞未弱衰。瞻顧莫愁閑意會，嫌何又夢有多時。

孤獨

投林暮返鳥飛雙，遠去長流水半江。樓卧夜深花隱隱，牖開晨冷雨淙淙。由來俗事時窮想，了却情懷意盡降。鈎動細風春夢醒，愁人怕見月明窗。

頌竹

心虛素直勁當風，緩緩香飄冷處同。陰影碎時明月照，瘦枝斜日暮晴空。侵年晚節清霜露，永夜寒竿細雨濛。深雪落殘冬寂寂，林叢密竹翠烟籠。

無愁

無愁有恨莫狂痴，旦夕閑吟幾句詩。愚守自嫌誰意會，俚談容許已心知。孤梅淡泊飄零早，細菊餘殘老緩遲。趨避一時逢暖冷，殊何又感舊傷悲。

無事

焚香禮坐獨門關，白髮頻添喜老顔。雲朵細飄晨處處，月弦斜挂夜彎彎。分離但覺人寥寂，念想猶知我靜閑。勤業學詩吟様別，文回妙句巧連環。

老去

觀瞻壯志衆鄰親，樹建無成老實人。歡忭未曾何淡淡，趣閑誰可又頻頻。難爲不覺愁寥寂，苦憶空驚夢膺真。寬慰望天當歲晚，寒風雨冷入春新。

忘年

天晴晚覺有凉風，碧草芳花小處同。烟樹暗藏迷遠近，月溪沉照寂西東。牽愁未許容清淨，入夢誰知可妙空。捐慮少安求自得，年華度去又匆匆。

觸感

時晴晚照日沉西，遠處籠烟暗柳堤。遲暮薄雲浮片片，早春芳草嫩萋萋。痴情獨我愁梅咏，快意同誰夢蝶迷。離別永悲秋夜寂，知何又老客顔衰。

愁　牽

愁牽雨夜冷淒風，朵朵花殘滿地紅。秋葉落時驚節令，暮雲浮處望晴空。流年似水潮回急，往日如烟霧散同。頭白老人閑茗叙，悠悠樂趣話由衷。

痴　心

横財得法有機緣，倒福何如自錫天。情感發狂心奕奕，命衰煩亂意綿綿。驚魂冷夜殘鄉夢，暖日晴窗静晝眠。明月皎時凉水似，清閑獨坐對香烟。

得　意

途窮入誤豈心灰，帚敝仍珍獨咏梅。無自幸存餘稿拙，有誰多寫擅文回。愚痴是我惟疏學，福壽增人但博才。殊異覺新猶感舊，孤芳賞日幾懷開。

痴　頑

痴頑不憾莫狂顛，益友同群結法緣。詩寫自懷情感觸，句吟猶趣意神傳。遲遲步緩尋芳晚，静静心明對月圓。時許幾多愁少夢，知寒歲暮薄雲烟。

憶舊

同誰與飲共茶甘，獨自吟詩有玩耽。紅日曉杯餘樂盡，緑林深座合歡酣。融融意態心神靜，款款情懷志感慚。窮處善時知足滿，風生筆底徹奇探。

自滿

鄉雲水遠望穹蒼，疾病無多尚健康。香夢薄嫌何斷續，亂愁閑有自悲傷。揚揚樂意隨清靜，戚戚深情寄老狂。霜鬢半成添歲月，芳菲玩賞獨身忙。

驕人

驕人老健一身輕，遂意如狂任性情。寥寂未曾何我異，樂安猶自可誰盈。蕭蕭密雨風斜急，漠漠昭輝曙徹明。翹首獨瞻雲薄淡，飄浮散亂迹縱横。

感受

烟雲過眼瞬時年，幸有餘生永福聯。堅忍信知徒切切，靜安難得自綿綿。眠愁獨對清光月，飲醉微消半夜天。緣結善人誰侶伴，牽情夢覺又春妍。

深情

深情獨感舊時多，往日前塵俗奈何。林遠憶梅香艷艷，嶺高瞻竹瘦娑娑。侵年老健誰增壽，少事閑寬自養疴。心淨有緣因理法，沉光月寂淨吟歌。

添愁

愁添獨我與誰同，感舊懷新事覺空。秋菊晚開花俏艷，暮暉斜照日殘紅。由來没福多孫子，老漸忘情有耄翁。酬唱未曾何寄奉，休休故意願痴聾。

老漢

嫌何又老不無愁，黯黯花殘放季秋。淹滯久時隨趣得，寂寥長日誤年流。潛心靜養修身獨，快意閑居賦性柔。簷滴亂聲疏斷續，纖纖夜雨聽清幽。

憶内

烟雲隔别一情痴，事舊傷懷感暮遲。眠夜靜心閑客夢，怨秋深意悵人思。綿綿此恨長朝夕，默默何愁黯歲時。賢婦自能偏己守，禪參妙悟不知誰。

思友

緣深一叙共閑悠，半月逢時幾度秋。烟樹暮雲痴望遠，夜風寒雨密來稠。天天有意新尋趣，事事無心晚感愁。牽掛未誰能寄夢，年知不老衆詩酬。

樂甚

開花暖照夕黄昏，檢點隨時艷色繁。頹步緩遲行路徑，陋居鄰近就林園。灰心獨悵愁人老，趣意同歡喜日曛。哀我自憐惟淺俚，回文拙句律詩煩。

自解

錢囊一少莫煩愁，暮歲安然自澀羞。天命薄時傷别永，世情無日得閑休。妍花桂月明星拱，冷雪霜風細雨稠。顛倒未曾何景寫，年高奉養儉思謀。

竹頌

層層茂竹滿山陵，晚節虚心細炫矜。凝雪壓霜寒傲慣，響風迎雨急來恒。曾何密翠新無比，獨自幽香冷有凭。騰勢趁時纖筍茁，升高向上直雲凌。

微詞

微詞片語不心誠，俗世愁人幾重輕。非是有無誰曲直，倒顛同異自縱橫。機忘共醉酣殘夢，意寓難吟寄懶情。稀髮感華年歲老，依依柳色暮淒清。

自思

談心淨飲共歡娛，晚景秋懷寫性殊。甘蔗倒時甜味有，綠茶斟處淡愁無。堪誰遠路荒郊靜，獨我閑情趣志愚。慚感異鄉離別恨，南天望盡極寬愉。

危機

機危慎獨不誰知，禍福何來得早遲。非是有緣無路捷，濁清分水合流岐。欷嗟少訟人侵老，悟醒多情世順宜。微照夕陽殘麗艷，飛雲暗渡靜津涯。

休休

休休自得意心閑，極遠途窮望鶴山。秋雨細風松樹碧，曉陽斜徑露苔斑。悠謬性命安居寓，靜悄情懷善閉關。頭白見時新檢點，愁來老去夢鄉還。

悼亡

侵愁獨我自懷空，薄福曾何奈命窮。深夜守哀悲世去，白頭偕老待誰同。陰陰月影清寒露，淡淡雲光靜寂風。音絕慣時長恨抱，心傷一別永年終。

蜚聲

蜚聲遠近最奇新，有意沽名出怪人。非是夢時多歲月，淺深愁日幾秋春。微才任自誇功業，陋學由誰許等倫。機詐伏藏潛巧拙，稀聞絕世駭煩頻。

愁添

愁添幾許或心痴，怨我無才不自知。搜句未安吟切切，寄詩猶懶寫遲遲。求何復得難同福，慮薄仍傷易感時。酬唱又誰容答贈，幽情盡意醉顏怡。

財勢

疑猜有勢恃優優，俯仰隨人任算謀。遲步過崖危險走，奮身趨火烈炎投。知貧此日今誰賀，望富何年儉自求。痴夢入神財接得，時權見執固多愁。

自　然

寒暄莫許幾時忙，未老梅花壓雪霜。殘日晚晴天氣爽，薄雲秋露曉風涼。歡欣鳥唱空喧鬧，斷續蟬吟獨韵長。觀察細微知得失，寬懷感覺自茫茫。

自得之

無愁有福幸居安，樂趣尋常正喜歡。殊法巧吟詩句倒，縱情微醉酒杯乾。愚頑老覺猶康健，淡薄偏憐自裕寬。株守未曾誰入夢，孤身一夜雨添寒。

枕上感咏

春秋幾度百花殘，往日傷情任意寬。人老是非無得失，客羈同異有悲歡。頻頻又見當勤儉，悄悄惟聞但樂安。真膺孰知誰福壽，身欹夜枕獨衾寒。

咏梅入夢

從無得願志心清，幸運當時有就成。容貌老添頻髮白，器懷閑覺未身輕。鍾情不及誰悲戚，快意何能自養生。逢值夢遲寒夜半，濃香暗送遠梅横。

曾何又老

曾何又老不悠悠，抱恨長時薄暮秋。憎喜有無人惡夢，苦甘同異事窮愁。恒心獨寫回文錦，妄意狂吟倒句幽。凭眺遠空晴曉徹，升雲白日暖天浮。

夜坐沉思

晴春淡露冷風清，靜夜深沉月皓明。輕絮薄雲浮浦遠，滿天濃霧帶烟横。成功未許誰心願，得法何求自利名。聲韵細吟閑事物，精勤守業舊忘情。

十年詩友

從無可有實知心，守信忠誠友誼深。逢遇早晨芳茗叙，感傷遲暮晚愁侵。松齡百歲時添壽，竹節高風雨起陰。慵惰養生餘淡淡，胸懷豁達暢哦吟。

香港回歸

隅南海島遠流長，廣闊寬深水港香。殊約簽時欺犯久，兩銀賠日掠侵狂。圖强自主當愁恨，發奮誰能可御防。珠璧返歸回盼望，娱懷衆志得昂昂。

八十自況

成功拙句倒吟狂，默默愁深愧學荒。情理有時隨日度，悵惆無事解年忘。輕身一老閑安靜，快意餘歡樂健康。明月夜凉風細細，清心淨慮澹聞香。

其二

無能有趣得高齡，笑滿腮邊兩鬢青。株守獨知誰免伺，苦吟同覺自蟬聽。途迷實遠行幽徑，室寓空閑立小庭。軀薄命微卑壽賤，扶持未杖老人寧。

感遇

深情誤我自由身，適意歡時極可人。尋樂快愉怡景晚，寄閑悠久永誠真。心愁未有曾多少，志壯當無或富貧。林樹野梅香雪艷，侵寒曉日照花晨。

任意

人閑老拙養生平，觸感多時寂籟聲。新月照明晴夜半，早花開艷美晨清。春芳寄意情深淺，暮景娛懷志潔誠。塵慮客添愁絶未，頻來往返識徐行。

春懷

晴春放柳細垂絲，習習風微緩冷時。明月有常多照晚，靚花無暇不開遲。輕愁未必人慵懶，妄想何曾我絶痴。情性見憐猶賦咏，成功一意得裁詩。

自慶三代將解放

雲開凍解始冰消，幸有春晴曉日昭。分合幾時年曠久，往來何處步悲遥。欣歡自覺新居逸，暢適誰能舊食饒。勤意用心閑養老，殷殷免咎受無聊。

世界紀録大筆揮毫

揮毫巨字寫人奇，曲轉鋒連美妙姿。機巧異能新創始，意靈深趣偶驅馳。飛龍墨潑無斑點，逸馬雲横有日時。稀見自珍殊代絶，依依頌遍萬篇詩。

春色

天陽艷麗秀梅香，蕩動風微翠柳長。圓月夜明光燦燦，好花朝映掩常常。烟雲過去遥觀細，雨雪飄來近透凉。緣結善人隨鑒賞，牽情感覺不神傷。

老　來

歡娱幸福壽添長，俯仰餘年老健康。安樂自同情密密，養尊誰共意揚揚。寒梅雪壓枝梢重，翠竹霜侵幹節强。殘鬢旅時深歲月，寬心放罷聽宫商。

獨　感

人愁易去失華年，透冷寒霜暗滿天。春暮薄時初霽雨，晚雲閑静寂浮烟。真嫌懶慢驕來老，未憾遺忘善感牽。身潤德時隨緩急，倫常現實證因緣。

中秋與國慶恰同一日喜賦

中秋夜色月明光，賀喜人家國慶忙。同日節時酣飲醉，滿園林桂暗浮香。雄心奮發閑幽静，快意欣逢老健康。紅照晚晴雲淡淡，東籬小叙共揚揚。

懷想張老聯芳夏老立恭吴老祖剛三前輩

愁離怨别一情深，隔遠隨時按夢尋。留歇有家人處處，照明無月夜沉沉。秋風冷落黄枯葉，暮雨凉添静寂心。修福自寧康健老，郵通兩地數篇吟。

懷念馮伯棉父親任麗瓊母親

劬勤育鞠撫恩深，庇蔭雙親老憶今。雛哺又誰同苦命，子殤曾自獨寒衾。扶携幼小群頑性，拜祭尊人大負心。無事有時遥墓掃，呼難夢寐夜沉沉。

葉燕容去世十周年

年華老去任攀躋，永别離分奈惻淒。圓月落時殘夢曉，猛風侵夜冷魂迷。牽情獨葬秋坟小，絶念遥瞻暮樹低。賢德有常何澤福，憐誰再世隔雲泥。

葉燕容去世十八周年

霾陰苦雨斷弦哀，悔恨誰人遠夢回。佳月皓斜空歷歷，冷風狂急輒恢恢。乖時永别傷乖命，妄日長嗟悼妄災。齋小卧眠愁夜半，吟懷縱意不心灰。

感懷

風塵暗度幾雲烟，得意生機事愛憐。同異放時花朵艷，邇遐明夜月輪圓。空晴暮日西斜照，曉露秋霜密滿天。通徑野林叢樹碧，融和偶覺感情牽。

再呈嚴震詩文

文回好句好回文，有味詩禪悟德芬。欣喜淡交初款款，望瞻高格逸紛紛。勤修信札空多事，就識才懷卓異羣。雲樹暮春殘夢遠，殷殷接近益知聞。

項志舫詩丈出示古稀唱酬集

尊推本集薄留篇，妙法書題字句傳。痕記此年高鶴壽，瑞同當日茂松天。孫兒寶愛兼多福，業藝勤成有識緣。門第慶餘時積善，軒車枉顧感情牽。

梅詩初呈王曉園吟丈

梅枝瘦發信風過，暗影疏香色妙多。才薄淺吟詩法慎，意虛空唱韻聲和。栽培盡力勤滋潤，寫作恒心苦勵磨。堆砌句時愁順逆，回文見拙又如何。

酬梁冰如老太

林園去賞又誰人，擬臆梅開獨妙神。尋覓細香芳處處，仰瞻高態艷新新。心枯索句愁才拙，力盡回文怨學貧。深愧自空憑筆縱，吟詩寄意有無真。

和蘇桂樵先生仲春絶句

寒春苦雨逐風飄，薄幔窗垂半動摇。殘夢客迷花影亂，舊情心感夜聲嬌。團團皓月邀時近，靄靄停雲望處遥。安樂解吟多健筆，放懷豪飲醉清宵。

題贈茶友侯錦泉先生

忘歸暮飲屢杯乾，未冷茶時一笑歡。長日但閒同趣得，壯年猶静許身安。鄉雲遠返南天暖，市井深居北地寒。狂老不知愁月歲，黄花菊賞又秋殘。

次韻答王燮居士贈詩

紛紛益友好求真，唱和賡緣善結因。勤志詠時同趣旨，淨心安處失埃塵。雲晴望意閒忘日，月夜吟懷喜及辰。芬馥合蘭馨共蕙，文工妙巧鬬詩新。

次韻和孫振亞吟丈暮年抒懷徵詩

斜陽夕景愛多稠，碧樹殘雲冷望秋。華露雨深滋老圃，惡波風急過輕舟。花無放日何堪折，水有回時幾盡流。家宅異鄉違久遠，麻桑話舊憶棲遊。

遥同馬依羣先生贈曲嘯同志

寒雲碧草路茫茫，冷月明空夜滿霜。殘命枉冤沉北嶺，潔身蒙罪待邊疆。歡愁孰安全家破，左右難分惡勢狂。觀察是非無紊亂，安寧保得費年長。

贈王曉園吟丈

詩愁不盡未忘情，彩筆揮勤接景清。遲夜半江寒水剪，早期斜日曉天迎。知先覺後無吟苦，感舊懷新有性明。誰贈好篇多詠作，思深寫句巧機生。

叠前雙韻謝王曉園吟丈回文次韻見和

詩懷好是盡深情，秀句酬吟和韻清。遲我感空愁筆運，厚君尊德羨雲迎。知心幾許容藏拙，縱意多餘望起明。誰有更豪才學博，思馳獨見仰生生。

呈朱了然詩文

心機有力得强康，吉相天人福壽長。音妙聽詩哦韻正，意精留句譜詞芳。尋常老境佳如蔗，放自閒情雅奉觴。針度枉憐時教益，襟懷仰望獨揚揚。

次韻答朱了然詩丈見贈

花傾緑影秀摇春，楮墨稀人見貴珍。斜月落時清覺夢，碧溪吟處妙傳神。華才感遇遲年晚，巧技嫺題綵筆新。嘉句賜來詩律細，紗籠有日半江濱。

張聯芳吟丈金簡詩集

安心静意得珠聯，館史文豪孰後先。歡見實才高齒德，喜聞多學富英賢。難同和韻同金簡，雅寄知音寄玉編。寬自益謙居末座，蟠龍有處碧雲天。

謝王退齋吟丈惠贈墨寶

箋雲五采耀新詩，緑草池春夢覺遲。緣好和吟羣慶壽，藝殊欽羡獨懷癡。聯珠愧倒回文字，綴玉勞頒寵句辭。川海似深情誼厚，賢才盛德仰嚴師。

贈同社宋希白

風雲聚合共吟高，好友傳詩寫意豪。工律韻聲諧讀句，茂才情味醉醇醪。窮無樂境歡心放，趣得閒時學志勞。鴻爪雪痕留事勝，功深獨羡况揮毫。

酬同鄉畢日釗

深情發處聽秋吟，隔座曾頒見好音。侵老未愁詩有債，適閒多趣志無心。尋幽曲徑疑歧路，詠雅清時惜曉陰。簪筆自陪歡笑語，琳瑶報答愧思沉。

幸會半江各位詩丈

勞誰好句百篇豪，唱和詩人幾感騷。高志意如雲隱隱，捷思文似水滔滔。毫揮即興閒心會，社結同吟雅性陶。毛鳳有姿多颯爽，翱翔自在共嬉遨。

謝半江各吟丈惠贈佳篇

詩家幾許見心知，顧我無非是格卑。奇正句空愁滯拙，僞真情淺識愚癡。師賢拜賜承言教，意厚傳觀仰表儀。時望有恒勤集取，熙熙永唱韻聲辭。

贈忍庵主人王瑜孫次呈壺公自叠韻

壺冰若對淨心塵，感悟詩家萬象春。孤夢遠梅尋影瘦，暗愁閒月寄情親。娱歡一社同吟客，夕旦多時念德人。株守自難空兔伺，殊非得句鄙懷伸。

和忍庵主人訪柳亞子故居詩

平生足意滿輝光，憤發詩愁可斷腸。明月醉邀誰渺渺，細風臨咏自茫茫。傾心素友同編集，負願時違幾感傷。清志共扶南社久，情幽一世近遺芳。

次韻奉和梁冰如老太代簡詩

清心自覺閒身寄，緩緩歸回返駕遲。情叙暢歡猶遠訪，句酬工意特深思。榮滋暖翠芳春曉，冷濕陰多盛雨時。精韻令才高手妙，輕毫寫就詠懷詩。

朱了然詩丈留別再續七律韻奉答

詞華惠贈見違離，菊隱寒霜晚潤滋。知否有人酬好句，與誰憐我寄新詩。遲遲意志同羣合，澹澹情懷自遇隨。悲怨莫愁徒恨別，籬東醉賞對花時。

疊雙韻奉答朱了然詩丈次韻見和自憐一首

淹留幸叙共歡言，飲對朝晴早日暄。嫌畏有心縈往事，競爭無意着殘痕。纖雲渡海當流急，冷月横天映露煩。添福喜時知命好，廉清一志養多孫。

次韻奉酬朱了然吟丈春日偶成

園花百放自疏慵，似錦繁華美艷穠。村樹晚春深色柳，月風殘曉薄聲鐘。存心淨潔高鳴鶴，養性清閒老壽松。煩示惠詩傳句妙，軒軒況對好顏容。

面呈朱了然吟丈

時年老去自閒偷，舊感曾經幾白頭。詩好有歡同款款，茗新無飲共悠悠。癡心未覺殘春暮，倦意徒添冷日愁。知我可能常聚樂，遲晴總雨亂花收。

步前韻再酬張聯芳七律次韻見贈

同歡老日靜娟娟，會意深情寓什篇。風船曉乘能破浪，水流江斷可投鞭。雄詞妙事多吟客，逸志高才有禮賢。空碧望雲秋樹遠，聾癡共在自隨緣。

酬畢日釗老友

從心老健更年高，世俗隨時有性豪。濃意寄情閒自賞，好詩言志雅誰勞。逢迎喜會歡茶叙，唱和同吟競筆操。鍾酒淺斟頻壽慶，松寒歲晚惜滔滔。

再酬王曉園翁

愁知不飲歇無心，快意情多自咏吟。頭白已同曾夢薄，草黄何異未衰侵。休休且叙歡交淡，切切常談惠愛深。流水逐年時日往，偷閑正好美芳尋。

疊前韵續酬張老聯芳

梅香秀發自幽娟，似若清吟妙句篇。杯盡暢懷閑叙友。筆揮先手妙書鞭。才豪競雅惟言志，老壽尊能尚選賢。回首厭風愁雨亂，灰心未許亦情緣。

酬吴祖剛吟丈

清閑好景妙吟詩，寫作勤多又譜詞。横竹瘦梅寒凛凛，過雲晴日晚遲遲。驚魂夢覺春芳暖，縱意愁添酒力衰。明月有心知對晤，情深寄語欲凭誰。

次七律韵奉和朱老了然原玉時在梁溪

晴春曉日暖花香，慢步隨時愛景光。輕蝶兩飛穿碧草，幼蚕群養飼新桑。横舟歇渡誰停棹，醉月閑邀自滿觴。平野望遥山照晚，萌初柳絮落低昂。

再酬朱老了然次七律韵見贈

濃情共對久閑心，緊債詩人自醉吟。重叠樹陰沉暗色，緩輕風遠響殘音。冬嚴耐冷梅林僻，晚艷爭芳菊徑深。峰頂涌雲烟靄碧，松青茂日薄寒侵。

雙次七律韵再酬朱了然吟丈留别

音知寄托有勤思，暢飲同茶憶累時。沉墜葉寒晨曉早，損殘花暖暮秋遲。吟閑逞巧精詞語，誦暗爭奇妙句詩。禁忍自從無教誨，深情念遠望雲痴。

次七律韵續和畢日釗吟兄平生

平雲遠望正曦晨，我自忙閑寄此身。輕慮獨歡同是客，老年惟賤有其人。傾斟酒日何醒醉。晒晾衣時幾富貧。生養得宜應曠放，榮梅發處絶囂塵。

畢老日釗有花月吟回文之作

雄心見志雅懷情，筆轉回文寫勢輕。風惠自然天月皎，雪殘當可夜花明。融融獨賞新詩巧，濟濟偏吟妙句清。同苦有知原費力，功成得趣合葵傾。

敢問畢日釗

愁人寫作寫人愁，化轉痴心妄拙謀。秋復幾時春易老，暮如何晚夜難留。悠悠路遠天涯闊，寂寂花殘葉樹稠。收雨正晴空有望，求茶一叙樂同遊。

致茶友劉七茂初

天天叙飲衆心開，滿意歸時及早來。緣法自求多福壽，健康同得少塵埃。仙茶似醉無閑事，客酒猶歡有淺杯。年老未知遲暮日，烟雲過處訪香梅。

奉酬夏立恭吟丈自述

機靈獨許幾篇詩，句倒回文見拙遲。微細自知先暢順，苦辛誰審未遇痴。稀人寫盡春梅艷，老客傷多晚菊衰。違意不才無格律，非非想入巧探奇。

奉和夏立恭吟丈老懷集句兩律雙次韵

休休自覺晚晴空，遠隔家鄉異轉蓬。收靄暗烟寒帶露，斷雲孤月靜臨風。遊閑得意誰年老，夢惡驚眠此夜中。浮白大傾容我醉，愁煩不見有塵紅。

贈同鄉何老成鑫

花香遍野四時栽，快雨風狂自去來。遐邇任居移命運，少多隨用費錢財。家鄉異地同聲氣，月日淹年歷劫灰。茶品細吟詩有未，車回晏返樂懷開。

酬趙志熙社友

功深有趣得逢時，遠近名傳世界詩。風月幾多吟夜永，雪花微少見春遲。悾悾素志高才別，勃勃雄心滿意痴。同感半生人漸老，通神顯處絶無疑。

項志舫吟長八十自感重韵奉和

真求樂世一生人，大隱歸舟小苦辛。頻語笑喧煩意志，慶餘增善積心神。神頤自養優遊慣，趣得同歡暢咏頻。辛愴已經曾盡歷，人宜福壽益情真。

謝楊老季藩饋黃菊

黃花菊秀獨枝寒，厚誼雲情見贈歡。狂妄自知猶錯愛，寂寥誰隱不多殘。荒園入過時逢少，仄徑從遊夜有難。長對日悠閑似我，芳苞放艷賞懷寬。

仙女塑像詩呈杜老明甫

亭亭玉女立池深，古鎮名傳共此吟。形妙極妍爭逸態，目全窮遠注閑心。馨芳永播猶仙化，寂影斜添但月侵。寧慮淡輕寒意愜，經常雨雪夜時臨。

轉呈梁公

論交淡水比清心，憶寄微詩一賦吟。魂夢隔江香島遠，影光斜樹暮雲深。痕無半老忘年歲，調有多同聽瑟琴。煩惱息休歸意得，孫兒衆伴樂園林。

贈茶友曹公明安

微心感處望雲霞，緩步空園故賞花。飛鳥羡餘歡趣異，戲魚觀靜歇聲嘩。依依共醉無愁酒，款款同邀有債茶。違約不來誰就近，歸時并照夕陽斜。

贈茶友左公淦厚

心知幾處此尋常，未老年時見日長。林樹滿殘枯葉墜，土園飄落冷花香。陰陰少雨無疑久，陣陣微風有覺凉。斟酌細茶清淡色，深交叙會集同鄉。

謝宋老槐芳贈寸心吟草

吟心寸競自閑偷，識見高才妙思幽。深淺寄懷情密密，舊新言志意悠悠。侵愁幾許當年晚，得趣猶知信景稠。箴誡又誰能正氣，沉浮一世樂何求。

見寸心吟草宋老槐芳玉照有懷

清輝想念老顔容，晚樹春雲夢思濃。名利薄時今碩健，志懷豪日舊疏慵。輕輕寫句佳才智，戚戚吟心寸筆鋒。明月一同相照共，情牽覺遠隔山重。

謝葉鍾華吟丈惠贈葉鍾華詩詞集

常尋好夢寄梅寒，幸有知心本接歡。香暗透花紅朵艷，影深欹樹碧枝殘。狂痴獨寫回文拙，絶妙精編得意寬。長日就詩吟味永，洋洋喜我許時觀。

謝李竹園吟丈見惠竹園詩選

詩清盡集選同心，得趣閑歡自咏吟。思巧妙懷兼律細，句工精意寄情深。危雲彩翼雙飛鳳，猛火洪爐百煉金。披卷一時多韵味，知誰可接許崇欽。

次韵奉和卓亦溪吟丈七十書懷

賢才盛集盡高年，快雨風塵俗累牽。烟紫晚霞孤岫遠，雪寒春樹老松堅。娟娟靜月邀歡醉，裊裊嬌花放麗妍。偏性畏多愁句拙，箋吟細語寄南天。

奉和陳詩忠吟丈自嘲

聰明本性見嘲吟，百藝精通自仰欽。同喜舊師曾博學，締交新友盡初心。融融樂得相遥隔，日日歡從幸近臨。空妙覺時閑意靜，工詩律細挾功深。

次韵金老紹棠遊西山寺詩

春寒有意得從隨，賞玩猶曾不倦疲。新陣碧雲浮秀影，舊尊金佛卧奇姿。塵埃没處閑心淨，色相空時覺性慈。人老未愁無事樂，身忘晚日落西崦。

次韵奉和畢彩雲女士無題詩

顛狂誤我自嫌真，寫盡梅花妙貌神。緣靜有時奇句巧，意深無處拙詩新。年華葆壽增情趣，市井鄰居雜俗塵。傳世異文回順逆，篇章舊咏不如人。

陳玉書先生事業贊

名馳遠近最驚人，露顯才能幾個真。生意得來時運好，進財招發日年頻。輕車熟道寬回轍，快馬神鞭猛絕塵。成事一心雄勃勃，情高頌却寫詩新。

遥同贈姚美良先生

開懷暢叙喜軒過，宇海牽情意若何。杯酒滿時同慶賀，鳥林疏處獨張羅。梅寒艷質憐新蕾，竹瘦空身守舊柯。恢志有成功業創，財多定是自才多。

頌南平造紙廠

年年改革改年年，勉力齊心鋭志堅。研究細時探境絶，就成高處到峰顛。聯營共擴新都市，奮發同翻舊地天。邊角水溪郊廠建，綿綿此後恐無前。

張宗健吟丈令尊誕生一百三十周年紀念

傳經講學教毡寒，岵屺遥瞻夜夢殘。賢慧見慈懷幼小，正剛知惠濟優寬。綿綿永澤家風穆，代代長居梓宅安。宣振祖恩留訓誥，玄曾繼業守多端。

敬賀晉江中華詩詞學會成立

英群喜日值中秋，雅集同歡大白浮。盟主就新逢志合，會期仍舊話閑偷。輕雲遠望人思念，皓月高吟客唱酬。聲韻正宗詩律細，情懷暢叙永清幽。

祝賀全球漢詩詩友聯盟三周年年會

靈心寫處幾吟清，合志群雄自主盟。馨德有傳鄰港島，衆賢分散隔鄉城。青青草畔河流急，淡淡雲邊靄霧輕。萍水似逢同令節，經曾會友結襟情。

海倫茶室初晤各詩友

清閑有日此無愁，暢叙因緣感季秋。情性見豪誇句煉，教言求益得歡留。聲聲噪鳥穿林密，陣陣凉風拂葉稠。名利淡時同志趣，輕身共樂曉園幽。

自次前韻

清心愿托寄詩愁，集散辰寒露正秋。情厚接歡杯盡飲，意誠聯誼友同留。聲喧聒耳嘈人雜，句妙書懷咏客稠。名附又誰陪座末，輕吟緩賞自添幽。

蔡麗水吟丈巨著笑叟回文集續編

回文錦句倒顛狂，妙手高懷素志剛。來去暢通流水順，斷連時現出雲忙。梅寒壓雪飄風急，菊瘦凝霜結露涼。裁巧有詩編集再，才奇仰慕遠名芳。

朱熹詩書研究會征詩

精勤講學理宣揚，祭祀陪同配廟堂。誠意禮人貽世訓，正心廉俗整懷傷。情牽廣衆饑時苦，力合群民賑日忙。明令法嚴尊政治，清高念久永垂光。

贈畫家袁牧先生

人超藝界世名馳，畫擅兒才父擅詩。真有學源淵博極，憾無家澤福多遲。春秋易過同天樂，遠近忙交淡志痴。神妙自豪能跨灶，新圖異彩繪年時。

奉酬蔣老繼三八秩抒懷

東流急水遠溪西，樂靜閑吟醉眼迷。風雨暗添時懊惱，霧烟濃隔曉寒淒。功成已老誰朝杖，趣得猶然自句題。同享歲齡松鶴壽，雄心一作大名齊。

元玉奉和吳老祖剛七律回文賜教

陰花醉月明襟分，幾載屢情傷，化蝶隨時有夢狂。斟酌巧文回順逆，倒顛奇句得閑忙。誰共，活火烹茶沸自香。深意感人詩律細，吟窮晚景好尋常。

元韵奉酬蔡麗水鶯秋回文見和

悲淒有客居衰秋，落葉老心驚，舊調蟬吟細聽聲。誰獨妙思深意緒，自何閑趣雅懷情。鄉異，冷峭無蛩隱砌鳴。痴覺未嫌猶髮白，詩裁倒句惠殊榮。

雙次元韵奉酬夏老立恭七疊原韵

卮傾輒醉時頤心，可飲日常茶，得趣閑情靜賞花。夷道世難知侶伴，富財人易享豪華。愁悶，盞接同歡自噫嗟。思念遠馳神漠漠，遺陰暮影樹橫斜。

題贈西班牙朱一琴女士詩詞集

情深表達詩成功，有效實勤勞，俯仰能誰又賦騷。聲譽盛傳猶遠近，志心恒見更堅牢。詞好，誼厚牽連意氣豪。清句寫懷新日日，名媛淑質異才高。

回文奉酬夏老立恭感懷續寄

烟茶敬奉愧無緣，雅教聆空怎座聯。堅節晚年時未老，弱蒲秋柳病誰先。眠愁一夜經常失，飲暢同朝幾意專。牽念俗情高壽慶，篇詩有寄遠江邊。

次玉奉和周老明道六十生日抒懷

盈盈步健老時辰，濟世恒心信喜人。明月夜邀杯酒薄，艷花春咏白詩新。情才異處無閑語，義禮同源有德鄰。耕筆倍常超作寫，成功偉志素安貧。

雙次七律韵奉和詹老焜耀八十抒懷

清心一盞奉高年，瘦菊黄花晚放妍。明月夜吟閑醉酒，暖風春飲暢開筵。情深敬老群交淡，志素持謙益友賢。平意自寬懷澹泊，生財大道正横前。

次玉奉酬吴克恕吟丈懷念上海馮錦諸

持扶不杖未衰年，倒句能誰繼拙篇。馳月夜深愁苦咏，渡雲晨靜習新編。時時信誼交鄰德，日日忠誠見友賢。儀禮敬尊師自得，詩懷雅望令刊前。

奉和南滙傅才清老師九秩初度述懷

吟哦老手妙才多，盛世人歡喜頌歌。尋趣雅情心切切，遣閑微事樂呵呵。深憂舊感傷惆悵，苦難餘生有折磨。欽佩永年經育教，林園滿種又如何。

初逢廣州臥龍軒詩書樂社社長陳老志成

深交友愛見因緣，細讀時常有著編。吟咏自多才藝絶，訪求誰邁志心堅。襟懷暢適閑安樂，意趣隨歡極究研。欽仰獨知遥阻隔，尋難杳夢寄情牽。

辱承舊金山李樹明吟丈八十述懷贈詩

迢迢惠寄一篇詩，永壽高齡益暮遲。饒和唱酬同次韵，妙環回寫獨增詞。驕懷老健康强步，雅意清閑靜秀姿。超慧幾人能藝熟，飄雲望目極愚痴。

賀南平地區武夷詩詞楹聯學會成立

工詩律細幾推敲，絶妙雙聯對偶交。窮句未因曾月咏，趣情無謂豈風嘲。融融暢意閑心會，濟濟吟箋錦字抛。同志一家名遠近，雄才得見又誰教。

敬賀博白縣詩詞學會成立

詩詞學會際功成，遠播傳誰有盛名。奇絶世文回雅意，巧來神句得深情。時時一醉酣歌嘯，日日閑吟細律嚴。師友共鄉同寫作，持操夢筆妙花生。

詩序回文萃珍

詩詞妙作寫功深，倒轉回文巧古今。奇構結新同語句，異傳留舊賞懷襟。馳驅自險逢專意，順逆能安得慧心。披卷一時閑在手，遲遲夜讀細哦吟。

慶賀回文萃珍出版五十期

回文錦句妙心安，逆順分明審易難。才賦作時春夢斷，筆花生晚夜吟寒。恢恢智網張無敵，雅雅懷珍萃有刊。梅吟百篇多厭未，催詩費酒對香殘。

恭賀梁冰如詩家八十壽誕

高年壽祝共新詩，拙句隨人遜後遲。操筆夢花生思捷，舉杯邀月醉懷癡。陶陶晚福餘清澮，濟濟羣材育惠慈。勞累不多才廣博，豪情獨見自吟時。

次韻張兆勳先生七十述懷

寬心自覺老懷新，換物年時歇慮塵。寒雪壓梢梅挺秀，冷霜侵蕾菊芳珍。安閒世俗隨緣法，達曠人情寫性真。難見古稀知壽養，歡娛晚境樂常倫。

次韻奉和杭州吴亞卿詩家四十壽慶徵詩

癡狂未惑不謀身，巧合能誰壽節辰。時有趣懷心澹薄，日無閒意德清淳。詩篇近唱傳羣廣，句字難酬累客辛。遲後賞音知自幸，姿容想望遠雲津。

次韻奉和吕同文吟丈丙寅春回八一初度

悠悠樂景美逢辰，福壽同臻又歲新。休得老時閒耳目，竟吟歡意快心身。流年逐水殘陽晚，過日浮煙薄霧晨。幽徑竹枝高節瘦，愁無本色翠舒伸。

次韻奉和王退齋吟丈八十生朝述懷

囊盈滿獻半江春，唱和詩吟慶吉辰。洋外震名馳絶藝，閣東尊位值閒身。芳時得志高情舊，韻事書懷雅意新。長壽更勞勤著述，光榮現代一超人。

其　二

南山比壽積親躬，福錫多時日在東。甘苦有同猶覺夢，易難無若自成功。[illegible]俗酒醇浮白，七顆仙桃熟轉紅。慚愧我懷空腹負，酣歡見晤得融融。

次韻奉和梁冰如老太八十述懷

南山照日暖風春，夢醒餘年歷刧塵。甘苦異時高壽母，樂安常境老閒，耽心有志惟吟緩，鋭意無愁未患貧。談笑雅懷蘭誼厚，酣酣醉飲自由身。

其　二

年華任去似潺湲，暢詠詩人幾鬢斑。賢俊結交新益友，淺才愁句猶迴環。妍春晚趣千花艷，美景多情萬事閒。天共樂餘知命禄，仙羣若駐好容顔。

次韻奉酬楊國霖詩丈七十述懷

風高朗日過雲煙，節晚芳春弄管絃。聰慧覺餘多意靜，法緣隨住一心禪。雄懷雅志藏寬恕，絶藝超才有著編。功業偉傳猶敬篤，融和禮佛座中蓮。

其　二

沉浮共世一閒心，境淨清流繞嶺岑。琴瑟善情娛福壽，畫圖精意寄泉林。森森葉樹瞻高矗，濟濟詩人友密深。侵老豈工窮鍊句，吟成細律妙知音。

次韻同和朱伯奇博士賀子新婚

詩酬共慶吉篇章，髮結同心永世昌。遲舞對鳴高翥鳳，老偕雙伴逺飛凰。癡懷賀喜新斟琖，滿座聯歡定舉觴。詞頌見蕪慚句拙，奇緣巧合好年芳。

次韻奉和陳鍾浩老教授春潮詩社成立賀詩

深流暗湧晚波明，自有閒歡寄性情。吟社一同新暢快，濟舟羣共永平。心雄奮志舒懷雅，律細工詩唱韻輕。今古茂才豪句逸，尋春此處望潮瀛。

轉呈蘇公局仙壽詩

宜尊德望仰高年，永壽長松晚節堅。詩律賦情涵靜境，字楷書意得真詮。歌獨賞無絃管，福惠同求有法緣。時歲百超驚壯健，知誰不負自名仙。

方茂炳

茂炳（一九二二— ），浙江奉化人。省立慈谿錦堂師範畢業，醫士。

題妙高台

臺高妙趣得奇峰，伏虎靈僧覓舊踪。埃潔望雲飛白鳥，寺深窺月映青松。雷驚震谷騰龍怒，水遠迷空舞鳳封。開霧喜看詩碣古，苔苺指處起晨鐘。《中國當代回文詩詞選集》

題雪竇寺御碑亭

山名見夢顯奇姿，白練懸崖瀉雪脂。攀得險峰雲霧鎖，彎彎細月照瓊碑。《神墨碑林回文詩詞匯編》

徐翰逢

翰逢（一九二三— ），河北承德人。長春政法大學法律系畢業，吉林大學中文系教授。

杜　甫

詩史傳今古，苦吟耽日遲。饑民痛亂世，彩筆動沉思。《神墨碑林回文詩詞匯編》

蕭玉蒼

玉蒼（一九二四—　）號小月樓主人，湖南隆回人。湖南大學中文系畢業，中學教師，政協邵陽市委員，有回文詩詞對聯選。

吊屈原

騷風激浪遏飛船，寵辱忘情隨事遷。茅貢包兮思切切，石懷沙也恨緜緜。豪情鬼泣同殤國，怪杰人憐獨問天。高調入時傷屈賦，招魂把酒酹湘沅。

花月吟

花開院落月窺人，月挂天壇花滿盆。家愛花香飄月桂，閣憐月色浴花林。斜斜月下花移影，灼灼花前月醉陰。誇口異花新月朗，紗窗透月望花吟。（回文詩詞對聯選）

蔡卓然

卓然（一九二五—　）字禮楷，廣東豐順人。歷任陸軍醫院、陸軍總醫院少校醫官，著有卓然傳統詩草。

南濱回文

濱海碧山雲際天，白沙灘水映螺烟。新亭柳影花間郭，曲岸柳林壩外田。津遠望橋虹抱浪，澤深思雨鷺親蓮。塵浮絶頂崖空泊，雁落逢潮漲浦前。石印文當代吟壇（一九九九年湖南文藝出版社）

秦子卿

子卿（一九二五—　）字武功，江蘇泰縣人。太虛二十三世孫，生於上海。新四軍東進後，由滬返回故鄉蘇中參加抗日活動。揚州師范學院教師，著有淮海詞版本考釋。

蘇皖邊區有警寄軍中友人

丸泥走馬策雄風，遠夢鄉雲戰旆紅。殘夜聽更三擊鼓，憤時聞角一彎弓。寒光月影松巢鶴，咽水秋江荻渡楓。單騎羽書歸寨晚，南天憶語寄飛鴻。葉元章中國當代詩詞選

原注：友人，指蔣階平，時任新四軍張甸區政委

黄河餞别絶律變體回文詩

斟酒凭河長老心，暝烟寒葉落疏林。沉沉夜浪風來去，耿耿情懷壯古今。回文詩詞五百首

原注：『句中凭，順讀時屬蒸韻，倚也，臨也；倒讀時屬徑韻，任也，盡也。長，順讀爲仄聲，倒讀爲平聲，詞義有別，亦就格律所需也』。『此詩順讀加倒讀，即續爲七律』。徐元云：『絶律變體始自劉大白昏黄七絶』。

徐　元

元（一九二五—　）字銘懷，浙江浦江人。浙江大學中文系畢業，任浙江古籍出版社副編審，浙江詩詞副主編，有回文詩詞五百首（中州古籍出版社）、中國異體詩格備覽（上海古籍出版社）、歷代禽言詩選（浙江古籍出版社）味耕園詩詞選（浙江古籍出版社）等行世。

夏夕 一九四七年

東亭小笛晚風微，海碧連雲白鷺飛。鐘寺鳴山銜落日，紅樓過犢牧童歸。

秋夜 一九四七年

秋庭一處鈎鈎月，水徑微寒薄薄衾。幽榻病殘吟夢遠，冷窗孤照獨燈青。

雨後查扉村 一九四七年

烟裊村林噪暮鴉，斷虹彩映夕陽斜。漣漣水澤溪楊緑，翠滴山樵歌滿車。

桐江晚眺 一九八六年

烟籠淡靄暮江濱，急渡人歸喚渡頻。天半現星寒月朗，前灘過駁響拖輪。

杭州靈隱 一九八六年

蒼松勁秀北高峰，嶺鷲飛來遠佛宗。涼窟石龕摩嶂壁，冷泉古寺隱葱蘢。香烟梵唄誦晨課，釋道參禪靜晚鐘。忘慮俗懷情愉逸，江湖眺望步遊筇。

玉泉觀魚 一九八六年

泉湧珍珠戲彩魚，樂遊池畔檻題書。天知我樂笑莊惠，閑坐秋亭對赤蕖。

西湖十景 一九八六年

蘇堤春曉

烟柳蘇堤拂曉風，隔株翠緑間桃紅。妍花露濕橋虹跨，弦月半明燈霧蒙。

柳浪聞鶯

翻風絮浪柳藏鶯，下上爭鳴囀好聲。繁蔭緑條春杏艷，園庭綉錦聚東城。

花港觀魚

花姓舊園名港山，樹亭幽閣曲廊環。娃童樂看群魚赤，斜日春芳尋侶閑。

雙峰插雲

雙峰并秀峙南北，半露青巒半插雲。妝曉春風和日麗，蒼松翠竹映朝曛。

三潭印月

紅摇燭影照清曇，月印三潭玉鏡涵。風起湖空晴暈翳，朦朦夜色柳毿毿。

曲院風荷

田田葉舉漾荷風，曲院名花映日紅。蓮愛周公康愛酒，篇詩有咏待遊筇。

平湖秋月

平湖綉色一湖秋，月映波光金璧浮。清宇瀛壺冰府遠，箏歌放楫泛輕舟。

南屏晚鐘

南屏翠嶂暮籠烟，刹淨鳴鐘聞市廛。談笑誇奇神運井，諳聲梵課誦林禪。

雷峰夕照

危塔黄林映赤霞，蔓藤繞樹噪栖鴉。時人憶劫多情女，基礫今存徒怨嗟。

斷橋殘雪

瓊樹玉堤接斷橋，艷陽朝映雪初消。晶湖聖潔枯荷冷，行早人歡笑語嬌。

西湖新十景一九八九年

虎跑夢泉

跑虎出泉佳夢真，水醇煮飲茗嘗新。郊遊近壑尋幽景，茅結智兮仁作鄰。

龍井問茶

時清有味問名茶，水井龍泓漾石華。姿妙輕筐携伴女，旗槍展處細尋芽。

雲棲竹徑

翔雲彩集聳篁幽，曲徑行來風韵悠。涼翠得閑消永日，傍溪激石水聲柔。

九溪烟樹

清溪小澗路盤紆，樹碧籠烟曉霧初。行客喧呼同戲水，琤琮雜韵好吹竽。

滿隴桂雨

金粟飄香滿隴秋，萬千瓊樹賞清眸。林風過處散花雨，侵月寒宫桂子稠。

吴山天風

奇秀石山界越吴，市廛俯瞰近江湖。兒童喜納凉風夜，耆老笑談立馬圖。

玉皇飛雲

流雲暗霧鎖山巔，舞鳳飛龍望卦田。幽竹紫來消溽暑，留羈一席素齋鮮。

阮墩環碧

風帘酒肆舊湖丘，碧水環瀛緑樹稠。叢翠映紅燈彩艷，空台阮奏漾清謳。

寶石流霞

盈盈玉立獨梳妝，薄霧晨湖照艷光。晴日映霞流麗石，名仙葛嶺接西崗。

黄龍吐翠

黄龍卧壑吐璣珠，古洞玄扃藏道符。凉夕夏蔭連竹翠，揚聲樂伎佐歡娱。

浦陽十景回文次毛一帆鄉弟韵一九九一年

仙華岩雪

蓮吐石香浮遠空，雪瑩飄絮盖群峰。鮮花撒瑞荐仙女，天降令旗筆展雄。

白石湫雲

湫深隱處是南山，白石源藏虎豹斑。虬走雲從雷暴雨，流川瀉瀑澗回環。

龍峰古塔

孤峰古塔映藍天，日照明時化筆顛。疏陌柳塘濱學府，書朝誦讀送風鮮。

寶掌冷泉

天暑汲泉煮茗清，定禪林下腋風生。憐人道掌珍如玉，穿石奔濤松有聲。

月泉春誦

曾何廢讀誦書經，朗月春泉廉院清。興學教人成碩德，燈青傍寢對寒星。

潮溪夜漁

潮溪漲水映紅燈，火炬擎時收網罾。鰷鯉肥鮮魚滿簏，宵中立計換升升。

南江夕照

南城小立晚江前，夕照長橋虹影鮮。藍宇澄沙秋雁落，毿毿葦荻傍排牽。

東嶺秋陰

東亭短嶺陟幽尋，竹影松陰秋有心。紅葉楓飄塵路寂，空空色相理禪深。

深臯江源

深山泠塢嶺傳名，渺渺江源窄澗明。音斧樵稀人罕迹，森森雜樹一禽鳴。

昭靈仙迹

施雨行雲仙寺靈，舊祠毛令有賢名。迤迤嶺半山亭小，奇石矗天横斗星。

新昌大佛寺一九九二年

人過大佛寺，燭旺篆烟香。神石傳梁宋，壁岩題翰章。身金謁正座，目炬看祥光。新刻逢朋侣，辰良共咏觴。

富春江抒懷一九九三年

晴日春江碧，季秋紅葉飄。亭幽歸俊烈，岸闊屬長橋。新路敞區辟，古城街宇高。輕舟泛夜月，清酒酹滔滔。

題曲院風荷芙蕖水館（回文聯）

蓮愛周公康醞酒，客歡宴院麯飄香。味耕園詩詞選

戴月

月（一九二六— ），江蘇江都人。

菩薩蠻三月晦日即興

去春傷别君吟苦，苦吟君别傷春去。微雨落花飛，飛花落雨微。酒殘消永晝，晝永消殘酒。城柳綠啼鶯，鶯啼綠柳城。

又江岸即景

滿江春水潮平岸，岸平潮水春江滿。天接水漫漫，漫漫水接天。草芳鋪遠道，道遠鋪芳草。烟樹一聲鵑，鵑聲一樹烟。中國當代回文詩詞選集

馬駒昌

駒昌（一九二七— ），河南信陽人。南昌大學中文系畢業，中學高級教師。

秋山吟

崿斷懸危石，淵深照遠穹。絡藤籠古柏，烟靄鎖蒼松。壑曲幽叢碧，泉清醉葉紅。雀

馴喧寂宅，蟬老咽涼風。

繆英

繆英（一九二七—）筆名流星，號齊安野老，湖北新洲人。黄岡地區航務管理局副局長、東坡赤壁詩詞副主編。有流星詩集。

四季回文詩

春

春江蜀水緑生鱗，陣陣香飄杏苑林。吟鳥傳情深寄樹，錦原凝翠淺拖金。簪穿巧髻雲鬟秀，黛點濃眉柳浦陰。琴撫好音歌盛世，霖甘洒處豁胸襟。

夏

蟬鳴入夢客情牽，緑樹層陰濃接天。烟繫槐珠飄串串，水浮蓮葉碧田田。鮮榴火促啼鶯老，早稻香翻舞蝶翩。船泛暮江清散暑，月溶人影浪溶箋。

秋

彤霞遠映畫樓紅，使雁迎霜御勁風。楓晚凝丹輝嶺北，菊殘存節立籬東。溶溶夜月銀鋪地，縷縷晨曦金滿空。重九醉呼驚落墨，穹蒼傲骨有詩翁。

冬

難描素景寫冬寒，下筆凝思百幅寬。蟠石山峰披絮帽，遠流江岸夾冰瀾。漫漫皓雪埋塵垢，冉冉香籠傍鏡鸞。歡與梅吟同骨瘦，安心自重寄華翰。回文詩詞五百首

程瑞喬

瑞喬，女。著有程瑞喬廻文詩詞。熊應祚如心齋廻文詩詞集云：『余此次回台籌備印此詩集，在黃君璧老師處邂逅南曲程瑞喬女士，出示其詩詞作品，皆不同凡響。其才華卓越，實深欽佩。從余習廻文詩僅兩月餘，所作幽雅清逸，難能可貴，頗有青出於藍之概。特附印若干首以饗讀者』。

羅　裙

裙羅翠色影清虛，色影清虛映玉渠。渠玉映虛清影色，虛清影色翠羅裙。

奇　文

文奇古雅澹傳聞，雅澹傳聞遠馥芬。芬馥遠聞傳澹雅，聞傳澹雅古奇文。

幽　雲

雲幽壑翠挹清氛，翠挹清氛碧蕙紛。紛蕙碧氛清挹翠，氛清挹翠壑幽雲。

湘　湖

閬苑鎖翠映湖湘，翠映湖湘碧水長。長水碧湘湖映翠，湘湖映翠鎖苑閬。

青　松

松青峻翠樹晴空，翠樹晴空吹晚風。空吹晚風迎破浪，風迎破浪碧湖東。

月　融

東山影碧霰庭空，碧霰庭空罩月融。空罩月融光曉翠，融光曉翠玉樓中。

深　苔

深苔院徑緑，燕語嗓簷前。茵錦織綺褥，新荷染露妍。

『嗓』：原文

感懷

君如霽月明，妾似靜潭清。氛瑞泛晶璧，玉瑕無色瑩。

丹霞

重簾靜鎖照朱桓，緑翠庭園碧曉寒。宮柳籠煙隨燕舞，紅英玉璧映霞丹。

春愁

菲芳落盡霰纖氛，樹映殘霞集翠芬。扉掩春愁添别思，衣圍削減瘦羅裙。

裊娜嬌姿

蕭吹管澈月昏黄，緑柳垂溪山晚涼。裊娜嬌姿纖影弱，飄紅落砌沾裙香。

『蕭』：原文

屏山

屏山遠望柳絲縈，苑緑和風春水平。青映瑶窗竹影曳，馨花靜閣掬香瓊。

清風

清風冷畦水邊雲，樹碧霏紅挹露芬。瓊苑竹窗紗色翠，盈光透月照林曛。

寒江

平波碧水晚江寒，雁過秋浦香夢殘。蘅皋長隄凝遠翠，清輝照月好倚欄。

春色

新篁吐碧緑村前，日映清溪深澗邊。晨熹雨淋花色翠，玉音風透月初弦。顰眉怨鎖春山水，素影愁牽遐鶱天。塵拂氤氳浮上苑，勻香妙散破寒煙。

菩薩蠻 春園

清溪緑染春横影，燕穿簾幕紗窗靜。翠閣映梧桐，嫣紅雨滴空。層峰朧碧翠，煙淺輕雲萃。英花吹遍香，園滿蕙蘭芳。

菩薩蠻 送别

平蕪瞻望舟行遠，長隄柳色霜林晚。縈碧水溪清，聲咽帶淚生。情牽愁惹恨，頻怨愁思亂。影倩近蔓菁，遠山翠黛凝。

西江月 暮夏

絮舞蟬吟夏暮，花如錦綉雲霞。蒼葭承露映妍華，走踏芳茵蕙路。路蕙茵芳踏走，華妍映露承葭。蒼霞雲綉錦如花，暮夏吟蟬舞絮。

思帝鄉 春晚

隄蕪芳岸落花菲，細柳朱樓，倚日暮雲迷。亂紅飛絮依簾，綉閣傍溪春色晚，谿巒映翠攬蘭畦。

浣溪紗 初晴

絲柳垂碧翠色清，新荷玉露雨初晴，芬菲靄粉暗香凝。軒牖幽房傳遠韻，晨熹照影映雲屏，氛氤薄霧透簾籠。

虞美人 秋閨

銷烟淡翠秋江曉，落桂飄香緲。晴光小院幕籠櫳，香閣薄菲縈繞碧紗聰。塵寰靜寂孤芳景，態淨真情冷。素波浮影玉蘭清，映水曲欄斜倚客思盈。

春興 廻文七律兼虞美人詞

輕雲淡靄薰風岸，綠柳婬絲亂絮飛。鶯啎蔓梢依碧樹，燕穿簾影映晴暉。菁華滴露盈珠潤，菀草凝煙散錦翬。橫翠遠巒蹊水秀，暖香馥郁滿園緋。〔程瑞喬廻文詩詞〕

鍾肇恒

肇恒（一九二九—　），字敏仲，浙江杭州人。浙江大學外文系畢業，浙江美術學院外語教研室主任。

秋夜回文步徐元原韵 一九四七年

秋湖一夜清輝月，遠寺寒鐘聞冷衾。幽梦惊時飛雁落，斷魂歸處數峰青。〔回文詩詞五百首〕

郭志平

志平（一九二九—　），女，湖北浠水人。華南工學院機械系畢業，工程師。

夏　夜

風生暈彩片雲輕，晚噪蟬聲一笛清。虹吐暮空霞墜水，月懸天表鏡窺星。桐窗浸綠澆

酣夢，扇綺流光撲火螢。濃酒注杯高斗滿，重重恨事息心銘。回文萃珍第三十四期

李知其

知其（一九三〇— ）廣東南海人。歷任香港葛量洪教育學院、官立中文夜學院講席，有退居集、安年集。

幽 簾

香草野田村景美，燕飛雙舞岸西東。長雲白日閑池緑，淨苑幽簾入雅風。

賦 春

清風送水碧山浮，照影雙魚戲赧羞。鳴鳥夾枝花蝶舞，傾情客意賦春留。安年集

七律迴文詩兼作虞美人迴文詞其一

時來冷雨秋涼峭，醒夢詩懷繞月明。辭淚怨愁情夜寂，斷魂歸恨客心驚。枝疏落葉枯殘日，雁唳馳風疾苦聲。悲笛暮船征遠岸，露堤幽樹玉蟬鳴。

七律迴文詩兼作虞美人迴文詞其二

紅燈一夜殘絲柳，對坐空杯酒罎頻。衷苦念痴人醒劫，艷悲情怨夢傷神。風淒雨恨離

愁亂，日寂鴻哀倦懶辛。篷短泊江濱入晚，幕雲低掩浪濤新。退居集

菩薩蠻倒句散花

散花飛舞摇風晏，晏風摇舞飛花散。盈步彩雲輕，輕雲彩步盈。化泥塵雨下，下雨塵泥化。休恨此時秋，秋時此恨休。

菩薩蠻倒句遠山

遠山蒼靄雲天晚，晚天雲靄蒼山遠。清冷玉壺冰，冰壺玉冷清。潔心如水澈，澈水如心潔。潮退夢魂銷，銷魂夢退潮。安年集

失名

流花湖廣州

清風拂柳碧檐齊，疊疊葵陰翠滿堤。輕槳蕩花流水曲，淡烟籠竹偃墻低。晴空遠岫飄雲彩，軟草芳泉噴石蹊。横岸一橋弓影緑，笙簧響樹曉禽啼。香港大公報（一九八一年一月十八日）